未発選書 23

フィクションの機構 2

中村三春 著

ひつじ書房

序説　根元的虚構論と文学理論

1　根元的虚構論の構想

本書は、中村三春『フィクションの機構』（一九九四・五、ひつじ書房）の続編である。前作に引き続き、虚構（フィクション）の本質や振る舞いが、文学や他の表象ジャンルにおいて重要な役割を果たしているにもかかわらず、文学理論や表象理論においてそのことが十分に究明されてきてはいないという認識が、本書の動機の一つにある。日本近代文学を中心とする研究分野において、そのような虚構の問題を論じるのが本書の目的である。

虚構を文芸テクストの重要な特徴とする見方をさしあたりの前提とすれば、虚構論は、文芸研究の理論全般に波及するような重要な意義を持つはずである。しかし、これまでの文芸研究は、虚構に関して無頓着であるか、あるいは混乱を来していると言わなければならない。すなわち、ある人が虚構だというテクストを他の人は虚構とは思わない、あるいは、テクストが虚構だと分かっていても虚構として取り扱わない、さらに、そもそも虚構か否かを文芸研究において重視しない、などの事態は珍しくない。どうやら、文学理論において、虚構についての強い共通理解はないのである。実際、本論第一部第五章と第六章において論じるように、虚構論は、文学理論の共約不可能性と複数性とを典型的に身に負っている。ただし、このような文芸研究における虚構論の貧弱さに対して、ここしばらくの間に、言語哲学系統の虚構論は、可能世界論やメイクビリーヴ理論を基軸として、いくつかの新たな寄与を行ってきた。本書の第一部は、このような現状に照らして、虚構論を文芸研究に導入する意義とその諸様相を、再度論議の俎上に据えることを主眼とする。

もっとも、虚構論の問題系とそれにまつわる主要な議論については、『フィクションの機構』第一部「フィクションの理論」において既に論じたところであり、ここでは概ね、その到達点から始めることとしたい。英語の「フィクション」（語源はラテン語 fingere）と漢語の「虚構」の両者には、「虚」（実在しないこと）と「構」（拵えること）の二つの意味が共通に含まれる。このうち「構」のメカニズムについては、アリストテレス『詩学』からポール・リクールに至るまでの制作学的な虚構論によって、少なくともその概略は明確にされてきた。[1] しかし他方で、「虚」の問題に関しては、実在しないものの指示を問題にする分析哲学における虚構的言説の議論、あるいは、実在しない世界の物語をとらえるための可能世界虚構論などの提案が続いており、決して収束を見たと言うことはできない。また、哲学系統の虚構論の多くは、対象が既に虚構であることが分かっている場合に、その対象の地位を論ずるものがほとんどである。文芸研究の場合には、対象となるテクストまたはその一部を虚構または非虚構として判別する根拠に関わる虚構の認知の問題と、その問題がテクストの解釈とどのように結びつくのかの方法論にまで及ばなければ意味がない。

このような観点から、『フィクションの機構』で仮説として提案したのが、いわゆる根元的虚構論であった。根元的虚構論の概略は次の通りである。[2] すなわち、言葉は特殊な条件下で虚構となるのではなく、むしろ言葉は虚構を基盤とし、特殊な条件下で非虚構となるのである。従来、虚構を問題にする場合には、非虚構の言説を基礎として、そこからの逸脱・違反として虚構を考察するのが一般的だった。しかし、この手法は、既に対象が虚構であることが分かっている語・文・テクストの性質をとらえるのには適切であっても、そもそも対象が虚構か否かを判別するには役に立たない。そこで発想を転換し、虚構は言葉に本来備わっている記号の自己表示の機能の延長線上に現れるものであり、それは非虚構の場合にも同様に働くと考えることを提案したのである。そのような原初的な虚構、すなわち根元的虚構とは、およそ次のようなものである。

第一に、根元的虚構は、言語表現が現実世界の事象（対象・事態）と同一ではない仕方で、つまり記号として自らを呈示する働きである。指示・意味・表象などの機能によって言語表現は現実の事象を表現することがあるが、他方では純粋に想像力によって生まれた、その意味では現実世界に対応物の存在しない対象も、言語記号は同様に表現する。表現された語・文・テクストはこの段階では同等のステイタスを持ち、従って虚構と非虚構とを語・文・テクストによって判別することはできない。

第二に、一般的な意味における虚構と非虚構との区別は、文の真偽を決定する適切な検証によって行われる。ただし、いずれの場合でも、発話された言葉は根元的には虚構である。ジョン・R・サールの挙げた発話の規則は、言語行為が伝達のコミュニケーションとして機能するための条件であり[3]、他方、小説や物語に認められた文体や語りの特徴は、言語行為が文芸表現として機能するための条件である。「条件」と書いたが、それらは、慣習として各々が非虚構・虚構の言語表現として通用するための規約に過ぎない。

すなわち、このように見た場合、虚構は言語の特殊な状態ではなく、むしろ虚構(根元的虚構)こそ、言葉の本来のあり方であると言わなければならない。言語の可能性の全域を覆うのは虚構の領域である。言葉にできることの限界は、虚構にできることの限界と一致する。また、現状としてそのような言葉の可能性を最も広範囲に追求しているのは、詩・小説などの文芸の言語にほかならない。ただし、「根元的」と言っても、時間的に先行する発生の起源ではなく、意味論的あるいは心理学的な深層構造でもない。むしろそれは、言語表現の最も表層の部分で、今・ここにおいても機能しているのである。なお、本書では、第一部第一章および第二章のほか、随所で再び根元的虚構の問題を取り上げて論じる。

2 文学理論の現在

さて、このような含みから、虚構論は文学理論とどのように切り結ぶべきだろうか。虚構論も含め、言語活動のすべては言葉の定義と運用の問題であり、そして定義もまた運用の一つである。文学理論も言葉の運用の一局面であるから、文学理論もまた、自らの言語活動のあり方を凝視し直さなければならない。そして言葉は、うまく機能している場合でもモビールのように不断に形を変え、そのパーツは予告なく新たに作られたり消えたりする。アレクサンダー・カルダーのモビールを、「開かれた作品」の一つに数えたのはウンベルト・エーコであった(4)。

誰もが知るように、文学は曖昧なものであり、その曖昧なものを学問的に研究するために、さまざまな文学理論が提案されてきた。文学を解明しようとする体系的な理論は、概ね対象概念・分析手法・評価理念の各分野に亙って自らを定義し、それらの分野は相互に関連し合っている。それほど体系的ではない理論であっても、それらのすべてを欠くということはない。まず文学理論の「文学」とは何かという対象概念、そしてそれと関係の深い評価理念の定義において、各種の文学理論は係争の中にある。鈴木貞美は、英語の“literature”とその日本語の翻訳語「文学」の運用に関わる錯綜した概念史を克明に分析した(5)。それによると、どちらの言葉にも、少なくとも、人文学(the humanities)や文字で書かれたすべてのもの〈文献〉という広義と、言語による芸術という狭義とが含まれる。後者の狭義の場合には、さらに芸術とは何かという問題も加わる。これらに、それらを対象とする研究・批評、つまり文学研究や文芸批評（Literaturwissenschaft, literary criticism）の意味での「文学」を補うと、「文学」概念の多様性、全体としての曖昧さが窺われる。

ところで、文学理論は、どの地域、どの言語においても、現在では一時期に比べると活発に論じられているとは言えない。日本近代文学においても文学理論が盛んに議論されたのは一九八〇年代から九〇年代にかけてであり、今世紀に入ってからは、いわば〝祭の後〟の雰囲気がある。構造主義以後の現代文学理論を通観したピーター・バリーの『文学理論講義』は、最近の「レズビアン／ゲイ批評」や「エコ批評」の項も含むまとまった教科書であるが、終わり近くに「十大事件で振り返る文学理論の歴史」の章が置かれ、二〇世紀後半の半世紀に起こった出来事を紹介している。その最後に挙げられた事項は、「ソーカル事件（一九九六）」である。

これはアラン・ソーカルによる、科学・数学の理論を散りばめた、でっち上げ論文が査読を通ったことを契機として、いわゆる「ポストモダニズム理論」の空疎さが告発された事件である。その主張をまとめた『「知」の欺瞞』[6]では、ラカン、クリステヴァ、ドゥルーズ、ガタリその他がやり玉に挙げられた。この問題について、バリーはそれがアメリカ人対フランス人というナショナリズムの側面で論議されたことを指摘するとともに、これを決定機として「いまや理論の全面的な敗北を示すもの」と見なす気運が、「九・一一以降の雰囲気」（テロへの恐怖など）の中で高まって行ったという。これを二度の大震災やオウム真理教事件などを経験した日本に重ねて見ることは、決して無理ではない。このような時代の雰囲気が、理論の〝お祭騒ぎ〟に終わりを告げたのである。

しかし、と反論しなければならない。理論における科学や数学の安易な、誤った導入は当然戒めなければならないにしても、だからと言ってそれらの論理や有効性がすべて無に帰したわけではない。それらの核心部分に関するある種の捨象や回避が、この事件を受け止めた人々の間になかっただろうか。一方、ソーカル自身の立場が「素朴実在論」「素朴実証主義」の段階を出るものではないことは、たとえば野家啓一によって論じられている。[7]素朴実在論だろうと何だろうと、いかなる立場を選ぶのも自由である。だが、その選択が理論的な琢磨によらず、時流に引きずられたものでしかないとしたら、それは学問的な態度とは言えない。とはいえ、このような現状では、技術的にテクストを分析し、構造や意味を明らかにするための方法論だけでは、今日、有効な理論として認められるとも考えづらい。

これに関連して興味深い特徴をもつ理論書が、ジョナサン・カラーの『文学と文学理論』である。カラーの言う「理論」は、実は「文学を研究するための理論」ではない。のみならず、それはどのような「○○の理論」でもなく、修飾句なしの単なる「理論」にほかならない。言語学の概念枠に依拠した構造主義、記号学、ナラトロジーなどの段階を経て、「理論」は哲学を基盤として展開した、というより右の定義から見て「理論」はあたかも哲学そのもの、それも先端哲学に近いものとなる。それがなぜ「哲学」ではなく「理論」と呼ばれるかと言えば、それはこの分野が何よりも根拠づけを嫌うためである。「理論」は哲学史に負うとともに文芸理論史にも負い、そして哲学史にも文芸理論史にも自らを根拠づけることを拒否する。この場合、文学理論が文学研究に局限される限り、「理論」本来の強度を持ちえない。「理論は、分析的、思弁的、反省的、学際的であり、常識化した見解に対抗する」(8)。ただし、もちろんそれは何でもありの教養主義ではない。

この本は一九九〇年からの十数年間に個別に発表された論文の集成であり、読みやすくはなく、新たな情報の提供も多くはない。だがカラーの所説には非常にユニークな面があり、それは期せずして、〝祭の後〟以後の文学理論のあり方をも示唆している。その原題は、『理論における文学的なもの』(*The Literary in Theory*)であるが、この「文学的なもの」(the literary)とは一種独特である。同書の折島正司の「訳者あとがき」を参照して敷衍すれば、それはクラス(類)とメンバー(個)との間の相互関係、いわゆる論理階型の違反や、時間的・空間的な反転の持続として表され、そしてそれは「理論」そのものにも自己言及的に当てはまるものとされる。しかも、「どこから発生してきた理論的言説であろうとも、それはつねに、あらゆる種類の言説に文学的なものがさまざまな姿で潜んでいることを、したがって文学的なものが中心的な位置にあることを、われわれに気づかせるのである」(カラー)(9)。

すなわちカラーの言う「理論」とは、あらゆる言説において「文学的なもの」を追究する理論なのである。「あらゆる種類の言説」つまり言語活動によって行われる人間の営為は、全て「文学的なもの」がその中心にあるというのである。「文学的なもの」が、何でもありの「理論」にたがを嵌める。折島が、「理論の中にその一部として含まれる文学的なものは、いつも全体である理論を包摂する共通構造でもある」[10]という事態はこのことを指している。

これは非常に野心的な主張であり、たぶんにデリダ、ドゥ・マンに学んだ形跡はあるものの、これまで表明されたことのない独自の立場である。ここにおいて対象概念・分析手法・評価理念などの理論構成は消え失せ、自己言及的な自省と、あらゆる外部とが交通の中に置かれる。そこでは、文学作品のような特定の対象は、あってもなくても構わないことになる。実のところ、これは最初に述べた「人文学」「言語芸術」「研究」の曖昧な幅を持つ「文学」に対処するための、最も包括的でかつ繊細なプランかも知れない。なぜならば「文学」はいずれにしても、研究者・読者・受容者の介在・参与を抜きにしては成立しえないからである。それらは「理論」であると同時に「メタ理論」でなければならない。こうして文学理論は、「開かれた作品」のモビールとして、自らを崩し続ける。

そして、文学の根幹に位置する虚構の、理論的な追究もまた自らをこのようなメタ理論的な構成の渦中に投じなければならない。言語活動が根元的に虚構であることの認識の下では、文芸研究もまた自らの根拠を常に対象化し、自己言及的にその立脚点を更新し続けるほかにないだろう。言い換えれば、いずれにせよ何らかのフレーム（枠組み）によって対象を論ずる以外にない文芸研究が、そのフレーム自体を論述の内部に組み入れていくような論述の手法である。『フィクションの機構』では「自己言及システムの文芸学」とか「認知文芸学」と呼んだこのような態勢を、本書は次のような展開において実践しようとするものである。

3 本書の構成

すなわち本書は、全体としては二部構成を採っている。第一部「フィクションの諸相」は、『フィクションの機構』の理論的志向の延長線上に、虚構および根元的虚構と関わりの深い言語・文学・表象の問題を、各章ごとのテーマによって論じる。すなわち、第一章「嘘と虚構のあいだ」は、柳田國男や野口武彦のほか、言語学・社会学・言語哲学における研究動向を参照しつつ、嘘と虚構との間の同一と差異について論じ、あわせて日常言語と虚構言語が、根元的虚構との関係においてどのように位置づけられるのかを探る。第二章「虚構論と文体論」においては、野口武彦の小説文体論を起点として、伝統的に虚構の徴表とされてきた小説文体の役割を再検討し、特に自由間接表現と引用（話法）の領域において、虚構や根元的虚構がいかに作用するのかを検討する。これら最初の二章は主として言説ジャンルや文体という言語の振る舞いにおける虚構の問題を、日常言語と文芸テクストとを横断する形で分析するものである。

第一部第三章「物語　第二次テクスト　翻訳」では、村上春樹の短編小説「緑色の獣」や「タイランド」を題材として、翻訳を第二次テクスト生成の一つとしてとらえ、翻訳作業のあり方そのものを小説の物語内容として取り込んだ作品の分析から、虚構の物語がもつ文化的機能について考える。第四章「表象テクストと断片性」は、スチュアート・ホールの業績を中心として、カルチュラル・スタディーズの理論構成と有効性を検討し、虚構的テクスト分析の手法とそれがどのように節合されるかを確かめる。第五章「認知文芸学の星座的構想」は、関連性理論、認知物語論、物語生成論、認知科学、メンタルスペース理論などと、メタ理論としての認知文芸学との対話を試みた章である。これらの三章は、翻訳論、カルチュラル・スタディーズ、認知理論と虚構論との関わりを吟味し、文芸研究の方法論にも踏み込んだ各論である。

第一部第六章「〈無限の解釈過程〉から映像の虚構論へ」は、C・S・パースとウンベルト・エーコによる記号現象の分析と、ロラン・バルトのコノテーションの理論、さらにネルソン・グッドマンの表象理論を参照して、映画など映像における虚構の実態に迫る。第一部の最終章である第七章「故郷　異郷　虚構」では、「故郷」と「異郷」という概念が、文芸の中でいかに作り出されたのかを、小林秀雄の「故郷を失つた文学」を中心として分析する。この二つの章は、それぞれの仕方において虚構論の発展編ということになるだろう。

後半の第二部「フィクションの展開」は、虚構の振る舞いに留意しつつ、より自由に作家・作品を論じたテクスト様式論の論集である。小説・詩を中心として、映画についても一章を割いている。特徴としては、伝統的に虚構の範疇から外されてきた詩（抒情詩）について、虚構的表現の面を重視して論じたことである。第一章「安西冬衛」は、詩集『渇ける神』所収の散文詩を、可能世界虚構論の観点から読解し、いわばある種の物語と詩の中間的形態として再検討して、短詩運動・新散文詩運動との連絡を試みる。第四章「谷川俊太郎」は、詩集『定義』を、主要所収詩編の分析を通じて百科事典文体のパロディとして論じ、沈黙を主題とした初期の谷川の詩のスタイルとの繋がりを論じ、さらにその後の詩作活動にも通じる様式論を展開する。さらに第六章「松浦寿輝」は、松浦の詩集を通観しながら、詩についての詩、物語についての物語というメタポエティックな様式を、松浦の作品のうちに看取しようとする。

以上の三章が詩を取り上げたのに対して、以下の三章では小説を対象とする。第二部第二章「横光利一」は、新感覚派文体の集大成と言われる長編小説『上海』を、ジュリア・クリステヴァの記号分析の手法に学び、その意味生成の基幹をなす言語表現に集中して論じたレトリック分析である。第三章「太宰治」は、翻案・改作などの第二次テクスト制作を得意とした太宰の代表的な作品「新ハムレット」を、フラグメント形式、シェイクスピアの原作との関わり、そして太宰のパラドクシカルなデカダンスの面から考証する。第五章「村上春樹」は、男女関係におけるコミュニケーションの失調から、戦争・抗争・災害に至るまで、虚構のテクストにおいて人間にとっての危機の意味を追求してきた作家として村上を論じる。

最後の第七章「今井正」では、ロマン・ロランの『ピエールとリュース』を原作とする今井監督の『また逢う日まで』を、映画の映像と音声の技法とメロドラマ性の観点から分析し、話題となったガラス越しの kiss の意味を掘り下げてみる。これらのテクスト分析においては、虚構表現の種々相が、その技巧と広がりにおいて把捉されることになるだろう。

本書の第一部は、緩やかな流れに載せて各章を配列してあるが、それにかかわらず個々の章の独立性は高い。また第二部は論の性質上、各章相互の結びつきはほとんどない。従って読者は、概ね、本書を任意のどの章から読んでいただいても問題はない。

＊

本書は、その性格上、特に第一部において、『フィクションの機構』を引用または参照している箇所が少なくない。原則としては、それを読まなくても理解できるように書かれているが、より厳密な理解のためには、『フィクションの機構』を併読していただければ幸いである。そのために、『フィクションの機構』を参照した場合には、本文中に該当の章題またはページ数を記載している（その他の引用の場合には、ページ数は注に記載する）。

なお、本文中のかっこ類を含めた表記の方法は慣例に従うが、特に〈 〉の山括弧は、引用や作品名ではなく、文例やキーワードを示している。暦年の表記は、主要な活動期が戦前であった安西冬衛と横光利一を扱う第二部第一章と第二章では元号表記とし、それ以外は西暦を用いる。

目次

序説　根元的虚構論と文学理論……1
1　根元的虚構論の構想……i
2　文学理論の現在……v
3　本書の構成……x

第一部　フィクションの諸相——根元的虚構論から——

第一章　嘘と虚構のあいだ——言語行為と根元的虚構——……3
1　「二重の陳述」の問題……3
2　形象性と構築性……7
3　虚構の起源としての嘘……11

4 嘘の基盤としての虚構……14
5 秘密性と操作性……19
6 嘘 虚構 根元的虚構……24

第二章 虚構論と文体論——近代小説と自由間接表現——……29
1 小説 虚構 文体……29
2 自由間接表現と小説……34
3 引用＝話法としての自由間接表現……39
4 引用と根元的虚構……45

第三章 物語 第二次テクスト 翻訳
——村上春樹の英訳短編小説——……51
1 翻訳と第二次テクスト……51
2 Monster と獣——「緑色の獣」読解……55
3 現代の昔話……62
4 物語の機能——「タイランド」とともに……67
5 本質的翻訳性……75

第四章　表象テクストと断片性
――カルチュラル・スタディーズとの節合――……79
1　全体性と断片性……79
2　節合　全体論　啓蒙……83
3　反ポストモダニズムの思想……88
4　啓蒙の限界……93

第五章　認知文芸学の星座的構想
――関連性理論からメンタルスペース理論まで――……97
1　文芸テクストと共約不可能性……97
2　アレゴリー的転倒……100
（1）関連性理論と物語生成論……100
（2）無限の解釈項……102
（3）アレゴリー・星座・脱構築……109
3　認知文芸学とパラダイム論……112
4　星座的ネットワークの構想……115

第六章　〈無限の解釈過程〉から映像の虚構論へ
——記号学と虚構——……119
1　可能世界虚構論とメイクビリーヴ理論……119
2　可能世界と不可能世界……124
3　虚構とウォーターゲート・モデル……129
4　映像の虚構論……134

第七章　故郷　異郷　虚構——「故郷を失った文学」の問題——……143
1　故郷／異郷の発生……143
2　近代主義と故郷……149
3　故郷から日本回帰へ……153
4　近代世界システムとユートピア……158
5　故郷／異郷の無化……164
6　充溢する今・ここ……167

第二部　フィクションの展開——詩・小説・映画——

第一章　安西冬衛——『渇ける神』の可能世界——……173
1　〈世界図〉的なテクスト……173
2　『渇ける神』の成立……176
3　『渇ける神』の可能世界……180
（1）ドキュメント形式……180
（2）百科事典型ディスクール……182
（3）表意体の独立……185
（4）異文化的情報……187
4　〈外部〉から〈外部〉へ……189

第二章　横光利一——非構築の構築『上海』——……195
1　『上海』のレトリック分析……195
2　物象化——意味生成性（1）……198
3　連鎖——意味生成性（2）……202
4　疎隔化——意味生成性（3）……208

5　開かれた作品、アヴァンギャルド……213
6　テクスト様式論……217

第三章　太宰治——第二次テクスト『新ハムレット』——……223
1　なぜ『新ハムレット』か？……223
2　第二次テクスト性……227
3　対話のフラグメント……234
4　「愛は言葉だ」と神……242
5　アヴァンギャルドとデカダンス……247
6　『ハムレット』の衝撃……251

第四章　谷川俊太郎——テクストと百科事典——……257
1　沈黙　言葉　世界……257
（1）自我・実存の問題……263
（2）言葉による他者とのコミュニケーションの困難……264
（3）言葉による世界把握の不可能性……265
（4）発語そのものの条件……265

2　『定義』――百科事典のパロディ……266
（1）「メートル原器に関する引用」……266
（2）「非常に困難な物」……270
（3）「そのものの名を呼ばぬ事に関する記述」……271
（4）「道化師の朝の歌」……275
（5）「なんでもないものの尊厳」……278
（6）「りんごへの固執」……282
3　りんごから世界の連環へ……280
4　コンタクト志向の詩……287

第五章　村上春樹――〈危機〉の作家――……293
1　堀辰雄1923／村上春樹1995……293
2　〈傷つきやすさ〉の系譜……295
3　「システム」の諸様相……299
4　恐怖に向き合う想像力……302
5　震災から震災へ……309

第六章　松浦寿輝――詩のメタフィクション――……313
1　世界の「マクドナルド化」に抗して……313
2　『ウサギのダンス』――メタ物語とメタ詩……314
3　「とぎれとぎれの午睡を　が浸しにやってくる＊」――〈虫食い〉の詩……325
4　「幼年」――エクリチュールの零度……330
5　『女中』――関係性の白昼夢……334
6　『鳥の計画』――自我と拡散……337

第七章　今井正――『また逢う日まで』のメロドラマ原理――……347
1　反復とヴォイス・オーヴァー……347
2　愛と死のパラドックス……351
3　読唇術、または kiss の本質……355

注……361
初出一覧……395
あとがき……401
索引……412

第一部　フィクションの諸相

——根元的虚構論から——

第一章　嘘と虚構のあいだ
——言語行為と根元的虚構——

1　「二重の陳述」の問題

ウンベルト・エーコは、「記号論とは原則的に言えば、嘘を言うために利用しうるあらゆるものを研究する学問である」と述べている。[1] ところで、虚構は嘘とは同じだろうか、それとも違うのだろうか。この問いはシンプルであるが、考えて行くと根が深く、虚構の振る舞いについて根本的に見直す契機となる。この章では、嘘と虚構との差異と同一を多面的に検討し、言語行為における根元的虚構の位置づけを模索してみたい。

野口武彦は近代小説の文体を論じた先駆的な論著である『小説の日本語』において、「虚構は真実ではない。それならば、嘘なのだろうか。結論からさきにいってしまえば、虚構は決して嘘ではない」と述べている。[2] このことを野口はハラルト・ヴァインリヒの『うその言語学』の理論などを援用して説明する。その結果として、嘘の定義としては「どんな事情や動機が背後にあるにせよ、嘘とは特定の意図を持った言語使用である」、あるいは「嘘とは、語用論的な意図にもとづき、言葉を意味論的ないしは統辞論的に操作してつくられた真意と反対の陳述である」と述べる。[3] すなわち野口によれば、嘘は（1）嘘をつくことによって何ごとかを行おうとする「特定の意図」いわば発話行為の意図を伴い、（2）正しいと思われる内容とは異なることを述べる「真意と反対の陳述」なのである。

野口が参照したヴァインリヒは、アウグスチヌスによる「嘘とは、いつわりを言う意志をともなった陳述である」という嘘の定義を修正して、「それに対して言語学は、（言われた）嘘の文の背後に、それと矛盾する、つまり、イエス・ノーの主張形態素《モルフェーム》だけ相違する（言われざる）本当の文が存在する時に、嘘は存在すると見なす、すると、アウグスチーヌスが言う様に、『二重の思念《コギタチオ》』が嘘のしるしではなく、『二重の陳述』が嘘のしるしである」と定式化している。[4] この「二重の陳述」を野口は受け継いで、（2）の「真意と反対の陳述」として敷衍したのである。一方、アウグスチヌスの「いつわりを言う意志」の方は、野口のいう（1）の発話行為の意図の方に関わってくる。

まず（2）の「二重の陳述」について検討すると、たとえば、日常会話における①〈私はゆうべワインを一口飲んだ〉という文は、〈私はゆうべワインを一口飲まなかった〉という肯定・否定の主張だけが相違する真の文が、言われなくても存在する場合には嘘である。一方、虚構の小説における②「天吾は笑ってワインを一口飲んだ」（村上春樹『1Q84』[5]）という文は、〈天吾は笑ってワインを一口飲まなかった〉という、書かれていない文を想定することはできなくないが、テクストに実際に②の文がある場合には、通常は書かれていない文を想定することはないだろう。その場合、「二重の陳述」は、嘘においては成立し、虚構においては成立しないということになる。そうであるとすれば、これは嘘と虚構を区別する契機となるのかも知れない。

　しかし、第一に、ある文が嘘か否かが認知されるのは、何らかの検証を経て、「二重の陳述」の一方が真であると判断された場合に限られるだろう。すなわち、〈私はゆうべワインを一口飲んだ〉が真であるのは、私はゆうべワインを一口飲んだとき、またそのときに限る。[6]何の検証もない場合、①のような文が嘘か否かは決定できない。検証には様々な方法が考えられるから、たとえば〈昨日地球は滅びた〉という文が嘘であることは、現に今日地球が滅んでいないことによって検証済みとなる。文〈私はゆうべワインを一口飲んだ〉の場合には、また別の検証が必要である。中にはすぐには検証できない文もあり、その結果として現実に、嘘の文を信じ込み、詐欺に引っかかるというようなことがある。ところで、右の説明において文中の「嘘」という語を「虚構」と交換しても、何ら問題はないだろう。文〈私はゆうべワインを一口飲んだ〉が嘘か否かの検証は、この文が虚構か否かの検証と何も変わるところがない。文・テクストが虚構か否かは検証によって確認するほかになく、その検証は、虚構の真偽性を検証するのであるから、嘘の場合の検証と同じである。この段階では、嘘と虚構との間に区別は認められない。

　第二に、それでは小説の場合はどうだろうか。まず、次章で触れるように、小説は虚構の文だけで成り立っているのではない。そのような小説中の文が虚構か否かの判断は検証によるという点では、小説以外のジャンルと変わりはない。次に、虚構のように見える文②において「二重の陳述」が想定できないと断言するのは、いわば非常に素朴な見方であり、その理由はこの文が今までのところ解釈上の争点になっていないからである。『1Q84』は複雑な小説であって、そこに現れる様々な叙述、たとえば主人公の一人青豆の妊娠に関する文とか、リトル・ピープルの性質と挙動についての文とか、マザ／ドウタ、パシヴァ／レシヴァの役割についての文などの場合、その真偽は作中においても単純に決めることはできない。また、小説の作中人物が嘘をつくことは珍しくなく、さらに語り手さえ嘘をつくことも少なくはない。小説における「信頼できない語り手」の概念をまとめたのはウェイン・C・ブースである。[7] それらの場合には「二重の陳述」を想定することができ、原理的には、テクストにおけるすべての文がそのような解釈上の争点となる可能性がある。とすれば、ここまでのところ、二つの文①②のステイタスには、大きな違いは認められない。従って、ヴァインリヒの説は示唆的であるが、それだけでは嘘と虚構とを単純に区別することはできない。

　もちろん、それらはすべてテクストによって構築された虚構の世界の人物や語り手の問題であり、そのテクストを作成した作者の問題ではない、作者は嘘をついたのではなく虚構を提供したのである、と言われることだろう。すなわち、次は「二重の陳述」以外の局面において、虚構の発話と嘘をつくことのどこが違うのかを問題にしなければならない。

2　形象性と構築性

野口は引き続き虚構について、小説ジャンルに即し、「小説の言語には、第一に、それの語る事柄が現実（あるいは真実）と紙一重の非現実（あるいは非真実）であり、そのためにかえって嘘と見まがわれる面（模写《ミメーシス》）がある。［…］そして第二に、それが本来は作り物（虚構《フィクション》）であるという面をかならずどこかで明示している」と述べている。[8] そして、この第二の面を「虚構記号」と名付け、「虚構記号」の存在を対象（小説）が虚構である証拠として挙げるのである。この野口の定義は、一見、包括的でよく出来ているように思われる。

しかし、まずは基本に立ち返ってみよう。小学館版『日本国語大辞典』（第二版）で、「嘘」と「虚構」、ついでに「偽り」を引くと、次のような記述が見られる（用例は省略した）。

うそ【嘘】〔名〕①本当でないことを、相手が信じるように伝えることば。事実に反する事柄。人を欺くことば。いつわり。そらごと。虚言。虚偽。うそいつわり。②正しくないこと。誤り。間違い。「うそ字」③（多く「なければ」「なくては」「ないと」などの表現の下にきて）適当ではないこと。不当。④（相手の言葉への反応として感動詞的に用いて）その言葉は信じられないの意を表わす語。

きょ‐こう【虚構】〔名〕①事実でないことを、本当のことのように仕組むこと。つくりごと。いつわり。②文学などで、想像力によって、現実の事柄のように物語や劇を仕組むつくりばなし。フィクション。③現実を模して作ったもの。つくりもの。

いつわり《いっはり》【偽・詐】〔名〕（動詞「いつわる（偽）」の連用形の名詞化）①事実でないことや、あてにならないことを、言ったりしたりすること。そらごと。うそ。虚偽。②（自然に対して）人為を加えること。また、そのもの。

すぐに分かるように、この三つの語の①の意味、すなわち〈事実でないことを発話すること〉は、ほぼ同じである。実際、〈あなたの話はぜんぶ虚構だ〉と批判する場合の「虚構」を、「嘘」あるいは「偽り」と置き換えても意味に大差はない。これは「虚構」という言葉の比喩的用法ではなく、むしろ根底にある用法なのである。ここから、虚構と嘘とは少なくともその基盤を共有すると言うことができる。他方、「嘘」「偽り」と「虚構」との違いは、「虚構」が「仕組むこと」、つまり形象性・構築性を帯びている点であり、それは「虚構」に「構」の字が含まれていることにも繋がる。虚構が嘘と大きく異なるのは、「虚構」の②の意味、すなわち物語・劇などのフィクションの意味においてである。野口が行ったのは、この②の水準の意味の検証であるということになる。そして、この②にも「想像力によって、現実の事柄のように物語や劇を仕組むつくりばなし」として、「仕組む」操作が明示されている。野口の定義の中にも「作り物（虚構）」という語句が要素として現れる。

「現実の事柄のように」「仕組む」操作、すなわち形象性における真実らしさと高水準の構築性が、虚構において重要なポイントと見なされてきたことは、既に『フィクションの機構』（「アリストテレス派の虚構行為論」）において見たところである。すなわち、虚構は嘘と同じく単に「虚」（実在しないこと、事実ではないこと）であるだけでなく、「構」（巧みに作られていること、芸術的であること）にも重点がある。その起源は、アリストテレスの『詩学』に求めることができる。アリストテレスは、詩（文芸）を構築するポイエーシス（制作）の一科としてミメーシス（形象表現）を規定し、その帰結としてのミュートス（物語）の諸相を解明した。[9] 巧みに形成されたミュートスが、ミメーシスの効果によって、詩を歴史以上に哲学的なものとするというのがアリストテレスの理論であった。このミメーシスやミュートスの理論は、現代においても、ケーテ・ハンブルガーの文芸学、ノースロップ・フライの神話批評、ポール・リクールの解釈学などによって再評価されている。[10]

なお、この理解におけるミメーシスは、野口のいうような「模写」ではない。これを、たとえば坪内逍遙が『小説神髄』で論じたように、リアリズムなどと同一視してはならない。その意味では『日本国語大辞典』の「虚構」②の記述には語弊がある。虚構を模写・模倣としてとらえた場合、観念的あるいは幻想的な小説など、むしろ最も虚構的な作品を正しく虚構としてとらえることができなくなる。また、アリストテレスのミメーシスは、模写・模倣ではなく、芸術が何らかの形で世界に基盤を置くという意味で世界と繋がることを意味するのである（『フィクションの機構』53〜55ページ）。

ともあれ、虚構は十分に拵え上げられた制作物（芸術）であるのに対して、嘘は必ずしもそうではなく単なる偽りに過ぎない。これが、形象性と構築性に留意した嘘と虚構との区別ということになる。だが、この区別はどこまで有効だろうか。まず、形象性も構築性も定量分析できるものではない。たとえば、極めて短い一編の短編小説や詩、あるいはたった一行の短歌・俳句にさえ、形象性や構築性と、その帰結として虚構性が感じられる場合は少なくない。「てふてふが一匹韃靼海峡を渡つて行つた」（安西冬衛「春」）のような一行詩にも、それなりに相当の形象性と構築性がある。『フィクションの機構』（85〜86ページ）で論じたように、ハンブルガーは一人称物語や詩はミメーシスではないとして、それらは虚構ではないとしたが、それは経験則に照らしても正しくない。[11] リクールが抒情詩もミメーシスであるとしたのに倣えば、抒情詩も虚構であるということができる。[12] 他方、「まことしやかな嘘」という言い回しに示されるように、嘘には実に巧みな形象性・構築性を持つものがある。その結果、たとえば詐欺とそれによる被害は、現代においても根絶することの難しい事案となっている。要するに形象性・構築性は定量分析できるものではなく、これを嘘と虚構を区別する決定的な徴表とすることはできない。

3　虚構の起源としての嘘

言い方を換えれば、「虚構」の辞書記述の①と②の要素、つまり「嘘」「偽り」の要素とフィクションの要素とは、連続的であって境界線が曖昧なのである。野口は「虚構記号」の説明に関連して柳田國男が論じた「語り伝へる」文体に触れているが、柳田はむしろ、嘘と虚構とのこの連続性に関して意識的な論者であった。『不幸なる芸術』には、「ウソと子供」および「ウソと文学との関係」というこの問題に関して重要な論文が二つ収められている[13]。

「ウソと子供」は、作り話をする能力に秀でている子どもの話から始まり、次いで当時関西ではソラゴト（そら言）と呼ぶものが関東ではウソと呼ばれると語源を探り、さらに伝統社会における嘘のステイタスについて論じる。柳田によれば、伝統社会においては、嘘をつく（作り話をする）能力は珍重されており、それは楽しみのためであった。柳田の言う嘘とは、何よりも笑うための媒体にほかならない。「ラヂオも映画も無い閑散な世の中では、殊に笑つて遊びたい要求が強かつたのである。人が何人集まつても、誰もウソをつく者が無いといふ場合は、ちよつと想像して見ても、如何に落莫無聊なるものであつたかゞわかる」[14]。また戦国の社会では、嘘（欺瞞）は重要な戦術・戦略でもあった。そして、嘘が技術として重宝され、嘘をつく者が人望を得るようになると、それは「文芸化」され、つまり文学を生むのであって、「是れがなかつたら我々の文学は、今日のやうに愉快に発達することが出来なかつたのである」と述べ、[15] 返す刀で当代文壇において氾濫する「身辺雑事小説」、つまり私小説の貧しさに対して苦言を呈する。[16] ではなぜそのような生産的な嘘に対する感覚は衰退したのか。続く「ウソと文学との関係」において、柳田は「律儀と素朴とを最も重んじた武士の階級」の台頭によって、嘘を憎む風潮が現れたとする。[17]

嘘はある種の特異な能力であり、楽しみのための技術として重宝されたとする柳田の説は、『枕草子』に「つれ〴〵なぐさむもの。碁、双六、物語」とある物語の由来とも響き合う。柳田は、嘘をつく能力の延長線上に物語の成立を認めるのである。また、この柳田の嘘の理論は、「虚構は決して嘘ではない」とした野口の主張と対立するものである。何しろ、虚構こそ嘘の典型であり、嘘は虚構の起源なのだ。では柳田は伝統社会における罪のない嘘と、後代において疎んぜられるようになった嘘との境界をどこに置いていたかというと、「騙してさて何をしやうといふ、底の巧み」や、「実利的であつた為」などに求めている（「ウソと文学との関係」[18]）。すなわち、言語行為としての物語が、その物語によって愉快を与える嘘と、それによって精神的または物質的な打撃や損害を生むような嘘との区別である。後者は野口が述べた発話行為の意図と重なる。ただし、「笑ふべき虚言（ソラゴト）」と「憎むべき虚言（キヨゴン）」との境界は、柳田にあっては明らかに曖昧である。[19] 後者を拒否して前者を残すというようなことを、柳田が推奨しているわけでもない。

またこの事情は、物語や小説の場合に限らないだろう。抒情詩やその他のジャンルも、

「つれづ〳〵なぐさむもの」であることに変わりはない。萩原朔太郎はエッセー「嘘と文学」[20]において、「詩人は大嘘つきほど天才である」として、小説のみならず抒情詩と嘘との深い関わりについて語っている。「そもそも詩に於ける嘘とは、イメーヂの美的な誇張といふことである。或は読者をペテンにかけ、逆説的にひつくり返して、不意打ちを食はせることの技術である」と述べる萩原は、「詩の本質」は美であり、「美の表現に必要されるところのものが、嘘をつくことの技術であり、嘘が芸術のまことの道であるといふこと」の認識が必要であるとし、美を排斥した「自然主義的悪美学」の「清算」を求めている。萩原には他にも同様のことを語った「詩の本質性について一〇　詩術（嘘と真実）」を書いている[21]。柳田が「身辺雑事小説」を批判したのと相通じるものがここにある。繰り返すならば、抒情詩も虚構となる。詩における嘘や虚構の役割をこれほど明瞭に語るものはない。

なお、柳田のこのウソ論を起点として、現代の子どもにおける嘘を考究した論考に亀山佳明『子どもの嘘と秘密』がある[22]。亀山は、柳田の「ウソと子供」における柳田自身の子ども時代の記憶を語った箇所に「今考へて見ても決して快い経験ではない」[23]とあることを取り上げ、嘘を子どもの発達に関わる二つの種類に分析する[24]。一つは「遊びのうそ」であり、これは柳田が論じた空想・物語の嘘である。しかし、子どもの「生命が空想によって発現させられている」ために、これは子どもにとってはとても重要である。もう一つは「防衛的なうそ」であり、子どもが大人の目の届かない秘密の場所、「自由な領域」を見出し、それを隠すために嘘をつくことがある。これもまた、「子どもの自我の成長にかかわるうそ」であって、別の箇所ではさらに、「防衛のためのうそ」と「目くらましのうそ」とに区別している。[25]ちなみに、亀山は嘘を次のように定義する。「うそとは、現実（事実）とは異なるフィクションを構成し、それを意図的に（すなわちわかっていて）使用する行為である」。[26]このような意図的な操作、主体と客体との分離が嘘の根底にあるので、（より年齢の低い）幼児には「うそが不可能である」ということになる。嘘・虚構の観念を子どもの問題に局限して考える必要はないが、亀山の研究は、嘘が人間の発達と深い関わりを持つことを示唆しているようである。

4　嘘の基盤としての虚構

ジョン・R・サールが「フィクションに属する作品の作者は、通常は断言型の、一連の発語内行為を遂行するまねをするのである」[27]ととらえ、虚構の「まねごと」（擬装、ふりをすること、pretending）理論を提起したことについては、『フィクションの機構』で詳しく検討を加えた（「分析哲学と虚構の意味論」、99～106ページ）。この説の大きな問題点は、通常の言語使用（擬装しない発話）と、擬装する発話とを区別するものが発話者の意図でしかなく、表現においては両者を必ずしも区別できないということにあった。ところで、サールはその論述の過程において、嘘についても次のように述べている。[28]

ウィトゲンシュタインが、うそをつくことは他の任意の言語ゲームと同様習得されることを必要とする言語ゲームであると述べたのはまちがいであったと私は考える。私がこの見解が誤りだと考えるのは、うそをつくことは、言語行為の遂行に対する統制的規則（regulative rules）の一つに違反することからなっており、統制的規則はどれもみな、その内に違反の概念を含んでいるからである。どのようなことが違反に該当するかを規則が定義している以上、まず最初に規則に従うことを学んでから、次に規則を破るという別個の営みを学ぶということは必要でない。

「言語行為の遂行に対する統制的規則」とは、たとえばこの論文の前の方で「断言」という発語行為の規則として挙げられている四つの規則、すなわち「本質的規則」（「断言を行う者は、その際に表現される命題が真であるとみなす立場にコミットすることになる」）や「誠実性規則」（「話し手は表現される命題が真であることを自分自身信じている」）などを含む規則のことを指すのだろう。[29] 断言の規則を学ぶことは、その規則に違反してはならないということを学ぶことと同じであり、嘘をつくことはその規則に違反することであるから、断言することを学んだ者は、新たに規則を学ばなくても嘘をつくことができるということである。

しかし、「嘘をつく」言語行為は、「嘘をつかない」言語行為の規則に対する違反なのだろうか。たとえば、「命令する」言語行為は、発話が命令となる規則を学び、試行されることによって実現される。それは、「命令しない」言語行為の規則に対する違反ではない。デフォルトの言語行為は、あらゆる他の言語行為の違反を想定した無数の規則を負っているわけではない。「誠実性規則」などを根幹とするサールの理論においては、言語行為のデフォルトが「真実を正しく述べる」ことに置かれている。しかし、デフォルトの言語行為が発話それ自体（根元的虚構）であるとすれば、「真実を正しく述べる」ことも、「嘘をつく」ことも、言語ゲームにおいて、学び、試行されなければならない。であるとすれば、ウィトゲンシュタインが『哲学探究』の断章二四九で述べた、「嘘をつくというのは一つの言語ゲームであって、他のすべての言語ゲームと同様、学ぶことが必要である」という文は、正しいように思われる。(30)

しかし、その詳しい究明は哲学者の手に委ねよう。それよりもここで問題としたいのは、これに続けてサールが次のように嘘と虚構とを区別している点である。(31)

しかしこれとは対照的に、フィクションはうそをつくことにくらべ格段に高度な複雑さをもっている。フィクションの別個独自の規約を理解していないものには、フィクションは単なるうそをつくことにほかならないように思えることであろう。フィクションをうそから区別するものは、著者が、人を欺く意図をまったくもたないにもかかわらず、真でないと知っている言明を行う所作を演ずることを可能にする、別個独自の一群をなす諸規約の存在なのである。

サールのいう「フィクションをうそから区別するもの」こそ、虚構における「擬装」にほかならないが、それに対する批評はここでは繰り返さない。サールは虚構を「単なるうそをつくこと」ではないというが、柳田説から見て、むしろ虚構は嘘から発展したものであり、「単なるうそをつくこと」ではないにしても、少なくとも嘘の要素を含むものである。次の問題点は、虚構は「著者が、人を欺く意図をまったくもたないにもかかわらず、真でないと知っている言明を行う所作を演ずる」という箇所である。これは「人を欺く」ことの定義にもよるが、虚構が『日本国語大辞典』の記載の通り「現実の事柄のように」真実らしさを伴うものと見る場合、むしろそれは「人を欺く」とも言えるだろう。もちろん、同じく「人を欺く」と言っても、嘘と虚構との間にはそれらの性質上の差、あるいは程度の差が認められる。現実に嘘と虚構とを区別している以上、そのような差がないとは言えない。しかし、その差は実体的・確定的なものではない。少なくとも、嘘と違って「別個独自の一群をなす」と言うほどの「諸規約」は、虚構には存在しないのではないか。

いわばこの非実体的・非確定的な条件に関して、発話者の態度と情況との関係に着目した

「意味づけ論」によって対応しようとしたのが、深谷昌弘・田中重範の『コトバの〈意味づけ論〉』である。[32] 深谷・田中はポール・グライスの「協同の原則」[33]、つまり「対話の目的のために当事者たちが協調・協同して行動する」原則と、「誠実性の条件」、つまり「人は『嘘をつかない』というところから出発する」ことを起点とする。[34]「意味づけ論的に興味あるのは、人は嘘をつく時でさえ、情況とあきらかに不整合を引き起こすコトバを語る際に、虚構の情況（フィクション）を作り出し、それに合致するように語るという点である」[35]。この見方によれば、嘘をつく行為は虚構の情況を構築し、それに整合する物語を語ることである。すなわち、嘘は虚構を基盤とし、虚構に合わせて発話する行為であり、その場合、「嘘は己の作った『（虚構の）真実』に背くことはできない」[36]。従って、そのような意味で、嘘はやはり「真実性の条件」に即しているというのである。

この見方は、嘘を虚構の起源とする柳田説とは逆に、虚構を嘘の基盤として扱っている。嘘をつくことは虚構を構築することを含み、嘘をつくためには虚構を行うことが必須となるのだ。また、嘘をつく行為を嘘をつかない行為の規則に対する違反としてとらえたサールとは異なって、嘘をつく行為は、虚構の情況に対して嘘をつかない行為であり、その意味では、真実を語ることを発話行為のデフォルトとしてとらえる立場を一貫させていることになる。

ちなみに、深谷・田中は、「嘘は露見するものである」とも言う。[37] なぜならば、虚構によって作られた情況は個人的な真実に過ぎず、決して「複数の他者の記憶」と整合性が取ることができないために、必ずや辻褄が合わなくなるからである。しかし、果たしてそうだろうか。世間には「この話は墓場まで持って行く」というような言い回しが存在する。言説が非虚構であることの証明に何らかの検証が必要なのと同じく、嘘が嘘であることの証明にも検証が必要となる。「複数の他者」の証人が、常に現れるとは限らないだろう。原理上あくまでも想像に過ぎないが、この世には、嘘であることが露見していない大小の嘘が無数に存在すると思われる。

また深谷・田中は、「嘘には、悪意の嘘もあれば善意の嘘もある」と述べる。[38] すなわち発話者の利害関心において、嘘をつくという発話態度の行為意図には、「相手を騙す」ことが含まれる場合もあれば、必ずしもそうではない場合もある。あらゆる嘘に悪意が含まれるわけではなく、その意図によっては相手から許される嘘もあるという。これは柳田が問題とした「実利的」などの効果に関わるだろう。となると、嘘と虚構とを区別するのは、発話者と受容者とを含む人間関係・倫理の問題なのだろうか。

5　秘密性と操作性

亀山純生は『うその倫理学』において、「人間にとって直接の第一の環境はフィクションだという問題」に触れ、それを「根源的フィクション」と呼んでいる[39]。これは本書における根元的虚構論の立場と響き合う。嘘は、「人間の社会性と個人性という二重の存在様式」と深く関わる人間存在の事実にほかならない。そこで亀山は嘘の構造について、次の三つの要因から分析している。

（1）「ある言語的表現がその内容の点でうそであるということがいえるためには、発話者とそれを聞く者とのあいだに真実（事実）についての共通の基準が存在しなければならない」（真実基準の共通性[40]）。つまり、お互いに真実に対する認識が異なっている場合、一方の認識と違う文を他方が発話したとしても、それを嘘とは言えない。それは単に認識の違いとしか言いようがない。

（2）「ある言語的表現がうそであるのは、なによりもそれを表現する当の本人の理解する真実（事実）――主観的真実――と背反した場合である」（自覚性[41]）。従って、「たんなる認識の誤り・勘違い（誤謬）や無知による現実と虚構の混同」、あるいは障害の症状として出てくる誤った表現などは、嘘とは言えない。

（3）「たんに、意図的に自己のホントだと思っていることと異なる表現をすることが本来のうそなのではない。そのことが、聞き手あるいはメッセージの受け手にたいして隠されてはじめて〝問題のうそ〟なのである」（秘密性・操作性）[42]。これは嘘であることが分かってしまう「嘘らしい嘘」に対して、「まことらしい嘘」とも言われる。

これらの三要件を満たした「本来のうそ」に対して、それを満たしていない嘘は広義の嘘とされる。そして亀山はこれらを踏まえて、「嘘とはコミュニケーション関係において、自らが信じているホントのこと（リアリティ）と異なる言明・表現を意図的におこない、それを他者に隠蔽している言明ということができよう」とまとめている[43]。この亀山の分析は明快である。亀山の挙げた三要件をすべて満たす本格的な嘘を〈強い嘘〉、それらの要件のうちいずれかを欠いた、それに準ずる嘘を〈弱い嘘〉と呼ぶことにしよう。次にこれらの要件が虚構には当てはまらないか否かを考えてみたい。ある対象が虚構であるという場合に、何が起こっているのか。

まず（1）の「真実基準の共通性」については、虚構についても嘘とほぼ同じことが言える。〈『1Q84』という小説は虚構だ〉という場合、『1Q84』の内容が実在した誰かの実在した出来事の記録ではないことが、対話相手やコミュニティにおいて共通に理解されなければならない。次に（2）の「自覚性」についても、おそらく多くの虚構作品の作者は、自分の制作する内容が虚構であることを自覚している。作品の内容が虚構であるかないか分からないままに制作することは、あまり一般的ではないだろう（絶対にないとまでは言えないが)。しかし、問題は(3)の「秘密性・操作性」である。多くの場合、虚構は虚構であることを自ら明らかにしているように思われている。亀山も、演劇の場合を例にとり、演技者の科白について「聞き手がそれをうそと思わないのは、聞き手はその言明が話し手自身の主観的真実ではないことを知っているからだ。この場合、演技者は演劇という状況において自己の言明の虚偽性(虚構性)をあらかじめ表明しているのである」と説明している。(44)虚構は、いわば嘘であることが前提となっている点において、〈強い嘘〉とは異なるというのである。

これに従うならば、嘘と虚構との違いは、「秘密性・操作性」にあるということになる。これは野口が問題とした「虚構記号」の存在に等しい。野口は「虚構は決して嘘ではない」という先の定義に続いて、虚構は必ずや自らが虚構であることを示す「虚構記号」を伴うから、それによって虚構は虚構であると認知されることを論じている。もしも「虚構記号」の存在を認めるとするならば、虚構とは、虚構であることが分かってしまう「秘密性・操作性」を欠いた嘘、いわゆる〈弱い嘘〉であるということになる。「虚構記号」の問題については、『フィクションの機構』(「分析哲学と虚構の意味論」、96ページ)でも既に論じたことであるが、次章において別の角度から改めて取り上げる。しかし、結論を先取りするならば、「虚構記号」の存在は確定的ではなく、それが機能することは確実ではない。

ただし、テクストに「虚構記号」が存在する場合も確かにある。だが、そうであるとしても、その場合、虚構は少なくとも〈弱い嘘〉であると言えることになってしまう。すなわち、虚構は、嘘であることが分かっている嘘にほかならない。しかし、「虚構記号」の問題も含めて、虚構は常に虚構であることが明確に示されているとは言えない。『フィクションの機構』（96ページ）でも触れたハラルト・シュテュンプケの『鼻行類』やテオドール・サレッツキー編の『フロイトのセックス・テニス』のような、明らかに読者を担ぐ構想の下に作られた虚構の文献（偽書）がある。[45] また、実在しない本の書評集であるスタニスワフ・レムの『完全なる真空』などとそれらとが、読者に対する構想において、全く違うとまでは言えないだろう。[46] そこまで行かなくとも、芥川龍之介「奉教人の死」の「典拠」である「れげんだ・おうれあ」は、虚構の文献名であったが、作品が真に迫るものであったためか、それを実在する書物として受け取る読者があった。[47] すなわち、虚構であるのに虚構ではないと思われているような作品も存在するのであり、また、作品の一部に限ってみれば、そのケースはいっそう多いと考えられる。これらの場合、作品は〈強い嘘〉と同じ状態を呈する。

　実際は、（1）の「真実基準の共通性」に関しても、近代小説が、どれも同じように虚構であるという共通理解が読者の間にあるとは思われない。おそらく、多くの私小説は虚構ではないと思われているだろう。また、近代詩はほとんどの場合、情《こころ》を直接に抒《の》べる言説として受け取られ、虚構であるとは思われていない。これは、いわば嘘ではなく認識の違いであるような場合と同じことになる。このように、嘘と虚構をその構造に従って区別しようとするとと、微妙な点においてややこしい実態が明らかとなる。では、嘘と虚構は全く同じものだと言うべきなのだろうか。

6　嘘　虚構　根元的虚構

ここまで見たように、「二重の陳述」、真実らしさと構築性、「秘密性・操作性」などの性質は、確かに嘘と虚構との区別に緩やかな形で関わっているが、決定的な判別根拠とは言えない。むしろ、虚構は嘘を起源とした発展形態であるとか、また逆に嘘は虚構を基盤として、虚構の真実に合わせて語る行為であるとして、両者の連続性を認める有力な説もあったのである。最後にこれらを整理してみたい。

やや話がずれるが、野矢茂樹は学ぶべきことの多い哲学書『語りえぬものを語る』において、「過去世界」（過去の記憶としての世界）がどのようなものかを大森荘蔵や野家啓一の議論を参照して論じている。[48]大森らが、過去世界は過去物語によって構成されるととらえたことを踏まえ、野矢は「過去世界は過去物語によって過去物語とは独立なものとして作られる」と述べる。[49]「私は、過去世界をあくまでも過去物語の原因として作る」のである。[50]その場合、想起や身体的記憶などの非言語的体験を材料として、社会的制度を背景として過去物語は構築され、過去自体から出来事が分節化されることになる。

この見方を、物語一般に拡張することができる。すなわち、物語世界は物語の原因として作られるのである。「過去世界」と物語世界一般の違いは何かというと、過去は非言語的な現実の体験（これを野矢は「過去自体」と呼ぶ）を基盤とするのに対し、物語一般は必ずしもそのような現実の直接体験を必要とせず、純粋に想像によって呼び出された材料を含むあらゆる材料によって作られる点である。この材料には、現実的なものと想像的なものの片方または両方が含まれる。このような物語を作る操作一般を、根元的虚構と呼ぶことができる。なお、そのようなテクストは物語でなくともよく、詩でも他のジャンルでも構わない。物語世界は、世界とまで言わなくても、事態・情況・事象などと言い換えられる。

そのようにして作られた事態が、検証によって非虚構と見なされた時、テクストは通常の意味で非虚構となり、事態が虚構と見なされればテクストは虚構となる。過去であれば、作られた「過去世界」が、複数の証拠や証人によって正しいと評価された場合、そのテクスト（物語）は過去を正しく語るものと判定されるのであり、いわゆる歴史記述もそのようにして作られるだろう。他方、検証によって虚構であるとされれば、言うまでもなくテクストは虚構である。しかし、第一に、通常の意味での虚構と非虚構とにかかわらず、テクストを作る操作としての根元的虚構は共通に働くのである。第二に、そのような根元的虚構は、現実的・想像的な材料と、事態・情況・事象などの世界と繋がりを持つので、前に述べたミメーシスとして世界内に存在するものである。

　では、嘘はどうなのか。この観点から考えると、〈嘘物語〉によって〈嘘世界〉が作られる仕組みは、根元的には非虚構・虚構の場合と何ら変わりはない。嘘をつく人は、現実的または想像的な材料を用いて、ある事態・情況・事象を作り出す。それは、柳田が論じたように、伝統社会においては貴重な能力であり、文学や芸能の発生に大きく寄与するものだったろう。また、亀山佳明のいう、嘘はフィクションを作ってそれを使用する行為であるとする論、あるいは深谷・田中が指摘した、嘘は虚構の情況を構築し、それに整合する物語を語ることであるとする見方は、〈嘘物語〉が自らの原因として〈嘘世界〉を構築するという言い回しと一致する。そしてそのことは、虚構の小説（物語）が、あたかも自らの起源に存在したかのように小説世界（小説中の事態・情況・事象）を作り出すことと違いはない。従って、嘘と虚構とは、言語的なメカニズムとしては、同じものだと言うほかにないのである。

　もっとも、すぐに言い添えなければならない。にもかかわらず、嘘と虚構とは区別されており、区別される理由はある。第一に、繰り返しになるが、本章で検討した「二重の陳述」、形象性と構築性、「秘密性・操作性」、「騙す」発話行為の意図その他の、これまでに挙げられてきた嘘と虚構との差異に関する徴表は、確定的なものではないとしても決して無効ではない。各々に相対的で可変的な程度の範囲において、嘘と虚構とを区別しているはずである。『1Q84』のような長編小説は、その長さ、小説文体、高度な形象性と構築性、出版形態などから、ジャンルとして「虚構」と呼ぶのが正しく、たとえ内容が嘘であると見なされても単に「嘘」とは言えない。他方、私がTwitterに書き込んだ百四十字の法螺話を、いきなり「虚構」と呼ぶよりは、その短さ、文体、軽度な形象性と構築性、公開形態から、ささやかな「嘘」と見なす方が明らかに自然である。慣習や経験則と呼んでもよいこれらの徴表を、無視することはできない。とはいえ、〈『1Q84』は嘘である〉とか、〈私のツイートは虚構だ〉という逆の言い方も、言語資源としては常に可能である。

　ただし、第二に、より重要な役割を果たしているのは、言説・テクストに対する評価の問題である。簡単に言うと、多くの場合、嘘は良くない虚構（価値否定的）であり、虚構は悪くない嘘（価値中立的あるいは価値肯定的）なのである。[51] 第一の徴表群に加え、この倫理的な観点が嘘と虚構とを区別する尺度となるのではないだろうか。ただし、すべての嘘が良くないわけではない。「嘘も方便」の場合も確かにある。逆に、すべての虚構が悪くないということもない。小説作品の描き方をめぐる反発、時に名誉毀損の訴訟沙汰は珍しくなく、いわんや作家・作品を社会的・倫理的な観点から批判する批評態度は昔からある。そのような訴訟や批評で発話されることのできる〈村上春樹の小説など、すべて嘘だ〉という文には、文の形式として何の問題もない（真偽は別として）。もちろん、そもそも良い・悪いを決める倫理的尺度は相対的であり、さらに何が嘘を良くない・あるいは良い嘘とし、何が虚構を悪くない・あるいは悪い虚構とするかは、社会的もしくは芸術的な通念を背景として、個々のテクスト・言説に対するその都度の対応（解釈）に係ってくる。

そして、本章で問題とした嘘と虚構以外の言語形態においても、実は似たような事情が眠っているのではないか。言語を可能にするのは根元的虚構であり、発話された言説・テクストが様々なジャンルとして認知されるのは、検証と評価という事後的な操作の帰結に過ぎないのではないだろうか。グレゴリー・ベイトソンは「遊びと空想の理論」において、遊びに『コレハ遊ビダ』という前提の下にではなく、むしろ『コレハ遊ビダロウカ？』という問いの周辺に構築されたゲーム」としての性質を見出している。[52] すなわち、「コレハ遊ビダ」に類する枠組み・コンテクストを与えるメタ・コミュニケーションが、「コレハ遊ビダロウカ？」という疑問や曖昧な形でしか存在しない場合、それによって提供されるメッセージは、虚構なのか非虚構なのか、真実の主張なのか嘘なのかは明確ではなくなる。これは、言語ゲームの規則は、発話の後に、事後的にしか分からないとする、ウィトゲンシュタインのパラドックスにも通じることだろう。[53]

コミュニケーションが安定した伝達であるという日常言語の神話は、神話に過ぎず、実は日常生活においても不断に齟齬やパラドックスが生じている。嘘と虚構、虚構と非虚構、そして根元的虚構について考えることは、ひとり文学だけでなく、私たちの言語活動全般を見直す契機となりうるのである。

第二章　虚構論と文体論
――近代小説と自由間接表現――

1　小説　虚構　文体

この章では、近代小説の文体が虚構にどのように関与するのかについて、自由間接表現などの描出話法の問題を中心として論じる。虚構の本質や機能については『フィクションの機構』（『フィクションの理論』）にまとめて論じたので、それを起点として展開することを試みる。最初に、必要な限りにおいて小説・虚構・文体の関係について概観しておきたい。

野口武彦は、『小説の日本語』において、小説における虚構について論じるのに先立って、「小説言語は、虚構の言語である」と述べている。[1] 確かに、英語の「フィクション」が「小説」の意味になる場合があるように、小説が虚構であることは自明であるように思われる。しかし、実際には、確かに小説はその全体または一部が虚構であるとは言っても、その全体または一部が常に必ず虚構であるとは言えない。サールは「フィクション上の物語の大部分は非虚構的要素を含んでいる」と述べ、[2] 浜田秀は「非虚構的作品も小説に含まれる以上、虚構性は、小説全体を覆う均一な属性ではない」と論じている。[3] 一般に、虚構と思われている小説にも、細部を見れば虚構とは言えない文や文章が含まれていることは珍しくない。ある小説テクストが虚構であると言われるためには、そのテクストに含まれる文のすべてが虚構であることを必要としない。逆に大半の文が虚構であるようなテクストが、たとえば実在する存在者を人物として登場させたり、実在する固有名や存在者に言及していることから、虚構と見なされないことがある。また、あるテクストを虚構と見なすか否かに関しては、必ずしも受容者間で合意が得られるわけではない。虚構性は自動的には決まらず認知されるものであり、また虚構性の認知には共約不可能性が認められる（『フィクションの機構』81〜82ページ）。

野口が続けて、「虚構は決して嘘ではない」としたことについては、前の章で論じた。(4) おそらく、近代小説における文体と虚構とを結びつける紐帯はここにあるだろう。すなわち、文体は虚構を構築する小説の一要素であるということである。野口は、小説は「それが本来は作り物（虚構《フィクション》）であるという面をかならずどこかで明示している」として、ヴァインリヒが嘘であることを明示する記号とした「嘘信号《シグナル》」に倣い、小説が虚構であることを示す記号を「虚構記号」と呼んでいる。「『源氏物語』の『いづれの御時《おほんとき》にか』、『今昔物語』の『今は昔』といった書出しは、みなこの虚構記号である」(5)。野口は柳田國男の昔話論を参照して、「何々となん語り伝へるとや」や「今は昔」などがその機能を担ったとする。古典文芸では語句として明示されているそのような「虚構記号」に代わって、野口が近代小説の「虚構記号」として挙げるのが、「時制詞」とされる文末の助動詞「た」である。野口は「たり」から変化した「た」が、完了・過去の意味よりも、むしろ「それが虚構であることを示す弁別標識」となっているとし、以後、小説言語の「内的な構造体系」を多様に解明していく。この文末の「た」の問題については、語り論（ナラトロジー）の発達とも相まって以後も多方面からの議論が続くことになる[6]。

「た」の問題については、現在、日本語のアスペクトやテンスの体系についての研究が大きく進展していることから、また別途考え直す余地もあるだろう[7]。しかし、野口の研究は、これ以後の展開も併せて、小説言語の振る舞いを史的・構造的に分析した高水準の成果として、現在でも学ぶところは非常に大きい。しかし、テクストに「虚構記号」のようなものが存在するとしても、それが真にそのテクストが虚構であることを示すと保証する根拠はない。確かに、野口が挙げた徴表が見られるテクストがあり、それらは多くの場合虚構であるように思われる。だが、高々、それは既に虚構であると暗黙に理解されているテクストに対して、その理解を強化するために援用されるのではないか。原理的には、「虚構記号」そのものが虚構または嘘である場合が考えられる。逆に言えば、そのテクストが虚構ではなく真実であることを示して、それが常に真実となるようないわば「真実記号」もまた存在しない。ドナルド・デイヴィドソンは、文が真に主張であることを保証する「主張記号」などというものは存在しないとし、その理由をこう述べる。「というのも、嘘を言う人もすべてその記号を使用するだろうからである」[8]。〈強い嘘〉は、自らを真実として主張する。そして「虚構記号」が存在しないことは、「真実記号」が存在しないことに包含される。また、虚構であることが判明しているテクストにおいて「虚構記号」が認められる場合にも、その虚構性のスコープ（適用範囲）は、文・文章・章・テクスト全体など、可変的で相対的とならざるをえない。なぜならばサールや浜田が論じたように、テクスト全体が虚構と思われる小説にも、ある部分には非虚構の文や文章が含まれていることが多いのである。

　そもそもヴァインリヒの論述では、「嘘信号《シグナル》」は「嘘文学」とヴァインリヒが呼ぶところの特定の作品群、たとえば嘘つきが主人公であるような喜劇において、結末に至る前に観客が主人公を嘘つきであると見抜くことを可能とするような「常套句《イディオム》」とされていた。ヴァインリヒは、「したがって、嘘信号《シグナル》を伴った文学的嘘は、もはや文学以外で言うところの嘘の構成要件を満たさない」と述べている[9]。すなわち、ヴァインリヒのいう「嘘文学」の嘘は、それが真に嘘か否かとは関係のない、テクストと読者との間における表現と受容に関する慣習のコードにほかならない。同様に「虚構記号」の存在も、そのテクストが虚構か否かと関係するよりも、テクストと読者との間の固有の接触（コンタクト）の面に寄与すると言うべきだろう[10]。それはむしろ、虚構性を規定するレヴェルではなく、物語文体などのジャンル的なレヴェルで機能している。虚構と物語とを同一視してはならない。「いづれの御時にか」も「今は昔」も「た」終止も、テクストが採りうる一つの文体的オプションに過ぎず、その使用の有無は、テクストの虚構・非虚構の区別を規定しない。たとえば文〈今は昔、田中角栄という宰相がいた。〉は、「今は昔」と「た」が用いられているが、たぶん虚構ではない。また近代小説の場合、その全体または部分において、「た」終止を基本形とせず、「ている」や「だろう」などを基本形として作られた多くのテクストがある。逆に、現代文の場合には、「た」終止を使用して虚構でない文章を書くことは難しくない（〈私はゆうべワインを飲んだ〉）。もちろん、検証を経なければそれらの文が真に虚構か非虚構かは分からない。

　ここから、ひとまずの結論が導かれる。確かに文体は虚構の、または虚構を含むテクストを構築する小説の一要素である。だが、右のことから、一般に文体は、ひいては（近代）小説の文体は、虚構／非虚構の区別を決定しないというやや衝撃的な仮説が得られる。もっとも、右にテクストの文体的オプションと呼んだ「いづれの御時にか」「今は昔」「た」その他の語句・記号が、文芸テクストにとって慣習・経験則のコードとしての重要な意味と役割を担っていることは間違いがない。文体は虚構／非虚構の区別を決定しないが、小説のテクストにおいて、虚構の要素と関わる形で特定の機能を果たしているのだろう。ちなみに、このことは前章で論じた、慣習・経験則による嘘と虚構の区別の場合と事情が似ている。いずれにせよそのような文体的機能の中で、「た」終止の文体については既に語り論や近代文学成立史論において研究が進められており、ここでは繰り返さない。それに対して本章が問題とするのは、もう一つの文体的意匠であるところの、自由間接表現の文体論的・虚構論的なステイタスについてである。

2　自由間接表現と小説

ここで自由間接表現と呼ぶのは、各国語からの訳語において、自由間接文体（style indirect libre）、自由間接話法（free indirect speech）、描出話法（represented speech）、疑似直接話法（quasi-direct speech）、あるいは体験話法（erlebte Rede）と呼ばれている文体・話法を用いた表現手法のことであり、また併せて自由直接話法（free direct speech）についても論じる。野村眞木夫はこれらを一括して「描出表現」と呼んでいる[11]。間接・直接の用語は文構造の面（伝達節および・または引用符の有無）に、また描出・体験は語り手や人物の面（体験を描出）に由来する用語と思われる。日本語の場合、この現象を一義的に表す用語はこれらの事例の中に存在しないとも言えるが、各々の用語にはそれなりの有効性もあり、特に「自由間接」の語句には本来の意味を超えた含意も考えられる。そこで便宜上、ここではそれを自由間接表現と呼ぶことにする。

自由間接表現は、仏英独などのヨーロッパ語に概ね共通に見られ、またそれらの翻訳語を取り入れて発達した近代の日本語、特に日本近代小説においても顕著に現れることから、対照言語学・翻訳論・小説文体論などにおいて、極めて活発に論じられてきた。既に相当の質・量に及ぶ研究が、自由間接表現をめぐって積み重ねられている。それらの先行研究を参

	伝達節あり（framed）	伝達節なし（free）
直接引用（direct）	直接話法 *Michiko said, "Oh,I hate you!"*	自由直接話法 *Oh, I hate you!*
間接引用（indirect）	間接話法 *Michiko said*（*that*） *he hated her.*	自由間接話法 *Oh, he hated her!*

表：形式的特徴による話法の４分割（山口治彦）

考にして、必要な限りにおいて概観を試みると、文構造において自由間接話法は間接話法の、また自由直接話法は直接話法の、それぞれ伝達節が欠けたものとして理解できる。日英対照言語学の手法を用いて、引用と話法との関わりについて優れた研究を行った山口治彦は、立論の前提としてこれらの話法の伝統的な理解について、表のように分かりやすくまとめている。[12]

山口は引用と話法とを結びつけて論じるので、左側に「直接引用」と「間接引用」の区別が置かれている。直接話法では〈*Michiko said,* "～"〉と伝達節と引用符によって引用される一人称・現在時制の文が、自由直接話法ではそのまま地の文に置かれる。また間接話法では〈*Michiko said*（*that*）～〉の伝達節に導かれる文が、自由間接話法では、三人称・過去の性数と時制はそのままに、地の文に現れている。

これらの英文を日本語に訳してみると、この話法群の文構造における簡略な日英対照が得られる。中川ゆきこは英語の自由間接表現を日本語訳する際に、「三人称代名詞と過去形が中心問題となる」として、翻訳の諸方法を検討している。[13] それを参考に考えると、間接話法でこの英文“*Michiko said (that) he hated her.*”に対応する日本語文は、「ミチコは彼が彼女を嫌っていると言った」である。ただし、「彼女」を「自分」と言い換えて、「ミチコは彼が自分を嫌っていると言った」とする方が座りがよい。また、英文の過去形を厳密に「〜嫌っていたと言った」と訳すと、むしろ〈〜 (*that*) *he had hated her*〉のような過去完了（大過去）の訳の方に相応しい文となる。同じく、自由間接話法の“*Oh, he hated her!*”は、「おお、彼は彼女を嫌っていた」ではなく、たとえば「おお、彼は私を嫌っている」のように、代名詞と時制を改めた方が、日本語としては自然な文となる。多くの場合、日本語で自由間接話法と言われるものは、英語における時制の一致や人称の保持の規則に従わない。元々、日本語の時制と人称の規則は英語とは異なっているからである。その結果として、後で見るように、自由間接話法と自由直接話法との区別が曖昧になることもある。

自由間接表現に大きく着目して解明を行ったのは、初めて自由間接文体の呼称を用いた言語学者シャルル・バイイ（一九一二）である。[14]またミハイル・バフチンとヴォロシーノフはバイイを受け継ぎ、「疑似直接話法」と呼んでこの表現を研究した（一九二七）。[15]近代小説において自由間接話法を巧みに取り入れたのはギュスターヴ・フローベールの『ボヴァリー夫人』（一八五七）とされ、ジェイン・オースティン、ジェイムズ・ジョイス、ヴァージニア・ウルフ、フランツ・カフカほか、多くの作家が用いるところとなり、それらの個別研究も盛んに進められている。ちなみに、オースティンに造詣の深かった夏目漱石は、特に後期の小説において自由間接表現を多用したことが追究されている。[16] なお、本章は各国語や各国の小説における自由間接表現の実態や、それらの日本語における翻訳の事情について論じることを中心課題としない。たとえば中川ゆきこは、その自由間接話法研究の冒頭に、この分野に関する研究史を簡略にまとめている。[17]

日本の近代小説に関しては、はやく二葉亭四迷『新編浮雲』第二篇（明21・2、金港堂）において自由間接表現が現れることを野口が指摘している。[18] 野口が引用するのは次の箇所である（「第二編第八回　団子坂《だんござか》の観菊《きくみ》」、[19] 傍線中村）。

> どうも気が知れぬ　文三には平気で澄ましてゐるお勢の心意気が呑込めぬ
> 若し相愛《あひあい》してゐなければ文三に親しんでからお勢が言葉遣ひを改め起居動作《たちゐふるまひ》を変へ蓮葉《はすは》を罷《や》めて優《やさ》に艶しく女性《によしよう》らしく成る筈もなし又今年の夏一夕《せき》の情話に我から隔《へだて》の関を取除《とりの》け乙な目遣《めづかひ》をし麁匆《ぞんざい》な言葉を遣つて折節に物思ひをする理由《いはれ》もない

傍線部が自由間接話法となっている。野口はこの箇所を解釈して、「要するにこれは、『文三にはお勢の気が知れなかツた』と『おれにはどうもお勢の気が知れぬ』の中間にある話体である。西欧の文芸批評家だったら、これを自由間接話体（die erlebte Rede）と呼ぶだろう」と、（ウルフの『燈台へ』一九二七を論じた）エーリッヒ・アウエルバッハを参照して述べる（傍点野口）[20]。野村は自由間接表現について、「テクストの部分が描出表現であることを判定する標識が、その部分テクストの内部あるいは前後に存在する。その標識には、思考や発話を意味する動詞、叙法副詞、文末のモダリティの表現、総称表現の存在、などがある」と述べている[21]。この場合、「呑込めぬ」という動詞が描出表現の標識として機能し、「思考や発話を意味する動詞」に相当する機能を持つ。傍線部は、たとえば「（文三は）～女性《にょしょう》らしく成る筈もなし（と思った）」、「（文三は）～物思ひをする理由《いはれ》もない（と思った）」などのように、「呑込めぬ」事柄の列挙（引用）として理解できる。

　語り手の発話と人物の発話との「中間」という野口の解釈は、バイイを踏まえてバフチン、ヴォロシーロフが、「接続詞 que の脱落によって近づけられるのは、二つの抽象的な形式ではなく、二つの発話です。しかも、それぞれの発話が、それぞれに固有の意味を完全に備えたままの、二つの発話です」とする見方と似て、微妙に異なる[22]（que はこの場合、伝達節の that に相当するフランス語の単語）。バフチン、ヴォロシーロフの作者と人物との「二つの発話」の説が、小説の言語に二つの声を認めるポリフォニー性へと導くのに対して、野口はそこでむしろ語り手の「声」の消去へと結びつけている。それと関連して、野口が「しかし、厳密な人称の範疇を持たない日本語の場合、この用語を機械的にあてはめるのはためらわれる。いまかりに、これを半独白体とでも名づけておくことにしよう」（傍点野口）[23]としたのは先見の明と思われるが，いずれも後で論じよう。

ところで、遅くとも『浮雲』において自由間接表現が見られることは野口の指摘から明らかであるが、その始まりはどうなのだろうか。実に三谷邦明は、『源氏物語』の「若紫」巻にそれを指摘している。(24)「人〳〵は帰し給て、惟光の朝臣とのぞき給へば、たゞこの西《にし》面《おもて》にしも仏据《ゑ》へたてまつりてをこなふ。尼なりけり。簾《すだれ》すこし上げて、花たてまつるめり(25)」の傍線部が、「自由間接言説である」と三谷は述べる（傍線三谷）。確かに、「（源氏・惟光には）尼なりけり（と見えた）」、「（源氏・惟光には）花奉るめり（と見えた）」ととらえ、「のぞき給へば」を描出表現の標識と見なせば、確かにこれは自由間接表現のように受け取れる。このことから類推すると、おそらく、日本語における自由間接表現の歴史は、近代における西洋語との接触よりも以前に遡り、そこには日本語独自の要素が大きいと見るべきではないだろうか。

3　引用＝話法としての自由間接表現

これまで見たように自由間接表現は一般に小説文体との親和性が強く、また特に心理小説や意識の流れの小説などにおいて高い効果を上げることから、小説ジャンルもしくは虚構ジャンルの徴表であるかのように思われることが多かった。では、文体は虚構／非虚構の区別に関与しないという仮説は、自由間接表現についても有効なのだろうか。これについて重要な示唆を与えてくれるのが山口治彦の研究である。山口は従来のこの分野の研究とは異なり、「話法とは、引用を行うために文法化された言語手段である」と定義して、言語における引用現象一般の中で自由間接表現についても追究する。[26]山口によれば、引用は他者の言葉との対話であり、対話においては相手の言葉を「自由間接的に――人称を話者のコンテクストに合うよう変更し、しかも伝達節を用いないで」引用するエコー発話が頻繁に現れる。[27]すなわち、自由間接表現には、小説などの語りにおける自由間接話法のほかに、対話の自由間接表現であるエコー発話も含まれ、そしてどちらも文章語だけでなく口語においても用いられるのである。

まずここから導かれるのは、自由間接表現は小説や虚構の特権ではなく、日常会話なども含めた文体資源であるということである。確かに、豊かな思考や感情を表現するために小説が用いる巧みな自由間接表現は、日常会話に広く見られるというものではない。だが、日常会話ではそれは不可能というわけではない。逆に、エコー発話や描出話法を用いて、虚構ではない内容を表現することはあくまでも可能である。従ってここでも、（自由間接）文体は虚構性を規定しないと言うべきである。

だが山口の提言はそれでは終わらない。山口は、直接話法・間接話法などの話法を典型として進められてきた研究史において、「自由間接話法は副次的な話法という位置づけを受けてきた」ことに疑義を呈している。[28] 直感的にも分かるように、伝達節を必須とする直接・間接話法に比して、自由直接・自由間接話法の方がはるかに単純な形式を持っており、しかもエコー発話などは、特段の言語技術も必要としない（たとえば、Ａ「愛してる！」Ｂ「愛してる？」のように、ほぼイントネーションの変更だけでも機能する）。その結果として山口は前に参照した表を改訂して、「伝達節なし」の項目を最初に据え、「自由な形式のほうが話法の原初形式である」ことを明確にする。[29] さらに山口は、規格的な伝達節を持つ英語の直接・間接話法に対して、日本語はさらに柔軟な引用方法が可能であり、直接・間接に関わりなく、「と」および「って」の二つの引用助詞と、その他多くの補助手段を介して、豊富な結合パターンによる細やかなニュアンスの表現が可能であることを論証する。

英語話法のもっとも基本的な形式的特徴は間接引用か直接引用かという区分であった（そして、その次に伝達節がないのかあるのかという対立であった）が、日本語話法のもっとも顕著な特徴は、引用助詞を介した他人のことばの取り込みである。「と」と「って」は、直接引用か間接引用かといった区分には関係なく、他人のことばをつなぐ。日本語話法の中核は引用助詞を介した連接である。[30]

その結果として山口は、日本語において「直接引用と間接引用の区別をつけることは可能

だが、その区分は英語ほど明確でも重要でもない」と主張するのである。(31)

山口のこの引用＝話法論は、多様な振る舞いを見せる近代小説の文体研究においても極めて示唆的なものと思われる。具体例（村上春樹「タイランド」）を挙げて考えてみる（傍線中村、傍点原文）。

その夜、広い清潔なベッドの中でさつきは泣いた。彼女は自分がゆるやかに死に向かっていることを認識した。身体の中に白い堅《ママ》い石が入っていることを認識した。うろこだらけの緑色の蛇が暗闇《くらやみ》のどこかに潜んでいることを認識した。生まれなかった子どものことを思った。彼女はその子どもを抹殺し、底のない井戸に投げ込んだのだ。そして彼女は一人の男を三十年間にわたって憎み続けた。男が苦悶《くもん》にもだえて死ぬことを求めた。そのためには心の底では地震さえをも望んだ。ある意味では、あの地震を引き起こしたのは私だったのだ。あの男が私の心を石に変え、私の身体を石に変えたのだ。遠くの山の中では灰色の猿たちが無言のうちに彼女を見つめていた。生きることと死ぬることは、ある意味では等価なのです、ドクター。

傍線部（「ある意味では」〜）の二文は、文構造から言うと自由直接話法（カギ括弧で括って伝達節を付すと、〈さつきは「〜」と考えた〉などの直接話法となる）であり、一種の内的独白（monologue intérieur）であるが、前述のような日本語の特徴（特に、人称が必ずしも保持されない点）を考慮すれば、自由間接話法（カギ括弧で括らずに伝達節を付すと、〈さつきは～と考えた〉などの間接話法となる）とも言えなくはない。なお、興味深いことに、この箇所の英語・フランス語・スペイン語の翻訳は、いずれも自由間接表現としては訳していない。[32] 日本語における直接・間接の区別は、人称や時制よりもむしろ、いわば口語度（カギ括弧で括って直接引用と見なしうるか）に依存するが、この場合、「～のだ」という文末は文章語・口語どちらでも用いるので曖昧である。たとえば、いわゆる「女言葉」などが用いられた場合には口語度が高まるだろうが、実際は「女言葉」なるものが日常、口語で用いられるわけではない。むしろ「女言葉」は、女性による口語らしさを演出するために小説などのメディアが作り出した虚構の文体であり、それが日常会話にも言語資源として逆輸入されたふしがある。[33] また、野村の挙げた描出話法の標識としては、「認識した」や「思った」などの動詞、あるいは「のだ」の文末も判断・断定のモダリティを担う語として挙げられるかも知れない。

　ところで、その前の波線部（「男が苦悶《くもん》にもだえて」～）の二文には主語がない。主語のない文は日本語では珍しくない。仮に主語が「彼女は」ならば通常の叙述文、「私は」ならば右と同じく自由直接または自由間接話法となる。翻訳原文がある翻訳の場合でなければ、日本語の文・文章だけから、それが自由間接表現の枠組みにおいてどの種類の文体かを一義的に規定することは難しいのである。結局、まさしく山口の指摘のように、ここでは話法の区別は明確ではなく、また重要でもない。この引用箇所の全体に亙って、文の主体や客体の位置づけは緩やかに流動を続けており、その可動域はかなり広い。その流動性は、いわゆる語り手の叙述というステイタスをも脅かすほどであり、語っているのが語り手なのか人物なのかは曖昧となる。さらに、傍点部（「生きることと」～）は、テクストにおいて、この引用以前の箇所でニミットがさつきに語った会話文の自由直接引用である。これはほとんどエコー発話に等しく、傍点を付してニュアンスを変更または強調していることが分かるが、これは誰がここに引用したのだろうか。さつきだろうか、テクストの語り手だろうか。そして、何のために、どのような意図で引用したのだろうか。それもまたにわかには確定できない。かりそめにもそれを確定するためには、小説論としての高度の解釈が必要となる。このような自由間接表現の流動性と柔軟性は、小説においては明らかにその意味の多義性と不確定性を助長し、それによってテクストを豊かなものにしていると言うべきである。まことに自由間接表現という言葉はこの文体を呼ぶのにふさわしい。それは本来の定義を離れ、文構造として著しく自由で、また間接的だからこそ、類なく多様な表現を生み出すことができる、ある文体の呼称となるのである。

4　引用と根元的虚構

さて、話法を引用表現の野に解き放つ山口の観点に倣って、私流に理論化を行ってみよう。既に引用の一般論については小稿を著したことがある。(34) その骨子の第一は、引用表現、特に引用符を、引用文をコード変換する一種の函数と見なすということである。たとえば文〈「人」は二画である。〉の場合、引用符のカギ括弧は文字の画数を返す函数である。ところで、引用符の機能は無数にあり、たとえば数学の絶対値記号のような特定の意味はない。話法における伝達節は、この函数を明確にする式である。また伝達節を持たない自由間接・自由直接表現においても、野村の言うような標識の存在は、伝達節に代わる函数表現の痕跡にほかならない。エコー発話のニュアンスを決める語調や傍点なども、これに含まれる。では、もしもそのような標識が存在しない・あるいは希薄であるか、逆に複数の標識が存在する場合はどうなるだろうか。その場合の意味の理解は、不可能であるかまたは高度の解釈が要求される。「タイランド」の例がそれであり、ここで読者は、たとえば傍点部の文が自由直接引用（エコー発話）されていて、しかも傍点が付されていることの意味を自分で解釈しなければならない。そして、多くの小説文体は、程度の差はあれ、このような事態を共有しているのである。

その上に、山口の挙げた日本語における引用表現の自在さ、しなやかさがある。ここで、野口が『浮雲』の自由間接表現を、「半独白体」と呼び変えたことが想起できる。引用は、他者の言葉との対話である。それは引用元と引用先、他者と自己とを結びつけ、しかもそのどちらにも還元されない。しかも、たとえば引用助詞「と」や「って」を基本とする日本語の引用表現が容易でまた多彩であるのと同様に、必ずしも主語を明記せず、人称や時制も一つには決まらない日本語の自由間接表現も、このような対話によって引き起こされる意味をまた多様で柔軟なものとする。それをどのレヴェルで理解するかは、解釈者によって相対的となる。たとえば、前に見たバフチン、ヴォロシーノフの言う「二つの発話」が同居するポリフォニー性は、そのような解釈のうち一つのオプションに過ぎず、野口のように「声の消去」として理解する読み方も別のオプションとしてありうる。バフチンのポリフォニー論は、一般論としては魅力的だが、常に単純に成り立つとは言えない。

ところで柳父章は、主語そのもの、特に「彼」「彼女」の類の三人称代名詞が近代の翻訳語であり、今日でもなお翻訳調と感じられること、また、小説におけるくだんの「た」終止だけでなく、現在形もまた翻訳によって作られたと述べている。[35] 特に、「今日に至るまで、とくに話し相手がいるときの文では『た』止めはまれだ、と言っていいだろう。日本人は言い切りの突き放した話し方を避けるのである」として、「『言ったね』」、『食べたよ。』」、『見たっけ……』などと、後に助詞がつくか、省略形をとるか、イントネーションがついて『行った？』『うん、行った。』のように使われるのがもっとも普通であろう」とも指摘する。これと関連して、山口が豊富に例証している引用助詞「と」「って」の用例には、それが文末の終止形として用いられているものが多い。この点からすれば、柳父が挙げた「ね」「よ」「っけ?」などの助詞もまた、濃淡の差はあれ、引用のニュアンスを含むのではないか。相手に尋ねる「っけ?」は勿論のこと、確認や同意を求める「ね」や、意思の疎通を強化する「よ」にも、微妙ながら引用の感触がある。また柳父の挙げた「行った?」「うん、行った。」の例は、ほぼエコー発話に等しい。

ここで、引用に関する小稿の第二の骨子が想起される。先の文は、引用符を外して〈人は二画である。〉と書くこともできる。十分な文脈の存在する場合、引用符は必ずしも必要ではなく、受容者が暗黙にそれを引用と認め、函数処理を施す。引用であることが明記されていない引用や、翻案・パロディ・再話などの第二次テクスト現象についても、それを認知しうる受容者の裁量によって、テクストに引用を認めることは常に可能である。だがそうであるとすれば、あらゆる文、あらゆる言語が根元的に引用ではないかという見方も排除できなくなる。山口の言うように、いわゆる自由直接・自由間接表現の方が直接・間接表現よりも基本的であり、また日本語はさらに柔軟な引用構造を誇るとするならば、むしろ小説の文は、原初的には引用として対処することもできるのである。

ちなみに、野家啓一の「物語の意味論のために」(『物語の哲学』所収)は、言語哲学における虚構論の先駆的で優れた研究であるが、そこでは引用の問題も検討されている。[36] 野家はサールの「擬装」理論を検証するにあたって、野口と同じく柳田國男の昔話論を参照し、虚構的言説は「伝聞報告」または「引用」の形式を採ると見なしている。野家によれば、虚構においては「行為主体（作者）」と「発話主体（語り手）」との分裂が認められるが、「伝聞報告」「引用」の場合にも「報告の主体とその報告内容のオリジナルな話者とは別人」となる。その上で、虚構の「伝聞報告」と現実のそれとを区別する徴表を、前掲の野口による「虚構記号」に求めている。虚構のテクストにおける発話行為主体と発話主体との二重化については『フィクションの機構』（「立原道造の Nachdichtung」、291〜292ページ）で論じてあり、また「虚構記号」が確定的ではない点についても繰り返さないが、本章で論じた自由間接表現の一般化は、虚構が「伝聞報告」「引用」の形式を採ることの用例ともなるだろう。

ただし、野家は嘘と虚構との区別をもこの「伝聞報告」に求め、「嘘はいかなる意味でも『伝聞報告』の言語行為ではない」と論じているが、これは疑わしい。[37]たとえば、〈息子さんから頼まれたのだが〉と「伝聞報告」の文体を採ることが、典型的な振り込め詐欺の手口にある。ウンベルト・エーコは、「嘘を言うのに使えないようなものがあれば、それは逆に真理を伝えるために用いることもできない」と述べている。[38]「伝聞報告」を含め、あらゆるまことしやかな言語行為の形を採ることができるからこそ、嘘は嘘として機能しうる。むしろ、自由間接表現などの引用＝話法が虚構との親和性が高いとするならば、そして前章で論じたように虚構と嘘は紙一重であるとするならば、嘘こそ、巧みに「伝聞報告」を仮構するものだと言うべきだろう。

以上のことを省みるならば、ここを起点として展開すべき小説文体論の方向性は極めて多彩となるはずである。すなわち、従来は例外的と見なされてきた自由間接表現の方が、むしろ本来的な小説叙述なのであり、そこにおいては主体・客体・態度などがいったん括弧に括られる。その結果として、たとえば伝統的に作者の表出とか、語り手を介したメッセージの伝達とか、社会的なオーディエンスにおけるテクストの責任などのように、テクストをいわば主張としてとらえることで行われてきた従来の批評の類について、文体論は、それらの見方が単純に過ぎることを示して理論的に関与する局面があるだろう。

さらに、柳父・山口の見方を発展させれば、次のような仮説も生まれるかも知れない。すなわち、小説文体のみならず、日本語の日常会話も引用や自由間接表現の宝庫であるならば、そのあり方は虚構の場合と変わらないということになる。虚構・非虚構の区別にかかわらず、引用や自由間接表現は、発話行為の根幹にあって機能しているのではないか。言い換えれば、現実（非虚構）の言語行為と、虚構の言語行為とは、根を同じくするものではないだろうか。一般の意味において虚構と非虚構とを区別する根拠は、厳密には検証によって見出されるほかにない。その判定は、文体とは別の次元で行われなければならない。一方、自由間接表現を含む文体の多彩で不確定的な振る舞いは、外延として言語表現の取りうる範囲の広大さを示すものである。虚構の文体が取りうる可能性の範囲は、言語の可能性の範囲と一致する。言語によって可能な表現の全範囲と一致する範囲を持つような虚構、すなわち、一般的な虚構の成否とは別の次元において、あらゆる発語・発話が行われる限りにおいてその基盤を提供する虚構、いわゆる根元的虚構を想定するとすれば、引用と自由間接表現が場所を占めるのは、そのような根元的虚構の領域を措いてほかにない。

第三章　物語　第二次テクスト　翻訳
――村上春樹の英訳短編小説――

1　翻訳と第二次テクスト

この章では、村上春樹の短編小説を題材として、虚構的テクストの一様相としての翻訳を第二次テクストのあり方として見直し、その過程に立ち現れる物語の機能について再検討する。

村上の『神の子どもたちはみな踊る』に収められた「タイランド」[1]は、広い意味での翻訳現象の横溢したテクストである。日本人の研究医さつきは、タイ人のガイド兼運転手ニミットと英語で会話をする（彼はノルウェイ人の宝石商に長年仕えていたため、訛りのない中性的な英語を話すとされている）。ニミットが連れて行って会わせた予言者の老女はさつきの内部の問題を読み取り、その言葉はタイ語なのでニミットが通訳する。さつきの身体の中にある石に書かれた文字は日本語であり、老女は読むことができない。そのためさつきにも読者にもその文字は分からない。ただし、ニミットは自分の体験も含めてさつきにアドヴァイスを行い、結末でさつきは静かに赦しと癒しの境地に入ることになる。「タイランド」はこのように、日本語・英語・タイ語間の翻訳（通訳）と、心の状態の透視という比喩的な意味における翻訳が結び目となって、物語を繋いでいく小説である。村上は自らが翻訳家であり、また作品も多数の外国語に翻訳されている。のみならず、「タイランド」は、村上の小説そのものにおいても翻訳が本質的な問題となる代表的なテクストの一つである。本章では、村上の短編小説のテクストを、主として「緑色の獣」[2]を中心として「タイランド」などに及び、村上の短編小説のテクストを、その英訳とともに読むことによって、このような本質的翻訳の問題系に迫ってみたい。

さて、村上における短編の意味については、概観を書いたことがある。第一に、「村上さんに電子メールで直撃インタビュー」[3]や「短編小説はどんな風に書けばいいのか」[4]などにおいて、村上文学の「主戦場」は長編であり、短編はそのための「実験台」のようなものであると村上自身が繰り返し述べている。「実験台」とは未熟という意味ではなく、「実験台」だからこそ斬新な小説技法や、新規のトピックを導入して、意想外の結果をもたらす場合があるということだろう。第二に、「メイキング・オブ・『ねじまき鳥クロニクル』[5]」で語られるように、「どこから来てどこへ行くのか誰も分かってない」、ある種の偶然性に満ちたテクスト様式の実現においても、短編は特徴的である。かつて、これを不条理性と解釈したことがあるが、[6]その解釈が十分であったか否かは改めて検討しなければならない。何よりも、村上の短編はそれ自体の小説としての水準が高く、具体的な小説技法において改めて評価されるべき対象である。それはまた、結果的に長編のスタイルを解くための鍵をも提供するだろう。

さらに、「緑色の獣」と「タイランド」についても、〈傷つきやすさ〉つまりヴァルネラビリティ（vulnerability＝脆弱性、攻撃誘発性）を鍵として、『ノルウェイの森』やその他の短編と併せて論じたことがある。[7] しかし新たに、それらのテクストの英訳を参照することにより、同じテクストにやや異なる解釈の方向がありうることに気づかされた。言うまでもなく、〈村上春樹と翻訳〉は大きな研究テーマである。彼は、レイモンド・カーヴァーを初めて日本に紹介し、個人訳の全集を刊行、またフィッツジェラルドの『グレート・ギャツビー』（一九二五）や、サリンジャーの『キャッチャー・イン・ザ・ライ』（一九五一）、あるいはチャンドラーの『ロング・グッドバイ』（一九五四）などの新訳を始めとして、多くのアメリカ文学の翻訳を行っている。また彼の作品が各国語に翻訳され、世界各地で愛読されていることは言うまでもない。このように、いわば事業としての翻訳につきまとわれている村上の文学において、翻訳という現象は、翻訳を離れても大きな意味を持っているのではないか。その意味では、柴田元幸との共著『翻訳夜話』[8]を、翻訳はもとより、村上の文学全般に通じる数々のヒントを提供してくれる重要なテクストとして挙げることができる。

そこで村上は、自分の小説は基本的に読み返さないが、その翻訳（英訳）ならば読むことができると明かし、その理由として、「というのは、僕が書いたものと、そこに訳されたもののとのあいだには、ある種の乖離《かいり》というか遊離があるからね。自分の書いたものでありながら、自分のものではないという二重性があるから、そのへんのすきまみたいなものを楽しんで読めちゃうのね」[9]と述べている。このことは重要である。つとに言われるように、翻訳は転写や変換ではなく、原作を材料とした一種の創作・書き換えにほかならない。言い換えれば、翻訳とは、原作を第一次テクストとする第二次テクストなのである。そして、第二次テクストは第一次テクストに対して、単に原作として材料を仰ぐのみならず、多くの場合、何らかの解釈や批評を行うのである。典型的な第二次テクストとして翻案・改作・パロディ・再話などが挙げられるが、あまり一般に認識されていないが広く見られる第二次テクストとして、原作をもつ映画などの作品があり[10]、そしてまた翻訳もその一つである。

　さらに村上は『翻訳夜話』の中で、「翻訳というのは言い換えれば、『もっとも効率の悪い読書』のことです。でも実際に自分の手を動かしてテキストを置き換えていくことによって、自分の中に染み込んでいくことはすごくあると思うんです」[11]と述べている。これも読み飛ばしてはならない。これは、あらゆる読書は、実は翻訳と同じような第二次テクストの実践なのであり、翻訳はその最も徹底的な営みであるということにほかならない。ロラン・バルトによれば、テクストの生産的な読解とは〈書きうること〉(scriptible) である[12]。つまり私たちがあるテクストを読むということは、そこで私たちの読解というもう一つのテクストを書くことに繋がる。

　また、テクストを生産する局面においても事情はよく似ている。「あるテクストは、多かれ少なかれ純粋にオリジナルであるということはない。テクストは、暗黙的にまたは顕示的に他のテクストやテクストのクラスを基礎としたり、あるいは参照したりしている。ジャンル・定型・物語などと呼ばれるものは暗黙的なクラスを、引用・翻案・改作などは顕示的なテクストを第一次テクストとして関係している。両者の複合や、中間形態も少なくない。その意味で、すべてのテクストは第二次テクストである（すなわち、第一次テクストも本来的に第二次テクストである）」[13]。このように見るならば、テクストのオリジナリティとは、他のテクストとの関係、すなわち〈変異〉として評価されるべきものである。翻訳とは、そのような〈変異〉の一種であり、またその典型でもある。そして、そうであるならば、翻訳の問題を考えることは、テクストの生産と受容、つまり創作と読解の全局面を覆う理論に行き着かざるを得ない。従って、翻訳研究は文学研究にとって、決して副次的なプラスアルファの領域などではないのである。

2　Monsterと獣――「緑色の獣」読解

「緑色の獣」の語り手「私」は、夫のある女性である。家に一人でいて庭を見ていた時、椎の木の根元から緑色の獣が現れ、玄関のドアをノックし鍵を外して入ってくる。獣は、鱗・爪・突き出た鼻先をもち、人間のような目をして、奇妙な言葉遣いで、自分は「私」にプロポーズしに地中から出てきたと言う。最初から「私」はこれを「気持ちの悪い緑色の獣」などと呼んで激しく嫌悪し、獣が人の心を読み、その内容を反映することが分かると、次々に残酷な場面を心で考え、獣を苦しめて最後には消滅させてしまう。

彼女はこの嫌悪すべき未知の相手からの攻撃や陵辱を恐れ、相手から攻撃され陵辱される前に相手を攻撃したのである。[14] なぜなら、攻撃は最大の防御だから。彼女のこの攻撃性は、彼女のヴァルネラビリティ、つまり〈傷つけられやすさ〉に由来する。村上作品においてヴァルネラビリティの問題が大きく前景化されたのは『ノルウェイの森』からであると考えられる。しかし、直子が自殺するのとは反対に、「緑色の獣」では、自分の脆弱性＝〈傷つけられやすさ〉を自覚するからこそ、相手を傷つけ、最後は殲滅してしまう。このような脆弱性が、ジェンダー的劣性としての女性に根拠づけられるとするならば、彼女の攻撃は、いわば正当防衛として政治的な正しさを有するということになる。端的に言って、そうしなければレイプされるかも知れない状況に置かれた女性が、相手を倒したとしても非難される言われはない。この構図の下で、獣は男性としてイメージされる。ただし、叙述をよく読むと、獣は一方的に悪者として描かれているとは思われない。赦しを乞い、悪気を否定し、最後には消滅してしまうこの獣には憐れなところがある。彼女はのっけから相手を「訳のわからない気味の悪い獣」と見なし、攻撃以外のコミュニケーションを閉ざしてしまった。何らの交流も行わず、理解のできない相手を攻撃して破滅させてしまうのは、ヴァルネラビリティを盾に取った、一種の弱者の暴力となる場合もありうるのではないか。そしてまたそれは、相手側からの次の暴力を招く危険を誘発するかも知れない。いわばそれは、ヴァルネラビリティの悪循環の一つなのである。

しかし、ここではこの論を見直さなければならない。なぜなら、英訳から逆照射する光に当てると、「緑色の獣」というテクストは、語り手の「私」の側の立場で染め上げられてはいないのである。それは、叙述や描写と一体化している微妙な意味のニュアンスによって、「私」の立場から逸脱する要素を多分に含むテクストである。これも前に行ったことの繰り返しとなるが、タイトルの「獣」の意味を再検討してみよう。「獣」には「ケモノ」と「ケダモノ」の二つの読みが考えられる。『日本国語大辞典』（小学館・第二版）を引くと、毛の生えた物という語源に由来する「ケモノ」の意味は、第一に「全身に毛が生えた、四足をもつ哺乳動物」、第二に「特に、家畜」とある。一方、「ケダモノ」はこの二つの意味を共有するほか、第三の語義として「人間的な情味のない人」「遊女や高利貸しなど」「人でなし」などの卑称・蔑称としての意味がある。『1973年のピンボール』[15]に、「『彼ってすごいんだから』と208が言った。／『獣よ』と209が言った」という一節があり、この「獣」にもルビは振られていないが、「ケダモノ」と読む方が適切だろう。

この小説のタイトルの「獣」は、「ケモノ」か「ケダモノ」か定かではないが、恐らく「ケモノ」のようである。その理由は、この緑色のものは、外見と言葉遣いは奇妙だが、「私」に対する態度はそれほど「人でなし」的ではなく、やっていることはむしろ「私」の方が「人でなし」的だと感じられるからである。また、鱗・爪・突き出た鼻先、穴を掘る、などの外見や行動から、アルマジロやセンザンコウなど実在する動物のイメージを思い浮かべることもできる。従って差し当たり、これは「緑色のケダモノ」ではなく、「緑色のケモノ」と読むべきものと思われる。なお、これは文献学的に正しい読み方を検討しているのではなく、読み方との関わりから内容を解釈する試みに過ぎない[16]。

ところで、ジェイ・ルービンによる英訳のタイトルは、*The Little Green Monster* であった[17]。“Monster”は言うまでもなく怪物・怪獣の意味である。比喩的に人間や生物を指して言うこともあるが、本来は怪物に違いない。本文中ではこの外に、“beast”つまり動物・野獣や、“creature”つまり動物・異生物などの言葉も用いられているが、動物・哺乳動物を言う最もポピュラーな言葉である“animal”は一度も用いられていない。もう一つ興味深いのは、次の引用のように、日本語の原文における「獣は」という主語や「獣の」という所有格が、“monster”や“beast's”などと並んで多くの場合、英訳では“it”および“its”になっていることである（傍線引用者、以下同）。

> 獣はきらきらと光る緑色の鱗《うろこ》に覆われていた。獣は土の中から出てくるとぶるぶるっと身を震わせ、鱗についた土を落とした。鼻は奇妙に長く、先にいけばいくほど緑色が濃くなっていた。先端は鞭《むち》のように細く尖っていた。でも目だけが普通の人間の目をし

ていて、それが私をぞっとさせた。目にはきちんとした感情のようなものが宿っていたからだ。私の目やあなたの目と同じように。

獣はそのままゆっくり玄関に近づいて来て、細い鼻の先でドアをノックした。コンコンコンコン、と乾いた音が家の中に響きわたった。私は獣に気づかれないように忍び足で奥の部屋に移動した。悲鳴をあげることすらできなかった。近所には家は一軒もないし、仕事に出た夫は真夜中まで戻ってこない。裏口から逃げ出すこともできない。私の家にはドアがひとつしかないし、そのドアを気持ちの悪い緑色の獣がノックしているのだ。[18]

Its body was covered with shining green scales. As soon as it emerged from the hole, it shook itself until the bits of soil clinging to it dropped away. It had along, funny nose, the green of which gradually deepened toward the tip. The very end was narrow and pointed as a whip, but the beast's eyes were exactly like a human's. The sight of them sent a shiver through me. They showed feelings, just like your eyes or mine.

Without hesitation, but moving slowly and deliberately, the monster approached my front door, on which it began to knock with the slender tip of its nose. The dry, rapping sound echoed through the house. I tiptoed to the back room, hoping the beast would not realize I was there. I couldn't scream. Ours is the only house in the area, and my husband wouldn't be coming back from work until late at night. I couldn't run out the back door, either, since my house has only the one door, the very one on which a horrible green monster was now knocking.[19]

「獣は」「獣の」が繰り返される場合、英訳で必ずしも"monster"、"beast's"などと逐一訳す必要はないが、本来、日本語でもそうなのである。しかし日本語の原文では、「それ」とか「彼」などの代名詞は用いられずすべて「獣」で通され、中には「ねえ獣」と呼びかける箇所すらある（その箇所は英訳では"See, then, you little monster,"となっている）[20]。これは、いわば普通名詞の固有名詞的な用法、つまり「かえるくん」にも似た「獣くん」（あるいは「獣野郎」？）に近づいているのではないか。それは親しみではないにせよ、少なくともコミュニケーションにおいて同一の地平にある。つまり、彼女は獣を攻撃するのだが、それは相手が攻撃を与えることのできる対象であることを認識した上でなされたのである。それに対して、"monster"や"it"が相手であるところの英訳は、原文と比較して、相対的に対象に対する異物感、いわば怪物感が強化されていると言える。

次に注目すべきは、獣の奇妙な言葉遣いについてである。この獣は「しゃべりかたはなんだか少しずつ奇妙」「言葉を覚えまちがえたみたいに」と彼女に言われている。その奇妙さの中心をなすのは、たとえば、「はがれちまいまいましたよ」とか「好きでたまらないから」「這い上がってきたたたですよ」などのような、[21]吃音的な言い方である。この場合の吃音的な言い回しは、単なる言語障害ではないだろう。この獣はプロポーズをしに現れたのであって、異類であるということのほかに、彼女に自分の意思を伝えたいという思いの強さが、言葉を佶屈にしたとも考えられる。そもそも、言語能力を有すること、さらには相手の心を読むことからも、この獣の持っているコミュニケーション能力は非常に高度であるとも言える。「TVピープル」や「加納クレタ」をはじめとして、擬音語・擬態語が特異である村上の作品は、言語コミュニケーションの問題を焦点とすることが多い。『またたび浴びたタマ』の類の言葉遊びは村上の余技ではなく、むしろ、村上の文芸様式の重要な一要素と言うべきである。

それに対して英訳は、またそれなりにユニークである。"Madam madam madam, don't you see? Don't you see? I've come here to propose to you. From deep deep deep down deep down deep. I had to crawl all the way up here up here up. Awful, it was awful, I had to dig and dig and dig."[22]これは吃音的というよりも、反復のレトリックに近い。吃音は、通例一つの単語の内部で音が複数回重ねられる現象であるが、こちらは一つの文の内部で単語が繰り返されている。むしろ、それはルービンの村上論のタイトルである言葉の音楽性さえ感じさせるものである。[23]単語の配列の異常は文法の異常と言うことができ、それは単語の内部の音の異常である原作とは異なる。見方によっては、文法の異常は、発音の異常以上に獣の異物感を際立たせる表現であると言えるかも知れない。

3　現代の昔話

このように英訳は、原作と比べると微妙に獣の異物感・異質性を強調している。一方、相対的に原作では、行動としては彼女は獣を完全殲滅したとしても、文体・表現のレヴェルでは必ずしもそうではなく、どこかでコミュニケーションの可能性を残していたとも見える。やはり獣は monster ではなくあくまでも獣（ケモノ）なのである。そのことの意味は、先に示唆したように、ヴァルネラビリティを帯びているのは彼女だけでなく、この獣もまた彼女に対してヴァルネラビリティを帯びているということである。壊れ物としての人間と同じように壊れ物としての獣である。たとえて言うならば、『ノルウェイの森』の直子がワタナベに対してヴァルネラビリティを帯びている一方で、ワタナベの方も直子に対してヴァルネラビリティを帯びている状況が想像できる。言い換えれば、男女のジェンダーに頭から一律に優劣強弱を割り当てる発想を、この見方は相対化する。正気の生身の人間間において、傷つけ傷つけられることは相互的であって、たとえば多くの場合、女を傷つける男は女に傷つけられる男でもあるのだ（彼が真に monster でもない限りは）。だが現今のジェンダー観が、男女にそれぞれジェンダー的な優劣を割り振るのが通例であるとすれば、獣を monster と見なす発想はこのジェンダー観と一致する。

　このヴァルネラビリティの相互性の視点は、結末近くの、「ねえ獣、お前は女というもののことをよく知らないんだ。そういう種類のことなら私にはいくらだっていくらだって思いつけるのだ[24]」という言葉の解釈を導いてくれる（傍点原文）。これは「女というもの」のジェンダーを理解しない相手に対して、「そういう種類」の残虐な行為を自分は「思いつける」ということである。逆に言うと、獣が出現して初めて、彼女は自分の内部に準備されていたそのような残虐性・攻撃性を発見し、それを表現することができるようになった。そして相手の心を読み、そのイメージ通りに打撃を受けるこの獣は、いわばヴァルネラビリティの塊である。自分の攻撃を誘発するような対象を必要とする内的な理由を、彼女は持っていたのだろうか。しかしそうであるとすれば、この小説の構造において、獣を招き寄せ、出現させたのは彼女自身の心であるということになる。

　そもそも、獣が出現した時、彼女は夫が仕事に出た後で一人家に残り、「心の中で木と話をしていた」。言うまでもなく現実には庭の椎の木と話はできないので、これは彼女の自己対話である。自己対話の延長上に出現した獣が、自己対話の内実であること、すなわち、彼女自身の「心の闇」の部分から出たものであることは推測に難くない。その証拠に、獣の出てくる音は、初め「私自身の体の中から聞こえてくるように思えた」とある。獣がそこから来た「地の底」とは、彼女の内心の奥底ではなかったか。そしてまた、「みんなとめたですよ」というように、そこにはまだまだ多くの獣たちがいるらしい。獣は、彼女の心のある種の分身であり、それは彼女が普段は見ないようにしていた自分の心のある局面、すなわち「そういう種類」の残虐性や攻撃性の存在を自覚させ、残虐な攻撃を誘発するような触媒であった。この小説で獣は彼女の心を映す鏡であり、後で述べるように翻訳装置でもあって、重要なのはあくまでも彼女の心であって獣ではない。とすれば、獣の出現は彼女が内心の自分を認知する契機となりえたはずであるが、この小説ではそこまでは書かれていない。獣は最後にチェシャ猫の笑いのように目だけを残し、そしてその目も消えてなくなってしまうが、そう考えると原理的には消えたわけではなく、単にもう一度彼女の心に戻ったのかも知れない。だからこそ、と言うべきか、獣はこの後も繰り返し村上のテクストに現れるだろう。それはたとえば波（「七番目の男」）、緑色の蛇（「タイランド」）、みみずくん（「かえるくん、東京を救う」）、地震のおじさん（「蜂蜜パイ」）、あるいは猿（「品川猿」）などに形を変えて、村上の人物たちにつきまとうだろう。ちなみに、「心の闇」という言葉は、「品川猿」[25]からの借用である。

彼女の家は奇妙なことに「近所には家は一軒もない」し、「ドアが一つしかない」もので、彼女はそこに入って来られることをに対して恐怖心を抱く。これは、村上が敬愛していた河合隼雄が『昔話と日本人の心』[26]の冒頭で論じた、いわゆる「見るなの座敷」の類のように思われる。全国、ひいては全世界に広く流布する「見るなの座敷」の物語は、他人には知られたくない、自分でも気づくことのできない、心の奥底にある闇の部分の象徴的な表現とされる。彼女の「心の闇」の部分、それは、まさしく彼女が嫌悪した獣と同じく人間離れした醜怪で凶悪な物に満ちている。従って、実際に monster であったのは獣ではなく、いわば彼女の方なのである。そして、その意味では逆説的ながら、英訳の方が原作の意味を豊かに、あるいは的確に解釈して実現しているとさえ言える。さらに逆説を重ねれば、先ほど「ケモノ」として規定した読み方は、実はある局面においては「ケダモノ」でも構わないということになる。従ってこの小説のタイトルは、「緑色のケモノ」であると同時に、「緑色のケダモノ」でもあり、両者の間の振幅がタイトルに含まれていると考えられる。翻訳が原作に跳ね返ってくるのである。

そうであるとすれば、彼女は、なぜこのような闇を心に宿すに至ったのだろうか。それについての情報は、「緑色の獣」の中にはない。これまで、この問題についてはいくつかの解答例が提案されてきた。たとえば風丸良彦は、獣をエディプス段階または鏡像段階を経ないままに成長し、自己形成のために母を求めるために地底から這い出してきた子と見なし、「私」は既に自己の客体化を終えていて、子に自己投影すること、つまり母となることを否定したために二人は決闘に及ぶ、ととらえている。[27] しかしこれは露骨にフロイト＝ラカン理論の応用であり、その解釈の妥当性はフロイト＝ラカン理論の妥当性の問題に還元される。

また、荒木奈美は、この「私」は他人から愛される実感を持てず自分を愛することもできない「共依存」の状態にあり、獣は彼女の内なる「インナーチャイルド」、つまり傷ついた過去の子どもであって、これを癒すことで「共依存」から回復するはずであったのにその機会を自ら潰してしまったと解釈する。(28) それと関連して、この「私」が専業主婦であるとしたら、同じく専業主婦のジェンダー的な問題を動機とするテクストとしてリヴィア・モネが分析した「眠り」になぞらえて理解することもできるかも知れない。(29) モネの言うように、「眠り」の「私」が、専業主婦に課せられたジェンダー的な機制の下に、決まりきったオートマチックな日常において、ペルソナ、つまり仮面としての偽りの主体性を生きていることが、不眠の妄想をもたらしたとすれば、「緑色の獣」の「私」は、やはりオートマチックな日常における鬱屈・抑圧を、心の奥底に溜め込んでいたと考えられなくもない。

しかし、長めの短編である「眠り」と比べて、そこまでの情報はこちらの短いテクストには存在しない。同じことは荒木の解釈にも言える。「私」が「共依存」の状態にあると直接的に判断できる材料はテクストの中にはなく、父母の不在や生育の環境、夫との関係など、荒木がその根拠としている事柄を導き出すには無理がありそうである。「緑色の獣」はより短く、より象徴的であるだけに、同じような条件にある心の状態に広く汎用的に対応する物語と言うべきではないか。だからこそこれは、いわば現代の昔話なのである。しかも、村上作品というコンテクストで見るならば、「緑色の獣」は、それだけで完結するテクストではなく、その系譜は続いて〈変異〉を遂げていくことに留意しなければならない。

4　物語の機能——「タイランド」とともに

このような読み方は、ジェイ・ルービン訳の「緑色の獣」が、「獣」を“animal”などではなく“monster”と訳したことを契機として、第二次テクストとしての翻訳を第一次テクストとしての原作に適用したことによって始まった解釈の糸である。翻訳が原作の解釈や批評となるのは、太宰治の「女の決闘」のように、明示的なコメントを加えて物語のレヴェルで改作を行う場合だけでなく、訳語の選択や文体の創造などの細やかなタッチによって行われる場合もある。その原作と翻訳との間の対比が、解釈の糸口を示してくれる。たぶんこのことは「緑色の獣」や村上作品だけではなく、翻訳一般に拡張しても妥当であるだろう。

ところで、ここまでの「緑色の獣」の解釈を振り返ると、核心部分において、それが「タイランド」と共通することに気づかされる。いわば、「タイランド」は、より現実的な素材に基づいて再構成された「緑色の獣」であり、「緑色の獣」の続編であって、さつきは、より発展した段階に至った「緑色の獣」の「私」なのである。かつて「あの男」によって子どもを作ることできない身体にされたさつきは、三十年の間、「その男」を憎みつづけてきた。だが、心の透視と予言をする老女の言葉や、ニミットのアドヴァイスなどにより、彼女は「その男」を許す方向へ向かい、それによって「死に向かう準備」をすることになる。（ちなみに、ルービン訳の*Thailand*では「あの男」「その男」はすべてイタリック体の*he*として訳されている。[30] これはいわば代名詞の固有名詞的な用法と言えるだろう。）さつきは老女のお告げのまま、自分の体内に「白い堅《ママ》い石」があり、また「うろこだらけの緑色の蛇」がいることを「認識」する。蛇が潜む「暗闇《くらやみ》のどこか」とは、部屋や外部ではなく、さつきの「心の闇」のことを言うのであり、また彼女が抹殺した子どもを投げ込んだという「底のない井戸」は、緑色の獣がそこから出てきた「ずつと深い深いところ」を思わせる。

「ある意味では、あの地震を引き起こしたのは私だったのだ。あの男が私の心を石に変え、私の身体を石に変えたのだ」とさつきは思う。この一節は重要である。「あの男」に対してヴァルネラブルであったさつきは、自らの〈傷つけられやすさ〉のままに、心身に回復不能のダメージを受けた。その結果として、彼女が相手に反撃したり、相手が同じようにダメージを被ったりしたならば、ヴァルネラビリティの悪循環は理論上は永遠に続いてしまう。勿論、さつきは「あの男」に対して攻撃を加えてはいない。だが、地震によって「男が苦悶《くもん》にもだえて死ぬことを求めた」ということは、精神的には既に彼女はこの悪循環のプロセスに入り込んでいたのである。そして地震は起こり、その巻き添えとなって多くの人の命が失われた。だから、彼女の手は既に汚れている。彼女はもはや、〈傷つけられやすい〉被害者ではなく、〈傷つけやすい〉側の加害者となったのである。「緑色の獣」の「私」と同じように。さつきは、既に一匹のmonsterとなっていた。ただし、「私」は自分のmonster性を認識できなかったが、さつきはそれを認識したのである。これこそが、二つの作品の分岐点にほかならない。

ところが、ニミットが通訳した老女の言葉によれば、「そのひとは死んでいません」という。精神的なプロセスは現実化する寸前で停止し、老女によって、さつきは、自分の心の「暗闇《くらやみ》」「底のない井戸」にあるものを見せつけられ、それを意識化することができた。ヴァルネラビリティの悪循環は、悪循環ではあっても生き延びるための方途なのだろう。男女関係だけではない。〈壁と卵〉の紛争[31]などに見られる国際関係に至るまで、時に報復の論理と呼ばれるこの悪循環は、自らが生き延びるための正当防衛、あるいは緊急避難として広く認められる。だが、どこかでそれを断ち切らない限り、憎しみは永遠に続き、さつきは墓の下に入ってもなお、憎しみに悶えることになるだろう。それはさつきの望む生き方、死に方なのだろうか。ニミットの言う「生きることと死ぬこととは、ある意味では等価なのです、ドクター」(傍点原文)という言葉は、生き延びることを優先して、自らの「心の闇」を見つめることを忘れた者に対する警告である。どこかで折り合いをつけ、敵を赦すこと、つまりヴァルネラビリティの悪循環を断ち切ることの外に、他者と共存する術はないのである。

ただし、「タイランド」は、さつきの抱えた問題を根本的に解決したり、あるいはこの他者と共存する方法を明確に示したりすることはない。というより、小説ひいては文芸とは、そのような回答を提出するものではなく、専ら問題を問題として提示し、読者の認識や思考を誘発することで読者を動かす言語形態なのである。たとえば久保田裕子は、「しかし問題は、さつき自身が憎しみも救済も他者とは共有できず、その意味で〈出来事〉は言葉によって捉えられないと認識している点にある」と述べている。[32] さつきが、占いの老婆やニミットの介在によって思考の次元を変えた（高めた）ことは確かである。だが、その介在は文字の読み取れない「石」や、最後に打ち明けようとしたさつきの言葉を、「いったん言葉にしてしまうと、それは嘘になります」と遮るニミットの振る舞いの段階でとどめられ、問題を明示的に他者と「共有」したことにはならない。「言葉は〈出来事〉を超えることはできない」（久保田）というのは明察である。だからこそ、小説・物語・文芸、ひいては久保田が問題にしている文学教育に、そのような出来事もしないことを求めても無理というほかにない。それは、「飢えて泣く子に文学は有効か」の類の禅問答でしかない。

それでは何が有効なのか。村上春樹は、地下鉄サリン事件の被害者のルポルタージュ小説『アンダーグラウンド』のあとがき「目じるしのない悪夢」において、二つのことを述べている。[33] 一つは、オウム真理教は他人事とは思えず、それに対する激しい嫌悪感は「自らのイメージの負の投影」のように思われるということ、すなわち、それは自己内部に対応物を持つということである。もう一つは、「やみくろ」である。『世界の終りとハードボイルド・ワンダーランド』に描かれた「やみくろ」は、地下世界に住む邪悪なものの表象であるが、それは根元的な「恐怖」であり、集団的記憶としての「純粋に危険なものたちの姿」にほかならないと述べている。敷衍すれば、この「恐怖」とは、もはや被害者意識と加害者意識との区別のない、人間の暴力性に対する恐怖であり、また、その暴力性そのものでもあるだろう。そこには、傷つけることと傷つけられることにまつわるあらゆる疑心暗鬼が、濃厚に凝縮されて詰め込まれている。それは解き放たれてはならず、見てもならない、まさに「見るなの座敷」に封鎖されているが、それを解き放ってしまったのがオウム信者たちであった。だが、それは私たちの内部にも対応物を持つ。いわば私たちは皆、オウム信者なのである。

このことからすれば、村上作品における物語とは、現実化されてはならない「やみくろ」、つまり「心の闇」の姿を、虚構の世界において疑似体験することにより、私たちがそれと向き合う契機となるものである。だが、すぐに言い添えなければならないのは、疑似体験は副次的な体験というよりは、このような問題に関しては本来の体験なのだということである。その体験が現実化される時、それは、死者が出、後遺症に苦しみ、愛する人を失って悲しむような地獄が現出されるだけである。

また、村上は「『海辺のカフカ』を中心に[34]」と題するインタヴューにおいて、「物語は、物語以外の表現とは違う表現をする」ということ、「それによって人は自己表現という罠から逃げられる。僕はそう思う。」と述べている。ちなみにこの引用箇所は、単行本収録の際に削除されているのだが、これほど明確な言葉はない。現代社会においては自己分析とか自己アピールというような課題が課されることがあるが、真に自己を客観視し、論理的に自己の問題を突き詰め、きちんとした言葉にして明瞭に表現することなど恐らくは不可能である。人間がそこまで論理的に出来ているとはとても思われない。にもかかわらず社会の要求に従って自己表現を行うことは、一種の苦行にも似た行為にほかならない。だから多くの人は自己分析という形式を用いてもう一つの偽の自己＝ペルソナを作り出し、社会の活動を乗り切っているはずである。村上は先の文章に続けて、「物語という文脈を取れば、自己表現しなくていいんですよ。物語がかわって表現するから」と言い、「僕が小説を書く意味は、それなんです」とまで述べている。この「自己」は曖昧だが、小説家が小説を書くことによって自己を表現すると言われるのは特別なことではなく、たとえば有島武郎には「自己を描出したに外ならない『カインの末裔』」（『新潮』一九一九・一）という談話筆記がある。ここで述べられている「自己」とは、むしろ読み手の側の問題であり、読者個人、あるいは複数の読者によるコミュニティのことだろう。

自己表現ということが一般的ではなかった前近代において、物語は「見るなの座敷」などのような民話・伝承、さらには作り物語などとして、個人やコミュニティの同一性を緩やかに支えていた。現在、それが希薄化し、様々な種類のネットワークによる、より合理的なコミュニケーションに取って代わられることにより、個人とコミュニティの同一化に関する効率は、それがたとえ見せかけであるにせよ格段に向上する一方で、その闇の部分、そこから抜け落ちる要素を凝視する機会は著しく乏しくなったと言えるだろう。村上は、そのような現代における物語の機能の復活を意識していることになる。その観点からすれば、たとえば「緑色の獣」は、たとえば「猿婿入」や「鶴女房」などのような、昔話における異類婚姻譚を第一次テクストとする第二次テクストであり、それは異類との婚姻に失敗するところの、異類婚姻譚の辛辣なパロディなのである。言い換えるならば、村上短編は一種の高級な都市伝説として準えることもできる。ただし通常の都市伝説とは異なり、そこで読者個人が自分でも気づくことのなかった「心の闇」を、その物語という鏡を介して初めてとらえ、見つめることができる。そしてそれは、合理的コミュニケーションにはできないことを行うのであり、必然的に「普通の文脈では説明できない」ような不合理な、不条理な外観を示す。論者が以前、特に短編に即し、村上作品の不条理性としてとらえていたことは、そのような性質を持っていたのである。そしてだからこそ、そのような物語を必要以上に合理化し、様々な解釈理論のコードを用いて謎解きし、あるいは隠された寓意を暴き出すような解釈の方法は、そうした物語を享受する仕方としてはふさわしくない。特定の意味に固定するのではなく、開かれた受容を容易にする読解が求められるのである。

むしろ、そのような物語は、物語として完成・完結していなくてもよく、むしろ完成・完結されていないような形態の方が、普遍性・汎用性を持ちうるのではないだろうか。村上の物語が、『風の歌を聴け』から『色彩を持たない多崎つくると、彼の巡礼の年』に至るまで、あるいはフラグメント形式、あるいは中断する物語の線、行方不明の人物というように、どこかでいわば未完成性を残していることの意味はそこにある。言うまでもなくこの物語の未完結性は、作品またはテクストとしての未完結性を意味しない。また、そのような物語の人物は、完璧な人格者や正義漢でない方がよく、むしろそうであってはならないだろう。「心の闇」を映し出す物語に、一つの隈もないということはありえない。ちなみに、村上作品に「なぜこんなに性描写が多いのか」[35]という若者の感想に対しては、このことから回答を導き出せるだろうか。人の「心の闇」には様々なものが蠢いているだろうが、その代表的なものは、家族・性・暴力・死などだろう。だから村上文学は、それらを扱うのである。人畜無害で純粋培養の明るく楽しい「心の闇」、などというものがあるわけがない。

柘植光彦は、村上が映画監督デイヴィッド・リンチのファンであったこと、両者の物語世界の間に共通点があること、またそれはスティーヴン・キングにも近いことなどを述べている[36]。確かに、柘植も言及しているリンチの『ツイン・ピークス』(1990-1991) などは、「こちら側の世界」と「向こう側の世界」、「光の世界」と「闇の世界」という領域性を基盤とした物語であり、村上の長編小説の基礎構造と相似形をなしている。ところで、リンチやキングの描く「闇の世界」は、空間的な「向こう側」に位置するのだろうか。これまで述べてきたことをまとめるならば、村上文学における二つの世界というのは、人の心の二重性の空間的な表現と言うべきだろう。心の二重性と空間的な二重構造とは、相互に投影し合って、村上的な物語を形作っている。描写として目に見えるものは、目に見えないものの表現なのである。

5 本質的翻訳性

「獣」を"monster"と訳したジェイ・ルービンの翻訳は、それがなければ不可能だったとは言いきれないものの、作中の「私」が「心の闇」と向き合う物語として「緑色の獣」を解釈する道を開いた。そして物語のレヴェルにおいても、獣は「私」の心を読み、また「私」は獣の聞きづらい言葉を聞き、その反応を窺って次の攻撃を加えた。この二人の交渉は、まさしく翻訳現象のやり取りにほかならないのである。もちろん、いずれの段階においてもストレートな転写や変換は不可能であり、行き違いとずれは次々と増幅されて終局に向かって行くが、それは、あらゆる翻訳がそうであるのと同じである。このように「緑色の獣」は、翻訳される前から、既にして翻訳に関わるテクストだったのである。

翻訳の道、その道はまた、「タイランド」のより十分な理解にも通じる道でもあった。冒頭に述べたように、「タイランド」は、日本語・英語・タイ語間の通訳・翻訳という行為を内に含むところの、いわば翻訳現象そのものを枠組みとした物語である。特に、霊能者の老女はさつきの心の中を透視し、そこに文字の書かれた「石」や、緑色の蛇の存在を予言するが、それはいわば、さつきの心の翻訳を試みているのと同じことである。そしてその老女の言葉は、ニミットによってタイ語から英語へと翻訳され、さらにさつきの実感としては英語から日本語へと翻訳されて、テクストのレヴェルにおいては、この「タイランド」というテクストとして読者に提供され、そして読者の内部に触発物を見出す。それがすなわち、いわゆる「自己表現」である。要するに、これらの操作や現象のすべてが、翻訳なのではないだろうか。解釈することと自己表現することとは別物ではなく、それらはすべて、いくつかの種類に分かれるものの、一般に翻訳と呼ぶことのできるものではないのか。翻訳とはここでは、文芸テクストが人と関わり、その魅力や機能を実現する時に行われる出来事一般の別名なのである。特に、象徴的に言うならば、人の「心の闇」を明らかにする作業や、またそれと向き合う行為こそ、翻訳にほかならない。ちなみに、鈴村和成が初期に論じた、遠隔コミュニケーションにおける物象化＝フェティシズムの問題は、この翻訳のメカニズムを逆向きに説き明かしたものだと言えるだろう(37)。

この観点からすれば、短編においては『レキシントンの幽霊』所収の諸作品、特に「七番目の男」、『神の子どもたちはみな踊る』所収のほぼすべての作品、そして『東京奇譚集』所収作品、なかんづく「品川猿」などは、今回の見方でかなり共通の様式を持つものとして読み解くことができそうである。その猿はやはり口をきくことができ、品川区の地下に棲息していて、そして安藤みずきが自ら見つめようとしなかった心の闇を暴くのである。長編では、『スプートニクの恋人』をはじめとして、それ以後の多くの作品が絡んでくることになるだろう。ただし、いつもすべての翻訳がうまく行くとは限らない。翻訳は失敗することがあり、誤訳や解釈不能箇所も含めて翻訳なのである。だから、『スプートニクの恋人』のすみれは帰って来ず、「品川猿」の松中優子の自殺の真相は理解しえない。村上のテクストにおける不条理性、物語の切断、あるいは人物の行方不明は、いわば、失敗した翻訳に相当する。ただし、失敗した翻訳としての物語を描く小説が、失敗した小説だということにはならない。

また、このような事態は、恐らく村上春樹の文学だけに固有のものではないだろう。だが、それを特に村上作品において目の当たりにすることになる理由は、村上春樹における翻訳の重要性と、またその小説作品における物語の設定の様式にあると言うことができるだろう。本稿で積み残した物語の一般理論、あるいは翻訳の一般理論との接続は、すべて今後の課題とするほかにない。ただし、考えてみれば、私たちが関係する人や世界は、いずれも直接的に与えられるわけではない。カントが「物自体」と、またラカンが「現実界」と呼んだように、それらはあたかも不可触な対象としてある。人や世界と私とは、言葉や身体など様々なコミュニケーションの過程を経て変形・変換され、つまりは翻訳によって初めて、相互に関係を結ぶことができる。世界とは、第二次テクストの総体なのだ。いわば、この世で生きるということは、自分にとって未知のもの、得体が知れず訳の分からない相手や出来事を、翻訳しつつ生きるということなのではないだろうか。

第四章　表象テクストと断片性

――カルチュラル・スタディーズとの節合――

1　全体性と断片性

この章で取り上げるのは、カルチュラル・スタディーズ（Cultural Studies）の理論と表象テクストとの関わりについてである。論述は特に文学理論との関係を中心に進め、それによって表象テクストの理論を代表させることにしたい。

まず、カルチュラル・スタディーズの概要を次のようにまとめておこう。第一に、カルチュラル・スタディーズは専らマイノリティや被抑圧者の立場に立ち、ヘゲモニーやイデオロギーにまつわる西欧マルクス主義のコードを利用し、文化、特に大衆文化における多様で複雑で巧緻な差別・抑圧の実態を分析しようとする。第二にそれは、フェミニズム、ポストコロニアリズムなど先行する社会派理論のみならず、記号学・構造主義・脱構築・ポスト構造主義などの理論をも幅広く取り入れ、これを批判的に活用する。また異質で多様な理論と対象とを繋ぐことを重視し、この操作を節合（articulation）と呼ぶ。第三に、それは単なる学問的研究ではなく、文化現象を現実化している様々な制度に対する変革の要求を出してゆく。これは介入（intervention）と呼ばれ、カルチュラル・スタディーズのアクチュアリティを象徴する言葉とされている。例えばそのアクチュアリティは、研究教育のハード、ソフト両面の組み替えなどにも結びつくことがある。

このようにカルチュラル・スタディーズは出現すべくして出現した現象である。日本でも女性、アジア諸地域その他に対する差別の視点、あるいは国民国家批判の立場などからのアプローチが活発化している。その過程において既成の対象概念が転倒され、たとえば映画・テレビ番組・歌謡曲やその他の表象テクストが、旧来の文学や芸術と同列に取り上げられるのもまた自然の成り行きである。カルチュラル・スタディーズは、あるテクストが何であるかではなく、どのように受容されたかを専ら問題とする。受容者（audience）に関する追究は、カルチュラル・スタディーズの眼目の一つである。その結果として、明治の芳賀矢一の時代から基本的には変わっていない国文学という国民国家的ディシプリンに、根底的な改革が行われるとすれば、それは歓迎すべきこと以外ではない。ここでは、表象テクストの断片性について考えてみたい。

全体性に対する断片性という概念は、いわゆるポストモダニズムの重要なキーワードの一つである。従ってこの問題はポストモダニズムからカルチュラル・スタディーズへ、という思想史上の展開に深く関わっている。イギリス、カルチュラル・スタディーズの泰斗、スチュアート・ホールがインタヴューに答えた「ポスト・モダニズムと節合について」というテクストがある。(1) これはポストモダニズム全盛の後に、なぜカルチュラル・スタディーズが登場したのか、その課題は何かを分かりやすく説き明かしたものである。このインタヴューではまず、ポストモダニズムの代表的理論家であるリオタールと、それに対して批判的スタンスをとったマルクス主義批判理論のハーバマスの名が挙げられる。ホールは「われわれは受け入れることのできない二つの選択肢、すなわち古くからの啓蒙主義のプロジェクトを擁護するハーバマスの立場と、ポスト・モダン的な崩壊に対するヨーロッパ中心的な称賛との間に挟まれている」と述べる。ある「古い意味での筋というものがない」映画を例に引いて、ホールは「全体性をもった経験の分裂」や「古い確証性」の崩壊について認め、そのような現状はポストモダニズム的なものであって、「伝統的なハーバマス的な近代擁護論は、これに対して意味をなしません」と明言する。しかし、逆に現状を肯定するリオタールらの論調はまさにイデオロギー的と見なされ、むしろその内実を分析するための理論構成が必要だとされるわけである。

ここからはっきり言えるのは、少なくともホールのカルチュラル・スタディーズの理論は、先行したポストモダニズムの思想をなし崩しにして批判理論に回帰するのではないということである。ポストモダン的な状況の存在を認めつつ、そのイデオロギー性を究明するためには、〈歴史の終わり〉を説くポストモダニズムは批判しなければならない、という、いわば二つの立場の止揚として現れているのである。そこで、当面の課題である全体性と断片性との問題へと接続する通路が開けてくる。表象テクストの断片性は、歴史上、表象のスタイルが大きく更新される際には常にクロースアップされる問題である。カルチュラル・スタディーズの理論構成には、確かにこの断片性を救済する回路が備わっていそうである。

試みに、断片・フラグメントとは何かの定義をしてみよう。断片は、全体に対する部分である。ただし、部分一般は全体との間の関係を考慮することによって、全体を復元する契機となりうる。たとえば、恐竜の全身骨格のうち一部分の化石だけでも、その恐竜の全身像や、運動能力などを知ることができるという。この場合、断片は有機的全体に対しての有機的部分という性質を持っている。言い換えれば、部分は全体を表象＝代行（represent）するのである。部分が全体との間で十全なコミュニケーションを行うか、あるいは行うと信じられている、あるいは行うように見える時、部分は部分を超えて、仮想的な全体として振る舞うことを期待される。しかし、実際には、どのような場合においても、部分は決して透明な媒体とはなりえない。このような不透明性の強度の高い部分、全体との間の関係が不明であるような部分を、断片として定義しておこう。断片は、それによって全体を復元することができない。帰るべきコンテクストを抹消された言葉の群。何ものの代表でもなく、何ものをも表象＝代行せず、永遠に未完成の、あるいは逆に常に既に完結した不透明な記号。それが断片である。考えてみると、言葉とは、また表象とは、皆本来そうなのではないだろうか。言葉や表象は、十全な意味、あるいはコミュニケーションという、ありうべき全体に対して、常に断片なのではないだろうか。

2　節合　全体論　啓蒙

断片と言えども、意味を理解されるためには、解釈がなされなければならない。データから情報を取り出すためには、特定の枠組み、フレームが必要となる。フレームとは情報を理解するための情報であるから、どのような枠組みを採用するかによって、千差万別の解釈が出てくることになる。テクストの言葉をテクスト内の言葉と、あるいはテクスト外の言葉や事象と関連づける操作が解釈である。これをコンテクスト化（文脈または状況と関連づける操作）と言い換えることもできる。恐竜のかかとの骨からその全身像を、つまり断片から全体を復元することである。語りや文体、レトリックなどテクスト内的な関連づけによる解釈が、いわゆる「テクスト論」などと呼ばれた手続きであり、それでは不十分だ、その歴史的背景や文学以外のテクストとも関連づけなければならないとするのが、いわゆる「文化研究」の手続きだろう。

ちなみにカルチュラル・スタディーズではこの関連づけの操作を節合（articulation）と呼び、独自の機能を与えている。先のホールのインタヴューでは、「節合とは、特定の条件下で、二つの異なる要素を統合することができる、連結の形態」と定義され、「しかし、そのつながりは、いかなる時も常に、非必然的で、非決定で、非絶対的かつ非本質的なもの」とも言われている。リオタールは共通の理解の枠組みを持たず、統合されることのない言説の対立を「争異」と呼んだが、ホールのいう節合はむしろあるヘゲモニー的なメカニズムにおいて、同じく一見無縁なものが連結されてしまう、あるいは連結することができるという関連づけの操作を言うようである。いずれにせよ、断片から全体を復元すること、これこそが解釈の要諦であるというのが、一般的な理解だろう。しかし、断片への回帰を目指す理論があってもよいはずである。

リオタールのポストモダニズムとは要するに、全体論的な〈大きな物語〉なるものは、たとえばナチズム、スターリニズムなど歴史上の実例にさらされ、今やすべて正当化の能力を失っているとし、その代わりに個々の断片的な〈小さな物語〉が相対的なステイタスを競い合う状況でしかない、というものであった。リオタールはこれを「全体性に対する戦争」と言っている。(2) ホールはポストモダニズムに対する批判において、それは世界の大半の地域には当てはまらない西欧中心主義であり、つまりアジア・アフリカ・ラテンアメリカ諸国などにモダンは未だ到来していず、またその限りにおいてポストモダニズム自体がイデオロギーと化していると述べる。もっとも、リオタールの発想が単なるファッションでないことは、全体論をめぐって展開した二十世紀思想、特に西欧マルクス主義の系譜からも言えることである。

マーティン・ジェイの『マルクス主義と全体性――ルカーチからハーバーマスへの概念の冒険』(3)は、題名の通り、ルカーチを始祖とするいわゆる西欧マルクス主義の理論家たちにおける、全体性の系譜を克明にたどった浩瀚な書物である。全体論(totalism、または holism)は、マルクス主義だけでなく、西洋哲学、ひいては恐らく哲学一般のなかにいつの時代にも認められる思想であった。たとえば儒学なども典型的にそうである。全体論は部分に対する全体の優越性を認め、全体は部分の総和以上のものであるとする見方である。特にこの傾向はマルクス主義において典型的に見られる。いわゆるマルクス主義は一般に、常に社会全体を問題とし、決してその中の一部分、たとえば芸術や文学を社会と切り離しては考えない。これらは皆一つの法則によって運動する社会という全体の部分にほかならないとされる。従って、そのようなマルクス主義者であれば、断片という文化現象の存在すら認めないだろう。断片は、すべて全体における部分ということになるからである。この理論は単に理論にとどまったのではない。言うまでもなく、ソビエトを中心としたスターリニズムによる全体主義国家の出現である。全体論と全体主義(totalitarianism)は同義ではないが、それにしても親縁性の強い思想であることに間違いはない。

ジェイは西欧マルクス主義における全体論の起源として、ルカーチの『歴史と階級意識』を挙げる。そこには、「全体性というカテゴリー、すなわち部分に対する全体の全面的、決定的な支配ということ、これこそマルクスがヘーゲルから受け継ぎ、根本的に作りかえてまったく新しい学問の基礎とした方法の本質にほかならない」というフレーズが読まれる。(4) ルカーチはこの本を後に自己批判するわけであるが、しかしこの教科書的な全体論そのものは、後期の大著『美学』に至るまで貫徹されている。アンナ・ゼーガースのルカーチ宛公開書簡は、こうしたルカーチの全体論的傾向に対して、断片擁護の立場から反論したものと見ることができる。ゼーガースが断片を評して言う「いまもなお完結していないなにか、新しい原体験の形象化」とは、世界のすべてに網をかける全体論のドグマに抗して、個人の原初的な実感を対置したものと考えられる。(5) しかし、彼女のような声は西欧マルクス主義の潮流において大きくは響かなかったかも知れない。ジェイによれば、十指に余る西欧マルクシストたち、グラムシもサルトルもメルロポンティもアルチュセールもハーバマスも、いずれも何らかの意味で全体性の軛から逃れることはできなかったとされる。

ただし、その中の例外として、ジェイはベンヤミンとアドルノを、全体性に対して疑念を抱いた思想家として論じている。ベンヤミンのアレゴリー論は、端的に全体に対する断片の優位を説くものであった。全体論の理論的根拠の一つとされたヘーゲル的な弁証法の論理は、客観と主観との合一によって全体を得る。従ってそれは、いわば記号表現と意味内容とが合一したシンボル・象徴の姿をとる。しかし、ベンヤミンの論じたアレゴリー・寓意、またはアウラなき複製芸術時代におけるモンタージュ映画においては、断片群が決して一つの意味に収斂しないために、主客の合一は実現されない。だからといってそれは支離滅裂な分裂状態ではなく、ジェイはそれを「星座」的状態というキーワードを使って説明している。すなわち「それは、自らのうちの異質な諸要素がもつ還元不能な異質性を維持することで、それらの諸要素を救済するのである」[6]。

また、このベンヤミンの発想はアドルノに強く影響を与えることになる。アドルノの思想は非同一性の哲学などと呼ばれるが、それは主体と客体との同一としての全体性に対して、非同一なるものを尊崇する立場である。これが『美の理論』において、「意味を否定する芸術作品」「統一されたものでありながら混乱しているといった作品」を評価し、その代表としてモンタージュを挙げることに繋がって行く[7]。ここで注目したいのは、彼らフランクフルト学派において、全体論に対する懐疑という思想史的観点が、表象テクストの断片性の評価へと結びつけられた点である。ベンヤミンとアドルノのアレゴリーやモンタージュは、そのような断片の例として理解できる。シンボルに対してアレゴリーの破壊力を論じたイェール学派のポール・ドゥ・マンや、アレゴリー論をアヴァンギャルド芸術に適用したペーター・ビュルガーの名もここに付け加えることができるだろう。

また、アドルノはホルクハイマーとの共著『啓蒙の弁証法』において、このことと関連する事柄を述べている。それは、一般的に啓蒙は理性による神話的状態からの脱却を促すと信じられているが、実は、神話は既に啓蒙であり、啓蒙は神話に退化するという主張である。啓蒙は通約しきれないものを切り捨て、無か一切かという仕方で呪術的思考を押しつける。

「なぜなら啓蒙は、およそいかなる体系にも劣らず全体的だからである」。確かに啓蒙は支配の解消を目指すのかも知れない。だが「その可能性を眼前にしながら、しかし啓蒙は、現代に奉仕して、大衆に対する全体的な欺瞞へと転身する」(8)。これは、理性による合理主義の普及であるはずの啓蒙が自己目的化し、自己保存を突出させた場合に何が起こるのかを明らかにしたテクストである。終戦前に書かれたこの書物には、ナチスによるホロコーストやスターリンによる大量粛清のデータはまだ現れていない。しかし、確かにそれに適用されるべき力を持っている。ファシズムや全体主義は、啓蒙の否定ではなく、まさにその帰結であるということである。先に引用した言葉遣いからも、それが全体論的理性に向けられた警鐘であることは明らかである。この啓蒙批判は、表象テクストにおける断片の擁護と表裏をなしている。リオタールによるポストモダニズムの起源もこのあたりに求められるだろうか。『ポストモダン通信』において、リオタールは再三にわたってアドルノに言及している。このように断片とは、実に思想史と表象テクストとが切り結ぶ場であったわけである。

3　反ポストモダニズムの思想

しかし、反全体論の動きに対する批判もある。現代における西欧マルクス主義者、テリー・イーグルトンの『美のイデオロギー』の最終章はポストモダニズム批判であり、フーコーやリオタールがやり玉に挙げられている。イーグルトンは、ポストモダニストの代表と見なすリオタールの〈小さな物語〉の説に反発して、「この主張の問題点は、小さなものは常に美しいという信条が感傷的な幻影にすぎないところにある」として、イギリスのネオファシズムの例を挙げている。(9) 確かに、ドゥルーズとガタリが『千のプラトー』でミクロファシズムという言葉を使ったように、家庭とか事務所といったミクロなセグメントにこそファシズムが宿るとも言うべきである。グラムシの「陣地戦」、アルチュセールの「国家のイデオロギー装置」、あるいはブルデューの「ハビトゥス」などの概念は、いずれもミクロなユニットにおいて再生産されるイデオロギーを問題にしている。〈大きな物語〉と〈小さな物語〉を分ける境界線がどこにあるかは、誰にも言えないだろう。全体と断片の問題にしても、相対的で曖昧であり、定量的に規定できるものでないことは確かである。

また同じくイーグルトンの『ポストモダニズムの幻想』は、この主張を全面化し、ポストモダニズムに対して根底からの非難を投げかけたものである。そこで、「一般に批判されているのはある種の全体性だけで、他の全体性については、批判なく完全に受け入れられている」というのもまた道理あるように思われる。(10) そもそも、私たちは「世界」というような言葉を疑問の余地もなく使っているのだが、この「世界」が全体でないとしたら何かということになる。さらに、大橋洋一は、全体化と断片化というのは二つながらセットになって、先進資本主義の文化戦略に組み込まれている、マイノリティも差異化も、既に権力の眼差しの内側にあるのだと述べる。[11] 結局、断片をお守りにするわけにも、全体性にしがみつくわけにも行かなくなるのである。

イーグルトンの説を敷衍すれば、それは一切の全体論的裏付けを捨象した、その場限りの根拠付けでは、全然基準というものを持ち得ないカオスの世界が待ち受けているだけだということだろう。イーグルトンが言うように、たとえば拷問は端的に普遍的に悪としなければならないだろう。しかし他方、アドルノの啓蒙批判やリオタールの〈大きな物語〉否定の運動には、今日でも見るべきものがあると思われる。細部を切り捨て、全体から網をかけて文化を見る、こうしたやり方が正当性を主張することは今やどうしてもできないだろう。啓蒙が自らへの帰依を求め、批判を封殺するのでは、それはいつか来た神話の道へと堕落する以外にない。イーグルトンの辛辣な批判に満ちた一種のアジテーションである『ポストモダニズムの幻想』において、スターリニズムが出てくるのはたったの三箇所の短い記述であり、事実上は何も批判していない。[12]

またイーグルトンもこの本で何度かアドルノの名を挙げているが、その啓蒙批判には一切触れていない。[13] リオタールらの動機となった全体主義＝スターリニズムと全体論との関連については、イーグルトンは完全に素通りしている感がある。なおこの本においてイーグルトンはスチュアート・ホールが個人の統一性を否定した発言を引用して、左翼性を失っているとして批判している。[14] さて、拷問はもちろん絶対悪である。しかし、たとえば拷問の事実は検証されなければならない。あらゆる尺度を全部虚妄だとする絶対的相対主義ではなく、ある共通認識の基準を超えた時には、共約不可能性が現れてくるとする、相対的な概念的相対主義の立場を取るべきではないだろうか。すなわち、リオタールもイーグルトンもあまりに極端に過ぎるのである。全体か断片かという二者択一を超えて、両者の批判を相乗させて、次の段階の文化理論を模索すべきなのではないだろうか。カルチュラル・スタディーズには、この課題に答える要素があったのではないかと思われるのである。

先のホールのインタヴューに戻ると、彼はボードリヤールを批判しベンヤミンを評価して次のように述べていた。

もはや、意味の分析を行うとき、理論的自己完結性の閉止に身を慰めることなく、むしろ、ベンヤミンが提唱した意味論的な突破口により基づいて行わなければならなくなるのです。つまり、断片を発見し、それらの組み合わせを解読し、それらにどのように手術のメスを入れられるか模索し、文化生産の手段と道具を組み立てては解体し、再び組み立てては解体することを繰り返さねばならないのです。このことこそが、近代という時代の幕を開けるのです。しかし、このことは唯一の真実の意味を断片へと破壊し、コードの無限の多重性の宇宙へと投げ込むのですが、それは、恣意的な「閉止」の押しつけてくる記号化の過程を破壊するものでは決してありません。それはむしろ、我々が意味を自然のものとしてではなく恣意的な行為として理解するようになるため、イデオロギーを言語へと介入させることになり、実際には記号化の過程をより豊かにするものなのです。

ここで言われる「理論的自己完結性」とは、たぶん全体論とともにポストモダニズムをも指していて、「閉止」とは、全体か断片かという二者択一に陥った袋小路のことを言うのだろう。

カルチュラル・スタディーズ的関連づけとしての節合は、決して固定したスタンスをとらない融通無碍なものであった。このような節合の方法は、大橋の言うようにマクロ化もミクロ化も既に資本の文化戦略の中に組み込まれているという現状認識に対応した、批判理論の側の対応策だと言える。言い換えれば、節合という関連づけのスタイルそのものが、決して全体を復元しえない部分としての断片のあり方、多種多様な解釈を誘発し、しかしそのうちのどれもが支配的とはなりえないような表象テクストの断片性に、まさしく相応しいものにほかならないのである。しかもそれは、断片を単なる治外法権に安住させるものではない。節合の本質からして、それはまたヘゲモニーやイデオロギーの端末としても機能せしめられるはずである。カルチュラル・スタディーズは、理論としてはこのように、全体論的啓蒙に対する反省として断片性の尊重を最大限に盛り込みつつ、しかしイデオロギー批判の多様な回路をそこに節合してゆくという方法をとる。このように見るならば、それがハーバマスとリオタールを止揚するという意味が明らかになるように思われるのである。

4　啓蒙の限界

ホールの他のテクストからこのことを傍証する発言を拾ってみる。まず、主体については、全体・中心・統一・安定などによって表される「個人」(individual)を否定し、社会的関係における断片的で不完全な「複数からなる自己」、複数からなるアイデンティティと表現している。(15) 次に、表象における主体も、決して完成したものではなく、常に過程にあり、「表象の外部ではなく内部で構築される『生産物』」であると述べている。(16) また、文章の意味についても、デリダを参照し、真の意味とは到達不能の恣意的なものであり、常に過剰または過小に決定されており、そこには「残されている」何かが常にあると主張する。(17) さらに、政治的な闘争すら、根源的に偶発的で無制限なもので、その帰結を予測するいかなる法則も存在しないと言っている。(18) もちろん、これらの断片性の擁護とともに、あらゆる事象は必ず社会的コンテクストの中にあるとするコンテクスト主義を忘れてはならない。それあってこそのアウフヘーベンなのだから。ホールのこの思想をカルチュラル・スタディーズの代表的なスタンスの取り方と見るならば、本章の論旨においてその位置づけは極めて納得の行くものである。むしろジェイの全体論論議も、今やこうしたカルチュラル・スタディーズの観点から、批判的に見直すべき時期なのかも知れない。

読者が物語について抱く疑問に対して、十全な回答を与えてくれないようなテクストを、ジェラルド・プリンスは読解容易度（legibility）の低いテクストと呼んだが、その理由の一つにはその断片性を挙げることができるだろう。(19) しかも、それは断片的であることにおいて啓蒙的ともなりうる。つまり、断片ゆえの解釈誘発性は、また啓蒙をも呼び寄せるからである。啓蒙は定義上、通約しきれない不可解なものを切り捨てるから、どのようなテクストでも、ひとたび啓蒙家の手にかかると断片ではなくなってしまう。だが、誰がどう言おうと断片はいつまでも断片であり続けるわけであり、やがてその啓蒙の有効期限が切れると、つまりその啓蒙が支配的言説の地位から下りる時、テクストは常に、再びみたびその断片としての相貌を現し続けることだろう。

そしてこれこそ、時間的プロセスとしての理論実践において、「文化生産の手段と道具を組み立てては解体し、再び組み立てては解体することを繰り返さねばならない」とホールが述べた節合の手法が生きてくる場なのではないだろうか。テクストは断片である限りにおいて、いかなる全体論的解明によっても、最終的にクリアにはならないだろう。断片的なテクストは、あるいは、すべてのテクストは断片として、その明示的メッセージではなく、テクストとしてのあり方において、全体論的啓蒙の限界を含意しているのである。しかしだからと言って、それはイデオロギー的に中立無垢なものでは決してありえない。それを分析するためには、理論史にかつて現れ、これからも現れるであろう洗練されたフレームを次々とやむことなく節合することが必要となる。このことは、文芸テクスト以外の表象テクスト全般に対しても、多かれ少なかれ妥当する仕方であろう。読み手は今後とも、カルチュラル・スタディーズの多彩な進展に注目し、その成果から学ぶべきものを学ぶべきである。ただし、万一そこにトップダウン式の全体論や脳天気な啓蒙の姿勢が見て取れるならば、それには警戒を怠るべきではないだろう。それは〈いつか来た道〉というものである。さらに、いかにも元気の良い文化研究や社会学的批評の攻勢に対して、地道なテキストクリティークや文体論を手がけてきた文学研究者は、決して卑屈になる必要はない。なぜなら、常に言葉のあり方を出発点とすることこそが、全体論に対する最後の砦だからである。もちろん、文学研究者自身が、これまでどれだけ〈大きな物語〉に囲繞されて来たかを考えれば、カルチュラル・スタディーズまでの方法論史の水を、少なくとも一度くらいは頭に浴びてもよいのではないだろうか。

そして、それは文学や芸術、国文学や美学などという対象概念とディシプリンが今後どうなろうが、変わろうがなくなろうが、それとは次元の異なる話である。あるカテゴリーを廃棄してその外に出たところで、カテゴリーのない世界や最終的カテゴリーに到達するわけではないからである。究極のメタ言語は存在しない。あらゆる差別・抑圧の撤廃された社会も、あらゆる言葉の意味が完全にクリアになるようなテクスト解釈も、今のところ実現困難なユートピアでしかないだろう。しかし、それは社会やテクストに対して何もできないこととは違う。全く逆に、だからこそ、私たちは終わることのない節合を繰り返すことができ、また繰り返さなければならないのである。

第五章　認知文芸学の星座的構想
――関連性理論からメンタルスペース理論まで――

1　文芸テクストと共約不可能性

『フィクションの機構』において、現代的なメタフィクション（小説についての小説）の理論水準に対応した文芸学として、自己言及性やオートポイエーシスに配慮し、自分自身の理論的概念枠に常に回帰するような文芸認知の方法を構想し、これを仮に「認知文芸学」と名づけた（「自己言及システムの文芸学」）。その構想を温めているうちに、西田谷洋が中心となり、関連性理論など認知言語学の手法を取り入れて「認知物語論」を構築し提唱を行っている。この章では「認知物語論」のほか、小方孝の「物語生成論」をも参照しつつ、認知文芸学的な発想の有効性を再び問うてみたい。なお、本章では「文学」に代えて「文芸」「文芸学」の語を用いる。「認知文学」という据わりの悪い呼称を避けるためである。

科学哲学のアナーキズムを標榜するパウル・K・ファイヤアーベントは、「共約不可能性（incommensurability）へと導く生理的に決定されている態度の興味深い例は人間の知覚の発展によって提供されている」とまで述べている。[1] 文芸学にしても、他者との間に、対象に対して共通の枠組みを用意し、他者との間で対象についての知識を共有しようとする学問であることに変わりはない。しかし、問題は、果たしてそれは可能なのかということである。概念枠（パラダイム、フレーム）の共有が真理の共有の前提となるとしたら、そこには根本的な困難が存在するのではないだろうか。もっとも現状としては、可能も不可能もない、現実に研究対象は存在するのだから、とにかく何でもやってみることだという態度が大勢を占めているのも事実である。実際、当初は不可能と思われた翻訳も長い時間的スケールの中で可能となる事態があることについて、たとえば綾目広治が取り組んで主張している。(2) しかし、単純な翻訳からさらに先へ進み、他者と語り合って合意を形成することに期待が持てるかについては大きな躊躇を感じざるをえない。すなわち、文芸の意義、何のために文芸を読み、論じるのかの意義を共有することは難しい。従来、文芸研究なるものは、閉ざされた、一種の秘儀伝授のように社会から見なされてきたようにも思われる。しかし、文芸テクスト受容の実態は、十人いれば十色のフレームがあるような共約不可能性の実証の舞台にほかならない。

ところで、文芸観と言語観とは相通じる部分がある。従って、文芸に関する共約不可能性は、多くの場合、言語に関するそれでもある。そして、言語という基盤に関する立場の対立は、末端のテクスト解釈や評価の段階に至ると、修復不可能なまでに開いてしまうことがある。しかしむしろ、そのような文芸・言語に関わる根本的な立場の相違を、ある意味では卑近な形で体験できることは文芸受容の重要な特徴なのではないか。科学史上のパラダイムのような大きな共約不可能性の実例の代わりに、個々のテクストの、個々の研究者間の共約不可能性を表現するのが文芸テクスト受容の体験ではないだろうか。文芸を対象とする営為は、科学革命や国家観の紛争などのような、厳しい人間間の対立をどのように処理するかというコミュニケーション上の紛争処理の実験場となりうる。だからこそ文芸テクストは、完全解釈ができないのが常態であるのみならず、十全に解釈できないからこそ意味があり、むしろ千差万別な意見を喚起し、それらの間の対立があるからこそ重要であると言うべきである。あらゆる解釈に対する懐疑こそが、そのような回路への道筋をつけるのである。

そこにこそ、いわゆる認知文芸学の存在理由がある。認知（cognition）とは、対象理解の基盤である。認知文芸学は、文芸的な対象認知がいかなるメカニズムによって行われるかを解明し、その基盤を個々の対象認知の場面へと差し向けようとする。それは、文芸の本質論や、あるいは個々のテクストの分析と密接に関わるものの、その主な守備範囲は、なぜ理解できるのか、あるいは理解できないのか、または、なぜあなたと私との理解の結果が異なるのか、一致するのか、それを認知の局面に即して究明することだろう。言い換えれば、認知文芸学は、文芸受容の際に、自らのよって立つ概念図式そのものを不断にその考慮の内部に置こうとする方法論にほかならない。本書の第一編における理論的究明は、全体としてそのような方法意識に基づくものである。

2　アレゴリー的転倒

(1) 関連性理論と物語生成論

西田谷洋は、当初、「認知的推論とレトリック」（『語り　寓意　イデオロギー』所収）において、関連性理論（relevence theory）を全面的に援用した文芸理論を構想した。[3] これは日本近代文学の分野で、およそ関連性理論や認知言語学的な方法に絡んだ最も先駆的な論考である。スペルベルとウィルソンの関連性理論は、主として文脈効果により、言語使用者の認知効果を変化させるに足る情報を推論によって実現すると見なす理論である。[4] この推論モデルは、構造主義言語学のコードモデルに対して、関連性理論が導入した重要な要素である。推論の過程があるからこそ、受容者は与えられた材料より以上の情報を得ることもあれば、また逆に推論の失敗により期待された情報を得られない場合も出ることになる。西田谷はここでは、「関連性理論が提示するコミュニケーションは、思考の模倣ではなく、〈相互認知環境〉の拡大だ。文学研究は、共通コードなき伝達を説明しうる理論的根拠を漸く獲得できたと言えよう」と評価している。[5] しかし、その後の「根元的虚構論と関連性理論」（『認知物語論とは何か?』所収）において、西田谷はこの理論に対して、より厳しい姿勢を示すに至る。[6] 西田谷は関連性理論に関して、（1）「文脈効果の認定の不充分さ」（「文脈含意・強化・矛盾という文脈効果の区別は厳密を欠く」）、（2）「意味解釈プロセスの裏付けの欠落」（「物語テクストは、省略や多義性、曖昧性に満ちており、意味内容が表層レベルに十全に反映されている保証はない」)、(3)「関連性理論の論理構造は、言語的知識と百科事典的知識の二分法を内包しているが、物語テクストの表現がいずれか一方の機能を担うという風にカテゴリー化されることはない」という三項目の問題点を挙げ、むしろ外部世界の情報をも参照する認知言語学の推論モデルを導入することを求めている。(7)

一方、小方孝の『物語生成』は、物語の分析理解よりもむしろストーリーの生成のメカニズムを構造化し、認知科学的な知識情報処理の広いフィールドに生かそうとする展望に立っている。(8) 小方の物語生成法は、「物語木」と呼ばれるトゥリー構造によって物語をイメージするものである。これに対しては、西田谷が「この場合、アプローチは、深層構造の表層構造による機械的復元という生成文法と同一の理論カテゴリーに回収されてしまう」と述べ、「省略や曖昧性」に満ちた物語テクストを具体的に分析する手法としては不十分であると的確に指摘している。(9)

関連性理論、認知言語学、あるいは認知科学の文芸研究への導入に関して、有効な部分については取り入れていくことに何の異論もない。ただし、そこには幾つかの基本的な疑問もなしとしない。まず、関連性理論の場合、言語における関連性や適切性を文脈効果などから推論することになる。しかし、文芸テクスト解釈の場合、まさにこの関連性や適切性、すなわち〝何が適切なのか〟が常に争点になっているのである。ある意味では、用語や手法は異なっていても、文芸学において最も問題とされてきたのは常に関連性・適切性なのだと言っても過言ではない。もしも文脈効果や百科事典参照によって解釈が収束するものであるのならば、文芸テクストのあのような読み方の差は決して出てくるはずがない。次に、コードモデルと推論モデルとは、対立するものではない。コードなき推論、推論なきコードはいずれも有効に機能しない。何しろ、すべては言葉の定義と運用に関わってくるのであるから。さらに、物語生成論で言うところの物語のトゥリー構造についても、「物語木」の結節点と分岐の仕方は、決して自動的には決まらない。少なくとも、作成側はおそらく自分の意思でトゥリーを構築できるが、受容側の構築方式はそれ以上に任意と言わざるをえない。言語記号が常に不透明であるからには、作成と受容の過程は常に非対称となるほかにないのである。

(2) 無限の解釈項

言語の不透明性の意味するところは、要するに言語は記号の途方もなく膨大な組み合わせと効果によって機能するのであり、それはほとんど無数とも見えるほどの解釈を許容するということである。言語学は、言語が期待通りにコミュニケートできるならば、その場合に、それがどのような状態を示すのかを追究する学問であるが、文芸学ではこの期待通りというのがいつも問題となる。認知言語学も含めて、言語学は言語の使用法を特定の領域に局限し、その結果、文芸テクストの読者ならば誰しも経験したことのある、あの不確定性・不透明性を捨象してしまうことが多いように思われる。たとえば、言語学の研究書では、正常な文と見なされない、いわゆる「非文」にはアステリスク（＊）を、境界領域の文には疑問符（?）をつけて用例を挙げるものがあるが、かなりの場合において、そこに挙げられた「非文」の類のほとんどが、小説や詩においては可能であるように感じられることがある。

ロラン・バルトが、記号を表現と内容との関係と見なし、これを「ERC」（記号表現Eと記号内容Cとの関係R）と表記し、さらに文芸的テクストなどの多義的表象をコノテーションとして、これを記号の複合、すなわち「(ERC) RC)」と表記したことはよく知られている。[10]つまり通常の記号が、通常でない内容を表現する状態ということになる。ところで、C・S・パースの記号学では、記号は表現と対象と解釈項とが相互に媒介する構造になっている。[11]ここで、解釈項はもう一つの記号として表現されるから、すなわち解釈は、解釈項による無限の連鎖過程とならざるをえない。この無限の解釈項の原理を大きく取り上げて論じたのはウンベルト・エーコであった[12]（この経緯については、本書第一部第六章において詳述する）。さて、パースの無限の解釈項をバルト風に表記すると、「((ERC) RC) RC)…」の連鎖が無限に続くコノテーションとしてイメージできるだろうか。E（記号表現＝シニフィアン）は一つであるが、C（記号内容＝シニフィエ）の連鎖は無数に想定することができる。この無限の解釈過程の存在こそ、文芸テクストなどに典型的に現れる言葉の不透明性の正体にほかならない。

従って、文芸テクストを読む行為は、言葉の分節（語・文・テクストなど）に対する解釈の水準を決めながら、同時にそれら分節の連鎖を理解する水準も定めて行くという複雑な作業となる（ただし、言語使用に慣れた人はその作業を自分なりに容易に進める。逆に、言葉に未熟な人、たとえば幼い子どもや、習熟しない外国語の場合にはこの作業は容易ではない）。文脈はその中から作り出される。また、意味の限界は人によって異なることになる。なぜなら、読解行為は無限のコノテーションの過程をどの段階で限定するかということにほかならないからである。そのような解釈過程に現れる「解釈項」を「引用」に置き換え、テクストは解釈項という潜在的な引用の連鎖であるととらえれば、バルトの「テクストとは、無数にある文化の中心からやって来た引用の織物である」[13]という言葉が想起される。あるいはまた、このような連鎖は原理的に無限に続くと考えれば、「テクスト外なるものは存在しない」というジャック・デリダの言い回しに言い換えることもできる。[14]そして、この解釈過程のパラディグムは一方向的なものではなく、次章で見る「ウォーターゲート・モデル」のように双方向的に、あるいは立体画的（バルト）[15]というようにイメージすることもできるだろう。

また、通常、文芸テクストを解釈する人は、テクストの分節間に重みづけの差を付与して行っている。バルトはバルザックの『サラジーヌ』を全文引用してテクスト分析を施したのだが、普通は注釈書でもない限り、そこまでするのは稀である。その理由は、論述も現実の行為なのだから、論述にはエコノミーというものがあるためである。反面、読む行為も同様であり、テクストを逐一熟読玩味するという場合にしても、相対的には読み飛ばす部分、十分に理解しないで先へ進む部分は必ず出てくる。それとは反対に、繰り返し一節を読む場合もあるだろう。さらに、プロットとストーリーが異なる場合、すなわち物語の展開と出来事の展開とが異なるテクストが多いために、そのような読書の場合、読者は分節を遡ったり、また先へ急いだりして読み進むことになる。テクスト読解の行為は、このように、幾重ものネスト（入れ子）やジャンプ、記憶の退避と復帰の複雑に絡まり合った情報処理の作業となる。敢えて言うならばそれは、トゥリー（木）ではなくリゾーム（根茎）に似ているのである。(16)

一つ例を取り上げてみよう。村上春樹『風の歌を聴け』には、次のような一節がある。

僕が三番目に寝た女の子は、僕のペニスのことを「あなたのレーゾン・デートゥル」と呼んだ。

*

僕は以前、人間の存在理由《レーゾン・デートゥル》をテーマにした短かい小説を書こうとしたことがある。結局小説は完成しなかったのだけれど、その間じゅう僕は人間のレーゾン・デートゥルについて考え続け、おかげで奇妙な性癖にとりつかれることになった。全ての物事を数値に置き換えずにはいられないという癖である。約8ヵ月間、僕はその衝動に追いまわされた。僕は電車に乗るとまず最初に乗客の数をかぞえ、階段の数を全てかぞえ、暇さえあれば脈を測った。当時の記録によれば、１９６９年の８月15日から翌年の４月３日までの間に、僕は３５８回の講義に出席し、54回のセックスを行い、６９２１本の煙草を吸ったことになる。

その時期、僕はそんな風に全てを数値に置き換えることによって他人に何かを伝えられるかもしれないと真剣に考えていた。そして他人に伝える何かがある限り僕は確実に存在しているはずだと。しかし当然のことながら、僕の吸った煙草の本数や上った階段の数や僕のペニスのサイズに対して誰ひとりとして興味など持ちはしない。そして僕は自分のレーゾン・デートゥルを見失ない、ひとりぼっちになった。

＊

そんなわけで、彼女の死を知らされた時、僕は６９２２本めの煙草を吸っていた。

ここに「６９２２本めの煙草」という表現がある。８月15日から４月３日までは概ね２６０日間であるから、計算上、およそ「僕」は４日に１回くらいセックスして、一日27本の煙草を吸っていたことになる。柄谷行人は、「数字は、言葉の意味を還元し示差的な記号としてみることの一つの極端なあらわれである」[17]とし、数値を多用するこのような文体について、固有名の論議と絡めて、「村上春樹の情報論的世界認識あるいは『歴史の終り』の認識は、右の意味での『現実性』からの逃亡であり、ロマン派的な拒絶である。それは、いいかえれば、固有名の拒絶である」[18]と述べている。田中実もこの箇所について、「〈からっぽ〉の僕にとって〈愛〉も〈結婚〉も〈子供〉も、皆同じ記号にすぎない。54回の仏文科の女子大生とのセックスは僕にとっては数値、他に置き換え可能な記号でしかなく、彼女にとっては〈愛・結婚・出産〉というセット化された生身の物語であり、それこそが紛れもない〈愛〉の意味であった」[19]と批評して、いずれも数字を多用する村上のスタイルを人間性の軽視であるとして批判している。しかし、私には全く逆のように思われる。

数値の頻出するこの文体は、「僕」の主観の直接的な表現ではなく、小説的なレトリックとしての性質が強いように思われる。それは、表現の間接化（婉曲語法、朧化、迂遠化）の一種にほかならない。ここで、この数値を多用した文体そのものが誰か・何かによって肯定されていると見るべきだろうか。ペニスを「あなたのレーゾン・デートゥル」だというのは、彼女から見て彼が自分にそのような存在理由しか認められないような生き方をしている人間だということを示し、しかもその過去の時点に対して現在の彼は、その彼女の発言を対象化して受け止める位置にある。だから、むしろこれは「僕」の自己批判なのである。存在理由が何であるか以前に、存在理由を見据えようとする心性と、それについての議論を誰かと共有しようとすることが重要なのではないか。「そして僕は自分のレーゾン・デートゥルを見失い、ひとりぼっちになった」とは、「レーゾン・デートゥル」を見失った結果ひとりぼっちになったのか、ひとりぼっちになったから「レーゾン・デートゥル」を見失ったのか明確ではない。「僕が三番目に寝た女の子」は、現在の「僕」にとって忘れえない存在であり、実は過去の「僕」にとってもかけがえのない存在であったと解釈できる。だが、過去の「僕」はそれを明確に認識していなかったようであり、現在の「僕」もそれを明言しない。

明示されない事柄については、通常以上に読者の解釈が要求される。「彼女の死を知らされた時、僕は6922本めの煙草を吸っていた」というのは、第一には、彼女の死を知ったのが（それが4月3日までの数値の次の数値であるから）単に4月4日であるということの修辞的な婉曲語法である。第二には、（彼女がいた間は「ひとりぼっち」ではなかったのだから）彼女こそ僕に（ペニスを介して、あるいは、ペニスをめぐる会話を介して）「レーゾン・デートゥル」を与える存在であったことを示す。第三には（とはいえ、この順序には意味はないが）、「その時期」には「全てを数値に置き換えることによって他人に何かを伝えられるかもしれない」と考えていたが、「彼女の死」を境とした現在は必ずしもそう考えているわけではないかも知れないことを暗示する。第四に、そもそも「僕」は相当のヘビースモーカーであったこと、その他のコノテーションをなす。これら以外の意味づけも可能だろう。

おそらく、このような意味づけの拡張はどこまでも可能なのだろう。〝一般的〟と言われるような読解の水準を確定するのは、プロトタイプ、スキーム、あるいはスクリプトなどと認知言語学が呼ぶものに似たものである。概括して、パラダイム、あるいは一般的フレームと呼んでもよいかも知れない。しかし、個々の意味は、個々の読書の作法に係ってくる。『フィクションの機構』（146〜147ページ）に述べたように、そのようなフレームの完全記述は不可能であり、それはいわゆるフレーム問題を構成し、解釈なるものはすべてその擬似的解決に過ぎない。さらに言えば、一般に読者はそれほど意味を一義的に確定などしていないのではないだろうか。意味の水準は線ではなく立体画的、あるいはリゾームなのであり、ある範囲内にある解釈は、すべて等しく可能となることがある。すなわち、意味は一人の読者においても複数的なのである。

(3) アレゴリー・星座・脱構築

このことを、ヴァルター・ベンヤミンの星座概念と結びつけることはできないだろうか。「理念は永遠の星座なのであり、構成要素が点としてこのような星座の中におさめられることによって、現象は分割されると同時に救われるのである」とベンヤミンは述べている。[20] 夜空に浮かぶ星座は、物理学的には一団のものではなく、人間の眼にそう見えるに過ぎない。星座を構成する星々は、実際には互いに何万光年も離れていることがある。また、洋の東西で、古来全く違う星座が考案されていたことも知られている。文芸テクストは星座のようなものではないか。

ベンヤミンが『ドイツ悲劇の根源』などで提起した、アレゴリー、トラクタート、モザイク、そして星座などと呼ばれる方法論は、マーティン・ジェイによれば、「世界の『不連続な有限性』をモナドのように映」す理論であった。「真理は、それゆえ、抽象的な哲学的概念のうちよりも、空間的に相互に関連した具体的・実質的なイメージのうちによく現れるのである。星座は、表出的全体性の場合とはちがって、主体と客体の間の距離をなしくずしにすることはない。それは、自らのうちの異質な諸要素がもつ還元不能な異質性を維持することで、それらの諸要素を救済するのである」とジェイは述べ、それらを西欧マルクス主義の弁証法とは異なり、アドルノの「否定弁証法」に繋がるものとしてとらえていた。(21) 一言で言えばそれは、決して統合されない断片の集合体としてのアレゴリーに、統合されたシンボル以上の価値を認めるものである。ちょうど星座が遠く離れた個々バラバラの恒星群の見かけ上の姿に過ぎないのに、白鳥や十字架として見えるように、アレゴリーもまた個々バラバラな要素群から成るテクストが、その都度、見かけ上の意味を持つものとされるのである。ベンヤミンのアレゴリー概念は、単なるレトリックなどではなく、西欧的合理主義全般の超克を目指したものとさえ言えるだろう。

ヨーロッパの原史（Urgeschichte）探索の途上に現れたベンヤミンのアレゴリー論は、ベンヤミンの複製芸術論、アドルノのモンタージュ論、アヴァンギャルドの理論、さらにアドルノの「否定弁証法」に至る多様な展開を見た。一般に、全体論や目的論と呼ばれる傾向を西欧思想は抜きがたく帯びている。ジェイの解説を借りれば、その典型の一つであるヘーゲル弁証法的な、対立物が高次元の統一を獲得するという西欧的価値観を転倒し、決して統合しえない要素間の否定性そのものに価値を認めるとするアドルノの理論は、ベンヤミンの星座概念が、ホロコーストの体験を通過して結実した成果であったと思われる。ホロコーストは、西欧的合理理論の極端な鬼子であったからである。アドルノはまた、同じく合理主義の表現として啓蒙を認め、啓蒙が常に神話に頽落する仕方を厳しく批評もしていた。これについては別のところで論じたことがある。(22)

またジャック・デリダの脱構築概念は、ベンヤミン的なアレゴリー理論の、極めて精緻な方法論であったとも言える。脱構築は、言語記号を引用と反復の可能性においてとらえ、言語テクストにおける標準的と寄生的との区別を排し、虚構と非虚構との両者に適用可能な記号の無限性を的確に示している。デリダはフッサールの分析を受けて、「しかし『緑はあるいはである』にしろ『アブラカダブラ』にしろ、それらはそれ自体で自らのコンテクストを構成するわけではないのだから、それらが何か他のコンテクストのなかで有意的マークの(もしくは、フッサールならばこう言うだろうが、指標の)資格で機能することを何ものも妨げることはできない」と述べている。(23)「緑はあるいはである」(le vert est ou)とか、「アブラカダブラ」という表現は、フッサールは無意義性・非文法性と呼んだが、デリダによれば、場合によっては意味を持ちうるとされる。脱構築は無限の解釈項のある種の局面であり、アレゴリーの系列にあると思われる。

3　認知文芸学とパラダイム論

こうして、文芸テクストおよび文芸学の星座的スタンスを仮設したことにしよう。もちろん星座の認知もまた、一つのフレームをなすことに変わりはない。認知をパラダイムとの関連で論じたマーク・ドゥ・メイは、論述の水準を四つに区別し、まずモナド論、次に構造論、そして文脈論の順に、ランダムな対象から統合的理論記述までの階梯を記述している。(24)これまでの論旨から見て、記号学はモナド論、テクスト分析は構造論、関連性理論は文脈論の次元に対応するように見える。しかし、ドゥ・メイによれば、文脈そのものが、それを見ようとする枠組みによって見出される何ものかでしかない。文芸解釈や関連性理論における文脈効果の限界は、ドゥ・メイによって既にとらえられていると言えるだろう。ドゥ・メイによれば、これらは最終的に、観察者が持ち込む認知論的前提、すなわちパラダイムに左右されるというのである。

順に見直すと、まず文芸テクストにおけるモナド論的段階は、分節確定の相対性に彩られる。一般に、文芸テクストの最小単位は文とされるが、バルトは複数の文の連鎖であるディスクールとし、(25)またジェラルド・プリンスはミニマル・ストーリー（最小の物語）を問題とした。(26)このプリンスを受け継いだ前田愛は、状態変化に関わる三つの命題の組み合わせを最小の物語として規定している。(27)ここに単語やパラグラフ、あるいはトマシェフスキーが挙げたテーマ[28]、すなわちプロット、プロップ[29]、ブレモン[30]らの物語素、グレマスの行為項[31]などなど、論者が次々と考案した対象概念は極めて多種多様となる。また、テクストのモナド性を特に強調するならば、それはフラグメントやモンタージュのスタイルに近づく。村上の『風の歌を聴け』も、手記、DJ、(架空の)小説の引用、その他フラグメントの集積形式となっていた。さらに、アレゴリーや星座は、どの段階においてもモナド性を残す構築法であり、論法であると言える。そして、どのようなモナドを取り上げても、そこには再び、無限の解釈過程を想定することができる。

次に構造論的段階であるが、これは、コノテーションのスケール、すなわち意味の分布帯として論じたものを問題にする作業である。あるモナドから次のモナドへと移る際には、情報論的に意味が制御されることになる。その仕方を、プロップ、ブレモン、トドロフ、グレマスらは、いわばモナドの連鎖としてとらえ、そこにパターンを見出し、話型と言えるものを抽出した。またノースロップ・フライは話型の一覧表を構想して神話批評を構築し[32]、ジャン・ポール・ヴェベールのテーマ批評もこの類に入るだろうか[33]。また、あるモナドから次のモナドへ移る際のチャンネルを、エーコは、可能世界意味論を用いて記述しようとした。エーコの『物語における読者』は、このコノテーション・スケールを可能世界として読み替えたものである[34]。「レーゾン・デートゥル」の例で明らかなように、当然、スケールやそれによる意味の分布は、自動的には決まらない。それは常に受容の函数として表現される。

そして、文脈論的段階がある。すなわち、テクストの要素やテクスト全体の意味を確定するために、そのテクストや他のテクスト群の形作るコンテクストを参照の枠組みとするものである。近年、日本近代文学の領域では、極めて顕著な文脈論的動向が勢力を拡大してきた。それが、いわゆる文化研究であり、またポストコロニアリズムやフェミニズムなどもこの動向を担っている。文化研究は、イギリス発祥のカルチュラル・スタディーズと同じものではないにせよ、歴史的・社会的状況への介入というコンテクストを重視する。特に、文化研究の言うコンテクストは、事後的なコンテクストも含まれ、そこではテクストが何であるかはもはやある意味でどうでもよいこととなり、テクストがどう受け取られ、何を行ったかに関する現象論・責任論が主たる研究対象となる。当然、そこでは文芸と非文芸との区別などは問題にならない。もっともドゥ・メイによれば、文脈（コンテクスト）そのものも認知的・パラダイム的な対象であり、文脈は固定的尺度などではない。従って文化研究の尺度もまた相対的なものにとどまるはずであるが、その自覚がどこまで確保されているかは定かではない。そして文脈もまた、それ自体が無限の解釈過程を伴う系列にほかならない。

さて認知的＝パラダイム的段階では、以上のモナド・構造・文脈の性質が、相互的に、そして全体的かつ個別的に与えられるものとされる。コノテーション・スケールの生成とテクスト全体の意味なるものの生成とが、必ずしも同型対応的ではないにしても、少なくとも相互的に行われるのである。従って６９２２本めの煙草の意味も、『風の歌を聴け』というテクストを全体としてどのように読むかということとリンクすることになる。

4　星座的ネットワークの構想

以上の事柄を総合すると、次のことが言えるだろうか。私たちは文芸テクストの完全な解釈、あるいは、テクスト解釈の完璧な共有という二つの思想を、もはや、見果てぬ夢として、いい加減に廃棄すべきところに来ているのではないか。文芸テクストをきちんと理解できないとか、他人と意見が違うなどの結果は、何も例外的な事態ではなく、むしろそれこそが常態であり、むしろ、そのことを主要な問題として対象概念に繰り入れるような理論が期待されるということである。テクスト読解のメソッドを函数として表現するならば、それは共約可能性そのものを引数（argument）の一つとして持つ函数にならなければならない。

その点、認知言語学関連の理論で興味深いのは、ジル・フォコニエのメンタルスペース理論である。[35] メンタルスペース理論は、言語使用を、使用者のフレームとして構成されたメンタルスペース内部での、あるいはメンタルスペース相互のコネクションとして理解する。メンタルスペースは、パラダイム（フレーム）であり、使用者相互に共有されるとは限らず、また複数のメンタルスペースの並立も認められる。フォコニエによれば、コミュニケーションとは類似したスペースを構成することにほかならない。フォコニエは次のように述べている。[36]

したがって、言語は単に世界、モデル、コンテクストや状況などと相対的に解釈されるだけではない。むしろ、言語は自分が作り出す構築物に関係づけられる。言語はメンタル・スペースやメンタル・スペース同士の関係、およびそれらの内部の要素の間に成立する関係を設定する。我々二人が同一の言語的、語用論的データから類似のスペース構成を行う限り、我々は「コミュニケーションを行う」ことができる。コミュニケーションは構築プロセスの一つの可能な帰結である。

メンタルスペースを一つの星とし、それらが複数、コネクターによって結ばれた星座を考えてみよう。コネクターは語用論的函数であり、そこに共約可能性の変数をリスクとして組み込んでみる。そのような仕方で、ベンヤミンの発想とメンタルスペース理論とを、星座的ネットワークのようなあり方として結合することはできないだろうか。

そういえばドゥ・メイも、知覚を、異なるレヴェルを入れ子型に混合して結びつけるところの概念的ネットワークとしてイメージしていた。(37) 文芸テクストも、また文芸学もそのようなものとして構想することはできないだろうか。テクストにおけるモナド・構造・文脈などは、いわばそれぞれメンタルスペースに置き換えられる。それらを語用論的函数によってリンクするのが、認知論的段階のメンタルスペースということになるだろう。いずれの審級をも特権化せず、また超越的なメタレヴェルを設定せず、すべてが相対的に星座を形作りながら、なおかつパラダイム論的に与えられるような、星座的なネットワークをイメージすることもできる。

フォコニエはスペース間を結合するコネクタとして語用論的函数を設定しているが、次の課題は、共約不可能性を包含するような語用論的函数をどのようにして書くかにかかってくる。それはたとえば、スコープや引数に不確定性をはらみ、深いネストやはるかなジャンプを組み込み、また特に、自分自身をも引数に取るような再帰性を帯びたものにならざるをえないだろう。そのようなプログラムを真に書くことができれば、認知文芸学の構想は満たされたものとなるだろう。

第六章 〈無限の解釈過程〉から映像の虚構論へ
――記号学と虚構――

1 可能世界虚構論とメイクビリーヴ理論

この章では、最終的には映像と虚構との関係について論じる。その前段階として、まず言語における虚構の理論について必要な限りにおいてまとめてみよう。

三浦俊彦による「虚構実在論」の展開は、虚構の理論にとって非常に重要な寄与であると言わなければならない。[1] 三浦は、まず芸術作品は自然種か名目種か、という問いから始める。自然種の例は、たとえば「虎」であり、虎が虎であることは歴史的・社会的に規定されていて、万が一虎が哺乳類でなく爬虫類であることが新たに分かったとしても、その対象が虎であることに変わりはない。名目種とはたとえば「独身男」の場合であり、独身男は、独身と男という属性や言葉の記述によって規定され、もしその対象が独身でなかったり男でなかったりしたら、その対象は独身男ではない。対象を自然種としてとらえる方法を「外延主義」（実在主義）、名目種としてとらえる方法を「記述主義」（現象主義）として三浦は対比する。三浦は、「ニュークリティシズム以降のポスト構造主義や受容理論などはこの両者の止揚を目指したものといえようが、テクストの変化や外的拡張を無限に認める点で、新しい批評理論はみな一様に（脱構築批評すら）意外にも外延主義的自然実在論に根ざしていると考えられる」(2)と指摘している。分類は常に相対的であり、外延主義と記述主義は一種の仮説としての純粋理論であって、実在の理論は両者の要素を幾分かずつ分有しているのだろう。三浦自身は、「同じ世界の中では、時間が経とうが事情が変わろうが、同じ作品は同じ現象で定義されなければならないと信ずる」とする立場の現象主義に「共感を寄せる」とする。

次に三浦によれば、作品を「世界」として理解するためには、インガルデンやイーザーが指摘した不確定箇所や空所の問題を避けて通ることができない。そのため便宜的に、テクストに明記されている一次レヴェルから始まって、一次レヴェルから一義的に導き出される二次レヴェル、蓋然的に推測される三次レヴェル、解釈として多様な帰結が考えられる四次レヴェル、そして純然たる不確定な空白である五次レヴェルが区別される。純然たる空所とは、たとえば現実には私の背中にホクロがあるかどうかは一義的に決まるのに対して、シャーロック・ホームズの場合には決められないというような例である。ちなみに、マリー＝ロール・ライアンの「最小離脱法則」(3)（principle of minimal departure）の原理は、虚構の世界記述を読む場合に、たとえ五次レヴェルの空所でも、私たちは基準となる世界、すなわち「実際の世界」（actual world）に最も調和する構築を暗黙に前提とするという見方である。ライアンの「最小離脱世界」(minimal departure)の理論については、また必要な箇所で触れることにしたい。

さて、虚構世界を、高次のレヴェルの多様なあり方を認め、低次レヴェルの規定された箇所を共通部分として持つ複数の可能世界の集合であるとする「集合説」、逆に、虚構世界はただ一つの可能世界であるとする「一世界説」のいずれについても、三浦は固有の難点を認める。そしてラッセル以来の十指に余る理論家の言説を解明しつつ、最終的に三浦は、ケンダル・ウォルトンのメイクビリーヴ理論を独自に止揚して、いわゆる「虚構実在論」を主張するに至るのである。

メイクビリーヴ(make-believe)とは、本来、ままごとなどのごっこ遊びのことを指す。ウォルトンによれば、テクストというごっこ遊びの道具を使って行われるのが虚構世界である。ウォルトンは次のように述べる(4)(拙訳)。

〈表象〉とは、ごっこ遊び(make-believe)のゲームにおいて、支え(props)として働く社会的機能を持つものである。しかし同時に、〈表象〉は想像することを〈促進〉し、時としてゲームの〈対象〉ともなる。支えは条件法的な〈生成の原理〉により、想像することを命じる何物かである。想像することが命じられている命題は〈虚構的〉であり、所与の命題が虚構的であるような事実は〈虚構的な真理〉である。〈虚構世界〉

は虚構的な真理の集合体と結びついている。虚構的なものは所与の世界において虚構的である。すなわち、たとえばごっこ遊びのゲームの世界、もしくは表象的芸術作品の世界である。

ちなみに、前田愛は都市空間と文学との関わりについて、「文学テクストの読者は、語り手の視点を所有することで、あるいは作中人物が欲望や期待をはらみながら周辺の事実や他の人物にふりむけるまなざしを共有することで、テクストの『内空間』を生きはじめる」[5]（傍点原文）と述べたが、これは文芸テクストの空間に関するメイクビリーヴの現象または実践に相当する。読者はテクストを支えとして、本来そこには存在しない「内空間」というごっこ遊びを始めるというのである。これから類推できるように、虚構をごっこ遊びに準える思考法は、異なった言葉遣いによって既に行われてきたと考えられる。逆に言えば、ごっこ遊びの用語法以外によって、同様の虚構論を構築する可能性もあるということになる。

三浦はメイクビリーヴ理論を、可能世界虚構論における「一世界説」と結びつける。「一世界説」の問題点は、現実世界では事実が一義的に決定できるが、虚構世界では決められないので、虚構世界は一つの世界とは言えず、その可能性に応じて複数または多数の世界があるということになるというものである（シャーロック・ホームズの背中にホクロがあるか否かなど）。しかし三浦によれば、現実の方も唯一完全とは言えない。その例として、分子の位置と運動量とを同時に決めることはできず、確率論的にのみ理解できるとする量子力学の不確定性原理（コペンハーゲン解釈）などが挙げられている。三浦によれば、「現実世界とは違って虚構は特有の不完全性もしくは多岐性をもつ、という通説は、否定されなければならないのである」（傍点原文）。そしてメイクビリーヴは、現実世界における様々な信念の基軸ともなっており、その適用範囲が違うとしても、現実と虚構とはどちらもメイクビリーヴの内部にあるとされる。その結果、三浦は「現実が外的世界であるにせよ心的観念であるにせよ、その現実と同じ意味での存在性を虚構は現実外において持つ」とし、「虚構は、現実よりも影の薄い異質の反実在ではない。虚構は現実世界の描像に倣って同じ描像が当てはまるという意味で実在なのだ。逆に言えば、現実は虚構と同じくらい虚構的である」として、その理論を「虚構実在論」と呼ぶのである。(6)

現実が実在するのに倣って虚構も実在する、逆に、現実は虚構と同じくらい虚構的である、とするこの「虚構実在論」は非常に魅力的である。特に、五次レヴェルのような空白は、テクストだけでなく現実世界にもあるという説は、むしろ現実について忘れていた側面を思い出させてくれる指摘である。ちなみに、西井元昭が、事物も虚構も想像力によって認識されるからには、その存在のあり方は同等であるという主張をしていた。(7) カテゴリー・システム（ヴァージョン）が各々の世界を制作するというネルソン・グッドマンの思想も、これと近い。(8)『フィクションの機構』（36〜37ページ）において、虚構と現実との関係を対立ではなく統一しようとする見方を、トマス・G・パヴェルに倣って虚構論における「統合派」と名付けたことがある。三浦による「虚構実在論」は、まさしくその強力な提案である。

たとえば、宇宙が存在する、というような信念も、信念である限りにおいて一種のごっこ遊びである。そのような現実と、ホームズがベーカー街に住んでいるという虚構とは、ごっこ遊びの点では共通する。これは、極めて強いメイクビリーヴ説と言える。

2　可能世界と不可能世界

このような三浦の「虚構実在論」に触れて、既に次のように述べたことがある。「しかし、単純にメイクビリーヴを共有することはできまい。[…]フィクションのカテゴリーには言語感覚の数だけの多様性がありえ、かつメイクビリーヴはそこに入ることもまた出ることもできるのだと言わなければなるまい[9]」。そもそも、虚構の認知や取り扱い方に、人によって大きな相違が出るのはなぜなのだろうか。その理由は結局のところ、一つのテクストに対して、無数の解釈が可能であるということに帰着するのではないだろうか。三浦はインガルデンやイーザーに倣って、テクストの不確定箇所・空所を論の起点に据えていた。文芸テクストの場合には、言語記号の受け取り方が、対象の虚構・非虚構の認知に大きく関わっている。すなわち、三浦は虚構の「言語説」（虚構は言語表現そのものであるとする説）を最初に退けるのだが、常に虚構の基盤となる言語に立ち返らざるをえない。まず、虚構と可能世界との繋がりについて考えてみよう。

パヴェルは、可能性に対する想像力において、可能世界意味論と文芸テクスト読解の流儀とは、大きく異なるものではないとするが、最終的には両者の同一視には懐疑的である。[10] パヴェルによれば、アリストテレスが『詩学』で述べた、「詩人の仕事とは、すでに生起した事実を語ることではなく、生起するかも知れない出来事を語ること、すなわち、いかにも納得できそうな蓋然性によってなり、またはどうしてもそうなる筈の必然性によってなりして生起しうる可能的事象を語ることだ、ということである」[11] という理論は可能世界論に通ずる。[12] しかし、「にもかかわらず、幾何学の制限に煩わされることなく四角い円を描くシャーロック・ホームズのイメージは、憂慮すべきものである。なぜなら、たとえばボルヘスの形而上学的な物語や現代のサイエンス・フィクションにおけるように、矛盾する対象は、時には周辺的だが時には中心的な形で、実際にフィクションにおいて生起するのであるから」[13]。この「四角い円」とは、虚構的言説論議の起点の一つとなった「指示について」において、ラッセルが『円い四角』、『2を除いた偶数の素数』、『アポロ』、『ハムレット』などは、「いかなるものをも指示しない指示句である」と述べたことを受けている。[14] 可能世界は現実世界における真理や法則が基本的に通用する世界でなければならないが、虚構のテクストには、人物が「四角い円」を書いた、というような文が出て来ることを妨げることはできない。「矛盾の存在によって、私たちは虚構世界を純粋な可能世界として考えることを妨げられる」のである。[15] すなわち、虚構世界は、むしろ「不可能な、または逸脱した世界」(impossible or erratic worlds) でありうるのではないか、とパヴェルはとらえる。[16]

パヴェルはこの矛盾を分岐点として可能世界論を離れ、メイクビリーヴ理論なども加味して、虚構世界を現実世界における対応物を持たない対象や事件を含む世界とし、しかも両者の連続をも認める、いわゆる「突出構造」(salient structure) 理論を独自の虚構論として提出している。「私は、第二の世界が第一の世界における対応物を持たない実体や事件の状態を含んでいるために、第一の世界と第二の世界とが同型対応となることのない、これらの二重構造を、〈突出した〉(salient) 構造と呼びたい[17]」とパヴェルは述べる。いずれにせよ、不可能な事態も言語によって可能でさえあれば、虚構の内部に出現することができる。基本的には現実世界に住む作家や女性や生徒たちを描くジイドの『贋金つかい』(一九二六) には、突如として「天使」が現れる。村上春樹の『羊をめぐる冒険』(一九八二) にも、「羊男」なるものが登場する。「円い四角」を書く人物が、いつか作り出されることは何ら不思議ではない。テクストの読解についても、これまで五次レヴェルの純粋に不確定とされてきた事柄が、今後、解釈や新資料によって明らかにならないとは限らない。すべては、言葉の可能性の広がりにかかっている。その広がりこそが虚構の領域と等しいと見なし、その可能性の全域を覆う虚構として根元的な虚構を想定するのが、根元的虚構論の立場なのである。

次に、エーコが『物語における読者』において展開した「世界構造」の理論は、読者がファーブラ（物語）を解読するための予想条件を提供する道具として、可能世界論を大きく取り入れている。[18] この理論は、読者の参与によってファーブラ生成を実現する現代的様式について論じた「開かれた作品」理論の発展的な延長線上に現れたものである。[19] すなわち、ファーブラを構築する際に読者が考慮に入れるすべてのパラディグムは、「百科事典」と呼ばれる文化的生成物として提供される。だが、それをテクストの言説構造に即して縮減する操作は、いかなる状態が実際に可能であるかを判定する予想条件を明らかにしなければならない。ここに可能世界の理論が導入される。エーコは、「可能世界というテクスト記号論的概念を構築することなく、ファーブラの諸状態についての予想条件を確立しようとしても、難しいように思われる」とまで述べている。[20]

エーコは可能世界の成り立ちを、「各命題についてpであるかpでないかであるような、命題の集合が表わす事物の状態」と定義し、それを記号論特有のビット構造（(＋)／(−)の二項対立）を用いて記述しようとする。一つの可能世界から、その要素・特性間の関係を操作することによって、もう一つの可能世界の構造を生成できる場合には、その可能世界は元の可能世界から接近可能な代替と言うことができる。その特性が特定の百科事典のリストに従っている場合、それは「本質的特性」と呼ばれる。一般的な百科事典に準拠する場合には、日常的な因果関係から逸脱するＳＦのような作品では、可能世界は機能しえないことになる。だが、その場合には、むしろ逆に私たちの百科事典の完全性に対する反省への招請が、テクスト企みとなる。一つのファーブラは、一連の接近可能な可能世界の記述によるテクスト状態の変化の連鎖として解読され、そこで内部的にのみ妥当する関係は（「本質的特性」に対して）「構造必然的特性」と呼ばれる。エーコによれば、テクストとは、これらの条件に従って「可能世界を生産する機械」にほかならない。

このようなエーコの理論は、記号論と可能世界理論のドッキングとしてユニークであり、具体的なテクスト分析の道筋をも提示しているところに実践的な説得力がある。ただし、ここにパヴェルの異論を適用してみよう。現実には成立しない命題が大量に存在するような虚構世界は現実世界の代替とはならないとすれば、それはやはり可能世界とは言えない。言い換えれば、虚構世界を可能世界と見なすかどうかは、どの程度そのような〝不可能〟命題を許容するかという枠組みや解釈によって相対的ということになる。エーコによれば、指示的な世界、すなわち現実世界もまた人工的生成物にほかならない。つまり、現実とは、特定の百科事典に記されている範列的意味体系以外の何物でもなく、それは言葉の作り出すシステムに過ぎない。従って、「円い四角」等の不可能言明は、たまたま特定の時代の特定の国語の百科事典には記載されていなくとも、他の百科事典に絶対に記されないとは限らない。エーコによれば、むしろ、虚構世界に書き込まれた「構造必然的特性」の言説が、場合によっては百科事典に採録されることにより、逆に「本質的特性」として通用する可能性も常に開かれているのである。「それらの可能性が実現されると、それらは百科事典を危機におとしいれ、コードのメタ言語的批判として機能するテクストを生産する」[21]。

エーコの言う「どんな物語世界といえども、現実世界から完全に独立してしまうことはできないだろう」という主張は、この観点から理解することができる[22]。それは、言葉のヴァージョンが、それに先立つ言葉のヴァージョンの変革として以外には現れて来ないということと同義である。虚構世界を通常の百科事典に記されている現実世界との峻別において受容するのではなく、むしろ連続するものとして読むことが、虚構の衝撃力を十二分に説明するものとなる。一見いかに不可能に見えようとも、虚構世界を可能なものとしてとらえることは、逆に現実世界なるものの根底に存在する通念や、言葉の働きへとフィードバックする契機とならざるをえない。その意味で、可能世界虚構論は、根元的虚構論と境を接している。それは、そのような言葉の起源への果てしない問い直しへと、読者を導く回路を開く理論なのである。

3　虚構とウォーターゲート・モデル

いずれにしても、虚構の認知は、所与の記号の解釈に基礎を置くものと考えられる。虚構テクストが可能世界なり何らかの世界を描くものとして理解されるのは解釈行為の帰結であり、そうであるならば、極端な場合、対象を世界として認識しないようなテクストの受容も可能なのではないか。そこで、対象を虚構として認知する際に、どのような記号現象が関わっているのかを考えなければならない。

記号現象の両義性についての基礎理論として、イェルムスレウ＝バルトによるコノテーションの理論を参照してみよう。コノテーションを記号の複合としてバルトは「（ERC）RC」と表記した。[23] すなわち、記号の表現部分をもう一つの記号が占める場合がコノテーションである。たとえば「真相は藪の中だ」という文の「藪の中」は、「諸説が錯綜して混乱した状態」というような意味内容（C）が、「草木の密生状態」の意味を持つ「藪の中」という記号表現（E）に付与されたコノテーションとしてとらえられる。

ところで、「藪の中」は小説の題名でもあり、またこの小説の物語中のある場面・状況を指示する言葉でもあり、また……とその解釈は原理的にいくらでも考え出すことができる。つまり、「（ERC）RC」の最後のCは、決して一つには決まらず、また時間経過において、あるいは同時的に、複数の意味内容を含む場合もあるということになる。Cは、それ自体もう一つの記号（解釈項）にほかならない。C・S・パースは記号について、「何か他のもの（解釈項）を規定して、自分の場合と同じやり方で、自分のかかわっているもの（対象）にかかわるように仕向けるもの。次にこの解釈項もまた記号になるといった具合いに無限に続く」と定義している。[24] エーコは、パースが述べた〈無限の解釈過程〉の様相をとらえて論述

表現		内容
表現	内容	
AB =	危険水位 =	排水
BC =	警戒水位 =	警戒状態
CD =	安全水位 =	休止状態
AD =	水位不足 =	注水

エーコのウォーターゲート・モデル

した。記号を表象(representation)・対象(object)・解釈項(interpretant)の三項対として理解するパースの記号学に大きく依拠したエーコは、コノテーションのこの実態を表現するために、「ウォーターゲート・モデル」という例示を導入している(図参照)[25]。これは、水位の変化を示す信号が、連鎖的にどのような意味内容を生み出すかを図式化したモデルである。

このモデルは、コノテーションは無限に連鎖することを示し、いわゆる〈無限の解釈項〉(無限の記号過程)の理論を説明するものとなっている[26]。バルトの表記では、「((ERC) RC) RC…」、あるいは、「…CR (CR (ERC) RC) RC…」と書くことができるだろうか。また、この図式は本来直線上に書くべきものではなく、多数のCがリゾーム状に、あるいは星座的に配置された状態を思い浮かべることができるように思われる。言い換えれば、どのCが最終的な解釈項なのかを決めることは、絶対的にはできず、多数のCが優劣を競い合っているのが、無限の解釈に開かれた記号の様態であると言うべきではないだろうか。

ここでの文脈に戻すならば、虚構・非虚構の認知に関わる不確定性と、虚構的対象の取扱い方の多様性とは、このような〈無限の解釈項〉の理論で説明できる部分がある。ある記号（文・テクスト）に関する解釈項（もう一つの記号）としての意味内容Cは、解釈行為の所産として表現される。重要なのは、多数の解釈項のうち、比較的優先されるCの性質が虚構的であれば、そのテクストは虚構と見なされ、非虚構的であれば、その対象は非虚構と見なされるということである。カミュの『ペスト』（一九四七）の舞台となったオランはアルジェリアに実在する都市の名だが、それを自然種的に現実の都市として理解するか、名目種的に、何よりも『ペスト』という虚構の物語の舞台として全く新たに描き出された虚構の都市として理解するかは解釈に依存する。この事情は、『ペスト』というテクストやカミュのテクスト総体に対しても関与する。それがオランでなく、岩手や中頓別でも同じである。逆に、フォークナーのヨクナパトーファやガルシア・マルケスのマコンドのような明らかに虚構の都市であっても、それを単純に虚構としては認めない解釈がありうる。たとえばそれらは、それぞれ関係する実在の地域の実情の、現実的な（非虚構の）表現として理解されることがあるだろう。そのことは、イーハトーヴや上十二滝町でも同じことである。

このように、虚構・被虚構を実体的に定義することは難しく、それらは多様な定義を許容すると言わなければならない。しかも、解釈項の連鎖をどの段階で切断し、解釈を収束するかは、テクスト自体によって決めることはできない。テクストにおける虚構・非虚構の判別は解釈に依存する。ということはすなわち、対象の虚構・非虚構の区別は、一義的には確定できない。さらに、たとえテクストが虚構と認知されたとしても、Cは解釈行為の函数となるのだから、Cの意味を解釈行為を離れて一義的に確定することもまたできない。従って、原理的には、虚構を対象とする方法論の数だけ、虚構のテクストをどのように処理するかの道筋は異なったものとなる。[27]

ちなみにこのことから、読者は「実際の世界」となるべく調和するように虚構世界を構築するという、ライアンの「最小離脱法則」についても留保すべき観点が導かれる。ライアンが、「言説によって想像される他世界の言語表象はつねに不完全だが、読者は最小離脱法則のおかげで、そのような世界の表象をそれなりに包括的なものとして形作ることができる」と述べるのは確かにその通りだろう。[28] しかしそこには、〈理想的には〉とか〈ある限度までは〉という留保が常に必要となる。そもそも、私たちが現実における「実際の世界」について知っていることは一つには決まらず、右に見たようなテクストの解釈過程においては多種多様となる。とすれば、何が「最小離脱世界」なのかも、その都度、解釈の論証を通じて明らかにされるほかにないのである。

4　映像の虚構論

ところで、このような虚構観は、映像における虚構の問題にも示唆を与える部分がある。視覚表象（美術・写真・映画・演劇など）における虚構の理論は、言語表象に比べると、予想されるよりもはるかに初歩的な段階にある。清塚邦彦は、例によって混乱している視覚的虚構の論点を、四項目にわたる諸説の動向として整理した。[29] すなわち、（一）フィクションは本来、言語的な作品の問題であり、視覚的な作品は、派生的な意味でフィクションと呼ばれるに過ぎない。（二）フィクションは、「事実であるかのように想像させようとする意図」の所産であり、「事実だという信念を抱かせようとする意図」の帰結ではない。（三）フィクションは、「語る」行為であり、「見せる」行為ではない。視覚的行為も、それがフィクションであれば、結局は一種の言語的な行為である。（四）写真画像は実物そのものの刻印（ノンフィクション）だが、手製画像は人為的なフィクションである（写真はフィクションを作り出さない）。清塚は、様々な論拠に基づいてこれら諸説の問題点を究明している。しかし、何よりも清塚とともに確認すべきは、これまでの虚構の理論は、視覚表象に適用されると、途端にその脆弱性を露呈するということである。

たとえば、グレゴリー・カリーはメイクビリーヴ理論が、言語表象と同じく視覚表象においてもそのまま成り立つとする。カリーによれば文芸と同様、「演劇や映画においても、虚構の作者が真実であると知っている情報を私たちに呈示するのは、同じくごっこ遊びである。違いは、情報の提示の仕方にある。物語の語り手がその物語を語る方法を想像してみよう。語り手は出来事を言葉によって描き出すだろう。だがその代わりに（それに加えて）語り手は手を用いて影絵芝居を演じるかも知れない。それが昂じて、語り手が指人形やマリオネットを使うこともできる」[30]。そして演劇や映画も、このようなメイクビリーヴの道具とされる。しかし、美術・写真・映画・演劇その他、多様な視覚（を含む）テクストを、すべて同等に論じることはできない。日常的には、虚構概念との親和性が最も高いのは文芸（特に小説などにおける物語、詩は親和性が低いとされる）であり、次いで映画・演劇だろうか。メイクビリーヴ理論もまた、物語との親和性が高い。それに対して、「虚構の美術」という言い回しは余り耳にせず、「虚構の写真」という場合はほぼ「捏造写真」と同義となる。ここでは、前章までの延長線上に、映画などの映像における虚構に限定して展望を試みたい。

ルドルフ・アルンハイムは、映像の芸術性とは何かを問う中で、現実と映像との間の差異を挙げている[31]。これは、映像の虚構論として読み替えることができるだろう。それによれば、映画は、立体の平面への投影、空間的な深さの減衰、対象からの距離、フレームによる画面の限定、空間および時間の連続性の欠如（あるいは並列）、不可視的な世界（諸感覚）の欠如などの不可避的な特徴を帯びる。これを基にアルンハイムは、映画は現実世界の機械的再現ではないと主張するのだが、これは素朴ながら、制作学的な次元における映像の根元的虚構性を明確化したものである。またここには、写真と共通する性質も含まれる。根元的虚構論を準用するならば、いかに現実の対象を撮影したものであっても、すべての映画・写真は、上記のような諸属性を多かれ少なかれ免れない点において、現実そのものではなく、制作物としての次元の飛躍を伴っている限りにおいて、虚構であると言わなければならない。映像は原初的に虚構なのである。映像は人為的である限りにおいて、根元的には虚構である。映像もまた言語テクストと同じように、適切な検証を経て、初めて虚構ではないものとして理解すべきものである。

しかし、言語表象と視覚表象とは、大きく異なる部分がある。視覚表象には直感的・日常的なものが大量に含まれている。言い換えれば、対象を記号として受容せず、現実そのものとして受容することがある。大半の場合において、視覚表象の虚構性が意識されるのは、そのような直感性・日常性の水準が破られる時である。これに対して、言語は原理的に記号として、すなわち事象とは異なる次元の対象として受容されることが容易である。文字によって表現される言語表象は、その意味において常に実像とは異なる。一方、社会通念としては、一部の芸術写真や捏造写真を除けば、写真は一般に非虚構として理解されており、また、映画においては、劇映画と記録映画（ドキュメンタリー）との区別によって、虚構・非虚構の区別は肩代わりされている。視覚表象においては文芸の場合以上に、根元的虚構の次元に依拠するだけでは、これらの通念について記述することができない。

ライアンは、視覚表象の虚構・非虚構の区別は、視覚情報源の種別に依存するという立場から、サールのいわゆる擬装理論（「ふりをする」理論、pretending theory）を視覚表象にまで拡張し、視覚表象の擬装理論を主張した。すなわち、「絵画（や彫刻など）は、部分的にせよ全体的にせよ、想像にもとづいて描かれれば虚構、真正の視覚情報源から描かれれば非虚構」であり、「映画については、撮影機が真正の事象をとらえるときには非虚構で、記録された事象が俳優によって擬態されるときには虚構となる[32]」ということになる。虚構の擬装理論については様々な反論があるが、『フィクションの機構』（99〜106ページ）に述べたのでここでは繰り返さない。ただ一点のみ指摘すれば、視覚表象においても情報源の真偽のほどは検証を待つ以外になく、擬装しているか否かは、表象そのものからは理解不能の場合が多い。たとえば、滝田洋二郎監督『コミック雑誌なんかいらない！』（一九八六）、原一男監督『ゆきゆきて、神軍』（一九八七）、河瀬直美監督『きゃからばあ』（二〇〇一）などの、ドキュメンタリーあるいはドキュメンタリー・タッチと呼ばれる映画は、表面上、擬装なのか否かは不明確であり、虚構・被虚構の判別を容易に受け付けない。映画映像における虚構の「構」に関わる根元的な制作性については、アルンハイムの芸術性の理論によって対応できるとしても、「虚」に関わる要素については、程度と性質の差はあれ、やはり文芸と同様に難点があると言わなければならない。

これに関して、グッドマンの表象の理論が、視覚表象における虚構性の理解についても寄与するのではないだろうか。グッドマンは、〈表象〉(representation)と〈としての表象〉(representation-as)とを区別し、絵画における「○○の表象」は○○を指示するが、「○○としての表象」は、対象を「○○画」というクラスに分類するものであるとした。「そこで一般的に、絵画pが、全体としてkを表象しかつ○○画であるところの絵画であるか、あるいはそのような絵画を含むときまたそのときに限り、対象kは絵画pによって○○として表象されている」(33)。たとえばチャーチルを子どもとして表現した絵画は、チャーチルを表象した「子ども画」である。グッドマンによれば、(ピックウィックは実在しないので)ピックウィックを表象した絵というものはなく、そのような絵は「ピックウィック画」であるに過ぎない。さらに、ピックウィックをドン・キホーテとして表象した絵は、「ドン・キホーテとしてのピックウィック画」(Pickwick-as-Don-Quixote-pictures)にほかならない。なぜなら、ピックウィックやドン・キホーテは実在せず、実在しないものを表象(指示)することはできないとされるからである。

この説は、表象の地位に先立って、〈として〉の位置を占める対象の存在・非存在を前提にしている。だが、ある絵画によって表現されている対象の実在は、基本的には検証以前には不明のはずである。また、ローティは次のように述べていた。「われわれに必要なのは

『～について語る』という常識的観念に過ぎないのであり、そこでは言明が何に『ついて』のものであるかを決める規準などその話者が『心の中にもつ』ものなら何でもいい――つまり、彼が考えることなら何でも、彼がそれについて語るものとなるのである」[34]。すなわち、指示などというものは哲学者の案出した特殊用語に過ぎず、何かについて語るという性質において、対象の存在・非存在は重要ではない。この見方を援用すれば、「ドン・キホーテ画」や「ピックウィック画」が、小説や絵本などで既知の対象であるドン・キホーテやピックウィックを表象していると言うことは、それほど不自然ではない。逆に、チャーチルを子どもとして表現した絵画は、「子どもとしてのチャーチル画」（Churchil-as-Child-pictures）というジャンルに属するものと言うこともできるだろう（チャーチルの子ども時代を表現した絵は、「子どもチャーチル画」（Child-Churchil-pictures）である）。一つの作品が属するジャンルは、複数的で可変的なものである。しかし、グッドマンの〈としての表象〉の理論は、表象の仕組みについて有効な提案を行うものではないだろうか。

ここでもう一度、〈無限の解釈項〉の理論を想起しよう。この場合、パース＝エーコの記号図式を用いて、〈表象〉（指示）の目標を対象、〈としての表象〉の目標を解釈項に置き換えてみよう。「チャーチル画」は、E（画）RC（チャーチル）であり、「ドン・キホーテとしてのピックウィック画」は、（E（画）RC（ピックウィック））RC（ドン・キホーテ）と書くことができる。さらに「ドン・キホーテ」とはどのようなキャラクターなのか、どの場面の「ドン・キホーテ」なのか、など、次々とCを繋いで行くこともできる。そして、解釈項に虚構の属性が充当される場合にテクストは虚構として、非虚構の属性が充当される場合に非虚構として理解されるというのが前節の仮説であった。映像においても、何が映されているのか（表象、指示）の次元とは別に、いかなるカテゴリーにおいて映されているのか（としての表象）の次元が存在するのではないか。

仮に、右に述べたドン・キホーテやピックウィックと同様に、ホームズも表象できるという立場で言い換えてみよう。たとえば、ホームズを演じるジェレミー・ブレットを映したTV映画は、（他の俳優ではなく）ブレットによるホームズを表象した映画（ブレットの主演する「ホームズ映画」）として見れば、ホームズが虚構の人物であると認める限りにおいて虚構である。だが、解釈項と被解釈項は逆転しうる。[35]（他の役柄ではなく）ホームズとしてのブレットを表象した映画（ホームズを演じた「ブレット映画」）として見れば、それはブレットという人間の記録となり、通念としては虚構と言えなくなる。副次的に、だが重要なこととして、演劇や劇映画において、一般に人物の地位が俳優と役柄との二重性、いわば非虚構と虚構との二重性を帯びることの意味はこのようにして説明できる。私たちはそこに、ホームズであるとともにブレットでもあるところの、ある人物（人間）を見るのである。しかし、ブレットが演じたのがホームズではなく、厳密にチャーチルの史実であったとしたら、それを虚構と呼ぶかどうかは確定的ではない（「厳密にチャーチルの史実」というものが何か、そのようなものがあるか否かは定義と解釈の問題だが）。そう呼ぶことも呼ばないこともあるだろう。そして、〈無限の解釈過程〉の理論に照らせば、〈として〉の位置には、外延主義にせよ記述主義にせよ、あらゆる正しい解釈項を充当しうることになる。この帰結に限って見れば、言語表象の場合とそれほど違わない。

もちろん、媒材において文学と映画は異なり、絵画と映画もまた異なる。ジル・ドゥルーズがまとめたように、映画における記号は純粋な光学的・音声的イメージ（光記号・音記号）であり、運動イメージ、時間イメージとして存在する。(36) 映画の受容はそれらのイメージを総合して行われる行為であり、虚構の問題もそれを踏まえて再考されなければならない。ただし、その総合の様態が何であれ、最終的に映像の虚構性を認知する場合に関与する事情は、およそ右のように見ることができるだろう。

かりそめの結論として、可能世界論やメイクビリーヴ説が、虚構論に対していかに寄与したとしても、〈無限の解釈過程〉という記号解釈の実態がある限り、虚構についての最終的な合意は生まれないのではないか。外延主義と記述主義は、どちらも許容され、両者間の論争は決着を見ないだろう。だが、それは決して悲観的な展望ではない。可能世界論もメイクビリーヴ理論も、その他の理論も、臆することなく学び、発展させるべきである。グッドマンが、「それぞれが正しくて、しかも対照をなし、すべてが唯一のものへ還元されるわけではない多くのヴァージョンが存在する」と述べたように、(37) いかなる理論も、それが正しい理論であるならば、すべて可能なのである。

もちろん、理論間の共約不可能性の下では、解釈の妥当性の判断は、各理論に対して相対的である。ということは、常に、どのような解釈に対しても異論の余地があるということにほかならない。だが、異論の提出によって行われる異なる理論間の対立・関係づけ・組み替えは、共約不可能性をはらみながらも、個別解釈の多様化と更新にとって決定的に有効である。理論は、他の理論との対決とその結果としての変成によってこそ意味を持つのであり、単独の理論や、長期間にわたって多数を支配し続ける理論の下では、個別解釈はあらゆる更新可能性を失い、惰性化してしまう。理論間の異種交配、それこそが、論述を差異化し、未来を準備するために必要不可欠ではないだろうか。

第七章　故郷　異郷　虚構

――「故郷を失った文学」の問題――

1　故郷／異郷の発生

日本近代において、異郷という概念、およびこれと対になる故郷という概念は、ある種の深い屈折を内に宿していると考えられる。それらは自明の対象としては受け取ることができず、それが無前提に発語される際には、ある原初的な違和感を禁じえない。異郷・故郷とは、ある種の虚構の所産ではないだろうか。ここでは、日本近代文学における異郷および故郷の問題について、主なテクストを参照しながら概説してみたい。

異郷あるいは故郷とはいったい何なのだろうか。それを探る素材は、文芸テクストにおいて様々なところに発見しうる。たとえば村上春樹の『色彩を持たない多崎つくると、彼の巡礼の年』（二〇一三・四、文藝春秋）は、名古屋出身の五人の友人たちの物語である。高校卒業後、多崎つくるだけは名古屋を離れて上京して不在となり、その間にその友人女性の一人白根柚木がつくるにレイプされたという作り話をし、そのため彼は四人から絶交を申し渡される。つくるは現在の恋人の勧めに従い真相究明の旅に出て、名古屋に残った二人の男性友人と話をし、またフィンランド人と結婚してフィンランドに渡った最後の友人女性と会いにフィンランドまで行く。この小説は、名古屋・東京・フィンランドに亙る「巡礼」のミュートス、すなわち、代表的なテクストとしてはダンテの『神曲』を挙げることのできるような神話的話型を基調とする。[1]これがタイトルに含まれる「巡礼」の意味である。その地理空間的な構造は、典型的に周縁―中心―異界という文化記号学的な性質を付与されている。[2]すなわち、名古屋は中心としての東京に対する周縁であり、現在のつくるは中心である東京に暮らし、周縁として混沌の要素を結果的に帯びた名古屋と再び関わりを持つ。さらに異次元の超周縁とも言うべきフィンランドという異界において、フィンランド人男性との間に娘二人をもうけ、陶芸を研究し、フィンランドの大自然の中で暮らしている級友・黒埜恵理と交流する。従ってこれは、話型のみならず、空間性においても神話的もしくは文化記号学的な構造を有する小説であると言える。ところで、その中で異郷とは、単に文字通りの外国であるフィンランドのことであると言って片付けてしまうことはできない。

そのことは、日本近代における故郷／異郷概念の屈折によるところが大きい。ある『多崎つくる』論集において、自ら名古屋出身という伊藤剛は、この小説に描かれた名古屋を、入念な取材に基づいた正確な描写であると認めた上で、次のような興味深いことを述べている。すなわち、名古屋はすべてにおいて東京の代替でしかなく、個性がないことが個性と言えるほどである。「名古屋という街や、そこで暮しそこに留まる人々は、こうした『剥奪』と『切断』によって有徴なものとなっている」[3]。そのため名古屋は地元の人に熱烈に愛されているわけではない。その結果として伊藤は、「名古屋に『郷土』は存在しない」とまで述べるのである。[4]これは実感であろう。しかし、それは名古屋だけの話だろうか。否、そうではない。名古屋のみならず、日本の「地方」と呼ばれる地域、つまり東京以外の多くの土地、特に地方の中核都市は、京都などごくわずかの例外を除いてそのほとんどすべてが、名古屋と同様の事情に覆われているのではないか。それらは東京になろうとしてなれない代替物と見なされ、東京のスタイルをコピーして移植し、経済・社会・文化において東京との関係において機能することを許されているのである。そのような意味において、札幌も仙台も大阪も福岡も、いわばもう一つの「名古屋」なのである。

もちろん現実には、現在では主に外国人あるいは東京等の都会人観光客を呼び込むために地方の差異化が図られていて、単純にどの都市も東京のコピーであるというだけでは不十分だろう。だが、より重要なのは、伊藤のいう「名古屋に『郷土』は存在しない」という感覚が、実は全国にも通用するのではないかという点である。とはいえ、そこにはあらかじめ、ある決定的な転倒が含まれている。すなわち、先験的には「郷土」（故郷）などというものはないのである。「郷土」は、郷土ならざるもの、つまり異郷を発見することによって初めて発見されるものである。またそれは、発見された時には既に手の届かないものとして失われており、従って故郷は失われた状態が日常ということになる。しかも、日本近代における最初の異郷とは、取りも直さず東京を措いてほかにない。だから逆説的に、東京者は「郷土」を見出すことができない。ここで問題とするのは、このようなパラドックスにおいて行われる故郷および異郷の概念構築についてであり、またそれに関して日本の近代作家がどのように対応したかということについてである。

その点において決定的に重要なのは、小林秀雄の「故郷を失つた文学」（『文藝春秋』一九三三・五）である。

私は人から江戸つ児だといはれるごとにいつも苦笑ひをする。何故かといふと、さういふ人が江戸つ児といふ言葉で言ひ度い処と、私が理解してゐる江戸つ児といふ言葉との間にあんまり開きがありすぎるからだ。東京に生れた私ぐらゐの年頃の大多数の人々は、私ぐらゐの年頃で東京に生れたといふ事がどのくらゐ奇つ怪なことかよく知つてゐる。

「故郷を失つた文学」の内容はおよそ五部に分けられる。すなわち、第一に谷崎潤一郎とバーナード・ショーの引用から始まり、第二は江戸っ児である自分が江戸っ児という言葉に違和感を感じるという、いわゆる「故郷のない精神」について、第三は故郷を見失った原因の一つとしての西洋文学の悪影響について、第四にはいわゆる大衆小説（髷物）の台頭に触れて、現代の文学には理屈のない魅力、いわゆる「生活感情」が欠落しており、大衆は髷物にそれを求めていることを指摘し、最後に、自分たちは故郷を失った代償として、世界性を獲得したと述べて締めくくられる。

このエッセーは、伝統芸能を称賛し現代小説を批判した谷崎潤一郎の「藝談」（原題「『藝』について」、『改造』一九三三・三－四）を枕にして開幕する。谷崎は「藝談」において、「現代の日本には大人の読む文学、或は老人の読む文学と云ふものが殆んどないと云つてよい。[…]日本の現代文学、――殊に所謂純文学を読むのは十八九から三十前後に至る間の文学青年共であつて、極端に云へば作家志望の人たちのみである」と嘆き、伝統的な芸能の良さを縷々語った上で、現代においても「心の故郷を見出だす文学」の必要を説いた。これはもちろん、谷崎自身のテクスト様式とも深く関係する言葉だろう。谷崎のいう文学は、「我が半生の辛労をねぎらひ老後の悔恨を忘れさせてくれるやうな、まあ云つてみれば過去の生涯を清算し、何も彼も此れでよかつたのだ、世の中の事は苦しみも悲しみも皆面白いと云つたやうな、一種の安心と信仰を与へてくれる文学」ということだから、実は実際の故郷とはあまり関係がない。だがこれを受けた小林は、谷崎が問題にした芸術論・文化論における〈心の故郷〉の観念に、人が必ず持つところの生地《せいち》、あるいは出身の場所である〈現実の故郷〉を絡めて展開し、その両者ともが、自分にとってはもはや存在しないと述べるのである。すなわち、ある種の文芸様式論に過ぎなかった谷崎の「藝談」を変換して自説に引き込み、小林は〈現実の故郷〉という一種の場所の論理を導入したのである。また小林は、「自分には第一の故郷も、第二の故郷も、いやそもそも故郷といふ意味がわからぬと深く感じたのだ。思ひ出のない処に故郷はない」と書いていた。この「第一の故郷」とは、通常の意味における出生の土地としての「郷土」であり、「第二の故郷」とは、長じてその生地から出郷して定着する先の土地のことを指す。そして実際のところ、この「第二の故郷」とは、多くの地方出身作家にとっては東京を意味するのである。

小林は、単に谷崎の言うような〈心の故郷〉の喪失のみならず、明治維新以来の近代化、特に関東大震災直後の帝都復興の時期において目まぐるしく変化する東京に、自らの〈現実の故郷〉をも認めることができなかった。「私の心なぞは年少の頃から、物事の限りない雑多と早すぎる変化のうちにいぢめられて来たので、確乎たる事物に即して後年の強い思ひ出の内容をはぐくむ暇がなかつたと言へる。思ひ出はあるが現実的な内容がない。殆ど架空の味ひさへ感ずるのである」と小林は述べる。その意味では、小林が立っていた土地、すなわち東京は、東京出身者である彼にとっても、まさしく異郷とでも呼ぶべき場所にほかならなかったのである。「言つてみれば東京に生れながら東京に生れたといふ事がどうしても合点出来ない、又言つてみれば自分には故郷といふものがない、といふやうな一種不安な感情である」という感覚は、このことに由来する。

従って、ここに当時の東京は、地方出身者にとっても東京出身者にとっても異郷であったという、奇妙な仮説が成立する。「故郷を失つた文学」は、今・ここが常に既に異郷であるほかになかった批評家の立脚地を如実に表すエッセーであるが、このような立脚地、すなわち異郷としての現在とは、ひとり小林だけの事情であったのではないだろう。そして、東京の町は今でも目まぐるしく変貌を続けている。そのように本章で中心となる対象は、現在が常に既に異郷であった人々のことである。

2　近代主義と故郷

ここでひとまず、目を小林から転じてみよう。日本近代文学には、数多くの故郷を歌った詩歌が存在する。石川啄木、北原白秋、萩原朔太郎、室生犀星、伊東静雄その他、その大半はいずれも地方出身者である。[5] 啄木は『一握の砂』（一九一〇・一二、東雲堂書店）において、「ふるさとの訛なつかし／停車場の人ごみの中に／そを聴きにゆく」と歌った。すなわち第一に「ふるさと」の観念は、出郷者（上京者）に固有のものである。日本の近代化、つまり福澤諭吉の『文明論之概略』（一八七五・四、慶應義塾出版局）に見るような西洋列強諸国を模範とした国民国家化、あるいはその後の高度資本主義化や帝国主義化の展開の中において、出郷して東京へ向かうことは、そのまま日本の未来、ひいては西洋へと向かう志向性の表現にほかならない。そこにおいて国民・個人のあらゆる自己実現とは、求心的な目的論的プロセスの遂行としてイメージされる。サミュエル・スマイルズの『西国立志編』（中村正直訳、一八七〇～七二）が説くような立身出世は、その言葉がほとんど死語となった今でも、決して死語とならずに人の心を支配し続けている。しかし、国民国家や高度資本主義に対する批判的分析が本格的に行われるようになってから、もはや久しい時日が経過している。近代主義の内部に、近代主義自体に由来する問題が少なからず存在するとすれば、近代主義を暗黙知として上京した人々における自己実現もまた、同様の問題を抱え込むことは必然である。彼らの前途は、少なからぬ障害に見舞われることを余儀なくされ、あるいは完全に挫折する場合も生じることになる。実に、「ふるさと」の観念はその時に生まれるのである。すなわち「ふるさと」とは、このような近代化の宿命的構造が個人において噴出した近代主義の副産物であると仮定してよいだろう。端的に言ってそれは、近代化と立身出世による合目的的なプロセスからの脱落感の表現にほかならない。(6)

室生犀星は有名な「小景異情　その二」（『抒情小曲集』、一九一八・九、感情詩社）において、「ふるさとは遠きにありて思ふもの／そして悲しくうたふもの／よしや／うらぶれて異土の乞食となるとても／帰るところにあるまじや」と歌った。これとほとんど同工異曲の境地は、中原中也の「帰郷」（『山羊の歌』、一九三四・一二、文圃堂）においても認められる。すなわち、「これが私の故里だ／さやかに風も吹いてゐる［…］／あゝ　おまへはなにをして来たのだと……／吹き来る風が私に云ふ」。これらに共通の感性は、故郷とは自己実現が不可能な場所であり、それゆえに人は故郷を離れるのだが、東京に出たからといって誰にでも自己実現が可能なわけではなく、自己実現に失敗した出郷者は故郷に帰ることはできないという屈折した感情である。「東京はのう、人が多《オイ》すぎるんじゃ」とは、小津安二郎監督の『東京物語』（一九五三、松竹）における笠智衆の科白である。(7) 日本近代において故郷は決して単純なノスタルジア（郷愁）の対象とはなりえない。立身出世が強力に要請される近代においては、単純に感傷的なノスタルジアに浸ることなど、誰にも許されていない。いかにも故郷に対するノスタルジアを歌った典型的な歌謡に、「兎追いしかの山、／小鮒釣りしかの川」と始まる高野辰之作詞の小学唱歌「故郷」がある。これは、一九一四年から尋常小学校六年生が歌ったものであるが、最後の第三番には、「こころざしをはたして、／いつの日にか帰らん」とある。(8) これを裏返せば、「こころざし」すなわち立身出世を成し遂げなければ、故郷には永遠に帰れないのである。

他方、室生や中原の場合にはこのように嘆き、つまり抒情として現れる「ふるさと」は、坂口安吾の「文学のふるさと」（『現代文学』一九四一・七）においては、一見全く逆の性質のものとして規定される。坂口は、「それならば、生存の孤独とか、我々のふるさとといふものは、このやうにむごたらしく、救ひのないものでありませうか。私は、いかにも、そのやうに、むごたらしく、救ひのないものだと思ひます」と述べる。「ふるさと」とは、「生存の孤独」であり「むごたらしく、救ひのないもの」なのである。だが実際のところは、室生や中原を含む近代詩人の多くが書いたように、故郷に対して屈折した感情を抱き、そこに帰れないことを嘆くのも、表現上、それを反転して最初から「むごたらしいこと、救ひがないといふこと、それだけが、唯一の救ひなのであります」などと述べる坂口の思想も、根源としての故郷を、自らとそれとの間の疎隔において措定し、措定した上でそこへの帰還の不可能性を認識する点においては同じものと言わなければならない。「大人の仕事は、ふるさとに帰ることではない」と坂口も言うのである。

　この経緯を室生や坂口に即して次のように論述した西谷修の分析は、極めて深く問題の本質を突いている。すなわち、「その『ふるさと』は、自分がそこを去るときまで自分と一体であり、自分を包み育んできた場所だが、そこを立ち去ると、異郷の地での経験を通して変容してゆく自分の奥深くに、成長を絶たれた切り株のようにして以前のままに残存する。人が時とともに成長しても、その『ふるさと』はもはや自力では成長せず、別れた時のままにいわゆる『内なるふるさと』として保存される。要するに『ふるさと』とは、人がそこを離れるとき事後的に、それも二重のものとして生まれるのだ。言いかえれば『ふるさと』は、それが失われたとき初めて、二重の対象（内的、外的）をもって言葉となる」[9]（傍点原文）。その帰結として西谷によれば、異郷の人となった者がノスタルジーを抱いて「ふるさと」に帰ったとしても、そこはまたやはり既に異郷であり、結局はどの場所もすべて異郷となるほかにない。ここでいう「内的」対象とはほぼ小林の〈心の故郷〉に、また「外的」対象とは〈現実の故郷〉に近いものである。〈心の故郷〉も〈現実の故郷〉も、また「第一の故郷」つまり真の故郷も、「第二の故郷」つまり出郷先の故郷も自分には存在しないと述べた小林の感覚は、この西谷の分析によって余すところなく理解することができる。

3　故郷から日本回帰へ

そして故郷探索の挫折感が、反転してナショナリズム、すなわちいわゆる日本回帰を生むことになる事情を見て取ることはたやすい。従って注意すべきことに、ナショナリズムは、国家・民族・郷土などに対する愛着から生まれるわけではない。国家・民族・郷土は観念（幻想・虚構）であり、実体（物質）としてはどこにも存在しない。実体として存在しない国家・民族・郷土に対して、実体としての愛着を抱くことはできない。むしろ、観念としてしか存在しないそれらが、否定されることに対する不安と反発がナショナリズムを生むのである。ここでナショナリズムとは、自らを否定しようとする者を否定しようとする運動にほかならない。では、それらを否定しようとしたのは誰なのか。彼らはそれを、近代の世界情勢、局地的には東アジアの列強勢力図などに根拠づけるだろう。だが、初めに自らの立脚地を拒否して東京に駆けつけ、西洋化・近代化のお先棒を担ごうとしたのは彼ら自身にほかならない。彼らは、自ら否定したものを再び手にするために、自らの否定を否定しなければならなかった。目の前に広がる異郷に耐えきれず、決して初めに存在していたわけでもなかった故郷を復元しようとしたのである。従って結局のところ、異郷も故郷も、所詮は虚構に過ぎないのである。

「ああ故郷にありてゆかず」と、「郷土望景詩」の一つ「大渡橋」（『純情小曲集』、一九二五・八、新潮社）に詠った、菅野昭正[10]のいう「家郷探索・家郷喪失」の典型的な近代詩人・萩原朔太郎が、一九三七年に至って書いた「日本への回帰――我が独り歌へるうた」（『いのち』一九三七・一二）は、この間の経緯を述べて分かりやすい。「少し前まで、西洋は僕等にとつての故郷であつた」と、おかしなことを萩原は述べている。「だがしかし、僕等はあまりに長い間外遊して居た。そして今家郷に帰つた時、既に昔の面影はなく、軒は朽ち、庭は荒れ、日本的なる何物の形見さへもなく、すべてが失われてゐるのを見て驚くのである」。萩原は、いわゆる〈心の故郷〉が失われていることをこの時期に実感し、その失われた何物かを再び手にすべく、「日本」という観念に「回帰」しようとしたのである。〈心の故郷〉の失われた場所、それはすなわち異郷にほかならない。故郷に帰ることの不可能性を歌っていた抒情詩人の萩原は、後期に至ってその帰れない故郷の欠落に対して、「日本」というネーションをもって充填しようとしたのである。そしてまた、この文章の著者が、横光利一であっても中河與一であっても、あるいは伊東静雄であったとしても特に違和感はないだろう。

たとえば新感覚派の旗手であり、その後の意識の流れの小説や純粋小説などで、一貫して戦前期アヴァンギャルドの先導者であったのが横光である。横光は、萩原が「日本への回帰」を書いたのと同じ一九三七年から、十年間に亙って書き継いだ『旅愁』[11]において、主人公矢代に古神道なるものの復活を叫ばせるに至った。矢代によれば古神道は「一切のものの対立といふことを認めない、日本人本来の希ひ」であり、これが西洋思想やキリスト教に代わって主導原理として尊崇されれば、日本人は良くなると言う。古神道の幣帛は古代人の幾何学的知性の表現であり、また古神道のお祈りはカトリックのお祈りなどとは違って、「ただイウエと発音するだけ」で、元は「古代文字」で書かれているなどとされる。誤解を避けるために付言すれば、戦後、戦争協力者として冷遇されてきた横光は、そのテクスト様式の水準から見て高く再評価すべきであったし、実際に再評価は進められており、当時はほとんど横光の恥部のように扱われてきた『旅愁』についても、その表現については検証を持続しなければならない[12]。その観点からすれば、『旅愁』の古神道は、十九世紀的な西洋合理主義と近代主義を理論的に批判した結果の実験的な代案・試案であって、その関係論・現象論・生態学的な発想は、他の現代哲学や科学とも同時代性を持つ部分もあり、決して無意味なものではない[13]。

ただし、実体としてのこの古神道なるものは、ほとんど純粋な捏造でしかなく、捏造によって再発見された日本人の故郷に過ぎない。いつどこでそのようなものが実際に信仰されていたのか、作中で歴史の著述者とされる矢代が実証的に語る場面はない。横光が古神道を捏造した心性は、萩原と同じく、〈心の故郷〉としての「日本」の喪失感に基づくものだろう。だが、横光は戦況の悪化に伴って妻の実家のある山形・庄内に疎開し、そこで終戦を迎える。その体験を題材として戦後に発表された日記体小説「夜の靴」（一九四七・一一、鎌倉文庫）を読むと、この本州の辺境に位置する田舎の農民たちが、国家が危機的状況にあった時期に、いかに体制にもイデオロギーにも、また戦争や空襲にさえも無頓着なままに日常を送っているかに、語り手が静かな衝撃を覚える様が窺える。「さういへば、この村の人たちも空襲の恐怖や戦火の惨状といふものについては、無感動といふよりも、全然知らない。このことに関して共通の想ひを忍ばせるスタンダアドとなるべき一点がないといふことは、今は異国人も同様の際だつた」（「夜の靴」）。〈心の故郷〉としての日本および日本人なるものが、要するに幻想でしかなかったことが、逆説的に明らかにされているのである。

このような萩原や横光に見られる〈心の故郷〉の喪失の意識は、既に谷崎が「藝談」や、「藝談」と同年に書かれた「陰翳礼讃」（『経済往来』一九三三・一二〜一九三四・一）においても語っていたことである。(14)「陰翳礼讃」に触れるならば、日本文化は陰の文化で、西洋文化は光の文化だというその論理の骨格は、これもあえて言うならば捏造にも等しい虚構にほかならない。闇と光とは二項対立ではなく連続的なグラデーションをなす相互的・相対的な現象なのであって、闇だけの文化、光だけの文化というのは、現実的には意味をなさない。それが通用するのはミヒャエル・エンデの『はてしない物語』(『ネヴァーエンディング・ストーリー』、一九八一)や村上春樹の諸作品などを筆頭とする、物語の世界だけである。「陰翳礼讃」も、比較文化論としてよりも谷崎自身の物語作法と原理を共有するものとして読むべきである。そもそも文化というものが、本来、特定の概念枠によって作り出される虚構でしかないということをこのエッセーは明らかにしている。すなわち、文化という実体は存在しない。あるのは、一つの作品、一つの思想、そして一つの生活なのである。

ただし、「藝談」や「陰翳礼讃」が、その四年後に書かれ、あるいは書き始められる萩原の「日本への回帰」や横光の『旅愁』と同じく、〈心の故郷〉なるものの喪失に対する危機感によって彩られていることは間違いない。そして、〈心の故郷〉という観念を求める心性は、同時に、現実に目の前にあるものを相対的に蔑ろにする心性でもある。「陰翳礼讃」も「日本への回帰」も『旅愁』も、今・ここに、あるもの・あることを否定することによって成り立っている虚構に過ぎない。そもそも萩原は、何を見て「軒は朽ち、庭は荒れ」と言ったのだろうか。萩原が見たものが何であれ、それは本当に朽ち、荒れていたのだろうか。日本列島がB29による無差別絨毯爆撃によって、真に朽ち、荒れ果てる直前の一九四二年五月に、すなわちある意味では幸運な時期に、萩原は世を去ることになる。

4　近代世界システムとユートピア

それにしても、自分が立っている今・ここという位置は、本来あるべき時間・空間ではないのではないかという疑念は、谷崎や萩原ら、これまでに述べてきた作家・詩人たちのみならず、広く日本近代を覆ってきたように思われてならない。吉本隆明は「エリアンの手記と詩」において、「(エリアンおまえは此の世に生きられない)」(『抒情の論理』、一九五九・九、未来社)と歌い、また谷川俊太郎は、「芝生」に「そして私はいつか　どこかから来て　ふいにこの芝生の上に立っていた」(『夜中に台所でぼくはきみに話しかけたかった』、一九七五・九、思潮社)と書き込んだ。吉本は戦時期に大学で学び、谷川は終戦時に中学生くらいであって、やや年齢差はあるが、いずれも同じように戦時期に青春時代を送った東京者であるという点においては共通する。もっとも、その詩人としての資質は、ほとんど一八〇度と言ってよいほどに異なっている。吉本の詩は他人を寄せ付けず、内省と懐疑に彩られた「固有時との対話」であるのに対して、谷川の詩は沈黙への志向を語りながら平易で親しみやすい。だが、この二人の詩には共通に異邦人意識もしくは異星人意識が認められ、その好一対の感性は、これまでに見てきたところの、日本近代における異郷感覚の澪を引いているとしか言いようがないものである。

むしろ、ここではもはや次のように率直に認めるほかないだろう。すなわち、近代の日本文学、ひいては日本文化は、今・ここにないものとして常に想定され、そのことを原動力として展開してきたのであるということ、言い換えれば、日本近代における現在とは、常に既に異郷にほかならないのである。そして、大胆な仮説を立てるならば、それは日本に限った話ではなく、およそ近代主義（モダニズム）の洗礼を受けた地域であれば、それが地球上のどこであっても、似たような事情を経験してきた、あるいは現にしていると言えるのではないだろうか。

近代を彩ったのは、高度な資本主義と、俗にグローバリズムと呼ばれるウォーラーステインの名付けた近代世界システムである。マルクスの『資本論』が解明した資本主義とは、資本制のメカニズムにおいて、資本（総資本）が自己増殖を持続する経済システムである。資本家は労働者が生み出す剰余価値を収奪するとともに、労働者が生産した商品を再び労働者に買い戻させ、資本は剰余価値を組み込まれて自己増殖するが、この過程は決して途切れさせることができず、未来を志向せざるを得ない。[15] それが途切れる時、そこに起きるのは恐慌であって、資本制は危機にさらされることになる。またこの『資本論』の資本制批判を受け継いだはずのソ連・中国の社会主義なるものは、資本家の役割を党や官僚が受け継ぎ、剰余価値の収奪を存続させた点において、資本主義の一種に過ぎない。

一方、イマニュエル・ウォーラーステインの近代世界システム論によれば、この資本制のメカニズムは、地球規模の地政学（geo-politics）、すなわち地理空間的な領域性の力学と無縁ではない。[16] つまり、ウォーラーステインは資本制を世界地図の上に展開したのである。世界の地域は周辺、半周辺、中核の三極に区分され、それらによる分業システムが形成されている。安価な労働力と商品の市場が周辺に、資本の拠点が中核となる。二十世紀を通じて西ヨーロッパとアメリカが中核、アジア、アフリカ、ラテンアメリカが周辺となって、日本などは半周辺であった。しかし二十世紀末あたりからその構図は変容し始めている。ただし、中核や周辺に位置づけられる地域が変わっても、この地域的分業システムがなくなることはない。この近代世界システムは、一般にグローバリズムと呼ばれる。従ってグローバリズム（地球主義）とは、地球上のあらゆる地域が等しく豊かになることを決して意味しない。全く逆に、グローバリズムは地域がこのような分業システムに組み込まれることを意味するのである。関税の撤廃による自由貿易によって起こるのは、この分業システムの一層の固定化である。

これは一般教養に過ぎないが、ここで重要なことは、この近代世界システムは、国際関係にのみ適用されるのではないということである。かつて言われた、いわゆる国内南北問題とは、まさしく近代世界システムの国内版にほかならない。近代日本社会の二重構造というのがこれである。日本列島もまた、地域によって、中核・半周辺・周辺に区別され、地政学的な分業システムを課されている。全国的には東京、東北地方なら仙台、北海道なら札幌へと資本は集中され、それ以外は周辺的な役割を担わされる。東北・九州の農村地域は、伝統的に労働者・兵士・娼婦の供給地であり、戦後の経済成長期には集団就職列車の出発地でもあった。この地政学的な差別のシステムは、経済のみならず、文化・社会に亙って地域のあらゆるステイタスのピラミッド構造を形作る。それは地域の範囲を広げても狭めても認められる。現代においてさえ、大学進学率などの文化的格差、最低賃金などによって知られる経済的格差は、決してなくなっているどころではなく、むしろ顕著になっているのである。[17]

ところで、資本主義も、その一変種である社会主義も、未来を志向することを余儀なくされる制度であった。これらは対決しつつも、結果的には似たようなユートピアの夢想を、それらを信奉する人々に夢見させたと言える。過去よりも現在、そして現在よりも未来へと、世界はユートピアに向かって近づいていくはずだとする信念である。そしてまた、資本制が地政学的に展開する以上、そのユートピアの夢想もまた地政学的なイメージを採る。近代世界システムは、周辺に生まれた人々に、中核をユートピアとして夢見ることを不可避の運命として強制した。地方は東京を、東京は西洋を夢見るほかになく、国民国家化の進展の中では、学問も、経済も、また文学も、当初からそのようなユートピア思想を植え付けられ、また人々に植え付けてきた。

たとえば太宰治は津軽から上京した当時の有様を、「東京八景」(『文学界』一九四一・一)において次のように書いている。「夜、部屋を閉め切り、こつそり、その地図を開いた。赤、緑、黄の美しい絵模様。私は、呼吸を止めてそれに見入つた。隅田川。浅草。牛込。赤坂。

ああなんでも在る。行かうと思へば、いつでも、すぐに行けるのだ。私は、奇蹟を見るやうな気さへした」。大宰の天才的な筆致は、東京というものが一体何であったのか、何であり続けているのかをこの上もなく鮮明に描き出している。それは、田舎者にとってのユートピア、憧れの地そのものである。もちろん、しらふで考えれば、どこにも地上にユートピアなどないことは誰にも分かる。しかし、資本制とグローバリズムに支えられた近代主義の軛はいかにも強力であった。個人においても社会においても、多くの地政学的な判断がその中でなされたのである。もちろんそれは、様々な偏差や、自由な選択が重層的にそこに介在していたことも含んでのことではあるが。

もともと、トマス・モアの造語になるユートピアは、ギリシャ語源でオウトポス(outopos)、つまりどこにもない場所(nowhere)という意味であった。[18] ユートピアは従って、究極の異郷である。たとえば、遡って夏目漱石の「現代日本の開化」(『朝日講演集』、一九一一・一一、朝日新聞社)における「自己本位の立場」の確立は、『それから』(『東京朝日新聞』一九〇九・六〜一〇)の長井代助が言うように、「日本対西洋の関係が駄目だから」困難なのだと主張されているように見える。『文学論』「序」(一九〇七・五、大倉書店)で知られるように、ロンドン留学で苦しんだ夏目金之助は、「私の個人主義」(一九一四・一一、学習院輔仁会における講演)においてイギリス嫌いを明言しているが、それでもなお、彼にとっての一つの理想がイギリスであったことは疑いもない。つまり、今・ここにあることは不本意なこととされ、今・ここにないものとしての西洋という近代化の目標、もしくは最も遠い未来という時間、端的に言って、どこにもないユートピアにおいてしか、自己を自己として定立できないということが起こる。これはいわば、ユートピアの逆説にほかならない。その結果、『こころ』(『東京朝日新聞』一九一四・四〜八)で後の先生がKとお互いに牽制し合う「精神的に向上心がないものは馬鹿だ」というような焦燥感が、人間の基本と見なされるようになる。この「精神」には、資本主義・社会主義や、ナショナリズムや、文学・芸術・学問など、あらゆる価値観を代入することができる。先生やKだけではない。有島武郎も小林多喜二も三島由紀夫も江藤淳も、それぞれに向上心を持ち、それぞれのユートピアに殉じたのである。

そして、「芸術的抵抗と挫折」(『講座現代芸術』5、一九五八・四、勁草書房)の二段階転向論などにおいて、社会運動の倫理を極端なまでに厳格に追求した吉本隆明も、『二十億光年の孤独』(一九五二・六、創元社)以来、時として極めてポップアート的な詩芸術を展開した谷川俊太郎も、今・ここに違和感を抱き、言い換えれば現在を異郷として、そのエイリアン意識を原動力としてそれぞれの道を歩むことになった。その意識を、吉本ならば「異和」と、谷川ならば「二十億光年」と呼んだだろう。その意味は共通に、out of place、つまり、場違いなこと、居場所がないこと、stranger つまり外来者、ということである。彼ら二人は、明白に異なる資質の持ち主ではあったが、いずれも膨大で多岐に亙る業績を残した。その根底にあったのは共通に、そのような異郷としての現在の感覚にほかならない。

さて、このような話をいくら続けてもきりがない。同様の精神構造は、他の多くの作家たちにおいても認めることができる。ここでもう一度俎上に載せなければならないのが、小林秀雄である。なぜならば、ともかくも異郷としての現在という感覚を拒否し、現在に徹する発想を示した人は小林を措いてないからである。

5　故郷／異郷の無化

「故郷を失つた文学」という評論は、その後半において、一種、不思議な展開を見せる。小林は次のように述べている。

> 世界に共通な今日の社会的危機といふ事が言はれるが、かういふ事を考へてゐると日本の今の社会は余程格別な壊れ方をしてゐるのだとつくづく思はざるを得ない。
> 何事につけ近代的といふ言葉と西洋的といふ言葉が同じ意味を持つてゐるわが国の近代文学が西洋の影響なしには生きて来られなかつたのは言ふまでもないが、重要な事は私達はもう西洋の影響を受けるのになれて、それが西洋の影響だかどうか判然しなくなつてゐる所まで来てゐるといふ事だ。［…］
> 私達が故郷を失つた文学を抱いた、青春を失つた青年達である事に間違ひはないが、

又私達はかういふ代償を払つて、今日やつと西洋文学の伝統的性格を歪曲する事なく理解しはじめたのだ。西洋文学は私達の手によつてはじめて正当に忠実に輸入されはじめたのだ、と言へると思ふ。かういふ時に、徒らに日本精神だとか東洋精神だとか言つてみても始りはしない。何処を眺めてもそんなものは見付かりはしないであらう、[…]

文学が「西洋の影響だかどうか判然しなくなつてゐる」というのは、表面上は、それは既に「影響」というレヴェルではなく血肉化されているという意味にも読める。それは、芥川龍之介が「僻見」(一 斎藤茂吉」、『女性改造』一九二四・一)において、芸術上の理解の透徹した模倣はもはや模倣ではなく「創造」であると述べたことを想起させる。だが、より深いところでそれは、人が脳天気に口にする故郷という概念を無化するものであり、さらに重要なことには、それは同時に異郷の概念をも無化してしまうのである。小林は自分が本来の性格・個性・故郷を失った「代償」として、本来異郷であるはずの西洋文学を、十全に理解することが可能となったという。それが本当か否かは措くとして、小林の言葉の意味は、あらゆる根源としての故郷も、あらゆる違和感の出来する異郷も、自分には無縁となったということである。だからこそ、この段階において小林は、当時様々な陣営から台頭してきた日本回帰の志向を拒絶し、「徒らに日本精神だとか東洋精神だとか言つてみても始りはしない」と述べ、また谷崎の「東洋古典に還れ」という態度も、それは単に個人の成熟を意味するだけとして解釈する。これは谷崎の「藝談」や「陰翳礼讃」とは大きく異なる姿勢である。すなわち、小林の前にあったのは、我々のテクストでも彼らのテクストでもなく、それは単にそこにあるテクストでしかない。日本のテクストと西洋のテクストがあるのではない。彼にとっては、ただ、良いテクストとそうでないテクストがあるだけなのである。

この小林の姿勢は、確実に、それに先立つ「様々なる意匠」(『改造』一九二九・九)における宿命の理論の尾を引くものだろう。有名な「批評の対象が己れであると他人であるとは一つの事であつて二つの事でない。批評とは竟に己れの夢を懐疑的に語る事ではないのか?」という言葉は、批評を個人の自我と対象との交わりにおいて表現する行為と見なしており、従って、自分自身に根づいていない観念は、表現しえないか、表現しても無意味だということになる。この「己れの夢」の高度な昇華の根拠となったのが、宿命の理論にほかならない。すなわち、「人は様々な可能性を抱いてこの世に生れて来る。彼は科学者にもなれたら う、軍人にもなれたらう、小説家にもなれたらう、然し彼は彼以外のものにはなれなかつた。これは驚く可き事実である」と小林は述べる。

これらの意味するところを、「故郷を失つた文学」に適用してみよう。すなわちそれは、人が今立っているここは、故郷でもなければ異郷でもなく、ただ、その人の宿命に由来するところの、他に選びようのない今・ここでしかないのだということにほかならない。要するに小林は、帰るべき根源あるいは故郷も、向かうべきユートピアあるいは異郷も否定し、徹底的な現在の時空間だけを絶対化したのである。これは、これまで見てきた日本近代の故郷・異郷観とはかなり異質な発想である。少なくともあの困難な時期に、このような透徹した態度を示しえたことは、それこそ、かなり驚くべき事実だと言わなければならない。もちろん、その後も戦後から現代に至るまで長く活躍した小林の歩みは、単にそれだけで割り切れるわけではない。「無常といふ事」(『文学界』一九四二・六)から、『本居宣長』(一九七七・一〇、新潮社)に至るその後の小林は、結果的には、彼が良いテクストと見なすものの中身に伝統的な日本文化を充当した部分も大きい。そしてまた、小林がこのようなことを言いえた背景には、彼が東京出身の帝大卒インテリゲンチアであり、伝統文化にも西洋文化にも、すなわち能にも実朝にもドストエフスキーにもモーツァルトにも通暁し、ランボーやヴァレリーを訳すこともできれば宣長を詳説することもできる能力があったことは否定できない。それは誰にでも言えることではないだろう。しかし、だからといってこの思想を無視することもまたできない。むしろその意味で、小林の「故郷を失つた文学」は、今こそ、いっそう再評価されるべき評論なのである。

6 充溢する今・ここ

さて、『多崎つくる』の結末近くで、つくるは級友の黒埜恵理(クロ)を訪ねてフィンランドに渡る。クロは、その後名古屋を出て、あまつさえ日本をも捨て、フィンランドに移住してフィンランド人と結婚し、ハアタイネンという姓に変わり、娘二人もいる。冒頭でまとめたように、この小説の空間構造が、周縁―中心―異界として理解できるとすれば、フィンランドの湖沼地帯はまさしく異界にあたる土地である。だが、この異界にあってクロは、家族と生活を営み、陶芸を研究し、自然と協調して日々を送っている。彼女は過去を捨てたわけではなく、つくるとの絶交の原因となり、奇妙な死を遂げた不幸な白根柚木（シロ）の記憶や、昔からというつくるへの愛などを保持し続けている。しかし彼女にあっては、今・ここが充溢したものとしてあり、そこはもはや、故郷でもなければ異郷でもない。彼女は、いわば彼女の宿命としてそこに生存しているのである。そして、駅舎の建築技師としてのつくる、木元沙羅に求愛しようとしているつくるもまた、同じく今・ここことしての東京に自らを繋ぎ止めようとする。この小説の幕切れは、通行人を眺めながら鉄道駅舎技師つくるの佇む新宿駅の日常の場面である。

結局のところ、その場所が故郷であれ、異郷であれ、またいかに陳腐であろうとも、私たちに可能なことはそのようなこと、すなわち、今・ここで自分にできることをすることでしかないのではないか。インターネット、特にソーシャル・ネットワーキング・サービスが普及して、地球上には未知のものはもはやなくなったとも言われる。だが、資本制とグローバリズムが続く限り、故郷／異郷の虚構は依然として、人を支配する強固な信念のように存続することだろう。もちろん、そのような観念が、長いこと近代の文学・文化の形成の根幹にあり、それによって多彩で豊かな作品や思想が産出されてきたことは、決して否定されてはならないだろう。だが、真に存在するのは今・ここでしかなく、そこに生きる私たち自身でしかない。今・ここにないものから、今・ここにあるものへ。――今や私たちは、このような故郷／異郷の内実を心のどこかにとどめた上で、過去の、そして現在の作品や、生に対応することが不可避となるだろう。

第二部　フィクションの展開
――詩・小説・映画――

第一章　安西冬衛——『渇ける神』の可能世界——

1　〈世界図〉的なテクスト

　地球上のあらゆる王立図書館に備へられてゐる凡そ精密を極めた地図の、そのいづれにも記載されてゐない「蟻走痒感」といふ府が、極央亜細亜の地下に埋蔵されてゐる。

　これは、安西冬衛の詩集『渇ける神』に収められた、「蟻走痒感」というテクストの冒頭部分である。『軍艦茉莉』（昭4・4、厚生閣書店）および『亜細亜の鹹湖』（昭8・1、ボン書店）に続く安西冬衛の第三詩集『渇ける神』は、昭和八年四月、椎の木社から刊行された。収録作品は次の十編の物語的散文詩である。

「軍艦肋骨号遺聞」（『文学』昭5・1）
「八面城の念力」（『今日の詩』昭6・10、一部未詳）
「怒る河」（『詩と詩論』12、昭6・6）

「蟻走痒感」(同)
「オルドスの幻術」(同)
「汗の亡霊」(『東京派』5、昭6・8)
「幻」(『セルパン』9、昭6・11)
「黒き城」(『小説』昭7・1)
「三つの天幕」(『文科』昭6・12)
「毒」(『文科』昭7・3)

一九**年に、蜃博士らの調査隊は、中央アジア伊犂近辺に蟻走痒感府というネクロポリスの秘密を聞き、その遺跡を発掘中である――。この「蟻走痒感」のみならず、『渇ける神』に収められた詩群はいずれも私たちに馴染みのこの日常的世界ではなく、かと言って全くSF的な地球外の話でもない、中国大陸の北域から中央アジアにかけての領域を舞台とした、散文による幻想的物語詩である。そこは、軍艦が忽然と消え、超能力者が跋扈し、紅斑病が猖獗を極め、阿片中毒の蔓延する、頗る不潔な土地であるが、他方、世間的処世術に汚染されず、怪奇な自然法則が支配する清潔な空間でもある。それは清浄にしてかつ不潔であるという両義性を帯びており、それこそが現実的な世界とは隔たった印象の所以である。しかも、それぞれのテクストは、そのような空間を一つの世界のミニチュアとして、すなわち

〈世界図〉として殊更に呈示しているのである。　このような両義性、および〈世界図〉としての体裁は、安西が主宰した詩誌『亞』（大13・11〜昭2・12、全三十五号）時代の記念碑的業績である詩集『軍艦茉莉』や、続く『亜細亜の鹹湖』においても、詩編「軍艦茉莉」や「三つのもの」などを代表例として既に認められる。ただし、それらの段階では、詩集所収のテクストは様々な傾向性に分かれ、安西的な物語の特徴が十分に統一的な姿を現しているとは言えない。それに対して、『渇ける神』は、極めて一貫した両義的世界図のテクスト群として、様式的に調整された詩集であることが一目瞭然だろう。とすれば、その様式論を起点として、前後に目盛りを動かすことにより、安西のポエジー全体に迫る端緒が開けるのではないだろうか。

このような安西的テクストの〈世界図〉的空間を、後に述べるような理由で、可能世界と呼ぶことができる。そしてまた、安西が『渇ける神』を中心として展開した、この物語的散文詩の可能性は、それが物語・散文・詩という文芸の有力ジャンルを横断するものであるがゆえに、時代的にも、また本質的にも現代の文芸史に屹立する重大な問題性を帯びているものと推測される。周知のごとく、詩誌『亞』周辺のポエジーは、「短詩運動」および「新散文詩運動」として表象されてきたが、その内実については、必ずしも十分に検証されてはいない。ここでは、ひとまず文芸史的な事情を離れて、安西における新散文詩や物語詩の実態が何であったのかを、詩集『渇ける神』を対象として、虚構論・様式論の理念に沿って検証し、安西様式の再評価のための指針をとらえたい。

2 『渇ける神』の成立

詩集『渇ける神』の虚構様式について考えてみると、可能世界としての見方は、その両義性、および、その〈世界図〉としての性質を的確に説明する手段となるように思われる。差し当たり、テクスト「蟻走痒感」を中心に、この詩集を読み直してみよう。

まず、『渇ける神』という題名は、何を意味するものだろうか。安西自身は、「著者の言葉『渇ける神』について」(『レセンゾ』昭8・6)という自作評において、次のように述べている。

近年、自分は好んで、流沙、海灘、卑湿の際に匿れました。さうすることによつて日日われに非なるが如き世事を姑く忘れて、漠に神を養ひたいと志したのです。だが、果たして神を養へたか、どうか。一向、それは覚束ない次第です。猶、余談ですが、私は日常滅多に出歩かない。だからここでは少し歩きました。

これを率直に受け取れば、「神」とは〈God〉の意味ではなくて、〈Spirit〉、つまり精神・魂の意味のようである。ただしテクストを念頭に置くと、「神」は単にそれだけでなく、

〈God〉をも包含した〈Spirit〉、すなわち何らかの業・運命・諸縁などの印象が強い。『渇ける神』というタイトルは、隠された辺境や秘宝などの探求に向かう飢渇感により、否応なくあくがれ出て行く魂（Spirit）という意味と、それを待ち受け、苛み、苦しめることの残虐な快楽にかつえた荒ぶる神（God）との両義性を帯びているように感じられる。〈Spirit〉がフロンティアへと向かう清浄の表現であるとすれば、〈God〉は人間を蝕む荒涼の表現であり、清浄にして不潔という詩群の印象はここに淵源があるとも言えるだろう。これは、理性と世界とのあい対峙する、不条理な状態なのである。

さて後年、安西は「アンケート」（『日本詩壇』昭14・12）に答えて、地理学を勉強していることを告げていた。

一、推奨したき書籍　二、趣味・癖

一、「ヴン・ルーンの地理学」私は愛しい気持で会々手に入れた下巻ばかりしか未だ見てゐませんが、美しいアクサンをもつたメタホオルと非常に想像に富んだカルトンを有つこの本は詩精神に無辺際の飛躍を与へずには置きません。

二、地理学

恐らく、『渇ける神』の世界の構築にあたっては、単なる想像力だけではなく、それを飛翔せしめる研究があったものと推定される。安西冬衛日記の昭和六年の項には、後に『渇ける神』に収められる詩編の創作記録が残されている。そこには、たとえば「丸善へ蝶類の本を照会」（二月九日）とか、「沼沢地に於ける免疾症状について材料を収拾す」（二月二五日）という記述が目につく。この「日記」には、「昭和六年　執筆目録」が付されており、『渇ける神』所収の多くの詩編の成立月日が分かる。ちなみに安西は戦後になってから、この時期の「日記」から抜粋し、「『渇ける神』のサイドライト」（『日本未来派』10、昭28・10）という文章にまとめなおして発表している。詩集のみならず、その成立過程すら発表してしまうというところに、『渇ける神』の苦心と自信が窺えるわけである。もっとも、これらは付随的な事柄に過ぎない。

それに対して、より付随的でないコンテクストとして、安西は「『渇ける神』紀要」（『椎の木』昭7・11）というテクストを発表している。その内容は『渇ける神』詩群の大半のテクストを、二十七条の日録から成る仮構された歴史的年代記へと統合してみせたものである。その首尾を、次に抜き書きしてみよう。

四月八日（年代不詳）マルシャン温帯沙漠調査隊、東経百八度十分、北緯三十八度五十分の付近に於て、オルドス紅斑病のために斃死したる隊員の遺骸を火葬に付す。**「オルドスの幻術」**

［…］

月日不詳（一九××年）華氏財団辺彊弁理公司鉄路建設局調査部隊首班蜃博士、新彊省綏定付近に於て地下に死都を発見す。**「蟻走痒感」**

その年代記的な順序は、詩集における配列順とはだいぶ異なっている。恐らく、当初からある程度念頭にあった歴史的秩序を、詩群完成後に、より厳密な形で書き直してみたのだろう。あるいは、この「紀要」の発表時期が詩集刊行の直前であることから、もう一つの配列順序の選択肢を試みていたのかも知れない。これにより、私たちは一見個々ばらばらのエピソードに見える詩群が、基本的に一つの時空系列において生じた事件であることを知り、テクストを一種の連作短編として再構成する道が開かれることになる。すなわち、『渇ける神』は一つ一つの詩編が可能世界であるだけでなく、詩集全体としても、それらを包み込む広大な可能世界を形作っているのである。また、一見単なる幻想風の冒険譚に見える詩群が、いわば虚構の歴史としても秩序づけられる。その結果として、この詩集の読解に際して、可能世界虚構論を適用することにも一定の説得力が見出されるだろう。いずれにせよ、この「紀要」により、『渇ける神』の読者による上演の幅は諸方向に飛躍的な広がりを見せるのである。これは、ランダムに配置された詩集とは別の、いわば第二のテクストを、第一のテクストから派生せしめる巧妙なテクニックと言うことができる。

3　『渇ける神』の可能世界

(1) ドキュメント形式

さて、詩編「蟻走痒感」を重点的に取り上げるのは、このテクストが『渇ける神』詩群の中でも、最も分かりやすい構造を呈しているからである。このテクストの物語内容は、蟻走痒感府という都市の遺跡が発見され、発掘中であるという経緯、およびその都市と住民の生態の記述で占められている。しかし、その物語言説は単純ではない。先に引用した冒頭部分に引き続き、テクストの前半部には、蜃博士の調査隊が遺跡を発見し、なお調査中であるという事実が、「迪化無電台の新世界発見の報道」に始まり、通信メディアを介して全世界に広がったこと、および、博士からその記録の断片を聴き取ったとする事情が置かれている。テクストの中盤部分には、「蟻走痒感府の推定位置」から汗（王）の禅譲の制度に至る十三条に亙って、その聴き取り内容が箇条書きで記され、結末では再び聴き取り者の「私」が今後の調査の決意を述べる言葉で締めくくられる。すなわち、発見された蟻走痒感人民の生態は、語り手（蜃博士）から聴き手（余・私）への記録の伝達というフレームにはめ込まれ、それを全体として語り手（余・私）が仮想の聴き手へと語るという仕組みとなっているのである。これは「蟻走痒感」のみに限った事柄ではない。『渇ける神』の様式特徴の第一として、この報告と伝達という、ドキュメント形式の物語言説を挙げることができる。

ドキュメント（記録）形式とは、未知の領域からの異質な情報が、日常的な領域へと伝達されることを仮構する形式である。この場合、情報が真に異質であるか否か、あるいは受け手側が真に日常的であるか否かは問題ではなく、むしろ異質／日常の区別が、逆にこの装置によって初めて生成するのである。物語は、必ずや自らを他との区別において差異化し、その差異化を魅力として読者を誘惑する。この異質／日常の区別は、可能世界／現実世界の区別に相当するだろう。すなわち、ドキュメント形式のフレームは、物語内容を日常的現実世界から接近可能な、異質的な可能世界として呈示するような、可能世界構造の基盤を提供するのである。ここに、単なる幻想文学とは異なる、可能世界文学としての『渇ける神』の最大の特徴が存すると言うことができる。

なぜならば、このようなドキュメント形式は、『渇ける神』所収詩編全十編すべてについて、ほぼ共通の設定だからである。「軍艦肋骨号遺聞」は、肋骨号第三分隊長紋大尉の「日誌の抄録」を支柱として構成されている。「八面城の念力」の語り手は、「支那人の容貌」のコレクションのために、「スケッチ」を採って歩いている。「怒る河」は、「遭難の顚末」の報告であり、「オルドスの幻術」は戦友を殺した男の告白であり、「汗の亡霊」はイギリス船汗号失跡に関する新聞記事風の「梗概」が冒頭に置かれている。その他、いずれのテクストでも、純然たる幻想世界を描き出すいわゆる〈ハイ・ファンタジー〉ではなく、非幻想的な基盤の上に途方もない出来事が展開される、〈エヴリデイ・マジック〉の手法が用いられている。これらの報告や告白が、語り論的な情報伝達の水準における、彼岸から此岸への越境であるとすれば、病からの快癒（「幻」「黒き城」）、虜囚からの解放（「八面城の念力」）、監禁状態からの脱出（「毒」）などの設定は、いずれも行為者の行為レヴェルにおけるオデュッセウス的帰還と見なすことができる。その他、完全な失踪（「軍艦肋骨号遺聞」）、湮滅（「蟻走痒感」）、死（「三つの天幕」）などの成り行きもあるが、こちらは逆に故郷からの追放ということになるだろう。帰還にせよ追放にせよ、こちら側と向こう側との通路が確保され、相互の移動が行われるのである。

(2) 百科事典型ディスクール

次に、「蟻走痒感」に顕著に認められ、『渇ける神』詩群に共通する第二の言説パターンがある。それこそ、文字通りの百科事典的ディスクールにほかならない。「蟻走痒感」の核心部分は、蟻走痒感府の位置、人民の皮膚、適応性、弱点、タブー、社会制度、交通などについての、特性の列挙であった。これは、一般的な百科事典記述との相違点の列挙として理解することができ、これにより、都市・蟻走痒感府に通用する百科事典そのものが示唆されるのである。この百科事典の特徴を一言で言えば、人間と蟻との属性的な越境だろう。「只蟻酸 formic acid には全然抗力を有しない」「蟻に関する夥しいタブー」「蟻と組織を一にするその社会制度」などの事項がそれに当たる。すなわち、「蟻走痒感」的可能世界においては、人間と蟻との意味論的な座標が通常の百科事典とは著しく異なっており、その差異を的確に呈示するためにディスクールそれ自体が百科事典的記述を採用しているのである。言い換えれば、物語の差異化としての、百科事典的な発想・文体の導入である。

これもまた、「蟻走痒感」に最も顕著ではあっても、他の詩群にも共通のものである。何よりも、いずれの物語においても舞台を提供している大陸的な地理の描写を挙げなければならない。例えば「黒き城」では、「一体、前日来渡渉してきたこの地方は、部落の呼称が表象してゐるやうに、松花江、敖拉密河、蓮花泡の三つの水路に囲繞されてゐる沼沢地帯で、処々に密林を点綴した大湿原はその広袤を茫々黒竜松花二江の交会点まで展開させてゐるのである」という叙述が見られる。これらの地名や地誌には実在のものも含まれているが、その言葉の効果は、それら固有名の具体的な所在ではなく、それらが配置されている広漠たる大地の印象に尽きるだろう。あるいは、いくつものテクストで重要な役割を果たす病の記述も見落とせない。「オルドスの幻術」では、「オルドス紅斑病」という新種の病の特性が、「前駆症状なき発赤。それに伴ふ熾烈なる灼熱感。一週日に亘る夢遊状態と全身の紅暈。ついで襲ふ脳症と心臓麻痺」などと列挙されていく。その他、念力（「八面城の念力」）、渇き（「怒る河」）、風土病（「幻」）、麻薬（「黒き城」）、あるいは人を狂わす月光（「三つの天幕」）や、切られた耳を再生せしめる湿地帯の異常効果（「毒」）が、現実世界から接近可能であるがそれとは一致しない、可能世界の理法を代表する属性として現れる。

可能世界論を物語論に大きく取り上げたウンベルト・エーコ『物語における読者』の理論に従うと、あらゆるファーブラ（物語）において、読者によるテクストの演奏によって、事物状態の変化の予測が行われることになる[1]（可能世界およびエーコの理論については、本書第一部第六章を参照のこと）。しかし、これらの記述が「本質的特性」であるのか、「構造必然的特性」であるのかは、これらテクストの設定が巧妙であればあるほど、容易には理解しえないといわなければならない。単純に言って、「黒き城」の沼沢地帯や「オルドス紅斑病」が実在か否かは、テクストそのものからは決定不能なのである。ドキュメント形式と百科事典型のディスクールは、幾分なりともこの決定不能化に寄与しているだろう。これが可能世界なのか否かは決定不能であり、逆に、現実世界の確定性そのものまでもが疑われることもありうる。つまり、手元の百科事典には「オルドス紅斑病」の項目はないが、それは本当だろうか?、というわけである。こうして、『渇ける神』のテクストは、読者のレパートリー（知識の貯え）へとフィードバックされ、それに改変を迫ってくる。それはまた、百科事典的形式（encyclopaedic form）についてノースロップ・フライが指摘したように、唯一の目的＝結末へと向かう直線的なストーリー展開を相対化するところの、円環的で多義的な、世界を陳列するタイプのテクストとして、それらを印象づけることにも資するだろう[2]。彼岸と此岸、可能世界と現実世界との往還が行われるとしても、その結果として両者は均等に並列されるのである。

（3）表意体の独立

さらに、百科事典的ディスクールが単に意味論的な水準においてのみ遂行されるのではないということ、すなわち、言葉の表意内容（シニフィエ）ではなく、表意体（シニフィアン）そのものの連鎖もまた、そのような枠に巻き込まれて行くということも無視しえない現象である。この線を、『渇ける神』の第三の様式特徴として取り出してみよう。ここでもまた、「蟻走痒感」は典型的なテクストである。「蟻走痒感」という名称の由来は、文中では「因に蟻走痒感とは、彼等の死に対する強迫観念に基いて仮に自分〈＝蜃博士〉の命じた呼称であって、概ねユーイットを、西欧人呼んで生肉を食ふ人《エスキモー》となす類である。云云」とある。ところで、この由来書は十分に名称の由来を説明するものであろうか。なるほど、確かに蟻走痒感人民は蟻酸にだけは抵抗力がなく、「蟻に関する夥しいタブー」があり、蟻に倣った社会制度を持つものと想定されている。しかし、「蟻が走ると痒く感ずる」という意味内容と、これらの項目は完全に一致するわけではない。また「彼等の死に対する強迫観念」の実態も不明であり、それゆえに、当事者以外による命名ということを除けば、エスキモーの命名法とも必ずしも同一とは言えないだろう。問題は、「蟻走痒感」という言葉が、そのようなズレによって表意内容から切り離され、単に表意体自体において、自立する傾向があるということにほかならない。

表意体の独立。それは初期安西冬衛の様式に一般的であった、漢字・文字への偏執として表れる。単純に言って、これは図像・図柄としての文字、すなわちカリグラフィー(calligraphy)への志向である。例えば「蟻走痒感」には、「螞蟻蚍蜉の災」という言葉が現れるが、「螞蟻《バギ》」も「蚍蜉《ヒフ》」も大アリの意であり、まず大アリと言えば済むところをわざわざこの難読語を記している。また特に、「汗の亡霊」の後半、第三章における暗号解読の記述が注目される。このテクストは、前半と後半との間に内容的な距離があり、前半は姿を消した汽船汗号の幽霊船を目撃する話であるが、後半は「丘陸八」という古物商で、汗号の遺品かと思われる船名板を入手しようと苦労するというものである。語り手は、「丘陸八」の名前や、船名板の「CHAM」という文字から、何らかの暗号を取り出そうとするが、結局失敗する。さらに、「軍艦肋骨号遺聞」における猫の名前「アルト・ハイデルベルヒ」、「黒き城」に見る、「S.S.JAXARTES」という河の名を取った汽船の名称を「薬殺号」と音写する条り、また「毒」における「ヨオ(ヤオ)ニイ」という地名を漢語の綴りに、次いで梵語の音に連想する「言語感情」の記述などが目につく。

この「言語感情」、すなわち表意体に即したパラディグム的連想のセリーからも分かるように、表意体の独立とはまた、表意内容の恣意的連鎖とも言い換えられる。『渇ける神』詩群が、いずれもその物語性や散文表現から、ほとんど短編小説と言ってもよい体裁を取っているにもかかわらず、一般にこれらが詩と呼ばれる理由の大部分は、このような言葉そのものの、表意体そのものへの収斂にあるだろう。すなわち、言葉が言葉ならざる何物かを

represent するという表象のシステムから、このテクストは大きく逸脱しようとし、言葉のカリグラフィー的な面白さ、あるいは言葉の恣意的な戯れ・連鎖そのものに、テクストが執着しているということである。これは、テクストから言葉への再帰的な通路なのである。

(4) 異文化的情報

最後に、第四の特徴、すなわちこれらの物語内容を最終的に〈外部〉の事件として締めくくる設定として、物語内容を異文化として、理解不能の異質な情報として提出する意味付与が挙げられる。先ほどの、「蟻走痒感」の名称の由来がエスキモーの命名と同様であるという記述、またその直前の「凡そ水の浸潤にも比すべき洽濡たる支那文明の影響は、ここにも恐るべき異例を示してゐる」という漢民族が与えた影響の記述は、結局彼らの事蹟が決定的に通訳不能の失われた文化でしかなく、理解が行われるとすれば自文化のフレームから出発する以外にないことを通告している。そもそも、蟻走痒感府は「湮滅」してしまったのであり、その名称も、その内実も、すべて「蜃博士」の推測に過ぎない。しかも、「蜃」の字の印象は「蜃気楼」につながるだろう。可能世界は、現実世界から接近可能ではあっても現実と一体化するわけではなく、徹頭徹尾、〈外部〉の出来事として呈示されるのである。「蟻走痒感」と同じく、「軍艦肋骨号遺聞」では「『肋骨』は遂にその踪跡を襟裳崎沖に喪つた」とあり、「汗の亡霊」でも汽船が消息を絶つ。「八面城の念力」でも、念力使いと語り手とは相互了解不能であり、また「オルドスの幻術」でも、紅斑病による錯乱のために友を殺した語り手は、「併し私の肉体の亡びない限り、永遠に拭ふことの出来ない創痍は、私にとつては牢獄よりも苛酷な刑罰である」と認識されている。その他も含めて出来事は一方的に語り手や人物に降りかかる受難として出現し、その受難の内実は不明のまま彼らはそれを受け入れる以外にない。従って可能世界は接近可能ではあっても、畢竟、人間主義的な理解の及ばない、外部的な異文化として形象化されているのである。

以上のように『渇ける神』詩群の様式特徴を、（1）ドキュメント形式、（2）百科事典型ディスクール、（3）言葉自体への再帰的回路、そして（4）異文化的外部性の四つに集約することができるだろう。安西の晩年に書かれた「生涯の部分」（『BLACKPEN』38、昭40・11）という詩の中の「職業」という章には、「死語発掘人／座せる旅行者／類推の悪魔を馭する男」という自らのプロフィールが掲げられている。現実世界から可能世界へと越境する「旅行者」、現実世界と可能世界の間の異文化的な「類推」、そして言葉の魅力への眼差しを示す「死語発掘人」という評語は、いずれもほぼ、このような自らの様式を記述したものと受け取れるのである。

4　〈外部〉から〈外部〉へ

　さて、このような『渇ける神』の特徴は、文芸様式においていかなる位置を占めるのだろうか。冨上芳秀は、このテクストに「地理的ロマンティシズムの世界」という呼称を与えている。[3]その説明としては、「地理の要素とロマンティシズムの要素（オカルティズムや悪や毒や風土病等々が巻き起こす事件）との絡み合いによって織り成される物語」と述べられている。冨上の読解は、『渇ける神』所収の全詩編について、初めて論評を加えたものである。この「地理的ロマンティシズム」という見方は、基本的に妥当だろう。ロマンティシズムは、現状に飽き足らず、例えば美・自然・神・愛など、何らかの崇高で純粋な対象にあくがれ出でて行く魂の超脱運動を本質とする。この場合、現実と至高者との間には必ず一定の距離が置かれ、これがロマンティック・アイロニーと呼ばれるのである。現実世界から可能世界への経路が敷設される『渇ける神』的なテクストもまた、こちら側からあちら側へと向かう強烈な方向性が認められ、またその間の乗り越え不能の距離もまた、ロマンティシズムの様式と合致する。

　ただし、「地理的ロマンティシズム」というラベルだけでは、ドキュメント形式、百科事典、表意体への執着、そして異文化的隔絶性という、テクストの形態を説明するには十分ではない。そこでこれらを総合して、〈内部〉から〈外部〉へ、そしてそのまた〈外部〉へ、という離脱運動を持続する類い希な遠心力を、安西的ロマンティシズムの強度として規定してみたい。ドキュメント形式は統辞論的な局面、また百科事典は意味論的な局面、また表意体の連鎖は、それらに基盤を提供するエクリチュールの局面において、そのような離脱的遠心力を形象化するものである。さらに、異文化間のディスコミュニケーションは、そのような〈外部〉から〈外部〉への逃走の線もしくは流出の線を引くような、交通する欲望の機構として定義できるだろう。テクストのあらゆる審級を横断して、『渇ける神』詩群は、外へ、外へと逃れ去ろうとし、そして最後に砂漠の中に姿を消す言葉の離散力を、その「ロマンティシズム」の核心としているのである。

この逃走＝流出の運動が、現状を否定しようとする清浄の印象をもたらすのであるならば、それが不潔の印象を与えるのは、その運動を行う当の欲望が可視化される時である。従って清浄と不潔とは、ここにおいてもはや別物ではない。病や麻薬から逃れようとする「私」は、また病や麻薬に汚染されに行くことを願望する「私」でもある。さらに、それらの可能世界は現実世界のレプリカではない。逆に可能世界が想定できるからこそ、現実世界がそれとして出現しうるのである。こうして『渇ける神』詩群は、可能世界的な虚構の想像力そのものを白日の下に晒し、あまつさえ虚構と現実との相互依存性・相対性という、原理論的な領域にまで、読者を引きずり降ろさずにはいないテクストなのである。そのような意味で、これは極めてアヴァンギャルドなテクストと言わなければならないだろう。

このような逃走＝流出の強度を他に求めるとするならば、まず、「オホーツク挽歌」を書き、「銀河鉄道」へと人間を飛翔せしめた宮澤賢治を挙げなければならない。「どこまでもどこまでも僕たち一緒に進んで行かう」というジョバンニの願望は、明らかに〈外部〉への脱出を志向するものである。また、日常の住人が異界の領域へと足を踏み入れる『注文の多い料理店』（大13・12、杜陵出版部・東京光原社）のパラレル・ワールド、もしくは異文化体験、あるいは「蠕虫舞手《アンネリダタンツエーリン》」で試みられたギリシア文字のカリグラフィーなども、そうした外部性への傾向と言える。さらに、北と南、陸地と海、生と死の境界性を駆使して近代幻想童話の祖となった小川未明、『一千一秒物語』（大12・1、金星堂）や「黄漠奇聞」（『中央公論』大12・2）で、オリエント風のミニチュア世界を量産した稲垣足穂、『焰』（昭10・3、白水社）および『幼年画』『死と夢』から『原爆以後』に至る幻想コント（いずれも生前未刊）において、可能世界虚構の代表的な実践を行った原民喜の様式なども想起される。しかし、それらのどれよりも、安西の場合には、その逃走＝流出の程度は強力であったように見える。

　その理由は、もちろん安西が『亞』を代表する外地在住の詩人であり、なかんづく植民地地理への関心を旺盛に培っていたためと推測することは容易である。しかしながら、結果的に『渇ける神』は、外へ、外へというその可能世界への脱出の強度により、内部の問題に執着し続けた前時代の「抒情」の制度を打破し、「抒情」以外の詩的テクストの存在形態を、何よりも制作実践によって明確に呈示しえた。「内部に居る人が畸形な病人に見える理由」

は、萩原朔太郎の『月に吠える』（大6・2、感情詩社）の一編だが、安西は決してこのような詩を書くことはなかっただろう。すなわち、内部感情の外部への表現という意味の「抒情」という制度を否定し、言葉による代理的表象（representation）という観念を葬送したこと、つまり、思想史におけるいわゆる言語論的転回に匹敵する転換が、それらの安西的テクストによって成し遂げられたのである。従って、安西らの業績を、文壇における横光利一らの新感覚派革命に準えることが可能であると思われる。

このような事情は、当初安西と歩調を共にしていた北川冬彦らの新散文詩理論の意味と深く関わってくる。昭和四年三月刊行の『詩と詩論』第三冊に掲載された北川の「新散文詩への道——新しい詩と詩人」と題する評論は、いわゆる新散文詩運動の中核となった文章であるが、そこでは「抒情詩」の伝統の堕落が批判され、「新しい詩の構成法」に習熟した「新散文詩運動」が提唱されている。

今日の詩人は、もはや、断じて魂の記録者ではない。また感情の流露者ではない。
彼は、尖鋭な頭脳によつて、散在せる無数の言葉を周密に、選択し、整理して一個の優れた構成物を築くところの技師である。

この有名なマニフェストの後、この運動に従事しようとしている多くの詩人たちの筆頭に、安西が挙げられるのである。勿論、北川の理論からすぐに安西の実践が可能になったとは決して言えないが、少なからぬ影響力を行使したことは否めないだろう。また、北川が翻訳し、安西も傾倒していたマックス・ジャコブの散文詩、あるいは、日記により『渇ける神』執筆中に安西が読み耽っていたことが明らかであるところの、幻想の都市を描いた作家マルセル・シュワブらからの、直接のインスピレーションも考えられなければならないだろう。ただし、新倉俊一が安西に触れて、「彼の散文詩の系譜には『僧侶』の吉岡実や『ランゲルハンス氏の島』の入沢康夫が位置しているように私には思われる。いや、さらに『泉という駅』や『鉄道網の異想』の長谷川龍生や『水駅』の荒川洋治まで含まれるのではなかろうか」と述べたことは意味深長である。[4] 逃走＝流出の線を旨とする安西的可能世界、清浄と不潔との同居する両義的な〈世界図〉的テクストは、現代を代表する詩人たちの、もはや「抒情」の伝統からは完全に切断された自由な物語詩において、その生命を脈々と持続させているのかも知れない。そのような、脱ジャンル的な自由さにこそ、安西を嚆矢とする一連の幻想物語的散文詩の系譜の、現代的な意味が見て取れるのである。

『亞』、すなわち疑似的・派生的というタイトルは、同人たちの真意は別として、こうした安西的な可能世界の生成原理、または、抒情詩の制度的主流からの逸脱、反措定という意味として、私の脳裏には浮かんでならない。

第二章　横光利一

――非構築の構築『上海』――

1　『上海』のレトリック分析

横光利一の問題作『上海』はここ四半世紀に亙って脚光を浴び、新たな視点からの論及がなされてきた。にもかかわらず、作品なる概念そのものの変更すら要求するこのテクストに対しては、未だにその問題性が十分に明らかにされたとは言えないだろう。本章は、主としてテクストの言語的側面から出発し、その全体ならぬ全体に接近しようとする、方法論の模索である。

長編小説『上海』は、昭和三年十一月から昭和七年六月までの三年余りの間に、八回に亙って雑誌『改造』および『文学クオータリー』に掲載され、多くの改訂を施した後、昭和七年七月に改造社より刊行された。(1) このいわゆる初版本の出た三年後の昭和十年三月に、今度は書物展望社より、いわゆる定本版の『上海』が出版される。この間にも若干の本文異同が見られ、その後の流布本にも作者による字句の変更がある。ここでは原則として表現面の生彩で勝っている初版本のテクストを用いる。

『上海』の驚倒すべき文芸的魅力は、通常の小説理論で言うところのレトリック、文体、構成、プロット、テーマ、人物、思想、状況などあらゆる構造契機のレヴェルを貫き、全体としてテクストを統一ならぬ統一へと実現する、特異な小説言語の特性に存する。この言語特性の記述は、表現と内容との二元論の克服に導くだろう。そして、横光が「蠅」（『文藝春秋』大12・5）や「頭ならびに腹」（『文芸時代』大13・10）などで新感覚派の代表作家として出発し、以後「鳥」（『改造』昭5・2）や「機械」（『改造』昭5・9）の心理主義などを経由して、『花花』や『盛装』（『婦人公論』昭10・1〜2）など、いわゆる〈純粋小説〉に属する作品に到達した道程に現れる主要なテクスト様式の特徴も、この『上海』の小説言語のヴァリエーションとして概略理解することができる。本章では、まず『上海』の小説言語を分析し、しかる後にこのテクストの横光様式における位置付けを試みることにしよう。

『上海』を論ずるに当たって、冒頭の「満潮になると河は膨れて逆流した」という一文の分析から始めたのは篠田浩一郎であった。(2) 篠田はロラン・バルトに倣い、(3) 冒頭文と物語全体との間に相同性（homologie）の関係を見出し、これに「中国の『革命』」を「集団の流れとして描き」、また「この流れに逆行する」参木らの姿を描出することの「予示」「暗示」を読み取った。(4) 小森陽一はこれを発展させ、「水の運動・変化」は「民衆」や「軍隊」の「流れ」や、「貨幣」と「棉製品の流れの反転」とも「呼応し」、「逆流」は『陸戦隊』の上陸」と「呼応し」、「膨れ」は「性的欲望」を表すとともに「食物」の「『飽食』から『空腹』への反転を喚起」するものとして、「冒頭の一句に『相似したもの』は」「無数にある」と見なした[5]。

ところで、ホモロジーを考える際に問題とすべきなのは、表面上テクストにおける一文の形象やイメージが他の場面のそれと「呼応」や「喚起」の関係にあることではなく、その一文がテクスト全体の言語的特性を分有していることである。「ここで示唆した相同性は、単に発見術的価値をもつだけではない。それは言語活動と文学の同一性を含意する〔…〕」(バルト)[6]。(1)まずこの文には「満潮」「河」「逆流」なる流水の様態が現れている。ここに、意味論的に対象を物象としての様態によって描き出そうとする傾向が認められる(物象化)。(2)またこの文は「満潮になる」および「河は膨れて逆流した」の二つの部分が接続助詞「と」で結合されたものである。この「と」は希薄な役割しか帯びていない。これは原因・結果の因果関係よりも、単なる継起の時間的前後性を示したに過ぎず、「満潮」と「逆流」との間には一種の断絶と飛躍がある。これは物象と物象との間を機械的に連鎖させる構文論軸の特徴であると言える(連鎖)。(3)この河は「満潮」のために「逆流」する。上流へと逆進する河の様態には、何らかの違和感、食い違い、齟齬の印象が伴う。現象上の河の激流の根底に、一種の本質的違和感、もしくは根源的な離反の衝動が感じられるのである(疎隔化)。これらが、『上海』というテクストの根源に見て取れる意味生成性(signifiance)の原理にほかならない[7]。次に、これらの特徴を分析してみよう。

2　物象化――意味生成性（1）

これまでも指摘されたように、『上海』において最も強烈な印象を作り出しているのは、次のような波動の表現である（傍線引用者、以下同）。

①　振り廻される劉髪の波の上で、刺さつた花が狂ふやうに逆巻いてゐた。焔を受けて輝めく耳環の群団が、腹を返して沸き上がる魚のやうに、沸騰した。と、再び、揺り返しが、彼の周囲へ襲つて来た。彼は突然急激な振幅を身に感じた。と、面前の渦の一角が、陥没した。人波がその凹んだ空間へ、将棋倒しに、倒れ込んだ。新しい渦巻の暴雨が、暴れ始めた。

②　参木は此の無数の女に洗はれる度毎に、だんだん欲情が消えていつた。［…］テーブルの上に盛り上つた女の群れが、しなしな揺れる天蓋のやうに、彼の顔を覗き込んだ。［…］蜂のやうな腰の波が、一層激しく揺れ出した。［…］彼の首は前後から女の腕に絡まれながらも、波を押し切る海獣のやうに強くなつた。彼は女を引き摺る圧感で汗をかいた。彼は肩を泳ぐやうに乗り出しつつ、女の隙間をめがけて食ひ込んだ。

同様の用例は数多くある。①のように、暴動や市街戦の光景が、海や河や雨などの流水の様態、特に振幅・衝突・圧力を伴った波動として描き出されているのは従来の論評の通りである。しかし単に革命の前進力だけではなく、②で笑婦の館に入った参木が泳ぐのも、やはり女の流れの中である。他に「滔々として流れる壮快な生活の河」という語句もある。従って河・流れ・波動は、広く人間集団一般の運動性の表現形象と言える。

また『上海』においては、食卓や露店市場に並べられた中国料理の山海の珍味の名称の偏執狂的な羅列も読む者の目を引く。

③ 参木に老酒の廻り出した頃になると、料理は半ば以上を過ぎてゐた。テーブルの上には、黄魚のぶよぶよした唇や、耳のやうな木耳が箸もつけられずに残つてゐた。臓腑を抜いた家鴨、豚の腎臓、蜂蜜の中に浸つた鼠の子、林檎の揚げ物に龍顔の吸物、青蟹や帆立貝――参木は曇つた翡翠のやうな家鴨の卵に象牙の箸を突き刺して、小声で日本の歌を歌つてゐた。

絓秀実はミハイル・バフチンに依拠して、食物の通過する「胃腸の迷路のような構造がカーニバルの演じられる都市のメタファーである」と述べ、主人公参木が「そのまま上海という都市と呼応している」と述べている。(8) 生鮮食品を売る支那人の群れは、それ自体「海底の昆布のやうにぞろり満ちて淀」み、魚や果物の隣に陳列され、革命の群衆は「石の関門」に「ずるずると飲み込んだ」り、「吐き出され」たりする。食卓と市場に充満する食料は、まさに上海という都市を埋め尽くす群衆そのものなのであり、ここでは都市と身体とは相互に交換可能なのである。また、列強帝国主義の暴力の犠牲者たちの、街中に散在する死体の有様も、人間が人間以外の物と化す無気味さを表現的本質として点綴されている。

④　銃器が去つたと知ると、また群衆は露地の中から滲み出て来た。彼らは燈の消えた道路の上から死体を露地の中へ引き摺り込んだ。板のやうに張りきつた死体の頭は、引き摺られる度毎に、筆のやうに頭髪に含んだ血でアスファルトの上へ黒いラインを引き始めた。丁度そのとき、一台の外人の自動車が辷つて来ると、死体の上へ乗り上げた。［…］自動車は並んだ死体を轢き飛ばすと、ぐつたり垂れた顔を揺りながら疾走した。

参木と甲谷は露地を歩くうちに突然「西班牙ナイフ」で刺された「支那人が殺されたまま倒れてゐ」るのに遭遇する。また高重が工場を襲った共産派の工人たちに発砲したために出た死体が、急進派グループを刺激して今や都市の「中心となつて動き出し」、「支那工人の団結心」を強固に固めてしまう。都市全体すら一個の死体に左右されるほどに、死体の呪力は抜群なのであった。また、建築家山口の今や本職である「死体製造業」は、支那人から死体を買い取り、精選・加工して輸出し、海外の医者に高値で売るという臓器売買である。これは、人体が廃物利用の対象として扱われる点で、人間の物化表現の極致と言える。

神谷忠孝は横光の新感覚派的文体の「基本にあるのは擬人法的手法である」と述べている[9]。文体と対象に見られる波動・食物・死体は、物質存在に人格を付与する擬人表現と、人間を物質として描く擬物表現との両方を含み、根底的には人間と物質との境界を自在に越境し、表現において対象をすべて個別の物象として平準化する発想である。それは現象の表面において人間と物質とを二項対立の関係性において画然と区別するのではなく、両者の境界が不分明で混沌とした過程から、テクストの表面に噴出したものとも言えるだろう。このような物質と人間とのカテゴリー的な逸脱、特に人間を物と化す意識の生成変化を物象化と呼ぶことができる。これは単なる比喩表現の一種ではない。すなわち、上海という現実を芸術的に再現するための言葉の綾ではなく、より本質的なものである。都市・身体・食物は、メタファーとしてではなく、その意味の根源において等価なのである。

さらに、このような物象化の要素が、修辞的表現や舞台背景のみならず人物や思想にも強く認められる点が、『上海』の大きな特徴である。「作中人物はディスクールのいくつかのタイプであり、逆に、ディスクールは他の作中人物と同じ一個の作中人物なのである」（バルト）[10]。たとえば参木は、自己の精神を「真に人間に対して客観的」なものとしようとして笑婦のいる露地へ赴き、オルガに向かって自分および支那人をツルゲーネフのバザーロフの血を引く

「物理主義者」と規定し、年少の自分が年長の高重を興奮させたことで会話の「現象」にも「物珍らしい物理」を感じ、芳秋蘭との等価交換として競子を「頭の中から」「吐き出す」ことのできる人物である。このような性情は甲谷や山口など、参木以外の人物でも大同小異である。すなわち登場人物の思想・主義は、いわゆる人間的思考・感情・感覚・意志の代わりに、客観主義・物理主義・機械主義・行動主義など、物質の法則的運動にも似たメカニズムが支配している。物象化の運動は、描写形象・語彙・文体のみならず人物造形においても機能し、文字通り「作中人物とディスクールが互いに共犯者」（バルト）[11]となっているのである。

3　連鎖 ── 意味生成性（2）

冒頭の文における断絶と飛躍の構文については既に述べた。保昌正夫は横光の文体における同様の事柄に注目し、「と、ふと」や「…思ふと」、あるいは「…一瞬」などの言い回しを、「純粋小説論」（『改造』昭10・4）の「『偶然』重視の発想」や「『自意識』検討」と結び付け、その始発を「『上海』執筆の当時から」と指摘している。[12]次のような『上海』の文体はその好例である。

⑤　すると突然、その橋の上で、一発の銃が鳴つた。と、更に続いて連続した。橋の向

うの赤色ロシアの領事館の窓ガラスが、輝きながら穴を開けた。と、見る間に、白衛兵の一隊が、橋の上から湧き上つて、抜刀した。彼らは喊声を上げつつ、領事館めがけて殺到した。窓から逆さまに、人が落ちた。と、枳殻の垣の中へ突き刺さつて、ぶらぶらすると、一転したかと思ふやいなや、河の中へ転がつた。

⑥　甲谷は彼らがそんなに振り返り始めると、ふと忘れかけてゐた秋蘭の美しさを、再び思ひ浮べて彼らのやうに新鮮になつた。ひき緊つた口もと。大きな黒い眼。鷺水式の前髪。胡蝶形の首飾。淡灰色の上衣とスカート。——しかし、宮子は？

⑤の赤色ロシア領事館襲撃の場面など、主として暴動場面に見られる断続的継起の叙述は、あたかも映画のコマ送りのシーンのようであり、また⑥に現れた対象の羅列や体言終止の連続も、連鎖的な文体と言うことができる。全四十五章から成る『上海』が、ほとんど各章ごとに人物と場所を入れ換え、各々独立した断片の集積形式を採っているのも、構成における機械的な連鎖性の実現である。さらに、例によって人間の意識もまた例外ではない。たとえば釈尊降誕祭の折、各国軍隊の対峙を見詰める山口の意識は、次のように変化する。

⑦　アジア主義者の山口は、英国の官憲と同様に印度人を遮断している支那の軍隊に腹

立たしさを感じて来た。が、ふと、彼はアムリが彼を呼び出した原因を、同時に感じて笑ひ出した。［…］しかし、瞬間、彼は支那の軍隊の遮断してゐる道路が、その街郭から彼らの方向へ向かつては、支那の管轄区域だと云ふことに気がついた。［…］が、次の瞬間、彼は支那兵と対峙してゐる印度人の集団を、英国の官憲として使はれてゐる印度人の警官が圧迫してゐるのを発見した。

この箇所に典型的に現れるように、人間の意識現象も瞬時にチャンネルの切り替わる飛躍的連続として推移するのである。佐々木基一は『上海』の「即物的な文体」を「モンタージュ」の技法と呼び、「より広い未知のリアリティを発見する」「可能性を実証してみせた作品」として評価した。[13] 神谷もこの「視野に入ってくるものを系列化して行く手法」を「映画的手法」として横光の新感覚派的技法の一つに算入している。[14] 横光のいわゆる映画的表現と呼ばれる特質、特にモンタージュ的な手法は、ほぼこのような文体によって実現されている。そしてこの連鎖の機能は、文体・構成・人物の区分を超え、さらに個人・国家・世界をも横断結合するダイナミズムを帯びている。

⑧　海港からは銅貨が地方へ流出した。海港の銀貨が下がり出した。ブローカーの馬車の群団は日英の銀行間を馳け廻つた。金の相場が銅と銀との上で飛び上つた。と、参木

のペンはポンドの換算に疲れ始めた。――彼は高重の紹介で此の東洋綿糸会社の取引部に坐ることが出来たのだ。彼の横ではポルトギーズのタイピストが、マンチェスター市場からの報告文を打つてゐる。掲示板では、強風のために、米棉相場が上り出した。リヴァプールの棉花市場が、ボンベイサッタ市場に支へられた。さうして、カッチャーカンデーとテジーマンデーの小市場がサッタ市場を支へてゐる。

このように紡績会社社員としての参木の目から見た世界経済の情勢においては、中国、イギリス、インド、アメリカなど地球全体に亙る金相場・通貨価値・綿市場の動向が、参木のペンの疲れや、別の箇所では「銀行間を馳け廻」る馬車の動きとともに、断絶的連続の継起として呈示される。「イギリス政府のゴム制限撤廃の声明」が、甲谷の「嫁探しの希望」に「こんなに早く、影響を及ぼ」し、打ち砕いてしまったことのように、市場や相場の運動という大状況が、個人的な事情と密接な相関性を持つものとしてとらえられるのである。身体を物象化論的に論ずるほかに、世界事象と個人生活という空間的に遠く離れた別個の物が、迂遠な断続・飛躍を介して結合される連鎖過程への注目も必要だろう。世界と身体とは、意味論的・隠喩的な等価性の軸のみならず、統辞論的・換喩的な隣接性の軸によっても、同一平面上に現れて来るのである。そしてこの連鎖過程は、文体・形象におけるモンタージュと無縁のものではない。表現の問題としてのみ処理されて来たモンタージュは、内容に属すると言われる世界観・人物造形とも、機械的な連鎖において通底しているのである。

　またそれは、いわゆるプロットにおいても同様である。古典的な定義によれば、プロットとは、「内的必然性による統一を保ちながら一個の完結した全体」（杉野正）[15]として現前する物語の事件展開を指す。しかし『上海』においては、プロットは人物・場所を変化させた各章の断片性によって、因果関係の希薄な連鎖と化している。参木の相手となる女性は、当初意中の女であった競子を別とすれば、物語展開に従ってお杉―芳秋蘭―宮子―お杉と移り変わるが、そこには特に因果性は認められない。岩上順一が、「登場人物の運命は、様々な場面を通過はするけれども、本質的には何一つ発展はしない」と評した通りである。[16]お杉を中心に見れば、この連鎖は、お柳のトルコ風呂に勤めていたお杉が解雇され、一時居候した参木と甲谷の下宿から二人が自分を嫌っていると誤解して家出し、露地の笑婦へと身を堕とし、最後に参木と再会するまでの過程として読むことができる。しかし、参木とお杉との関係に特定の意味を付与することはできない。二人の交渉や離反の進行は、因果関係とは言えない偶然の「戯れ」（作中にこの言葉がある）による連鎖の流れである。参木がお杉に対して感じる「責任」は、この連鎖過程に連座したことに由来する。最終第四十五章から明らかに見て取れるように、二人の関係は最後まで定着せずに動揺を繰り返していて、お杉を参木および物語全体の終着点としてとらえることはできない。この結末は通常の意味での完結ではない。「しかし、明日から、もし陸戦隊が上陸して来て街が鎮まれば」とか、「そのときには、ああ、また」というお杉の内言が示唆するのは、むしろ完結を否定する幕切れなのではないだろうか。なお、このことは『上海』が物理的に未完の小説であることと関連するが、またそれとは別次元の事柄でもある。

そしてまた、人物の思想においてもこのような連鎖が機能している。主要な人物のうち、差し当たり甲谷は植民地主義者、山口は大アジア主義者、参木は愛国民族主義者として登場する。甲谷は中国人資本家の典型である銭石山に向かって、中国本土における反帝国主義運動・共産運動が、東南アジアの国粋運動を刺激して華僑の存在を圧迫し、ひいては欧州列強諸国と中国との結束を強める結果を招いて本土植民地の解放を遅らせる皮肉を説き、「馬来の中国人の性格といふものは、これは東洋の安全弁です」などと言う。山口はインド国民会議派シンパのアムリがインドの独立と中国からの海外勢力の駆逐を説くのに対して、中国を滅ぼすのは「ロシアのマルキシズムか支那自身の軍国か、いや寧ろ印度の阿片かペルシャの阿片か」と反駁する。参木もまた、民族自決を主張する中国共産党員の芳秋蘭に反対して、「中国がいま外国資本を排斥することから生じる得は、中国の文化がそれだけ各国から遅れていくと云ふことだけにあるんぢやないか」と述べている。彼らの抱く思想は、表面上は力点の置き所が異なるように見える。だが実際のところ、中国はもはや現実的には逃れることのできない情勢にある他国との相互依存を甘受し、その中で漸次に発展すべきであり、独立して行動すれば自分自身を滅ぼす結果を導くという相互連鎖の論理において共通するのである。彼らの思い描いているのは、アジア・ヨーロッパ諸民族の交錯する相互依存の下に成立する、相互連鎖系としての中国大陸である。この相互連鎖系こそ、参木が共産党員芳秋蘭の民族独立の主張に反発して、「問題はそれではないのだ。掃溜が問題なのだ」と思うところの「掃溜」であり、すなわち共同租界の構造なのではないだろうか。

この箇所は、定本版では「掃溜の倫理が問題なのだ」と改められる。二瓶浩明は、『上海』は「倫理」の破綻から「倫理」の獲得への方向転換をはらみ、「掃溜」すなわち共同租界において「一切の思考を停止すること」、「なすがままになること」を、参木の「倫理」であると規定し、この転換が『上海』の主要な問題性であったと述べている[17]。しかし、自殺衝動に駆られた参木が判断停止の境地にあるのが「此の民族の運動の中で」であり、「自分が母国のために考へさせられてゐる」という状況の下においてであることを見落としてはならない。参木は諸民族の相互連鎖系の典型として共同租界を理解し、自己の行動も結局はその運動の一角を占めるものに過ぎないという認識を持つのである。「論理」も「倫理」も、このような連鎖過程においては区別がつかないと言わなければならない。

4　疎隔化――意味生成性（3）

これまでに見てきた物象化と連鎖のスタイルは、その根底において共通の基盤に依拠しているものと理解できる。それは疎隔化である。たとえば次のようなディスクールがある。

⑨　参木はひとりになると、死人を跨いだ股の下から、不意に人影が立ち上つて来さうな幻覚に襲はれた。彼は砂糖黍が薮のやうに積み上つた街角から露地へ折れた。［…］万歳——参木は思はず乾杯しようとしてグラスを持つた。と、皮膚の工場は急激に屈伸すると、突然、アーチのトンネルに変化した。油を塗つた丸坊主の支那人が、舌を出しながら、そのトンネルの中を駱駝のやうに這ひ始めた。［…］世界は今や何事も、下から上を仰がねばフィルムの美観が失はれ出したのだ。——再び、トンネルが崩れ出すと、参木は後を振り返つた。すると、塊つた観客の一群の顔の上に、べつたり吸ひついた吸盤のやうな動物を、彼は見た。彼は、その巨大な動物を浮き上らせた衣服の波の中から、逆に野蛮な文明の建築を感じて来た。

物象化は物質と人間との未分化状態を作り出すが、それは決して両者の蜜月ではない。右に見られる「顔の上に、べつたり吸ひついた吸盤のやうな動物」のように、物質と人間との相互越境は、その意表を突く変成のゆえに、常に無気味さの感覚を共示するものとして表現されるのである。また、事件の時間進行における断絶的連続は、因果関係の日常的論理とプロット構成の常套手段を逸脱し、それらとは異なる突発的な連鎖という異常性において、ディスクールを統合して行く。ヴォルフガング・カイザーはグロテスクの様式を、「物体間のありふれた諸関係」が「物的なもののよそよそしさにおいて、それらの隠された無気味なものをあらわすために廃棄され」、しかもその「疎外された世界」が「突発性、不意打ち」の形で現れるものとして定義している。[18]『上海』の表現効果は、その意味ではグロテスクの様式に通じているだろう。

あるいはこれらを、表現において日常的なカテゴリー性を却下し、対象を奇異なもの、見慣れぬもの、異常性として提示する異化の一種と呼んでもよい。いずれにせよ、これらの表現機能は日常的な現実と様式の認識を前提としつつ、それらへの強力な反発・違和感・疎外として成立している。そしてまたその疎隔の感覚は、テクストが自らの完結を妨げる自己否定の契機ともなるのである。『上海』の表現生成をその最も根源的な領域で担当しているのは、このような疎隔化の運動ではないだろうか。このような本質的違和感の存在により、『上海』のテクストは決してある固定した中心に集権化されないような特性を帯びているのである。

この疎隔化が顕著に機能するのは、専ら人物関係の構図においてである。その代表的な造形は、逃走癖だろう。その代表は「何事でも困るとその場を捨てる彼の持病」として描かれる参木であるが、参木以外の全ての登場人物も等しく分有している。追跡する甲谷の車を振り切って逃げる芳秋蘭、笑婦に身を落として参木の視野から逃れるお杉、群衆に追われ山口の家を目指して走る甲谷。特に参木の場合には、オルガ、芳秋蘭、宮子ら女性とのアヴァンチュールの後は、いずれも逃亡して行方をくらましている。逃走は各章・各場面を未完結のままに放置し、因果関係で結合されるべきプロットを寸断し、恋愛や憎悪などの高次の意味を成すはずの人物関係を脱臼させる。従って、逃走は『上海』という小説の、テクストとしての存在様態の根幹に関わる運動なのである。この逃走の速度は、目まぐるしく対象を駆け巡り点綴する描写の速度によっても補強されている。

他方、アヴァンチュールの疎隔化の代表は、「恐らく此のやうに気使はしい感情の逆行し合ふ連続の中で、日々の時間をすり減らしていくだけにちがひないのだ」と述べられる参木と宮子との関係である。前田愛は、参木とのパンを取り合いを巡って、宮子を「みにくい争いを演ずるつまらない女」と見ているが[19]、このような意味では、むしろ二人の確執こそ『上海』の人物関係の典型であると言わなければならない[20]。またお杉が下宿に泊まった夜に男に犯され、それが参木か甲谷か不明のままとなった事件が、お杉の転落の契機となる。この事件自体もさることながら、お杉が真実を知りえず、不安と動揺に苛まれるような、いわば感情の疎隔化が問題なのである。さらに人物群のアヴァンチュールの内実も、人間関係の図式を描きえない絶え間ないずれ、章から章へと変化する感情の動揺を核心としており、その本質は相互疎外である。参木が得体の知れぬ「ドン・キホーテ」と呼ばれるのは、そのような関係性のあり方に相応する設定にほかならない。人物群の恋愛は、相互のずれの持続を本質とするのである。

林淑美は、参木に「空虚」な「斥候」として都市上海を縦横に見聞させ、遭遇する「女達がそれぞれ担わされているものを見事に相対化してみせる」役割を認め、横光が『上海』制作に当たって、ヴィクトル・シクロフスキーのフォルマリズムに基づく人間関係の「障碍」の原理を応用した可能性を指摘している。[21]この示唆は、疎隔化の方法論を説明したものとして重要だろう。ただし、林は「芳秋蘭と参木の間を妨げる何か」を『上海』における「民族の問題」に収斂させているが、「民族の問題」こそ、「間を妨げる何か」すなわち疎隔化の一様相に過ぎないという逆の見方も可能ではないだろうか。常に一所に安住しえず、どこにいても異質な自分を見出して彷徨を続ける参木は、登場の当初から、いわば本質的な亡命者的違和感に捕えられた人物である。参木は確かに「母国」への郷愁を何度も吐露するが、それは「肉体」が故国と続いていても、「心」はその忘却へと向かうという分裂状態にほかならない。

そのように革命の群衆にも伍せず、「母国の動力」にも反発する参木は、安直な民族主義も植民地主義も否定し、両者の中間で宙づりにされ、いわば亡命者的な違和感に支配され、その結果として自殺衝動にかられる。この亡命者的違和感は、彼の逃走癖や女性関係における擦れ違いと同様、テクストにおける疎隔化の一表現なのである。このような疎隔として郷愁が語られるために、参木の民族主義は、たとえば『旅愁』のように比較的明確な像を結ぶことができず、『上海』における民族の問題は、前述の連鎖によって肩代わりされるのである。逃走癖・アヴァンチュール・民族など、人物関係や思想の境界線にとらわれず、それらの疎隔化は非構築の構築力としてこのテクストを形成していると言うほかにない。

5 開かれた作品、アヴァンギャルド

『上海』をいかなる小説ジャンルに帰属させるのか、あるいは何を『上海』の中心的な問題と見なすかは、現在に至るまで自明の理とはとても言えない。前田愛の「都市小説」[22]、平岡敏夫の「政治小説」[23]、栗坪良樹の「状況」小説[24]、林淑美の「民族の問題を表現として定着させた『上海』」[25]、金井景子の「租界人の文学」[26]、あるいは二瓶浩明の「〈恋愛小説〉であり、〈思想小説〉である」[27]などのように、読者の言説は微妙に重複しながらも一致しない。この事態は、こと『上海』に限っては、単に研究態度の問題ではなくテクストの特性にも深く関わるものと考えるべきではないだろうか。『上海』は、本質的に、その収束点を何らかの要素や性質に還元して把握することの不可能なテクストなのではないか。このテクストを「動く小説」とも呼んだのは栗坪良樹であるが、これまでの分析に基づくならば、それを栗坪のように時代・人生・文壇などの「何もかもが静止しない状況」との関連からではなく、純粋にテクストの問題として再検討することが許されるだろう。[28]

ここまでの論旨を要約してみる。『上海』というテクストにおいて、小説言語の表意体（シニフィアン）と表意内容（シニフィエ）との境界を逸脱して無差別に働き、伝統的な小説理論に現れる小説の諸要素の区別を突き破って機能している意味生成性が認められる。それを本章では次の三つの要因として分析した。（1）物象化の機能は、波動・食物などの形象、死体・死体製造などの題材、さらには機械主義・物理主義などの主義・思想においても働いている。（2）連鎖の機能としては、文体・構成における連鎖的なモンタージュ、人物と世界を結ぶ状況のダイナミズム、世界構造・世界観としての相互連鎖系が挙げられる。（3）疎隔化の機能としては、人物の逃走や亡命者的違和感、人物関係におけるすれ違い、感情の逆行など、いずれも脱領域・脱中心化の運動と言うことができる。

これらによって生成される『上海』のテクストは、第一にこれらの連係において、断片の雑然たるアマルガム、作中の言葉で言えば「掃溜」として印象づけられる。従って「掃溜」とは物語の舞台となった共同租界としての都市のみならず、『上海』というテクスト自体の特性をも示している。これは、テクスト自身を指示した、自己言及的・再帰的な隠喩にほかならない。また第二に、このテクストは固定され定着された表意作用の体系を生成するや否や、すぐにそれを否定し相対化するような否定性を刻印されている。すなわち『上海』は、意味の確定を永遠に遅延させ散乱させるという意味で、「動く小説」なのである。

ここでは、通常の意味での有機体的な作品としての全体性や完全性は問題にならない。

「政治」も「都市」も「恋愛」も「状況」も、それぞれ独自性を主張して雑然と拮抗するが、それらはどの水準においてもあくまで断片的な要素として存在し、いずれに対しても作品の代表権を付与することはできない。物象化により生成された物質的対象は機械的に連鎖され、語りの流れに乗るが、それらの要素は根源的な疎隔化によって相互に遠ざけられている。このテクストは、細部における諸要素の相互反発を引き起こし、全体に亙る整然たる構造化を妨害し、諸要素の再拡散を図り、〈地〉と〈図〉のゲシュタルト構造に支えられた統一的な作品像を読者に与えることを拒否しているのである。

　このように部分としても全体としても完結されず、常に一種の開放状態、決定不能というよりも決定不要の状態のままに自らを提出するテクスト、あるいは決定のためには受容者の通常以上の介入を必要とするようなテクストを、ウンベルト・エーコは「開かれた作品」(opera aperta)と名付け、現代芸術の重要な様式特徴として解明した。[29] エーコによれば、「開かれた作品の詩学」は「慣習的となった連続性の代わりに評価された経験の非連続性の正当化」を図り、「様々な決定」が「相矛盾し、補完しあい、弁証法的に対立し始め、こうして新たな展望とより広大な情報とを生じさせる限りにおいて、それらを妥当するものと見なす」。ここでは、「作者は享受者に完成さるべき作品を提示する」[30]のであり、作品は一種の上演・演奏・パフォーマンスの場にほかならない。『上海』はそのような〈開かれた作品〉としても記述できるだろう。

また次のような視点からも同様のことが言えるだろう。アヴァンギャルド芸術を、特に「有機的芸術作品」という伝統的な概念を破壊するがゆえに、真に革命的な効果を持つものとして評価したのは、ペーター・ビュルガーである。(31)ビュルガーはアヴァンギャルド芸術における「非有機的作品」の手法について、ベンヤミンのバロック芸術論におけるアレゴリーの観点を応用する。(32)ビュルガーによれば、「アレゴリカーは生の連関の総体全体から一つの要素を抜き出す。かれはこの要素を孤立させ、この要素からその機能を奪う。したがってアレゴリーは本質的に断片であり、有機的象徴と対立する関係にある」。また「アレゴリカーはそのように孤立させられた現実断片をつなぎ合わせ、それによって意味をつくりだす」のである。(33)

このような、未加工な素材性および再結合された断片性において、アレゴリーはテオドール・W・アドルノの分析したモンタージュと本質を共有する。アドルノによれば、「モンタージュは統一を形式原理として繰り返し作り上げるが、それと同時に部分を乖離したまま出現させることによって統一を否定する」。(34)ビュルガーによれば、「アヴァンギャルドの作品は、意味解釈を可能にする全体的印象を生み出さない」が、「こうした意味の拒絶を受容者はショックとして経験する」。そして「歴史的アヴァンギャルド運動が惹き起こした芸術発展上の決定的変化のひとつは、アヴァンギャルドの芸術作品に挑発されて成立したこの、新しいタイプの受容にある」と言うのである。このアドルノ＝ビュルガーのモンタージュ論は、モンタージュにアヴァンギャルド芸術の本質を代表させている点において、単なる手法論の域を越えている。映画・絵画・写真に限らず、「新しい芸術はすべて、極微的構造からするならモンタージュと呼んで差しつかえない」(アドルノ)[35]のである。

いわゆる映画的表現のみならず、『上海』のテクストとしての位相を、このような意味で、広義のモンタージュと呼ぶことも可能である。それは意味生成性の本質におけるものであり、各章の並列視座やスナップ・ショット的な場面展開は、その構成的顕現に過ぎない。むろん、ターミノロジーが問題なのではない。重要なのは、『上海』の文芸学的な考察のためには、作品という概念そのものの変更、すなわちアヴァンギャルド作品としての見方が不可避であるということにほかならない。モンタージュにせよ、〈開かれた作品〉にせよ、アヴァンギャルドのテクストの研究には、古典的テクストに慣れた読者に「ショック」を与える契機をとらえる操作が不可欠となる。このような、非構築の構築たるアヴァンギャルド文芸として把捉するとき、『上海』の魅力は初めて解放の端緒をつかみうるのである。

6 テクスト様式論

テクスト『上海』は、横光利一のあらゆる様式特徴を含んだアマルガムである。従って、そのスタイルの特徴は、それ以前以後のテクスト系列を計る指標として理解することができる。従来の研究のうち、横光様式における『上海』の意義を、その作品内部の問題と結び付けて最大限に尊重した論者は岩上順一だろう。[36] 岩上は『旅愁』へ至る横光の「東洋的知性への還帰」の追究に当たって『上海』を出発点とし、そこに「心理主義」「『無』の思想」「偶然性や超合理性の尊重」などの様式特徴が、「いはば原質的な中心核の形に於て」すべて見出されるとし、それ以後の長編小説群を逐一取り上げながら跡づけた。この先駆的論考とは異なる視座からではあるが、前述のような『上海』の小説技法の諸特徴を鍵として、モダニズムの枠内にはありながらも、大正から昭和前期にかけて大きく変貌を遂げた横光的テクストの様相に接近できるだろう。

横光のテクストの展開を、便宜的ながら次のような四期に区分してみる。(1) 習作期（大6・3〜大12・4）、(2) 新感覚派の時代（大12・5〜昭5・1）、(3)「純粋小説」の時代（昭5・2〜昭11・1）、(4) 伝統回帰の時代（昭11・2〜22・12）である。テクスト様式に着目するならば、概略において新感覚派時代においては物象化と連鎖を、「純粋小説」時代においては連鎖と疎隔化をその特徴とし、『旅愁』（昭12・1〜昭20・1、断続発表）に代表される伝統回帰の傾向も、東亜の連鎖系としての八紘一宇的発想と絡んだところに現れたものと言うことができる。

まず新感覚派時代に関して、「蠅」について振り返ってみると、このテクストの特徴としては、第一にカメラ・アイ的描写、手の込んだ引き伸ばし、モンタージュ、クロース・アップ、トーキー的会話、ズーム・インのワンショットなど、由良君美の言う「映画技法」[37]、第二に漢語による簡潔な誇張的表現、第三に擬人法・擬物法による表現対象の等質化、第四に感覚的表現、第五に構文上の特異な接続法などを容易に挙げることができる。このうち映画的手法・誇張的表現・擬物法・感覚的表現は物象化を、また映画的手法や接続法は連鎖の機能を本質とする。このテクストの中枢部、すなわち「饅頭」という非人格的物体の介在と迂遠な情報伝達のループによって馬車が転落する設定は、これら二つの機能の結合した結果と見なすことができる。「頭ならびに腹」「ナポレオンと田虫」なども併せて、新感覚派時代における横光様式のサイバネティックス的でメトニミー的な〈マインド〉(精神)の基調は、意味生成性としての物象化と連鎖の連携が生み出したものにほかならない。『上海』を新感覚派時代の最終決算とする見方は、このような意味で概ね妥当なものだろう。

しかし『上海』連載中より横光の作風は大きく転回し、「機械」などの関係性の小説や、後に自ら「純粋小説」と名付ける長編小説の季節を迎える。これらのテクストにおける容易に理解し難い錯綜した人間関係の構図は、既に横光様式の重心が、相互に関係し合う連鎖と、相互に拒絶し合う疎隔化の相乗効果へ移動したことを示している。しかしこの変異は、『上海』までの方法の完全な廃棄ではない。むしろ栗坪が『上海』と『寝園』を比較し、正しく「〈上海〉の共同祖界は、そのまま〈伊豆〉の猟場に通じ、中国革命に翻弄される知識人の関係が、有閑階級の恋愛沙汰にとって替わったものと判断され、さらには歴史が風俗にとって替わったという背景の転換も考えられ、ほとんど同質の作品構造を思わせている」と述べた事情は、その他の「純粋小説」群との間についても言えるのである。[38] すなわち「高が奈奈江を、奈奈江が梶を、藍子が高をとめぐつてゐるこの霧の中」を描いた『寝園』、「青木と瀧子、三笠と瀧子、峰美津子の兄と瀧子、それに今度は自分と瀧子だ。――彼には事実の真相がぐるぐる意外なところへばかり飛び回つて来るので、探りを入れようにもどうしやうもないのである」という状態の続く『時計』をはじめ、これらの小説群の絡みに絡んだ人物構図はあたかも『上海』の「掃溜」と同様の様相を呈している。関係という名で呼ばれるようになったこの相互連鎖系には、また別の法則が生まれるだろう。

また「ドン・ジュアン」の比喩も出る『寝園』の人物、「誠意をもつて隙なく巧妙に欺瞞しつづけなければならぬ」と考える『時計』の宇津、「俺は、俺のしたくないことを、どうしてこんなに、いつもするんだらうと思つて、困つてゐるんだ」と言う『天使』の幹雄、彼らは多かれ少なかれ参木の末裔で、本質的亡命者の意識、疎隔感・違和感を属性とする人物である。そしてそれらのテクストもこの疎隔性を原理的に帯び、そのため彼らの人間関係は収まるところを知らないままに、絶えず不安定に流動・動揺を続けるのである。この視点から見れば、主人・軽部・屋敷それに「私」の人間関係の錯綜と金属工場の物体群の蝟集を描いた「機械」は、新感覚派時代に顕著な物象化と、「純粋小説」時代に特徴的な連鎖と疎隔化の機能すべてを含むことから、『上海』と並び、横光の前期と後期とを結ぶ中継点として位置づけることができるだろう。

　この時期についての理論的なマニフェスト「純粋小説論」（『改造』昭10・4）は、この観点とどのようにリンクするのだろうか。いわゆる文芸復興を見据えたこのテクストは、横光によれば「自分の試みた作品、上海、寝園、紋章、時計、花花、盛装、天使、これらの長編制作に関するノート」である。その主題は概ね三つあり、（1）「偶然性」の要素を持つ「通俗小説」と「純文学」と「一つにしたもの」としての「純粋小説」を宣揚し、（2）その必然的結果としての長編主義を説き、（3）「自分を見る自分」たる「自意識といふ不安な精神を表現しうる「第四人称」の設定を述べている。このうち「偶然性」は「一時性もしくは特殊性」とも言い換えられ、「必然性もしくは普遍性」である「日常性」に「感動」を与えるものであり、また「自意識」は「人間の行為と思考の中間」に介在し、「恰も人間の活動をしてそれが全く偶然的」な観を呈するために寄与するとされる。

　従って「偶然性」も「自意識」も、本章の用語法に従えば、「日常性」や日常的思考への根源的な疎隔化に根差すものにほかならない。また「第四人称」がその「自意識」の不安定と流動の表現であるとすれば、それらはテクストの生成の領域では強力な否定性を分泌し、世界を非構築の構築に設定するアヴァンギャルドの装置となるものだろう。「偶然性」はそのような「自意識」の結果でもあり、文体的には連鎖の運動として、日常生活の理法を逸脱した「驚異」（ビュルガー）の意味での「感動」を演出するということになるだろう。[39]もちろん、「純粋小説」の理念が生み出すテクストは実際には一通りではないのだが、その一端として、このようなアヴァンギャルド的な〈開かれた作品〉の方向性も確実に見通されていたと言わなければならない。このように、『上海』の射程は、意外にも長いものであったことが明らかとなったと言えるだろう。

第三章　太宰治
――第二次テクスト『新ハムレット』――

1　なぜ『新ハムレット』か？

『新ハムレット』（一九四一・七、文藝春秋）の「はしがき」で、太宰は一見矛盾することを述べている。一方では、「これは、やはり作者の勝手な、創造の遊戯に過ぎないのである。人物の名前と、だいたいの環境だけを、沙翁の『ハムレット』から拝借して、一つの不幸な家庭を書いた」と、原作との距離が遠い「創造の遊戯」であるとし、他方では、「ひまで困るといふやうな読者は、此の機会に、もういちど、沙翁の『ハムレット』を読み返し、此の『新ハムレット』と比較してみると、なほ、面白い発見をするかも知れない」と、原作と比較することに意味があるとも書いている。『ハムレット』と『新ハムレット』との間の距離は、果たして近いのかそれとも遠いのか。しかしこれは、感触として以外にはあまり意味のない問いに過ぎない。元々、あらゆるテクストは原則的に第二次テクストであり、そのテクストに対する第一次テクストに遡ることは常にでき、特に近代のテクスト、さらに太宰のテクストは、そのような第二次性の強度が比較的大きい。もちろん、単に他のテクストの引き写しでは十分なオリジナリティを獲得することができないために、テクストは固有の独自性を身にまとわなければならない。すなわちテクストは変奏（variation）であるとともに突然変異（mutation）でもあって、この両要素を併せて、この第二次テクスト現象を〈変異〉と呼ぶことができる。その際、〈variation〉の要素を重んじるか、〈mutation〉の要素を重んじるかは、制作と受容に関わる様式の問題となる。多くの太宰のテクストは、太宰が文学上の師とした芥川のテクストと並び、そのような〈変異〉の傑作と言わなければならない。これに関しては、既に『女の決闘』（『月刊文章』一九四〇・一～六）、「ヴィヨンの妻」（『展望』一九四七・三）、「おさん」（『改造』一九四七・一〇）などについて、その様相を論じたところである。[1]

ところで、あるテクストが常に第二次テクストであるということは、第一次テクストと見なされるものも常に既に第二次テクストであるということである。ウィリアム・シェイクスピア（William Shakespeare、一五六四―一六一六）の『ハムレット』（*HAMLET, PRINCE OF DENMARK*）は、まさにその好例である。現在までに積み重ねられた研究によれば、『ハムレット』は一六〇〇年頃に書かれ、上演された戯曲である。[2] シェイクスピアの他の作品と同様に材源があり、シェイクスピアと同時代のトマス・キッドが書いたとされる『原ハムレット』と呼ばれる作品が、その数年前までロンドンで上演されていたらしいが、そのテクストは失われている。福田恆存は、「シェイクスピアがこれを観て、『ハムレット』の着想を得たのであらうことは、まづ疑ひない」と述べている。福田は続けて、「さらに溯れば、十二世紀末、デンマーク人サクソーが『デンマーク国民史』といふ本を書いてをり、その第三巻に

『ハムレット』物語が出てくる。それはラテン語で書かれてゐるが、その骨子をフランスのベルフォレーが一五八二年刊の仏文『悲劇物語』第五巻に書きおろしてゐる。シェイクスピアの『ハムレット』はそのいづれかに負うてゐるかもしれぬし、両方に負うてゐるかもしれぬ」とする。(3) ちなみに、この第二次テクスト性を『ハムレット』において最高に重要なポイントと見なしたのは関曠野である。関によれば、シェイクスピアの『ハムレット』はキッドの『原ハムレット』のパロディであり、「パロディとしてドラマ化されたシェイクスピアの文芸批評(4)」であって、それは、シェイクスピアの劇団が当時、在ロンドンの他の劇団との間で、関の言うところの熾烈な「劇場の戦争」の主導権争いをしていたことと無縁ではないとされる。

似たような例は日本にもある。太宰の「おさん」は近松門左衛門の『心中天の網島』の第二次テクストであるが、そもそも近松の心中物や世話物自体が、現実に起きた事件を素材とするとともに多数の古典や近来の作品を下敷きにした第二次テクストであり、そしてそれらは義太夫の竹本座の興行のために作られたのである。従ってパロディ性・批評性は極めて高く、特に『心中天の網島』は、遊女に入れあげる夫を妻が支援し、二人が自害することを防ぐためにむしろ夫が遊女と一緒になることを勧め、それが破綻して起きた心中を描いた点において、いわば他の心中物の世界を反転させた一種のメタ心中物とでも言うべき傑作であった。弘前高校時代から義太夫節に馴染んでいた太宰が、「紙屋治兵衛」「紙治」として広く親しまれた『心中天の網島』を取り入れたことに不思議はないが、『ハムレット』と「紙治」という、東西のいわばメタ演劇の双璧を二つながらに取り上げたことは偶然とは思えない。それは太宰様式自体のメタフィクション性に繋がる事柄であるはずである。

このようなことを述べる理由は外でもない。太宰治における「中期」という発想に対して、違和感を覚えるためである。津島修治は一九三九年（昭和14年）、井伏鱒二の媒酌で石原美知子と結婚した。ここから終戦の年までの期間を中期と呼び、前期・後期と区別するのが通説となっている。たとえば饗庭孝男は、「富嶽百景」（『文体』一九三九・二、三）に即してこう述べている。「太宰の文学的生涯で言えば、いわゆる中期の比較的安定した時期である。彼の作品を時代のなかで考えてみると、虚実ないまぜにしてかたるにせよ、『前期』と『後期』が『私』性のつよい作品が書かれているのに対して、この『中期』は、比較的虚構性のつよい作品が書かれているということである。それは他者の生活記録、手紙、日記、回想、それに古典等をかりて、そこに『私』の心情を仮託してあらわす型である[5]」。そしてその「型」を分かち持つ幾つかの作品の中に、『新ハムレット』も挙げている。しかし、いわゆる中期の作品が虚構性において優り、前期・後期が「私」性が強いというのは全く理解できない。「猿面冠者」（『鶴』一九三四・七）や「ヴィヨンの妻」が虚構的でないというようなことはない。饗庭自身も、中期の作品として取り上げている「富嶽百景」について、「東京八景」とともに「『私』性がよくあらわれ、虚構性の少ないものとして中期では注目すべき作品」

と呼んでいる。そもそも虚構性と「私」性とは対立するものではなく、この二つを区分の基準にすることに問題がある。そして、生活が安定するしないというような、文芸にとって些末な事柄ではなく、テクストそのものに寄り添わなければならない。

ちなみに、「富嶽百景」で述べられた「単一表現」は、文芸理論としては単に誤りではないだろうか。「素朴な、自然のもの、従つて簡潔な鮮明なもの、そいつをさつと一挙動で摑へて、そのまま紙にうつしとること」などということは、可能でもなければ真実でもない。なぜならば、言葉は事象そのものではないからである。何よりも、たとえば『新ハムレット』に関して言えば、先に述べたようなメタフィクションの強度について、このような「中期」というような区分の下では十分に汲み取ることができないように思われるのである。少なくとも、『新ハムレット』のどこにも、「単一表現」などを認めることはできない。

ここではそれよりも、『新ハムレット』を〈mutation〉と〈variation〉の面から読み直して、テクストの強度について探ってみたい。

2　第二次テクスト性

『ハムレット』と『新ハムレット』に関して、本章の論旨に必要な限りにおいて概略を記すと、次のようになる。なお、本章で『ハムレット』の本文は、太宰が参照したと推定されている一九三三年版の坪内逍遙訳を参照し、福田恆存訳と小田島雄志訳を勘案して用いる。[6]人物名は、文脈に応じて、太宰を含め作者・訳者・著者の用語に従い、それら以外は一般的に坪内訳によるものとする。従って人物名の表記は統一せず、文脈によって変えている。さて『ハムレット』は、全五幕十九場四千行から成っていて、シェイクスピア作品中最長で、当時の戯曲としても長大な作品である。[7]一方、『新ハムレット』もまた、太宰の初めての長編である。ただし、物語の錯綜の程度は原作の方が勝っており、特に、原作に登場するローゼンクランツおよびギルデンスターンは登場せず、ハムレットはポローニヤスを殺さないので、レーヤーチーズとの決闘もないなど、やや簡略になっている感もあるが、後述のように話は決して単純ではない。[8]それ以外にもこの二つを詳細に比べれば、ほとんど無数の相違を挙げることができ、実際、それに関して既に多数の論考が書かれている。その中で小田島雄志が書いた短い論文は、現在に至るまで頻繁に参照されているものである。[9]小田島は『ハムレット』の「太宰化」のポイントを、「愛憎の心理の深層化」「欺瞞の主題の複雑化」「悲劇の日常化」の三つにまとめた。小田島はその結論において、ハムレットの造形に触れて、「モック・ヒロイック」「モック・トラジック」の「思いきった手法」と呼び、その効果として、「一つは、遠い昔の王子を、われわれの理想像の次元から日常生活の次元［…］にひきおろすことである。もう一つは、作者が主人公に感情移入をしながら同時にそれを離れてみる、ゆとり、遊びが生まれたことである」の二つを挙げている。小田島が挙げる第一の手法、格下げについては、私の言葉に直すと腐蝕化（décader）に通じ、すなわち太宰的なデカダンスの内実と関わる。第二の距離化は、ドキュメント形式やフラグメント性を基礎として、フラグメント間の相互照射や自己言及を導入するメタフィクションの構造に繋がる。まず、『ハムレット』の第二次テクストとしての『新ハムレット』の問題を、第一のデカダンスの様相において把握してみよう。

そもそも、なぜ『ハムレット』は太宰によって翻案されなければならなかったのか。まず「はしがき」を読むと、「沙翁」および「坪内博士」というネームヴァリューに対する畏怖の念が読み取れる。すなわち坪内の「大時代な、歌舞伎調」の翻訳を評価し、また「沙翁の『ハムレット』」からは「天才の巨腕」や「情熱の火柱」「登場人物の足音が大きい」ことを感じ取ったなどと述べる。ところが、「はしがき」にも触れられているように、本文第二章には坪内訳を揶揄する叙述が現れる。レヤチーズがオフヰリヤに「たまにはフランスの兄さんに、音信をしろよ。」と言うと、彼女は「すまいとばし思うて？」と返し、「レヤ。『なんだい、それあ。へんな言葉だ。いやになるね。』／オフ。『だつて、坪内さまが、――』／レヤ。『ああ、さうか。坪内さんも、東洋一の大学者だが、少し言葉に凝り過ぎる。［…］』」云々という一節である。坪内訳では第一幕第三場にある。レヤチーズが「いもうとよ、出《で》船《ふね》、順風《おひて》の便宜《びんぎ》のあるたび、居眠ってをらいで消息《たより》を為《し》やれよ。[10]」と言うと、オーフィーリヤがこの言葉を言うのである。ここは原文では“But let me hear from you.”/“Do you doubt that ?" であり、小田島訳では、「忘れずに手紙をくれよ。／忘れるとでもお思い？」である。[11] 坪内の用いた「ばし」は副助詞で、係助詞の音変化形「ば」と副助詞「し」から成り、上の語を取り立てて強調する意味がある。だが、擬古文としてもあまり一般的な語彙ではない。ここでは、「はしがき」で述べたこととは違って、というより「はしがき」の意味そのものが二重性を帯びているのだが、坪内訳がもはや時代に合わない、つまり「大時代な、歌舞伎調」であることを皮肉に批評している。このテクストは、『ハムレット』の再話ではなく『新ハムレット』であり、その意味の一つは、新時代に対応した表現としての『ハムレット』であるとするニュアンスが見て取れる。大家の書いた世界的名作を大家が翻訳し、それを改作する太宰もまた、そのような大家の山脈に名を連ねることになるという戦略である。

もっとも、格下げされるのは坪内だけではない。ハムレットその人もまた、原作とは異なったキャラクターを与えられる。ただし、それは小田島が言うような、単なる「理想像の次元から日常生活の次元」への格下げにとどまるものではない。『新ハムレット』のレヤチーズは、「すまいとばし思うて？」の後で、オフヰリヤに対して次のように言う。「僕は、あの人を、きらひなのだ。大きらひだ。あの人は、ニヒリストだ。道楽者だ」。その内実は、何事にも器用だが飽きっぽく、他人の心を窺い、他人の努力を笑う「軽薄才子」で、両親の前では女々しく、信頼が置けないというのである。原作では、レヤチーズはそのようなことを言わない。確かにオーフィーリヤに対してハムレットを信用するなと諭すが、その理由は坪内訳によれば「下賤《しもざま》とは事かはり、御自身のお意《こゝろ》さへ我物にして我物ならず、万事お気儘にもなされにくい、大切な御身分柄ぢゃ。[12]」ということによる。原作のハムレットは第三幕第一場でオーフィーリヤに、福田訳で「尼寺へ行け」「誰も信じてはならぬ——何も考へずに尼寺へ行くのだ」と言い、また続く第二場の劇中劇の直前には、彼女をあたかも娼婦のように扱ったりもする。従順すぎるオーフィーリヤに対して、ハムレットは常に高所に立っている。関曠野は、当時「尼寺」（nunnery）は「娼家」の隠語であり、オーフィーリヤは徹頭徹尾、娼婦として、言い換えれば性的・家父長制的・資本制的商品として登場すると解釈している。[13]それに対して、決定的なことは、『新ハムレット』のハムレットが、オフヰリヤを既に妊娠させていることである。ポローニヤスはこう述べる。「オフヰリヤ、お前たちの恋愛は卑怯だねえ。少しも無邪気なところが無い。濁つてゐる。なぜ、わしたちに、そんなに隠さなければならなかつたのか。相手のお方の態度も見上げたものさ。てんとして喪服なぞをお召しになつて、ご自身の不義は棚にあげ、かへつて王や王妃に、いや味をおつしやる」。後にハムレットはオフヰリヤと結婚すると言うが、オフヰリヤに関しては、原作のハムレットに比して、『新ハムレット』のハムレットは潔白とは言いがたい。むしろ妻と、生まれてくる子への責を負うところに、太宰の〈mutation〉があると思われる。

言い方を換えれば、『新ハムレット』は、斎藤美奈子の名付けたいわゆる「妊娠小説」の一例である。[14]また、太宰のテクストでは、「無間奈落」（『細胞文藝』一九二八・五、六）、「思ひ出」（『海豹』一九三三・四、六、七）、「古典風」（『知性』一九四〇・六）など、志賀直哉の『大津順吉』（『中央公論』一九一二・九）とも響き合う、名家の御曹司と女中との関係を描く小説の系譜とも交錯する。志賀や『白樺』派については、これはトルストイに由来する〈『復活』のモラル〉あるいは〈ネフリュードフの罪〉などとも呼ばれ、『白樺』派作家たちの倫理観を問う問題としてとらえられている。(15) 太宰のハムレットが当初、苦悩している理由も、オフヰリヤの妊娠問題であると解釈できる。第二章の結末でハムレットはこう述べる。「僕は誇りの高い男だ。僕は自分の、このごろの恥知らずの行為を思へば、たまらない。僕は、いままは誰の悪口も言へないやうな男になつてしまつた。卑劣だ」、あるいは「苦しみが苦しみを生み、悲しみが悲しみを生み、溜息が溜息をふやす。自殺。のがれる法は、それだけだ」。すなわち、倫理的に発話する資格を失ったと自覚したハムレットが、それでもなおこの言葉と言葉の闘争する物語へ参加するところに、『新ハムレット』というテクストの初期条件がある。第七章ではホレーショーと対比して、自分を「ドンフアン」「僕の慾には限りが無い」とも言う。加えて、ハムレツトの口調（文体）は、「わあ、退屈した。くどくどと同じ事ばかり言つてゐやがる」とか、「でも、叔父さんは、油断がならん。見抜いてゐやがつた」など、卑語を用いて格下げされている。

　こうしてハムレット像に関する『ハムレット』と『新ハムレット』との差異が明確となる。原作のハムレットは、複雑で屈折した人物だが、少なくとも表面上は、父王の死の謎を解明し、王と王妃にまつわる疑惑を解き、王統の正統性を確保しようとする秩序の人であった。それに対して、『新ハムレット』のハムレットは、「ニヒリスト」「道楽者」「ドンファン」と呼ばれるデカダンであり、廷臣の娘を孕ませた不品行によって信頼を失い、言葉遣いも野卑な、いわば失権した王子に過ぎない。原作の第三幕第四場で、ハムレットは実の母であるガートルードを情欲に狂った豚などと口を極めて激烈に罵倒するが、自らも不義により娘を孕ませた『新ハムレット』のハムレットが、母を追及する場面は見られない。むしろ、オフヰリヤとハムレットは少なくとも途中から、互いに出産を待ちわびるパートナーとして振る舞うようになり、あの「自殺」への志向も顕著ではなくなる。ただし、いずれにしてもこのデカダンの王子は、同時にいまだ王家の正系としての王子であることに変わりはない。ここに、太宰的なデカダンスの原理である、意味論的な貴種流離の一典型を認めることができる。[16] 失墜した王子、ニヒリストの御落胤、これこそ、実朝やヴィヨンや、聖書のイエスやユダ、そもそも津島修治自身にも、太宰が認めたデカダンの資格にほかならない。ただし、第二次テクストは常に第一次テクストに対する解釈を内包している。このようなデカダンスは、原作の中にも既にあったのではないか。それについては後述しよう。

3　対話のフラグメント

続いて、小田島が挙げた第二のポイント「ゆとり、遊び」に関わる、この小説のメタフィクション性について考えてみたい。『新ハムレット』に関して問題を複雑にしていることに、シェイクスピアのそれ自体第二次テクストである『ハムレット』のほかに、既に発表されていた志賀直哉の「クローディアスの日記」（『白樺』一九一二・九）や、小林秀雄の「おふえりや遺文」（『改造』一九三一・一一）との関わりも指摘されている。このうち、「クローディアスの日記」は、「創作余談」（『改造』一九二八・七）によれば「文芸協会の『ハムレット』を見、土肥春曙のハムレットが如何にも軽薄なのに反感を持ち、却つて東儀鐵笛のクローディアスに好意を持つたのが一つ、もう一つは『ハムレット』の劇では幽霊の言葉以外クローディアスが兄王を殺したといふ証拠は客観的に一つも存在してない事を発見したのが、書く動機となつた」とある。これはクローディアスは父ハムレットを殺しておらず、単にガートルードを真に愛したから結婚したというクローディアスの日記として作られた小説である。ちなみに、原作では第三幕第三場のクローディアスの独白で、福田訳によれば、「おお、この罪の悪臭、天へも臭はうぞ。人類最初の罪、兄殺しの大罪！」[17]云々と、クローディアスは観客に向かって自白している。従って志賀の二つ目の動機は誤解である。ただし、作中人物はハムレットを含め、一切この自白を聞いていない。従って客観的に見るならば、ハムレットは状況証拠以外には真相を知らないと言うことはできる。志賀作品はいかにも自己を主張する『白樺』派的な内容だが、たとえ父を殺されていないとしてもハムレットが抱いた感情について一切同情のないのは、「母の死と新しい母」（『朱欒』一九一二・二）や『暗夜行路』を書いた志賀としては不徹底である。実際、志賀は「創作余談」の後の方で、後にイギリス映画の『ハムレット』を見て「初めてハムレットの気持に同情出来た。父を失ひ、母が自分の好きでない叔父と結婚したといふだけでも、感じやすい若者には〔…〕立派にあれだけの悲劇はつくりあげられると思つた」と述べている。

しかし、『新ハムレット』と「クローディアスの日記」には、意外にも重要な共通点がある。すなわち、初版『新ハムレット』のクローヂヤスは、原作とは異なり、兄を殺したことを認めていないのである。第八章の終わり近くで、ポローニヤスは「わしは、見たのです。此の眼で、ちやんと見たのです」と迫り、クローヂヤスの激昂を誘って刺殺される。それに対してクローヂヤスは、「ポローニヤス、君は一体なにを見たのだ。君の疑ふのも、無理がないのだ」と言い、また第九章の終わりでは、「ハムレット、あの城中の噂は、事実です。いや、わしが、先王を毒殺したといふのは、あやまり。わしには、ただ、それを決意した一夜があつた。それだけだ。先王は、急に病気でなくなられた」と述べている。この告白の真偽は不明だが、偽りと断定する証拠もない。クローヂヤスはポローニヤスがガーツルードに横恋慕したと、またポローニヤスはクローヂヤスが自分を付け狙っていたと、どちらも胡乱なことを言うほどであり、それらの信憑性は同じ程度に高くない。そしてハムレットは、ポローニヤスの死はもちろんのこと、ポローニヤスがクローヂヤスを詰問したことも知らない。

　ただし、『新ハムレット』が再録された『猿面冠者』（一九四七・一、現代文学選23、鎌倉文庫）版の本文では、クローヂヤスの言葉「君の疑ふのも、無理がないのだ」の後に、「わしは、殺した。」が挿入されている。これは同書所収の「『猿面冠者』あとがき」に、クローヂヤスについて「先王を殺し」た「悪人」と表現されていることと関わりがあるだろう（後述）。これについては、磯貝英夫が、「王の『わしは、殺した。』ということばには対象語がない」などの理由から「王の先王毒殺を事実とすることはできない」と述べている。[18] 反対に山口浩行は、この「加筆により、クローヂヤスは先王暗殺を告白したことになる」と見なす。[19] 改めてこれを検討すると、加筆前には全く不明瞭であったが、加筆後についても、完全に明確になったとは言いがたい。仮に「殺した」相手が先王であると言うものと取ると、その直前の「わしの罪障」はその行為に充当されることになる。だが、そのことと「君の疑ふのも、無理がないのだ」（すなわち、〈君の疑いは実際には的外れだが、君がそのように疑うのにはそれなりの根拠がある〉）という文との間には、微妙ながら明確な齟齬が生じる。またこの箇所と、第九章の「わしが、先王を毒殺したといふのは、あやまり」云々の抗弁との間の齟齬もより強くなる。他方、「無理がないのだ」でいったん切れ、「わしは、殺した」は目の前のポローニヤスを殺したことについての発言であると取ると、「わしの罪障」は専らポローニヤス殺しによるものとなる。だが、いずれにせよこの発言の後、「あつ！　誰だ！」とガーツルードに知られたことに気づく叫びに続くので、この独白は途切れ、十分な情報が得られない。この発言が、完了したのか、言いさして中断したのかも明確ではない。いずれにせよそこには相変わらず、〈わしは、殺した。だが、殺していない〉のような矛盾するニュアンスが感じられる。兄王殺しについては、初版でも再録版でも曖昧なままであると言うべきだろう。

ちなみにガーツルードは、第六章のオフヰリヤとの対話の最後に突然、涙を流し、「私たちは、きたない。いやらしい。疲れてゐる」とか、「私は、間違った！　私には、もう、なんにも希望が無いのです。何もかも、つまらない。オフヰリヤ、あなたは、これからは気を附けて生きて行くのですよ」と言い、結末における自らの死を示唆する言葉とも受け取れる。ただし、原作では王妃は、先王殺しに加担しているとまでは確定できない。「何、むごたらしい大悪行？　王たる人を弑しておいて、其弟と夫婦《めうと》になったに比べたら、悪行でもござるまいぞ。」とハムレットが言うと、妃は「なに、王たる人を弑すると？」と問い返す[20]。その後でガーツルードは改心するようだが、それは王殺しまで含めてのことかどうかは定かではない。先に亡霊は、「忘れても、母には害を加へまいぞよ」と命じていた。『新ハムレット』で、ガーツルードが先王殺しについてもクローヂヤスと共犯していたとすれば、それは一つの（発展的な）解釈である。だが、ガーツルードは後にクローヂヤスによるポローニヤス殺しを見て自殺するものの、その真意はやはり不明と言わなければならない。そしてハムレットは、この一連の経緯を一切知らない。クローヂヤスがポローニヤスを殺した罪は明らかだが、兄王殺しについては、前述のように黒とも白とも言うことができない。他の人物においても概ね同様の事態が進行している。すなわち、このテクストにおいて対話の言葉は決着を与えられず、ただ投げ出されている。これこそが、太宰特有のフラグメント形式の帰結である。小田島の示した「ゆとり、遊び」という言葉ではまだ足りない。『新ハムレット』は、太宰が書いたもう一つの「藪の中」にほかならない。そのことは、後述のように、太宰自身はそれを打ち消すようなことを言っているにもかかわらず、そうとしか言いようがない。

ところで、このようにこの小説には、ハムレットが知らないことや、真相が明らかでないことが多数存在する。もしかしたら、このテクストは原作と併せて読むことで初めて完成されるのだろうか。原作で示された知識を前提にして読むことを、この小説は要求しているのだろうか。これは冒頭で触れた「はしがき」の問題の再燃でもある。そして答はイエスでもありノーでもある。つまり正解は存在しないのだ。第二次テクストは、それ単独で読むこともできれば、原作との関わりで読むこともでき、そのどちらかに固定することはできない。固定しようと思えばできないことはないが、それには根拠がない。だから無前提に原作と対比する読解が、必ずしも正しいとは言えない。むしろある意味では、この小説の読み方は大別して二つがあり、その帰結が大きく異なっているとしたら、そこには別の物語が発生していると言うべきである。そして、原作が既に奇怪な第二次テクストであり、原作の意味そのものが決して確定できない『ハムレット』のようなテクストである場合、そこに発生する読み方や物語の数は、ほぼ無限に増殖すると言わなければならない。いかに奇妙に見えても、これがテクストというものの正体なのである。

　話を本筋に戻すと、この小説は多くの部分で、ほぼ一対一の対話劇の集成という様相を呈している。第四章の王妃／ホレーショー、第五章のポローニヤス／ハムレット、第六章の王妃／オフヰリヤ、第八章の王／ポローニヤス、第九章のハムレット／オフヰリヤ。これらの対話は、濃淡の差はあれ、いずれも個々の対話者のスタンスのぶつかり合いに終始し、そのどれもが結論に導かれることはない。『新ハムレット』もまた、フラグメントの集積なのだ。頼雲荘はこの小説を、「意図的に断片的なメッセージ」を人物に発出させ、その結果として「意識された読みの多様性」を誘発するテクストとして適切にとらえている。[21]だが、それは人物単独で行われているというよりは、対話による（ディス）コミュニケーションの輻輳として実現されているのである。そして、この構造に限ってみれば、ハムレットは、この小説の主人公ではない。一見ハムレットが主人公だというのは、原作の窓から覗き込むからそう見えるのだろう。もしも志賀の「クローディアスの日記」の窓から見れば、この小説ではクローヂヤスもまた浮き彫りになる。さらにまた、小林の「おふえりや遺文」の窓から覗き込めば、オフヰリヤにも重点のある物語と見ることができる。そのようにして、「その自殺の前夜、ハムレットに宛てて書かれた文章」（渥美）という趣向で作られた「おふえりや遺文」の窓から覗き込んで、『新ハムレット』との間を比較検討したのが渥美孝子である。[22]ただし、原作においては、オフィーリアの埋葬の場面で神父が「その死因に／疑わしいふしがある」（小田島訳）と述べるが、発狂した彼女が柳の枝から小川に落ちて死んだというのみで、必ずしも自殺と断定されているわけではない。テクストに即すと、オフィーリアの狂気は深く、既に自殺を企図することもままならないように見える。また、狂気の闇に沈んだオフィーリアが、このような遺書を書くことができるとも思えない。「おふえりや遺文」は、小林秀雄による独自性の強い第二次テクストと言うべきである。

『新ハムレット』に戻ると、先にこの小説は一種の妊娠小説であり、また志賀・太宰的な女中小説であると述べたが、このことの意義は大きい。そのようなジャンル観から見れば、オフヰリヤとの関わりにおけるハムレツトを、初めてこの小説の主人公として定位することができる。従って二人の対話は重要となる。もともと、ハムレツトは第一章末尾でオフヰリヤの妊娠に苦悩しており、露見してからは彼女と結婚すると言い、第七章では「どうやら僕はオフヰリヤに、まゐつてしまつてゐるらしい」と独り言を言う。原作のハムレットがオーフィーリヤを途中から突き放すのとは大違いである。渥美孝子は、その優れた論考において、小林の「おふえりや遺文」について、おふえりやの言説を「錯乱の言語」とし、それを

「交通への欲望なしにはき続けられる言葉」ととらえ、「アシルと亀の子Ⅳ」(『文藝春秋』一九三〇・七)で述べられた「絶対言語」の試み、つまり他者との交通を必要としない自立的な言説と見なした。それに対して『新ハムレット』については、シェイクスピアおよび小林のオフヰリヤは、むしろガーツルードの造形に投影され、ガーツルードの自殺は「デンマークのため」という「規範的な他者の言葉が支配的に自分の中に棲みついてしまったがゆえの悲劇」であるという。

他方、太宰のオフヰリヤにとっては、「言葉はあくまで表象」であり「内面の外化」でしかない。だから言葉を過剰に重んじるハムレットに振り回されることもない。ハムレットは「愛は言葉だ。言葉が無くなれや、同時にこの世の中に、愛情も無くなるんだ。愛が言葉以外に、実体として何かあると思つてゐたら、大間違ひだ」と述べる。渥美はこの一節を分析して次のように述べる。「ところで、愛への欲望が言葉への欲望と同義であるということは、言葉が愛と同質の働きを持つと考えていることをも示している。それは自己をこえて他者への働きかけを行ない、他者との間に相互主観的な世界を獲得しようとする試みなのである。そういう言葉の自己超出作用が、『愛は言葉だ』の思想の根底にあるものと言えよう」。さらに渥美によれば、オフヰリヤだけは城内に広がる噂を信じず、「無邪気」に振る舞っている。オフヰリヤは「他の登場人物たちを相対化できる唯一の存在」であり、彼女によって「主体の声という虚構」が、「解読されるべき対象」として明らかになるという。この渥美の論は、「場のメカニズムに支配されて、各々の人物は、言葉が言葉に反応していくような発話の生成の中に浮遊せざるを得ない」として、この小説のフラグメント性についても的確に押さえており、『新ハムレット』論としても水準の高いものである。

4　「愛は言葉だ」と神

ところで、原作の第二幕第二場で、坪内訳によると、ポローニヤスが「何を読ませられまする？」と訊ね、本を読んでいた佯狂のハムレットが「文句ぢゃ。文句、々《く》々。」と答える場面がある。[23] これは原文では、“Words, words, words.”、すなわち福田訳では「言葉だ、言葉、言葉。」[24] で、太宰の参照した浦口文治の『新評註ハムレット』では「第六翻弄」つまり、ハムレットによる第六番目の翻弄とされている。[25] ルイス・キャロルを想起させるような、言葉の意味の水準を巧みにずらした、ノンセンス的な発話である。しかし、太宰の「愛は言葉だ」という文は、この原作から来たのではなく、太宰作品のコンテクストに由来するものだろう。すなわち「創生記」（『新潮』一九三六・一〇）に同じ文があり、「葉桜と魔笛」（『若草』一九三九・六）には「ただ言葉で、あなたへの愛の証明をする」と、また「古典風」には「○所詮は、言葉だ。やつぱり、言葉だ。すべては、言葉だ」と似たようなフレーズが出てくる。人物としては、「創生記」では「毒物」つまり麻薬中毒で妻に暴力を振るう作家であり、「古典風」は『新ハムレット』と同じく御曹司であった。

「古典風」の美濃は下婢のてると別れた後、実業家の娘と結婚する。いわば、ハムレットがオフヰリヤと別れてイギリスから妃を迎えるようなものだ。「みんな幸福に暮した」とは、言うまでもなく幸福な結末では全然なく、現世において御曹司と下婢との結婚など完遂できないことについての皮肉、もしくは批評的な諦念が含まれているものと読まなければなるまい。「創生記」についてはかつて渥美の論に触れて、渥美のいう「言葉の自己超出作用が、『愛は言葉だ』の思想の根底にあるものと言えよう」という解釈は、「どちらかと言うと有島武郎段階にふさわしい人間主義的な読み方ではないだろうか」と書いたことがある[26]。すなわち「創生記」のエピグラフに、有島の『惜みなく愛は奪ふ』（一九二〇・六、叢文閣）の題名を引用した「愛ハ惜シミナク奪フ」とある。人間の生命力に根ざす本能として「愛」をとらえた有島に対して、「愛は言葉だ」という太宰の発想は、「愛」を実体ではなく関係として理解するものであり、人間の営為の重心を言葉へと置き換える認識論上の切断、すなわち言語論的転回を伴っていると考えられる。

渥美の説を再び検証してみると、「おふえりや遺文」については、前述のような原作との繋がりを除けば、特に異論はなく、小林の言語観と的確に結びつけているものと思われる。ただし、『新ハムレット』のガーツルードの自殺は、テクストに詳しい叙述がなく推測するしかないのだが、第六章の発話からすると、「デンマークのため」と信じていたのが裏切られたと痛感したためと言うべきだろう。また、オフヰリヤが「他の登場人物たちを相対化できる唯一の存在」というのは、「おふえりや遺文」に引きずられた過大評価ではないだろうか。確かにオフヰリヤの言葉はガーツルードを動かしたようだが、ハムレットに対しては、彼の「愛は言葉だ」命題が否定されたわけではない。対話によるフラグメントの集積としてのこのテクストにおいては、誰かは、対話する相手の誰かによって、互いに相対化されると言わなければならない。

もう一度問題の箇所を読むと、ハムレットは「愛は言葉だ」に続けて、「言葉は、神と共に在り」云々と聖書の言葉を引用してみせる。これは「ヨハネによる福音書」の自由な引用であり、（真否は不明ながらおそらくは）期せずして、やはり有島の『惜みなく愛は奪ふ』の冒頭と同じ引用元である。[27] その後、彼は彼女に、「考へてごらん、一ばんはじめ僕たちに、神さまの存在を、はつきり教へてくれたものは、なんだらう。言葉ぢやないか。福音ぢやないか」と言い、それに対してオフヰリヤは、「神さまが、居ります。神さまは、黙つてゐて、さうして皆を愛して居ります」と答える。このオフヰリヤの思想は〈隠れたる神〉（deus absconditus）の観念であり、これについては、「ヴィヨンの妻」論において取り上げたことがある。[28] 興味深いことに、「ヴィヨンの妻」と『新ハムレット』では、男女の立場が逆になっている。すなわち、大谷は「おそろしいのはね、この世の中の、どこかに神がゐる、といふ事なんです」と言い、妻は「神がゐるなら、出て来てください！」と反語めいた言葉で絶叫する。神は出て来ず、お店の客に「けがされ」た妻は、最後に「人非人でもいいぢやないの。私たちは、生きてゐさへすればいいのよ。」と言う。だが、そのような妻によるデカダンスの決意は、彼女が「けがされ」るような試練を与え、それを乗り越えさせた神による恩寵であったかも知れない。大谷と妻、神の存在と非存在との間で、「ヴィヨンの妻」は純然たるパラドックスを構成している。

『新ハムレット』はどうだろうか。この小説の物語において、ハムレットは当初、妊娠問題によって悩み、「自殺」を考えていた。だが、もう一つの疑惑である父王の死について、彼は結末でクローヂヤスの抗弁に対し、「信じられない。僕の疑惑は、僕が死ぬまで持ちつづける。」と述べている。ここでハムレットに多少の変化が認められ、疑惑とともにある生への方向性を示している。ただし、彼が相変わらずニヒリストであることに変わりはない。この直前に、ハムレットが自分の左頬を短剣で切り裂く場面について、山﨑正純は、「ガーツルードの眼に捉えられた掠奪の武器と化した言葉の泥沼の中で蠢く〈裏切者〉の一人としての自覚が、この時彼を襲ったからだった」と解釈している[29]。しかし、前述のように、ハムレットはガーツルードの科白を聞いておらず、また彼女の自殺が告げられるのはこの後である。彼が自分を「裏切者」と思って自己処罰したのはその通りだろうが、それは父に対する裏切りであり、クローヂヤスを「父上」と呼んでしまったことに対する自己批判だろう。それは、疑惑を捨て、ニヒリストに悖《もと》る方向へ歩み出したことに対する自己処罰である。これにより彼は文字通り、黴付きのデカダンとして、疑惑の中に自己を封印することだろう。そして疑惑とは、常に「言葉」の問題にほかならない。

一方、クローヂヤスの抗弁は、ガーツルードの自殺の報を聞き、「わしは、死なぬ。生きて、わしの宿命を全うするのだ。神は、必ずや、わしのやうな孤独の男を愛してくれる。強くなれ！　クローヂヤス。恋を忘れよ」云々というものであった。こちらはどちらかというと、〈隠れたる神〉への信仰において、先のオフヰリヤの言説に近く、ついでながら生に賭ける点において、志賀の「クローディアスの日記」にも近い。山﨑は、太宰が浦口の『新評註ハムレット』から受け取った要素として、「新王にとっての原動力はこの情熱で、その兄殺し事件は決して一種の冷血的所行ではない」という注釈の発想を挙げている。[30]これは右の印象を傍証するものである。そして、原作とは異なり、ハムレット、クローヂヤス、オフヰリヤは三人とも生き延び、少なくとも結末の設定では、各々の生の道をそのままに生き続けなければならない。特にオフヰリヤは子を産み、ハムレットは父として、その子を育てなければならないだろう。かりそめに結論を述べておくならば、『新ハムレット』における「愛は言葉だ」命題は、テクストとしては主張されているというよりも、このような構造において投げ出され、相対化されて、なおかつ問題として残ると言うべきである。

5　アヴァンギャルドとデカダンス

ところで、山﨑の『新ハムレット』論は、渥美以上にオフヰリヤに重点を置いている。[31]すなわち、最終章のオフヰリヤのハムレット批判は「母性の開眼、彼女の妊娠の事実」によって得られた確信に基づいているが、逆に「愛憎の念の相対化とは無縁な所で、母性という一つの殻に閉じこもってしまっている」とも批評する。その結論として、「羸弱なオフィーリアの幼い母性に託された表現への過重な可能性は、敗戦後程無く、観念と認識に汚された母性衰弱の自慰的表現に向かって、太宰の表出の生成と解体のドラマを落ち着き無く演じ始める」という。この結論の後半は山﨑独自の主張であるが、ここでの問題は前段のオフヰリヤ観である。「新オフィーリア」という、平岡敏夫が論文で使った言葉[32]を山﨑も用いているが、オフヰリヤをこのテクストの最終的な境地としてとらえるのは、ここまでの論旨から見て違和感がある。ポイントはむしろ、人物と対話が、単に投げ出されていて容易に止揚されず、畢竟、フラグメントのままに置かれているところにあるのではないか。

前に述べたように、最後に残る三人は、ハムレットとクローヂヤスは王殺しの疑惑について、またハムレットとオフヰリヤは、「愛」と「言葉」との関係について、対立・拮抗したままに結末を迎える。よく参照される前掲の「『猿面冠者』あとがき」で、「クローヂヤスに依つて近代悪といふものの描写をもくろんだ。［…］私たちを苦しめて来た悪人は、この型のおとなに多かつた」として、正宗白鳥ほかの同時代評がそれを見落としたと述べる自作解説は、多くの自作解説がそうであるように、テクストの実態に即しているとは言いがたい。「気の弱い善人」という評価は巧みに弁舌を振るうクローヂヤスには当てはまらず、「先王を殺し」というのは前述のように、再録版本文を最大限好意的に理解するか、あるいは原作を参照しない限り明確ではない。正宗白鳥の評は、『日本評論』（一九四一・九）に掲載された「空想と現実」という文章であるが、これは当然ながら初版本文に基づき、志賀の「クローディアスの日記」と似て太宰作品が、「沙翁の原作では、いやな奴らしく現はされてゐるクローチ《ママ》アスを贔屓にするのは不思議のやうでもある」と述べられている。山口浩行はこれを念頭に、「作品に密かに加筆した上での『あとがき』の発言では、初版形ではクローヂヤスが好意的に読みとられても仕方ないことを、太宰自身認めていたことになる」と評する。[33] 加筆問題を離れても、クローヂヤスにポローニヤスを殺させ、ガーツルードを失わせるのが正宗のいう「贔屓」なのかどうか分からないが、ハムレットに対してクローヂヤスが一方的に否定されているのでないことは確かである。ハムレットは誰も殺さず、恋人のオフヰリヤは死にも発狂もせずに彼の子を宿したままである。従ってある意味では二人を清純なままに残したとも言えるが、だからといってそのことが物語において大きな意味を与えられているとも思われない。

　すなわち、渥美や山﨑が認めたオフヰリヤの素直な心情は、ガーツルードを動かしはしたものの、彼女はオフヰリヤの純粋さに引け目を感じて自らを滅ぼす結果に行き着いた。オフヰリヤは純粋かも知れないが脳天気とも言える。自分の真実と思う言葉をストレートに相手に投げつける彼女は、言葉の怖さというものに無頓着である。ガーツルードが自殺したのはガーツルード自身に主因があったのだろうが、その道筋をつけたのは明らかにオフヰリヤであり、そしてクローヂヤスによるポローニヤス殺害がその引き金を引いたと考えられる。いわばオフヰリヤの問題とは、無垢の暴力にほかならない。また、この三人のうちで最も痛手を被ったのはクローヂヤスであり、ポローニヤスを手ずから殺し、妻ガーツルードを失い、ハムレットの疑惑の眼差しに曝されることになる。他方、ハムレットは、「愛は言葉だ」と、言葉の持つ実効性を認識し、オフヰリヤとは異なって、言葉の恐ろしさを熟知している。そのためオフヰリヤの有する強さの確信を自分のものとすることはできず、疑惑を抱くことを免れえない過敏な意識、肉体から切り離された思弁的な精神を抱えた、徴付きのデカダンとして生き続けなければならない。この錯綜した関係は、到底、「『青年』対『大人』の対立」（小泉浩一郎）(34)というような単純な図式に収まるものではない。以上、これらの諸様相は、いずれもフラグメント形式による対話の集積というこのテクストの構造と合致している。すなわち思想は集約されず、物語の効果としても、カタルシスを迎えないままに小説は幕を閉じられている。その構造は、「葉」（『鶴』一九三四・四）、「二十世紀旗手」（『改造』一九三七・一）、「HUMAN LOST」（『新潮』一九三七・四）あるいは「懶惰の歌留多」（『文藝』一九三九・四）などとも通底し、唯一の意味を固定しない、モザイクあるいはアレゴリーとしてテクストを呈示する。その意味で、『新ハムレット』はいわゆる前期の作品とテクストの様式を共有するものである。そして繰り返すならば、このようなテクストは「単一表現」とはとても呼べない（前述のように、そもそも、字義通りの「単一表現」などは存在しない）。

さらに、山﨑が指摘したオフヰリヤの「母性」の回路は、『新ハムレット』では今述べたような交錯の中においてのみ機能するが、後期に再び大きな反転を遂げて行くことになるだろう。言うまでもなく、「父」（『人間』一九四七・四）、「桜桃」（『世界』一九四八・五）、「ヴィヨンの妻」、「斜陽」（『新潮』一九四七・七〜一〇）そして「おさん」などの、戦後に書かれた珠玉のデカダンス小説がそれである。[35] これらにはいずれも子を抱えた母が登場し、「斜陽」では主人公が母になろうとする。『新ハムレット』の前の年に発表された「女人訓戒」（『作品倶楽部』一九四〇・一）について、ミソジニー（女性嫌悪）とアブジェクシヨン（おぞましさ）の観点から論じたことがある。[36] 女は、〈おぞましき〉もので、放っておくと何になるか分からない代物だが、その〈おぞましさ〉の一環として高い生活力を持っていて、基本的には公序良俗の側にある。子を産み、育てるというジェンダーは、この公序良俗にふさわしい。他方、男は公序良俗に反するデカダンであり、墜ちた天使であって、家庭において意味論的に貴種流離の状態にある。だが、ひとたび女の〈おぞましさ〉が男との関係において本格的に解発されると、それは男をも凌ぐ徹底したデカダンスを帰結する。かず子の「恋と革命」や「戦闘、開始」、「ヴィヨンの妻」の「人非人でもいいぢやないの」は、そのことを示す分かりやすいフレーズである。男女のペアーの相互関係こそが、デカダンスを最大限に発揮しうる。そして太宰にあってデカダンスは、どのような貧困や汚辱にまみれた生活であっても、ぎりぎりのところで生を持続する生命力の論理であり、そしてまたそれを一貫したアヴァンギャルドな創作手法と第二次テクスト形成の手腕によって昇華するような、芸術の論理でもあった。そのように考えるならば、『新ハムレット』はまた、いわゆる後期の作品群とも通底するということになる。それは、生と芸術の態度としてのデカダンスとパラドックスとが結びついた、パラドクシカル・デカダンスであった。以上のように、少なくとも現段階で『新ハムレット』に即して言うならば、太宰における「中期」という区分の発想には、再検討の余地が多分にあるのである。

6『ハムレット』の衝撃

ただし、率直に言って、このテクストには、単純に評価も与えることが難しいように思われる。その理由は何よりも、原作、ウィリアム・シェイクスピアの『ハムレット』が、あまりにも怪物的な作品であるからにほかならない。「もしもスフィンクスが英語をしゃべったら、ハムレットのように語るだろう[37]」という意味で、演劇のスフィンクスなどと呼ばれる

『ハムレット』は、唯一固有の意味を持たない、あるいは逆にむしろあらゆる意味がそこで飽和状態となっているテクストである。太宰は「はしがき」で「LESEDRAMA ふうの、小説」と言っているが、喜志哲雄は、「シェイクスピアの劇団は、この劇を何の装置もない裸舞台で、太陽光線の下で演じたのである」として、「シェイクスピアの劇とは、本質において、言葉によって観客の想像力に訴えるものであった」、また「端的に言うと、この時代の劇は観るものである以上に聴くものであったのだ」と解説している。[38] 小澤博によれば、十八世紀においてシェイクスピアの全集編纂が集中的に行われ、その時代には「〈観〉劇から〈読〉書へというモードの変化」が認められたという。[39] このような性格において、『ハムレット』などのシェイクスピア戯曲は、元々、後代の小説ジャンルなどの読み物と親和性の高いテクストであることを踏まえる必要がある。すなわち、それは近代小説がそうであるように、多義的で、不確定的で、それによって意想外に豊饒な意味を持つのである。

『新ハムレット』は、主として対話によるフラグメントの錯綜によって、このような小説ジャンルとしての意味作用を実現している。ところで、『ハムレット』もまた多種多様な意味解釈を許容するテクストであり、その様相は『新ハムレット』をはるかに凌駕している。たとえば、『ハムレット』に劇中劇があるように、シェイクスピア劇の人物は、頻繁に「人生は芝居だ」という言い方をし、演劇が演劇を問題にするいわばメタ演劇的な局面を帯びていることは先に述べた通りである。これについて喜志は別のところで、「もしも世界が劇場であり、人生が芝居であるならば、人間には、自らの状況の全体が見えず、自らの行動の主体性が信じられず、自らの存在の現実性が確認できないのだということになる」として、それを「人間の認識の限界」と呼んでいる。[40] これはまるで「機械」（『改造』一九三〇・九）を書いた横光利一の世界観そのものである。そして喜志によれば、その結果、この劇の後半のハムレットは、ハムレットを演じているハムレットへと変化を遂げている。いわば『ハムレット』は、一つのテクストの中に第二次テクストを内包しているようなテクスト、さしずめ太宰であれば「道化の華」や「女の決闘」に相当するようなテクストなのだ。従って、メタフィクションの作家太宰が、メタ演劇『ハムレット』を取り上げて翻案することはいかにも自然の成り行きなのだが、いかんせん原作のメタフィクション性は既に、容易にそれを超えることの出来ない強度を持っていたと言わなければならない。

次に、『新ハムレット』の眼目の一つと思われる「愛は言葉だ」について、関曠野は、原作『ハムレット』のハムレットとオフィーリアとの関係に即して「言葉の問題は、すなわち愛の問題である。言語が欺瞞と虚飾の道具でないかどうかは、〈愛〉という語が真実に愛を意味しうるか否かによって測られる」云々と、前に引いた渥美の論とよく似た解釈を展開している。[41] 今は『ハムレット』の当該箇所を検討することが問題なのではない。重要なのは、「愛は言葉だ」の命題は、前に述べたように太宰自身のコンテクストから出たのだが、実は原作『ハムレット』の中にもあるということである。そして、極めつけはオフィーリアやガートルードも含めた女の〈おぞましさ〉のイメージである。関が、オフィーリアを性的商品としての娼婦として解釈したことは先に触れた。笹山隆によれば、一九七〇年に発表された『ハムレット』の翻案、『ザ・マロウィッツ・ハムレット』は、「オフィーリアのうちに性的乱交への欲望を認め、コラージュの中では、彼女を廷臣たちの愛玩物に仕立てて、宮廷中の誰彼と見境なく接吻させる」という破天荒な物語である。[42] だが笹山によれば、これは「必ずしも奇想天外とは思われない」。なぜならば、狂気のオフィーリアには、もともと「天使と娼婦」という二重のイメージが存在するからである。似たような状況はガートルードにもあると言う。とすれば、「女人訓戒」以降、戦後作品にかけて大きく開花する太宰のミソジニーとアブジェクシヨンも、実は『ハムレット』において既に先取りされていたということになる。

よく引用される太宰の一九四一年八月二日付け井伏鱒二宛書簡において、太宰はこの小説を意気込んで書いたものの、「けれども、事後に於いては、／自分の現在の力の限度を知りました」と珍しく素直なことを述べている。しかし、言うまでもなく「力の限度」があるのは誰でも同じことであり、これは創作に失敗したということではない。太宰のテクストは、第二次テクストとしての〈mutation〉と〈variation〉を確かに孕みつつ、シェイクスピアの系譜に確固とした位置を占めているのである。第二次テクストは、第一次テクストを超える必要はなく、超えたか否かを決めることはできず、またそれは重要でもないのだ。そして、大胆な仮説を立てるならば、これだけの快作を浦口新評註などを参照して熟読玩味し、そして翻案を企てる作業が、作家太宰治の内部に何物をも残さなかったはずはない。これまで、論述の便宜上、点々と見てきた多方面に亙る『ハムレット』の衝撃は、以後の太宰の創作史に何らかの波紋を投げかけたとは考えられないだろうか。たとえば『新ハムレット』の高々五年後、一九四六年に太宰は「冬の花火」「春の枯葉」の戯曲二部作を書く。これまでこれらは、戦後的なものという観点からしか見られてこなかったが、いずれも不義・不貞を核とする作品を、ほかならぬ戯曲の形で書いたことは、このシェイクスピア『ハムレット』の衝撃による余波の一つではなかっただろうか。あるいは、これまで引き合いに出してきた「ヴィヨンの妻」「斜陽」「おさん」なども、むしろ、『ハムレット』から太宰が学んだことの具現ではないかとも見えてくる。すなわち、大谷の妻、かず子、「おさん」の妻らは、いずれも、戦後日本に墜ちた、天使にして娼婦のオフヰリヤではなかっただろうか。しかし、この問題に関しては、今のところ、比較文学に要求される実証的な証明が全く存在しない。今は純然たる仮説として、今後来たるべき日に再び、太宰のパラドクシカル・デカダンスを考える際の目安にするにとどめたい。

第四章　谷川俊太郎
――テクストと百科事典――

1　沈黙　言葉　世界

文芸ジャンルと様式の一覧表とも言うべきノースロップ・フライの『批評の解剖』には、文学の重要なタイプの一つとして百科全書的形式（encyclopaedic form）が挙げられている。[1] それは詩人が「全体的世界観」を表明するために、「神託」などの挿話を核として展開する壮大な形式である。フライが例として挙げるのは、『オデュッセイアー』『エッダ』『聖書』『マハーバーラタ』『ラーマーヤナ』『薔薇物語』『カレワラ』などの神話や叙事詩、『神曲』『トリストラム・シャンディ』『白鯨』『ブヴァールとペキュシェ』『失われた時を求めて』『ユリシーズ』『フィネガンズ・ウェイク』『荒地』などの近代作品群である。フライが比喩として用いている現代的な百科事典は、十八世紀にイギリスのチェンバースや、フランスのディドロ、ダランベールらが編纂したものが先駆けであった。今では図書館で一定のスペースを必ず占有しているほか、電子化・ネットワーク化されて新たな機能と用途を見出されていることは周知の事柄である。

すべてのものを円環（cycle）の中に入れるという百科事典の発想は、洋の東西を問わず世界を明晰化しようとする人間の知性の所産であり、透明へ向かおうとする意志の表現であると言うことができる。文学がパロディの形でこの形式を借りるのは、いずれにせよ、そこに人間の理性を対象化する扉が開いているからにほかならない。ところで、ここに文字通り百科事典形式のパロディである詩集『定義』（一九七五・九、思潮社）を書いた詩人がいる。谷川俊太郎は、『二十億光年の孤独』（一九五二・六、東京創元社）以来、今日まで多数に上る詩集のほか、膨大な数の童話・絵本・翻訳などを発表している、現代日本を代表する作家の一人である。本章では、数多くの谷川の詩集群においてもひときわ特異な形状を呈する『定義』を中心として、テクストと百科事典との関連を解きほぐし、またその前後に目盛りを動かして、谷川詩のポエジーの概略について考えてみよう。

まず、初期から一貫して谷川詩の底流をなしている様式についてまとめておきたい。(2) 谷川は、表面上、いわば変貌する詩人である。彼のレパートリーには、ソネット形式、事典文体、手記風の詩があり、ナンセンス詩や〈偽書〉形態までがある。『日本語のカタログ』（一九八四・一一、思潮社）はカバーの宣伝文を借りれば、「この本は沢野ひとしさんや山岸涼子さんのマンガ、ビデオのプリント、写真、谷川さんの足型などなどが入った過激な新詩集」であり、『詩めくり』（一九八三・一二、マドラ出版）は題名の通り一編ずつの詩を配した日めくりであり、『モーツァルトを聴く人』（一九九五・一、小学館）には、「ピアノ・ソナタ第一一番イ長調」第一楽章（主題）のほか十曲のモーツァルトと、谷川の自作朗読を収録したCDの添付された版がある。

自らもスタイルを更新し続ける理由を、谷川は大岡信との自作をめぐる対談『批評の生理』（一九八四・三、思潮社）において、「或る書き方で或る程度書いていくと、必ず自分のなかの一種の批評精神といってもいい内心の声が、こんなことを続けていたってしようがないじゃないかと、ささやきかけてくる」と述べている。[3] この「内心の声」こそ詩人としての資質の証なのだろうが、これに従い、谷川は継続的に多様な詩法のヴァリエーションを試みている。だが、そこには一つの基調が変わらずに認められると思われる。これほど多産な詩的営為の根幹に存在するものは、意外にも、詩人が武器とする言葉が世界をとらえることの不可能性の認識なのである。

その徴表は、彼の詩において頻出する、「沈黙」という語彙である。例えば『六十二のソネット』（一九五三・一二、東京創元社）の「57」では、「私が歌うと／世界は歌の中で傷つく」と、詩的な言語使用が世界を損傷することを歌っている。

私が歌うと
世界は歌の中で傷つく
私は世界を歌わせようと試みる

だが世界は黙っている
［…］
かれらは私を呪いながら
星空に奪われて死んでしまう
——私はかれらの骸を売る

（「57」）

この「私」にできるのは、世界をとらえられずに果てた言葉の「骸を売る」ことでしかない。『あなたに』（一九六〇・四、東京創元社）所収の「もし言葉が」には、「黙っていた方がいいのだ／もし言葉が／一つの小石の沈黙を／忘れている位なら」とある。

黙つていた方がいいのだ
もし言葉が
一つの小石の沈黙を
忘れている位なら
その沈黙の
友情と敵意とを

慣れた舌で
ごたまぜにする位なら

（「もし言葉が」）

世界の側の本質は沈黙であり、詩人の言葉はそれに対して無力なのである。ここには、言葉によっては到達しえない、世界の不可触性の実感がある。三浦雅士は、「谷川俊太郎にとっては、書くことではなく沈黙することこそが世界に調和することである」と述べている。[4] また『六十二のソネット』の「11沈黙」では、声の失われた後、悲しみの先、生と死との間などという、要するに言葉で語りえない境地を言葉で語ることという、パラドクシカルな状況が描かれている。ただし、そこに神を導入することは拒絶される。

沈黙が名づけ
しかし心がすべてを迎えてなおも満たぬ時
私は知られぬことを畏れ――
ふとおびえた

［…］
私は神——と呟きかけてそれをやめた
常に私が喋らねばならぬ
私について世界について
無智なるものと知りながら

（「11沈黙」）

「私」は、声も言葉も失った無知な状態ながら、しかし「常に私が喋らねばならぬ」と、喋ることだけは自分に命ずるのである。これらは、言葉では語ることができないということについて、言葉で語ろうとする詩、パラドックス的な詩である。詩人たる機能が果たしうる操作、つまり言葉が世界をとらえることへの自己懐疑をテクストの核とし、だが発語を放棄せず、敢えてそのような懐疑を帯びた言葉で展開しようとする。ここにあるのは、詩というジャンル、あるいは発語という人間の能力自体への自己言及的な眼差しにほかならない。その自己言及性がパラドックスを生むのである。

寺山修司は、言葉は基本的に「すべて嘘」であり、言葉によって「現実の一回性」を伝達・共有することはできないにもかかわらず、その再生や再現が可能であると考える詩人たちがある。「そうした詩人たちに対して、谷川さんは常にラジカルに、『書く』ということの意味に立ち戻っていた——という気がします」と鋭く指摘している。[5]寺山の言う「二度目の現実」を、言葉というものが本来持っている虚構性、すなわち根元的虚構と言い換えることができる。谷川俊太郎の沈黙の詩は、言葉の根元的虚構性に留意しつつ、詩というジャンルそのもの、詩人の営為自体への反照的な省察を、まさに詩として呈示した、詩についての詩、メタポエジーとでも呼ぶべきものにほかならない。これこそが、谷川詩の魅力の根幹であり、旺盛な制作活動を支えてきた力であると言っても過言ではないように思われる。

マックス・ピカートは、「沈黙は一つの始原の現象、つまり、もはやそれ以上何物にも還元され得ない一つの本元的な事象である」と述べ、言葉を始めとした世界のあらゆる事象は沈黙から生まれ出るものととらえた。[6]言葉が人間存在の根幹をなす能力であるとすれば、沈黙もまたそれと表裏の関係にあるはずである。谷川の詩は、この沈黙の凝視を起点として、次のように多岐に展開している。

(1) 自我・実存の問題

最初期の詩集『二十億光年の孤独』や『六十二のソネット』で盛んに取り上げられるのは、自我や実存の問題である。「人類は小さな球の上で／眠り起きそして働き／ときどき火星に仲間を欲しがったりする」(「二十億光年の孤独」、『二十億光年の孤独』)などの「人類」「地球」規模の視点、「そして私はいつか／どこかから来て／不意にこの芝生の上に立っていた／なすべきことはすべて／私の細胞が記憶していた／だから私は人間の形をし／幸せについて語りさえしたのだ」（「芝生」、『夜中に台所でぼくはきみに話しかけたかった』）とする偶然的到来者として自己認識などは、初期谷川の〈異星人〉意識の表出として有名である。ただし、「私は私の不在にとりかこまれている」（「52」、『六十二のソネット』）という自己意識の失調の感覚は、言葉で世界をとらえられないということ、すなわち不可触な世界と主体との間の距離の認識とも同列のものである。今井裕康（三浦雅士）が、「谷川俊太郎においては、自己自身を異星人であると看做すことと沈黙を至高のものと看做すことは表裏である。いずれも自己の自己自身からのへだたりが、へだたりのこだわりが生み出したものである」と述べる通りである。(7)

（2）言葉による他者とのコミュニケーションの困難

これについては、『愛について』（一九五五・一〇、東京創元社）、『あなたに』、『夜中に台所でぼくはきみに話しかけたかった』（一九七五・九、青土社）などの主題を形作っている。「愛しあっている二人は／黙ったまま抱きあう」（「沈黙」、『あなたに』）。俗に、愛に言葉は要らないなどと言うが、これらの詩においては、言葉はあってもそこに意味がないのである。このコミュニケーションの問題については、後にまた触れよう。

（3）言葉による世界把握の不可能性

これは、いわば存在論的な詩のあり方の問題である。この問題は『定義』において厳しく追求され、『コカコーラ・レッスン』（一九八〇・一〇、思潮社）などでも再び問題とされている。これが本章の大きな課題となる。ロマン主義者ならば、主体と世界との間の距離を短縮しようと憧れるのであるが、谷川はそうはしない。だからこそ、存在論的な詩と呼ぶのである。

（4）発語そのものの条件

これについては、『ことばあそびうた』（一九七三・一〇、福音館書店）や『日本語のカタログ』などが際立った切り口を見せている。「かっぱかっぱらった／かっぱらっぱかっぱらった」（「かっぱ」、『ことばあそびうた』）や「いるかいるか／いないかいるか」（「いるか」、同）などのナンセンス詩、地口、語呂合わせは、言葉がメッセージ以外の仕方で機能を果たす、言葉の原初的可能性、あるいは言明可能性条件のフィールドの隈なき探索という意味において、あの沈黙への加担から遠く澪を引いているものと思われる。またそのナンセンス性は、日常のテクストからのスクラップ帳である『日本語のカタログ』において、「詩的なるもの」の限界的な条件を探ろうとする試みともどこかで呼応していると言えるだろう。

2 『定義』——百科事典のパロディ

(1)「メートル原器に関する引用」

さて、以上のことを基礎として、詩集『定義』の再読を試みよう。この全二十四編の散文詩から構成された詩集は、日本の近代詩集のなかでも特筆すべきものの一つと思われるが、内容も複雑で、簡単に全体を論じ切ることはできない。ここでは、幾つかの詩を選んで、その特徴を明らかにする。まず、冒頭の詩「メートル原器に関する引用」である。これは、極めて挑発的なテクストである。

メートル原器は白金約九〇パーセント、イリジウム約一〇パーセントの合金でつくられており、その形状はトレスカ断面と呼ばれるX形に似た断面をもつ全長一〇二センチの棒であって、この両端附近の中立面を一部楕円形にみがき、ここに各三本の平行な細線が刻んである。[…]

(「メートル原器に関する引用」)

これは末尾に「＊平凡社刊・世界大百科事典による」と記載されているように、百科事典からの文字通りの引用であり、百科事典文体のサンプルと言うことができる。取り敢えず、百科事典スタイルとは、対象の細密な解説記述、すなわち対象指示の文体であると定義しておこう。本文中では順を追って、メートル原器の組成・形状・機能が書かれ、さらに歴史と現状が記される。これは確かに対象指示の文体である。しかし、厳密な意味で、すなわち複写という意味でこの記述がメートル原器の正確な写実であるということはできない。そもそも写実というものは、対象から必要な情報だけを取り出し、ある一定の文体によって呈示するような、取捨選択と様式化の作業にほかならないのである。たとえば、一般に大人向けの百科事典はです・ます体では書かれていず、メートル原器の記述には、その記述を構成する一語一語、たとえば「メートル」や「原器」という語の意味の説明までは含まれていないのである。ここにあるのは、もっともよい場合にでも写実と呼ばれるある種のスタイル（様式）であり、端的に言って、あの「二度目の現実」、すなわち一種の虚構にほかならないのである。

ところで、その文体は一見、次の「非常に困難な物」以下、詩集の最初の方の創作による詩のそれとほぼ変わるところがない。この引用文は、詩集の冒頭に引用されることによって、本来の百科事典スタイルの様式性・虚構性を逆説的に明らかにしてしまうのである。日常的なコンテクストに置かれていた場合には見えていなかった様式性が、詩というジャンル、あるいはフレームによって枠どられたがために、極めて鮮明に見えるようになったのである。これは、見慣れたものを、見慣れないものとして表現するという、ロシア・フォルマリストの言う異化の好例である。あるいは、マルセル・デュシャンが、単なる便器に「泉」（一九一七）というタイトルをつけて美術展に持ち込んだことにより、レディ・メイドという新たなジャンルが開かれ、芸術の芸術性の問題が逆にあぶり出されたこととも似ている。

大岡信はこの詩について、「メートル原器の定義と同じくらいの無駄のない正確さをめざして、日常生活万般に関する定義をやってみようという作者の意図が語られている」（『批評の生理』[8]）と見ているが、これは逆だろう。むしろ定義や百科事典記述というものが、一般的に虚構であることをこの一編は明らかにしているからである。しかも、その記述対象は何でもよいものではなかった。

日本のメートル原器はこれと同時につくられたナンバー二二で、その長さは一九二〇年〜二二年に行われた定期比較で一メートルマイナス〇・七八ミクロンという値が与えられていたが、日本は一九六一年計量法を改正してメートルを光の波長で定義したので、メートル原器はその任務を終っている。

＊平凡社刊・世界大百科事典による

（「メートル原器に関する引用」）

メートル原器は、かつては現役であったが、現在では光の波長によって定義され、「任務を終っている」とされる。ニュートン的な物理学の単位であったものが、相対性理論において特権づけられた光に取って代わられたのである。これは、ニュートン的な均質時空間論の終焉と、そのような近代主義的・合理論的な厳密さそのものを、相対化する姿勢を示しているのではないだろうか。

ここで採用された百科事典記述のレトリックは、本詩集に収められた創作詩においても踏襲される。谷川自身は『批評の生理』で、この詩集を定義のパロディとするために、この引用を冒頭に置いたと述べ、「こういう擬似科学的な記述が詩になり得る可能性をもっている、そんな妙な言説状況がいまわれわれをとりまいているってことね」と指摘している(9)。つまり、このパロディは、百科事典というジャンルに対するパロディであるのみならず、同時に、詩というジャンルのパロディともなるわけである。「そんな妙な言説状況」という言葉は、詩と、詩ならざるものとの境界線、すなわち確固としたジャンルとしての詩が解体しつつある現代を照射している。デュシャンのレディ・メイドが芸術になりうる時代は、また単なる百科事典記述が詩となりうる時代でもあるのだ。その時、いったい芸術とは、詩とは何のことを言うのだろうか。実に『定義』は、平凡社版『世界大百科事典』の引用だけによって、詩の本質への問い、「文学にできること」は何かという回路を開くことに成功したのである。そしてこの問いかけはまた、『定義』所収詩編全体を覆うものでもある。

(2)「非常に困難な物」

続いて、「非常に困難な物」を見てみよう。何が困難だというのだろうか。

> その表面は灰色と白に彩られ、その容積はあきらかに半立方米を超えていない。側面に、ソフトホワイトスコッティⓇフリーフォールドの文字がある。[…]それは美しいのか醜いのか、私には断言できぬ。それが何であるか、私はすでに読者に語っただろうか？
>
> （「非常に困難な物」）

記述は着々と進み、不明なことは何もない。これは非常に容易なものである。だが、最後の二つの文によって、その容易さは裏切られる。「それは美しいのか醜いのか、私には断言できぬ」。この「断言」は、命題の言明として理解できる。美醜のような主観的・相対的価値は、命題を構成しえない。定義文体は、専ら命題の形を取る。「それが何であるか、私はすでに読者に語っただろうか?·」。これは、直接には「側面に、ソフトホワイトスコッティⓇフリーフォールドの文字がある」という命題で語られている。だが、美醜を抜きにして、「それが何であるか」の定義は完成しうるのだろうか。つまり、定義文体は、文体である限り、定義そのものとイコールではないのである。一般的な定義文体は、真理条件によって真偽が決まる命題の形を取るのだが、対象の厳密な記述という、定義の根元的（radical）な目的からすれば、主観的であるが言明可能な言葉もまた、定義の一角を占めるはずである。完璧な定義が、主観的価値をも含むものとされるとき、それはむしろ定義文体によっては語ることができないものとなる。最も容易なものであっても、非常に困難なものとなる。その困難さは、定義の限界と関係するものである。

(3)「そのものの名を呼ばぬ事に関する記述」

ここで示唆された定義の困難性は、次の「そのものの名を呼ばぬ事に関する記述」において一挙に定式化される。

その上縁は鋸歯状をなしていて、おそらく鋭利な工具によって切断されたものに違いない。その下縁は今、向う側に折れ曲った状態で私の視線の届かぬ所にあるけれど、その形態が上縁同様である事はほぼ確実に想像できる。左右の縁は上下の縁と直角の直線に切断されていて、こう記述した事により私はそのものの形状を、大きさと質感以外の面から明白にしたと言える。［…］

（「そのものの名を呼ばぬ事に関する記述」）

まず、形状・大きさ・組成・外見について、百科事典スタイルに則って記述される。だが、大きさの項目で、「インチ或いはセンチメートル等の単位はもとより相対的なものに過ぎない」というのは、冒頭のメートル原器と関連づけられそうである。単位の原器の記述が虚構的であり、つまり相対的であるとすれば、単位そのものも相対的となる。また「そのものは私にとっては不可触である。言語によってそのものを記述する行為に、或るささやかな聖性を与えたいと望んでいて、私は一種の禁欲を自らに化さざるを得ないと感じている」。これは、これなくしては『定義』という詩集が成立しえなかったと思われる立脚点にほかならない。この「不可触」の意味は、対象を元の位置から動かさないということに過ぎないが、対象に触れても、その立脚点に変わりはない。実際、谷川自身も『批評の生理』でこの詩に触れて、「言語によって表現しようとすれば、すべてのものは不可触になる」と述べている。[10] これは、先述の事柄と合致するものである。

ところで、この対談では、この詩の記述対象がチューインガムの包み紙であることが明らかにされている。詩の本文中には、「表面は平滑ではなく、いわゆる梨地状をしていて、そこはHARISという文字群による一種の地紋が認められる」という一節がある。「ハリス」は、一九五〇年代から六〇年代に大きな売り上げを誇ったガムの商標であり、当時の読者には周知のことだっただろう。従って、いわば謎解きとしてはここで答が示されていることになる。一方この詩では、既に知っているその「名前」をあえて記さないことが、「一篇の主題である」と明記されているが、それはどのような「主題」なのだろうか。というのは、「ガムの包み紙」というのは、属性表現（意味、meaning）であって名前（指示、denotation）ではない。むしろ名前（商標）である「HARIS」は、何の名前であるのか、あるいは名前であるかどうかを明記しないままに既に明示されている。これは分析哲学の永遠の争点の一つである、「宵の明星」「明の明星」と「金星」との区別、あるいは「翼のある馬」と「ペガサス」とをどのように区別するかという問題と関わっている。ガムの包み紙には、「金星」や「ペガサス」や「HARIS」に相当する名前はないのである。この詩の本文の記述は、定義文体が指示を重視するがゆえに、そのパロディとして、極めて意図的に属性表現となることを避けている。つまり、「ガムを包んでいる紙」という類の機能や用途は排除されている。機能や用途、つまり意味とは、対象と人間との関係にほかならない。つまり、先の「非常に困難な物」で美醜の感覚を排除したのと同じように、この詩では、対象への人間主義的な接近、距離の短縮が排除されており、それが「不可触」たる所以なのである。

本来の名前（この場合は普通名詞）のない対象について、名前の代理となるような属性表現を避けること。このうえなく精密な描写が、逆に決して対象を厳密に指示しないことを、この詩は明らかにしている。これは、対象指示を旨とする百科事典文体のパロディであり、ひいてはあらゆる対象指示という観念自体に対するパロディでもある。私たちの日常は、科学的で合理的な指示よりも、むしろ曖昧で文化的な意味によってこそ担われている。そもそも、指示は、たとえばペガサスを「ペガサスるもの」と言い換えることによって意味に変えられると述べたのは、分析哲学者のクワインであった(11)。考えてみれば、金星は金の星であり、ヴィーナスはローマ神話の女神であって、名前も最初は人間との関わりに由来するのである。この詩は、本来の名前を持たない対象について、意味を隠し、徹底した指示だけを突出させることによって、逆に対象が不可解なものとなる事態を作り出しているのである。

この「そのものの名を呼ばぬ事に関する記述」までの三編で、パロディとしての『定義』の基本はほぼ定式化されたと言える。これより先の詩は、より自由に、谷川的ないわば反―定義（anti-diffinition）を展開するセクションに突入している。それぞれにユニークな残りの詩について、あえて共通特徴を取り出すとすれば、それは反復だろう。ヴィクトル・シクロフスキーが異化の理論において、知覚過程の「引き延ばし」の代表として挙げたのが、この反復の手法であった。[12] 谷川も『批評の生理』で、「同語反覆には前から関心があるんだ」と述べている。[13]

(4)「道化師の朝の歌」

たとえば、「道化師の朝の歌」はどうだろう。

> それは在るのではないだろうか。何かなのではないだろうか。[…]
> だがもし何かであるなら、たとえ誰にも使用されぬとしても、何でもいいとは思えないと思われる。何か何かであってほしいような気がする。何かでないはずはないのではないだろうか。何かでないとしたら、いったい何でありうるのか。何か以外に何もないではないかではないか。
> […]

貝、縄、眩暈などと言うのはたやすすぎるから、それは何か以外の何ものでもないほど、何かであれ、ごろんと、又はふわふわと。
（正直なところ、世界がそこで始まってくれるといい、或いは——終ってしまってもいいと思うのである）

（「道化師の朝の歌」）

「それは在るのではないだろうか。何かなのではないだろうか」から始まるこのテクストは、極めて顕著に、「ないだろうか」または「思う」または「かしら」などの、推測表現の反復へと、読者の注視を誘うような構造となっている。また、その推測表現への注視は、傍点によって強調される。こんなに推測ばかりしている百科事典があったとしたら、そのような事典は読者から信用されなくなることだろう。

これが定義というジャンルのパロディであることは、第二段落に形状や位置、あるいは性質についての百科事典文体の痕跡が残されていることからも分かる。しかし、反復するエクリチュールの強度のみが前景化され、表意内容としての対象描写は、ほとんどどうでもよいものとなっている。(14) しかも、第三段落に至って、その反復も秩序だったものではなく、異様なメタモルフォーズを遂げる。「何かでないとしたら、いったい何でありうるのか。何か以外に何もないではないかではないか」。次に第四段落。「何かだとしたら何なのだろうかとは問えぬ何か、何でもないと答えることのできぬ何か、何か何ではない何かであっていいと思うのではないか」。これらにおいて、「何か」という不定代名詞と、「ではないか」という問いかけの文末表現は、日常的に与えられている位置よりも格上げされる。逆に、指示対象は、このテクストでは無化されている。第五段落の、「何かであれ。ごろんと、又はふわふわと」。「ごろん」と「ふわふわ」は、かなり背反する形容であり、そのような対象は、具体物としては不可能、あるいは不必要であることが示唆される。

　ここでは、指示が否定されるのみならず、指示するための主語・述語関係そのものが自立化し、いわば物象化され、完全に指示対象を欠いた純粋な表意体（signifiant）の戯れだけが実現されているのである。その骨頂は、最後の二行である。「（正直なところ、世界がそこで始まってくれるといい、或いは――終ってしまってもいいと思うのである）」。これはミスプリントではなく、二倍角単柱の横に傍点が付されてある。さて、この傍点は、いったい何の強調なのだろうか。強いて言うならば、選択に伴う躊躇の強調だろうか。否、強調すべき表意内容（シニフィエ）は、何もないのではないか。これは純粋な表意体の戯れにほかならない。しかも、この一文の表意内容は、世界がそこから始まり、あるいは世界がそこで終わるようなある地点について語っている。世界の起点であり終点であるような土地とは、純粋な表意体の戯れであるような場所である。そこでは、実体としての対象や、実体に向けられた対象指示は無に過ぎない。言葉が決して世界をとらえず、言葉自体を呈示するのみの場所。むしろ、定義ができないことこそが、世界の生地の状態なのである。

(5)「なんでもないものの尊厳」

次の「なんでもないものの尊厳」も同様である。

なんでもないものが、なんでもなくごろんところがっていて、なんでもないものと、なんでもないものとの間に、なんでもない関係がある。なんでもないものが、何故此の世に出現したのか、それを問おうにも問いかたが分らない。［…］なんでもないものを、一個の際限のない全体としてとらえることは、それを多様で微細な部分としてとらえることと矛盾しないが、なんでもな（以下抹消）

——筆者はなんでもないものを、なんでもなく述べることができない。筆者はなんでもないものを、常に何かであるかのように語ってしまう。その寸法を計り、その用不用を弁じ、その存在を主張し、その質感を表現することは、なんでもないものについての迷妄を増すに過ぎない。なんでもないものを定義できぬ理由が、言語の構造そのものにあるのか、或いはこの文体にあるのか、はたまた筆者の知力の欠陥にあるのかを判断する自由は、読者の側にある。

（「なんでもないものの尊厳」）

「なんでもないもの」という言葉が、実体のない対象として非—措定され、その実体のない対象をめぐる定義記述の堂々めぐりが前半をなしている。「なんでもないもの」は何かである、という定義は、論理としては成り立たない。それは「Aは非Aである」式の矛盾律に抵触するパラドックスの論理となってしまう。その結果、「なんでもないもの」は不可触な、「尊厳」に満ちたものとなる。しかし、「筆者はなんでもないものを、なんでもなく述べることができない」というのは、真理条件に抵触する文であっても、言葉として言明することは可能であるからである。後期ウィトゲンシュタインのいわゆる言語ゲームがこれにあたる。ここに露呈されているのは、真理条件と主張可能性条件とのずれにほかならない。すなわち、発語というものが内に抱える未知の可能性、それこそが、「なんでもないものの」の「尊厳」を支えるものなのである。

これらの詩は、反復とパラドックスによって言語の明晰さに疑問符を施し、その活動そのものを文体として刻印されたものと言うことができる。そのような刻印は、「鋏」における「これは今」の反復、「コップへの不可能な接近」における「それは……である」という語法、「擬似解剖学的な自画像」における「私は……をした」の反復、「祭儀のための覚書」における「君は……せよ」「君は……をするな」式の文体、「開かれた窓のある文例」における「いや開かれた窓は……」の繰り返し、「隠された名の名乗」における「初めての名は……」「二番目の名は……」「三番目の名は……」の加算方式などとしても現れる。また、「灰についての私見」における、白と黒との相補性を語る対称性の構成をもこれに加えることができるだろう。その他、『定義』には、言葉による世界の構築について語った「壹部限定版詩集〈世界ノ雛型〉目録」や、「喉の暗闇」などの問題作も含まれている。

3　りんごから世界の連環へ

ところで、では谷川の詩は言語の不可能性についてだけ語ったパラドックスに過ぎないのだろうか。そうではない、と考えられる。そこで、この反復表現の代表でもある「りんごへの固執」を取り上げ、谷川の詩におけるりんごの系譜を考慮に入れながら、八〇年代以降の谷川詩の特徴に話を進めて行こう。

谷川の詩にとって、りんごとは特権的な対象である。「悲しみはむきかけのりんご／比喩ではなく／詩ではなく／ただそこに在る／むきかけのりんご」とうたう詩集『あなたに』の有名な詩「悲しみは」によって、それは眩しく印象づけられた。ここで「悲しみ」は、自我の属性ではなく、自我とは別に存在する実体のように感じられる。突き放された悲しみ、同一化できない悲しみであり、中原中也の「汚れつちまつた悲しみに……」（『山羊の歌』）の遠い延長線上にある。だが、中原の場合には、顕著な音数律に乗せたあざといまでの抒情によって、「悲しみ」は一度は突き放されるものの、結局は主体化され、それとの一体化が「……」の余韻・余情とともに表出される。それに対して、谷川の場合には、「ただそこに在る」という形にとどめ置かれ、対象との間の距離をロマン主義的に短縮しようとはしないのである。「言葉」も「心」も、この実体化された「悲しみ」の前には無力である。癒されない悲しみ、不条理な悲しみであり、事物の即自存在がその悲しみを主体化から阻む壁となっている。しかしながら、今度はその「悲しみ」との同居それ自体が、「りんご」「夕刊」「乳房」「夕暮」など、世界の存在者の連環の中に位置を占めていることとの実感となるのである。人間の世界内存在としての限界性が、人間の生存に最後の砦を提供するという逆転現象が、ここには認められるように思われる。ここに悲しみはあるが、絶望はない。世界は、事物は、不可触であるけれども存在しており、その存在の中に自分もあるからである。

(6)「りんごへの固執」

そして、『定義』集中の「りんごへの固執」は、この特権的な事物を、指示の不確定性によってそれこそ特権的に異化し、鮮明に呈示している。

紅いということはできない、色ではなくりんごなのだ。丸いということはできない、形ではなくりんごなのだ。酸っぱいということはできない、味ではなくりんごなのだ。高いということはできない、値段ではないりんごなのだ。きれいということはできない、美ではないりんごだ。〔…〕紅玉だ、国光だ、王鈴だ、祝だ、きさきがけだ、べにさきかけだ、一個のりんごだ、三個の五個の一ダースの、七キロのりんご、十二トンのりんご二百万トンのりんごなのだ。〔…〕消毒されるりんごだ、消化されるりんごだ、消費されるりんごである、消されるりんごです。りんごだあ！　りんごか？
それだ、そこにあるそれ、そのそれだ。［…］その。いくら食べてもいくら腐っても、次から次へと枝々に湧き、きらきらと際限なく店頭にあふれるそれ。何のレプリカ、何時のレプリカ？
答えることはできない、りんごなのだ。問うことはできない、りんごなのだ。語ることはできない、ついにりんごでしかないのだ、いまだに……

（「りんごへの固執」）

この詩の手法は、『定義』の公約数である断定表現の反復的重畳効果により、表意内容を無化し、表意活動それ自体へと読者の注視を誘う仕方によっている。言葉は、一度発語されれば十分なのであって、何度も何度も繰り返されることにより、メッセージ内容は後退し、語っているということ自体が顕示される。その結果、「りんご」は確実に実感される実体でありながら、にもかかわらず言葉で語ることができないという二律背反の中に、その姿ならぬ姿を現す。ウィトゲンシュタインは『確実性の問題』（一九六九）において、確実と思われる事柄について確実に語ることがいかに困難であるかについて、実に六七六章の断片を費やして論じたのだが、谷川の詩的営為はこれに準えることのできる事業である。谷川のテクストは、言語哲学者が言語と存在との関係について千言万語を費やして議論している内容についての、詩的な示唆にほかならない。これは、「りんご」について語っているということについて語っている詩なのである。最終的に残るのは、不可触な対象「りんご」と、その不可触性の相関者たる詩的発語以外にはない。沈黙するにしくはないと信じながらも、なおかつ憑かれたように語り続ける言葉の亡者。これらのテクストの発話主体は、そのようなパーソナリティを備えた語り手なのである。

しかし、なぜりんごなのだろうか。りんごは、被子植物の生殖活動の結実であり、種子と栄養物からなり、鳥獣や昆虫による散種を媒介する交通の媒体でもある。それは、世界のミニチュアにほかならない。なぜならば、今むかれ、むきかけのまま放置されているりんごは、侵食と崩壊、生殖と発生の途上にある、死すべきまたは生まれるべき、世界と生とのメタファーとなるからである。このようなりんごの比喩は、九〇年代の詩集『魂のいちばんおいしいところ』（一九九〇・一二、サンリオ）のタイトルとなった詩において、さらに決定的な形で現れる。

神様が大地と水と太陽をくれた
大地と水と太陽がりんごの木をくれた
りんごの木が真っ赤なりんごの実をくれた
そのりんごをあなたが私にくれた
やわらかいふたつのてのひらに包んで
まるで世界の初まりのような
朝の光といっしょに

何ひとつ言葉はなくとも
あなたは私に今日をくれた
[…]
そうしてあなたは自分でも気づかずに
あなたの魂のいちばんおいしいところを
私にくれた

（「魂のいちばんおいしいところ」）

この詩で、りんごは、「神様」―「大地」―「りんごの木」―「あなたのてのひら」を経由して、私に受け渡される。りんごは世界の一部であり、それはこのような隣接性において世界との間にメトニミー的な関係を結ばれ、また先のメタファー的な関係によっても、世界と私との間の関連を付与される。さらに、「まるで世界の初まりのような」という修飾は、旧約聖書『創世記』のアダムとイヴが蛇のそそのかしによって食べて、楽園を追放されることになる「知識の木」を思い起こさせる（もっとも、聖書にりんごと明記されているわけではない）。いずれにせよりんごは、神話的な世界創造のイメージをもテクストに提供している。りんごの媒介者であるあなたは、世界の分泌物を確実に私に受け渡ししてくれる。

しかし、「何ひとつ言葉はなくとも」とあるように、そこでも、やはり言葉は不在なのである。ここでも、言葉の不可能性を言葉によって表現するというパラドックスが現れるが、それはあなたと私との、二人称的な親密さに席を譲っている。だからこそこれは、『六十二のソネット』や『定義』のような存在論的な詩ではなく、恋愛詩であると言うことができるのである。ただし、存在論的な性質が恋愛詩の裏側にいつも張り付いているのが、谷川の詩の特徴だろう。愛情が他の事象から独立して存在するものではなく、存在の連環、世界の沈黙、言葉の不可能性、これらの様式特徴を共有するような数々の事象のうちの一つとして、その位置を与えられているのである。

4　コンタクト志向の詩

概して八〇年代以降の谷川詩は、沈黙・世界・言葉の間の連環とその困難性を、親称二人称的な関係の中に昇華し、二人称的なコンタクトの素材として利用する傾向が強くなっている。それは、恋愛詩に違いない。だが、この恋愛は、あくまでも沈黙と同義であるような恋愛であって、メッセージ志向型の詩ではない。たとえば、『夜中に台所でぼくはきみに話しかけたかった』というタイトルには、「何を」が欠けている。何も話すべきこと、話しうることはない。だが、話しかけたい。これはコンタクト志向型の詩である。純粋なメッセージは不可能であり、パラドックスに満ちているが、だがそのパラドックスをやり取りすることによって、あなたと私とはコンタクトを行うことができる。それが、「詩にできること」の最も基底の部分をなすのである。言葉で語り得ないということについて言葉で語るというパラドックスは、このようなコンタクト志向へと収斂している。

「魂のいちばんおいしいところ」の愛情は、不可触ではありながらも広大な世界の円環の中に位置付けられているものとしての、あなたと私を措定することによってのみ、認知されている。断絶と不可能性に彩られた世界の中に、あなたと同じように私が位置を占めているからこそ、私はあなたを愛するのである。この詩の表面に現れた出来事は、朝、あなたが私にりんごの実をくれたということに過ぎない。そのような極めて微々たる個人的な出来事が、世界の初まりに準えられる。ここには、高村光太郎の「人類の泉」（『道程』）や、武者小路実篤の『生長』など、初期『白樺』派の思想と共通するものが認められる。それは、個人の本能と人類の成長とを直結する思想であったが、考えてみれば、「二十億光年」の宇宙と自己とを直結する谷川の発想に、『白樺』派的な要素を認めても不思議はない。

谷川自身、「世間知ラズ」（『世間知ラズ』、一九九三・五、思潮社）という、武者小路の小説のタイトルを借りた、「詩は／滑稽だ」と語る表面上は自己批判の詩を書いてもいる。

私はただかっこいい言葉の蝶々を追っかけただけの
世間知らずの子ども
その三つ児の魂は
人を傷つけたことにも気づかぬほど無邪気なまま
百へとむかう

詩は
滑稽だ

（「世間知ラズ」）

「世間知らずの子ども」とは、処世術（「世間話のしかた」）を学ばず、詩人としての、詩としての人生しか知らない空虚なあり方を示している。この詩の冒頭の「自分のつまさきがいやに遠くに見える」という人生と世界に対する疎隔感は、そこから来ているのだろう。だが、「詩は／滑稽だ」というこの言葉は、ほかならぬ詩として書かれている。ここにおいてこの詩は、自己批判ではありながらも自己否定には陥らず、逆にパラドックスに満ちた強烈な自己肯定へと変異を遂げるのではないだろうか。この自己批判には、このように語ることのできる言語ジャンルは、詩を措いてほかにあるだろうか、という詩の宣揚さえも含意されているように感じ取れる。もちろん、谷川は武者小路ほど楽天的ではなく、またその言語批判の感覚は『白樺』派にはなく、『白樺』派は基本的にメッセージ志向の集団であった。しかし、コンタクト志向においてではあるが、世界の連環の中に連座することの意識が、恐らく言語についてこれほど極限的なテクストを書いた詩人が、他方では「鉄腕アトム」の作詞家でもあるという活動を支えていたのだろうと、かなりの確信を持って言うことができそうである。

その後の詩集『私』（二〇〇七・一一、思潮社）に収められた一連の詩、たとえば「自己紹介」や「『私』に会いに」などには、「私」をめぐって書かれた言葉が、やがて「私」を昇華しようとする有様が見て取れる。

私は背の低い禿頭の老人です

もう半世紀以上のあいだ
名詞や動詞や助詞や形容詞や疑問符など
言葉どもに揉まれながら暮らしてきましたから
どちらかと言うと無言を好みます［…］
（「自己紹介」）

国道を斜めに折れて県道に入り
また左折して村道を行った突き当たりに
「私」が住んでいる
この私ではないもうひとりの「私」だ
［…］
私は母によって生まれた私
「私」は言語によって生まれた私
どっちがほんとうの私なのか
［…］
日が暮れた
蛙の声を聞きながら

布団並べて眠りに落ちると
私も「私」も〈かがやく宇宙の微塵〉となった
（「『私』に会いに」）

「自己紹介」に見られる「無言」を好む老人としての自己規定は、初期からの〈沈黙の詩人〉のパラドックスを貫徹させるものである。

「『私』に会いに」では、私（「母によって生まれた私」）と「私」（「言語によって生まれた私」）との間の矛盾・葛藤を再確認しつつ、その矛盾・葛藤が止揚され、言葉によってこそ存在しうる生命と、生命あってこそ発語が可能となる言葉とが、「私も『私』も〈かがやく宇宙の微塵〉となった」という最終行において対立を昇華されることになる。「〈かがやく宇宙の微塵〉」は、宮澤賢治の言葉の引喩であり、大塚常樹が定式化した宮澤の〈コロイド＝モナド宇宙観〉に合流する。[15] ここにおいて谷川の詩は、〈沈黙＝世界＝言葉〉が、私＝「私」を介して、いわば散乱する合一の中に融合する境地に向かうものと言えるだろう。

遡って、『定義』が百科事典のパロディであったということも、このような世界との間のパラドクシカルな連環意識との繋がりから考えることができるのではないだろうか。すべてを円環の中に収める百科事典スタイルは、対象指示というメッセージ志向においては、完膚なきまでに切り苛まれた。だが、切り苛む言語活動を書き、読む行為は、そのコンタクト志向の触発力によって、別の円環、別の形の価値へと、テクストというセッションの参加者を巻き込んで行く。それは、一般の百科事典のような知識と対象指示の宝庫ではなく、むしろそのような意味での百科事典の百科事典性を否定すらしている。しかし、否定する文体の様々なヴァリエーションを陳列し、その陳列の中に、メッセージへの収斂や世界の透明化とは異なる、もう一つの、やはり全体的世界観と呼びうるものを、一種神託的な挿話の集積として呈示している。その点、非常にユニークな、逸脱的な仕方ではあるが、これもまたフライの言う百科全書的形式と関連するものと言うことができるように思われる。

谷川は〈世間知ラズ〉であって、アクチュアルな現実に関わろうとしない、という批評が常にあるだろう。辻井喬との対談で、辻井に『世間知ラズ』というタイトルですけど、これは平出隆さんとか稲川方人さんとかに対するアンチテーゼなのですか、あるいは自己批判とか詩人批判のようなものですか」と問われて、谷川は「後者です」と答えている。[16] どのようなアクチュアリティも、それが言語によって行われる限り、谷川的パラドックスを免れることはできないはずである。少なくとも、「かっぱらっぱかっぱらった」とか、「何もないではないかではないか」などの奇異な言葉遣いによって、言葉にできることは何かと問い直しつづけること。ジョナサン・カラーの言葉を借りれば、「文学的なもの」(the literary)[17] とは何かを考えること、考え続けることこそ、「文学的なもの」の限界ではないだろうか。これが、谷川詩に学んだ、自己言及的・同語反復的な結論である。[18]

第五章　村上春樹――〈危機〉の作家――

1　堀辰雄1923／村上春樹1995

作家・堀辰雄は一九二三年の関東大震災の折に、避難の途中で母を亡くした。堀自身も火に追われて隅田川に追い詰められ、辛くも泳いで一銭蒸気に助けられた。その後、父とともに母の遺骸を、懐中電灯を手に三日間の間探し回ったと、福永武彦は「追分日記抄」に堀多恵子夫人の談として書き留めている。(1) 谷田昌平は、その評伝「堀辰雄」でこの話に触れ、堀がそのことをほとんど作品化していないことについて、「この事実の中に私は母の死が彼に与えた苦痛のはげしさを見る。震災における母の死去は、作品にとりあげることができぬほどきびしい喪失だったに違いないのである」と評している。(2) これは、一般的な意味で妥当な解釈だろう。

しかし、それはもしかしたら逆ではないか、と問うてみることはできないだろうか。むしろ堀は、実は一見そうとは思われない『美しい村』や『風立ちぬ』や『菜穂子』などの純粋小説によって、単純ではない形で震災の記憶を語っていたと、仮定することはできないだろうか。言葉による表現が文芸テクストの形を採るときに見せる、こうしたパラドックスや逆行などの振る舞いに、私たちは留意すべきではないか。そこには、災厄に立ち会った人間が、それを契機として虚構的な芸術作品を創造する固有の様相が秘められていると見るべきではないだろうか。

さて、一九九五年一月の阪神・淡路大震災と、その二ヶ月後の三月に起きたオウム真理教による地下鉄サリン事件に、もっとも敏感に反応して創作活動を行った作家が村上春樹であることは言うまでもない。直接的には、雑誌『新潮』に一九九九年八月から一二月まで連作「地震のあとで」と題して連載されたものに一編を加えて二〇〇〇年二月に刊行された短編集『神の子どもたちはみな踊る』と、それより先、一九九六年の一年間に亙って、サリン事件の被害者に行われたインタヴューをまとめ九七年に講談社から刊行された『アンダーグラウンド』がそれである。特に後者のインタヴュー集という形式は、信者への聞き取りを行った九八年一一月刊行の続編『約束された場所で』（文藝春秋）とともに、作家の仕事としては特異なものに属する。総合的に見ても、村上創作年譜の中で際立つ存在と言えるだろう。

ところで、『村上春樹全作品』版『アンダーグラウンド』の「解題」で、村上は、インタヴュー内容を小説の題材にしてはどうかという読者の要望を断りながらも、『神の子どもたちはみな踊る』に触れ、「もし僕が『アンダーグラウンド』を書いていなければ、僕はこの本を書いていなかったような気がする。［…］僕としては、その二つの作品はどこか深いところで繋がっているような気がするのだ」と述べている。[3] 震災とサリン事件という、本来因果関係のない出来事が相次いでこの時期に起こったことを、現代日本の運命として象徴的にとらえる見方も村上は示している。そのことからも、確かにこの二作には通底する要素があるように感じられる。

しかし、ここで問題にしたいのは、第一に、この二作に限らず、村上の文学は最初から人間にとっての災厄と苦難の位相を描き出す、いわば〈危機の文学〉だったのであり、結果的には、一九九五年のこれらの出来事が彼のそのような資質を大きく引き出すことになったのではないかということである。また第二に、震災の記憶を作品で語ることのなかった堀辰雄と同じではないものの、村上においても出来事はその出来事性においてではなく、あくまでも彼の虚構的なスタイルにおいて、小説として昇華されたということである。

本章ではこのような観点から、〈危機の作家〉としての村上春樹について概説してみたい。

2 〈傷つきやすさ〉の系譜

危機と一口に言っても、人生は危機の連続である。村上文学における危機の問題に対しても多様な切り口が可能であるが、ここでは二つの観点を区別しておきたい。二〇〇九年のエルサレム賞受賞講演における「壁と卵」の比喩を借りれば、村上の小説は、ほぼ一貫して

「壁」すなわちシステムと人間との対決と、「卵」すなわち個人と個人との関わりの問題とを、時には単独で、時には交錯させて描いてきたと言える。[4] そのうち、まず「卵」の問題、すなわち壊れ物としての人間をとらえる視点としては、男女関係や親子関係における、いわゆる〈傷つきやすさ〉(vulnerability)の回路を挙げることができるだろう。

その代表は、一九八七年刊行の『ノルウェイの森』である。これについて木股知史は、「直子の魂の孤独は、性的な身体の不能を交換条件にしている」と述べた。[5] 厳密に言うと、ワタナベはキズキとの間では「不能」であった直子の「性的な身体」を可能にしてしまったことで、直子を決定的に傷つけてしまった。彼は、彼女を愛すれば愛するほど、より深く彼女を傷つけてしまう。直子はワタナベに対して〈傷つけられやすさ〉(vulnerability＝脆弱性・攻撃誘発性)を帯びており、ワタナベは直子に対して〈傷つけやすさ〉を負っている。この二人の交渉は、最悪の結果しか生まない。直子はもちろんのこと、ワタナベは、直子の自分に対する〈傷つきやすさ〉によって傷つけられたのである。言わば、ヴァルネラビリティの悪循環、それが『ノルウェイの森』の根底にある。そして、このような〈傷つけられやすさ〉と〈傷つけやすさ〉の交錯は、『ノルウェイの森』以後の作品にも顕著に認められる。このことについては既に、一九九〇年刊行の『TVピープル』に収められた「眠り」と「加納クレタ」、九六年の『レキシントンの幽霊』の「緑色の獣」と「氷男」、そして『神の子どもたちはみな踊る』に入っている「タイランド」と「蜂蜜パイ」に即して、詳しく論じたところ

である。(6)

たとえば、「緑色の獣」の語り手である女性の「私」は、庭の椎の木の根元から現れた獣を最初から徹底的に嫌い抜き、こちらの心を読むことが分かった獣を心の中で虐待して、ついに消滅させ撃退してしまう。夫が仕事に出た後、一人きりでいるところに「プロポーズ」に現れたというこの獣によって、彼女は自分がいわば陵辱されるかも知れないという危険を感じたのだろう。そこで、攻撃は最大の防御として、相手からの攻撃を受ける前に相手を攻撃したのである。これは〈傷つけられやすさ〉の逆襲と言ってよい。「眠り」や「加納クレタ」、あるいは「氷男」にも共通する、女性のジェンダー的な地位（劣性）の自覚が、このような対応を帰結したと考えられる。しかし、これでは攻撃以外に相手との間のコミュニケーションは成立しない。獣の側に、彼女を傷つけようとする意図があったかどうかは不明である。恋愛はもとより、いかなるコミュニケーションにおいても、いずれにせよ未知の相手との接触の回路を開かない限り、関係は広がってゆかない。〈傷つけられやすさ〉に対する過度の防御は、あらゆるコミュニケーションの可能性を閉ざしてしまう。相手に対する問答無用の攻撃は、先ほどとは逆の意味での〈傷つけられやすさ〉の悪循環をもたらす。

その点「タイランド」では、同じく〈傷つけられやすさ〉が軸となってはいるものの、大きく様相が異なっている。過去に男から文字通り傷つけられ、子どもを作ることのできない体とされた主人公のさつきは、世界甲状腺会議のため立ち寄ったタイ、バンコク郊外の村で霊能力者の老婆から彼女の生の核心に関わる予言を受け、またガイドのニミットとの語らいによって心境に変化を生じる。その男が神戸の震災でむごい死に方をしていればいいと願うさつきに対して、老婆は「そのひとは死んでいません」「傷ひとつ負っていません。それはあなたの望んだことではなかったかもしれませんが、あなたにとってはまことに幸運なことでした。自分の幸運に感謝なさい」と伝える。ニミットは、さつきが「死に向かう準備」をするために老婆と引き合わせたと言う。ヴァルネラビリティに関して死に至る憎しみを続けることは、決して安らぎをもたらさない。〈傷つけられやすさ〉の観点を導入することによって、さつきは直子の遠い末裔として位置づけることができる。直子が結局そこから這い出ることのできなかった悪循環から、さつきは老婆とニミットの手引きで抜けることができたのである。なお、「タイランド」と震災との関わりについては、また後で触れたい。

このような〈傷つけられやすさ〉への視点は、人間が、典型的には特に人間関係において攻撃を受ける危険性に対してどのような反応を示すかに関する眼差しであったと言える。この視点は、第一作の『風の歌を聴け』（一九七九）やそれに続く『一九七三年のピンボール』（一九八〇）が『ノルウェイの森』へ続く要素を持つとすれば、出発の当初から伏在していたものである。それに対して、村上の「壁」（システム）に対する関心が顕著に浮かび上がるのは、『羊をめぐる冒険』（一九八二）以降のことである。

3 「システム」の諸様相

『羊をめぐる冒険』の「鼠」は、宿主である人間に憑依し、血瘤をこしらえて支配する「羊」の宿主とされた時に、「羊」もろとも自殺してその支配を防いだ。その「鼠」に対して「僕」は、それはどのような状態なのかと尋ねる。すると「鼠」は、それは「完全にアナーキーな観念の王国だよ。そこではあらゆる対立が一体化するんだ。その中心に俺と羊がいる」と言う。「羊」的な世界は矛盾・対立のない完全調和の世界だが、自我を持ち個人として行動することは許されない。それはいわば、純粋に全体主義が支配し、人は完璧にマインドコントロールされてあるような世界である。それに対して「鼠」は、「俺は俺の弱さが好きなんだよ。苦しさやつらさも好きだ。夏の光や風の匂いや蝉の声や、そんなものが好きなんだ」という理由から、つまり、いかに弱くとも個人や自我の自由を尊重する立場から、「羊」に立ち向かう。極端な話、ここには既にエルサレム賞受賞講演における「壁」（システム）と「卵」（個人）との対決という構図が見て取れる。そして、「羊」などの超越的独裁者や独裁的理法が支配する空間を「向こう側」の空間、闇の世界と置き換え、「こちら側」の空間、光の世界との対峙を認めれば、それは以後の村上長編に一貫して現れる平行世界構造に原型を提供するものとなる。

このような闇の世界と光の世界との二重構造は、デイヴィッド・リンチ的、あるいはデイヴィッド・クローネンバーグ的とも言えるようなファンタジーのスタイルを村上のテクストに与える。たとえば『ダンス・ダンス・ダンス』（一九八八）では、ドルフィン・ホテルで再会した羊博士は「僕」に「闇の存在理由」について語る。「闇」の力に憑依された五反田君は、いわば「鼠」と同じように自らを葬り、「僕」はホテルの壁抜けによって「向こう側」と「こちら側」とを幾度となく往き来し、そして「こちら側」に帰還する結末（「ユミヨシさん、朝だ」）を迎える。(7)『ねじまき鳥クロニクル』（一九九四、一九九五）では、このような境界線の越境はよく知られた井戸の壁抜けによって表現されている。「あるいは世界というのは、回転扉みたいにただそこをくるくるとまわるだけのものではないのだろうか」という獣医の言葉は、この小説の基本構造をも物語る。「僕」は、妻クミコの失踪に端を発し、義兄ワタヤノボルの秘密に行き当たる。井戸を抜けて「向こう側」の世界において、「僕」はクミコに対しワタヤノボルの「闇の力」が「不特定多数の人々が暗闇の中に無意識に隠しているものを、外に引き出そうとしている」として、それを危険なことだと訴え、クミコをその力から奪還しようとする。『ねじまき鳥クロニクル』第三部「鳥刺し男編」は、一九九五年八月に刊行されており、既にこの年初めの出来事が反映しているのかも知れない。ただし、そうであったとしても、その資質はそれ以前から用意されていたことは明らかである。

以後も、『スプートニクの恋人』（一九九九）、『海辺のカフカ』（二〇〇二）、そして『1Q84』（二〇〇九、二〇一〇）と、この空間的二重構造と邪悪な力の越境による物語展開の基盤は一貫して持続される。既にこの構造の問題性については、短編としては「貧乏な叔母さんの話」（一九八〇）および「嘔吐一九七九」（一九八四）[8]、「踊る小人」（一九八四）および「TVピープル」（一九八六）[9]、長編としては『ねじまき鳥クロニクル』[10]や『1Q84』[11]に即して論じたことがある。特に長編を例に取ると、『羊をめぐる冒険』の右翼の黒幕は児玉誉士夫だと言われたこともあり、『ダンス・ダンス・ダンス』ではいわばバブル経済の狂奔そのものとも思われ、さらに『ねじまき鳥クロニクル』ではノモンハン事件などの歴史的な記憶や日本軍国主義など、『1Q84』ではオウムなどのカルトが明らかに背景となっている。その都度のテクストに応じて様相は多様なのだが、共通点はいずれも、「向こう側」の世界から到来し、人に憑依してマインドコントロールを行い、暴力によって個人を支配するような力である。『1Q84』のリトル・ピープルや、『海辺のカフカ』の「入り口の石」などは、このように見れば、実に『羊をめぐる冒険』の「羊」から水脈を通じていると言えるのである。

また、これもよく知られているように『アンダーグラウンド』の後書きである「『目じるしのない悪夢』――私たちはどこに向かおうとしているのだろう？」において、村上は地下鉄サリン事件が、かつて書いた『世界の終りとハードボイルド・ワンダーランド』（一九八五）の「やみくろ」と繋がっていると感じたと述べている。それは「私たちの内にある根元的な『恐怖』」の表現であり、「集団記憶としてシンボリックに記憶しているかもしれない、純粋に危険なものたちの姿」とされ、その決して解き放たれてはならないものを、オウムの実行犯たちは解き放ってしまったのだとする。ここからも、当初から培われていた村上的なイメージが、一九九五年の出来事を経て、結果的に時局と合流したとも言えるだろう。特に「ハードボイルド・ワンダーランド」の章は、計算士・記号士のシステムと「僕」が対決する物語であった。「第三回路」（世界の終り）に入り込んだ「僕」は、永遠の眠りと引き替えに不死の生命を得られるというが、これもまた「完全にアナーキーな観念の王国」のヴァリエーションにほかならない。そして、地下鉄と「やみくろ」の地下のイメージは、イメージを介して地震との間でもアナロジーを結び、村上のテクストの底流をなすのである。

しかし、ここで述べようとするのは、ほとんど通説となったこのような「闇の力」の系譜ではない。むしろ、危機に遭遇した人間のあり方をどのように描くのかというスタイルの問題である。堀辰雄は先の谷田によれば、全く書かないことによってそのことを書いたと言える。それは堀のテクスト表現の研究としては、今後も追究されなければならない重要な課題だろう。それでは村上の場合はどうなのか。

4　恐怖に向き合う想像力

「七番目の男」は、『文藝春秋』一九九六年二月号に発表され、同じ年の一一月に刊行された『レキシントンの幽霊』に収められている。この短編の構造についても既に論じたことがあるが、この物語は、その場に集まった人が次々と物語を語ってゆく巡物語（めぐりものがたり、じゅんのものがたり）の一話という体裁を採ったものである。(12) これは十歳の時、台風の大波にさらわれた親友Kが波に姿を消す瞬間に彼を見て大きく口を開けて笑っていたという記憶にとらわれ、四十年後まで良心の呵責にとらわれて悪夢を見続けた彼が、Kが当時書いた純粋な絵を見て、それが思い違いだったかも知れないと思い、心を解く話である。Kの絵を見て、当時の彼と自分の「曇りのない目」を想起するという成り行きは、確かに美しいものの、しかしそれは推定の域にとどまり、実は決定的な解決にはなっていない。しかし、この小説で重要なのは、証拠や結果いかんにかかわらず、そもそも危機的な状況に対する恐怖から目を背けることの問題である。物語の結末で七番目の男は次のように語る。(13)

「私は考えるのですが、この私たちの人生で真実怖いのは、恐怖そのものではありません」、男は少しあとでそう言った。「恐怖はたしかにそこにあります。……それは様々なかたちをとって現れ、ときとして私たちの存在を圧倒します。しかしなによりも怖いのは、その恐怖に背中を向け、目を閉じてしまうことです。そうすることによって、私たちは自分の中にあるいちばん重要なものを、何かに譲り渡してしまうことになります。私の場合には――それは波でした」

九六年二月に発表された「七番目の男」は、九五年の震災とオウム事件を通過して書かれているはずである。この小説にはそのことは一切触れられていない。しかし、ここで語られた〈恐怖から目を背けることの恐怖〉は、それまでの村上作品にも既に現れていたヴァルネラビリティや「闇の力」に向き合うことというトピックを、この上なく明確な形で示した叙述ではないだろうか。そしてまた、続く『神の子どもたちはみな踊る』の連作群もまた、実はこの恐怖の問題を各々の角度から掘り下げたテクストにほかならないのではないか。

『神の子どもたち』は、よく知られているように震災そのものを取り上げた連作ではなく、迂遠な形で震災と繋がった物語を短編にしたものである。震災の映像をTVで見ていた妻が突然出奔し、夫が離婚されてしまう巻頭の「UFOが釧路に降りる」（一九九九・八）の場合、妻は書き置きで夫小村を「空気のかたまり」（中身がない）と評した。彼は頼まれた小箱を釧路まで運ぶが、そこで会ったシマオさんは、それには小村の中身が入っていて、それを渡したためにもう中身は帰ってこないと彼に言い、彼は「圧倒的な暴力の瀬戸際」にまで激昂しそうになる。なぜ激昂するかといえば図星を突かれたからである。続く「アイロンのある風景」（一九九九・九）では、家出をして茨城に住みついた順子は、神戸市東灘区に妻子がいるという三宅さんの焚き火を見ているうち、「私ってからっぽなんだよ」と言って泣き、二人は焚き火が消えたら一緒に死ぬことにする。三宅さんはその前に、冷蔵庫に閉じ込められて死ぬ夢の話や、ジャック・ロンドンのモルヒネ自殺の話をしていて、この作品は死をめぐる生き方の物語となっている。

三宅さんの描く「アイロンのある風景」という絵は、アイロンがアイロンではなく「何かの身代わり」つまり比喩であるとされている。この二作をまとめるならば、小村も順子も「空気のかたまり」で「からっぽ」なのだが、その理由は彼らが本質的には身代わりであり、他者(妻、家族)によって生かされていたためである。彼らはそのことに物語の展開において気づく。そこには、極めて迂遠な形で震災の影が落ちているが、重要なのはそのことに彼らが気づくこと、恐怖に目を背けないことである。焚き火は何の身代わりかというと、それは彼ら自身の荼毘であろう。死において生きること、彼らが向き合った恐怖はそこにある。

短編「神の子どもたちはみな踊る」(一九九九・一〇)は、新興宗教の信者である母が「お方」(神)との間の子だという善也《よしや》が、父と思う男を追跡して見失う話である。母は若い頃、避妊をしたのに繰り返し妊娠し、それを相談した医者と関係して善也を生んだ。この作品に至っては、震災は母が信者たちと大阪に支援に行っているという設定以外に出て来ない。むしろ内容的には、新興宗教との繋がりの方が顕著に描かれている。「お方」をめぐる母や信者・田畑さんらの発想は奇異だが、善也もこのテクストも教団それ自体を批判してはいない。ただし、善也は「父なるものの限りない冷ややかさ」から教団を抜けたと述べられる。この点は後の『海辺のカフカ』を思わせ、幼い善也が布教のため母に連れられて家々を回って歩いたとする設定は、カルトを正面から扱った『1Q84』を予見する作品とも言える。村上は『村上春樹全作品』の「解題」において、この連作が「一九九五年二月」という二つの事件の間の不安な月に起こった出来事を扱っていることを強調している。[14]結局、夜の野球場で男の姿を見失った善也は、ピッチャーズ・マウンドの上で一人踊って、いわば邪念や妄想に満ちた暗闇の中にあること、そのものを肯定する境地に達した。次の引用は、この一見震災と関わりのない物語においても、災厄の予感が強く基盤を与えていることの証である。[15]

それからふと、自分が踏みしめている大地の底に存在するもののことを思った。そこには深い闇の不吉な底鳴りがあり、欲望を運ぶ人知れぬ暗流があり、ぬるぬるとした虫たちの蠢《うごめ》きがあり、都市を瓦礫《がれき》の山に変えてしまう地震の巣がある。それらもまた地球の律動を作り出しているものの一員なのだ。彼は踊るのをやめ、息を整えながら、底なしの穴をのぞき込むように、足もとの地面を見おろした。

尿道癌で死の床にある田畑さんを見舞って、善也は胸の中で「僕らの心は石ではないのです。[…]僕らはそのかたちなきものを、善きものであれ、悪《あ》しきものであれ、どこまでも伝えあうことができるのです」と言う。この善也のいわば改心は、丁寧に書かれているとはいえ、やや唐突な感も否めない。まるで善也自身が宣教者になったかのようである。しかしここで、善悪にかかわらず心を伝え合うこと、それが「踊る」ことだというのは、『ダンス・ダンス・ダンス』の段階の、「向こう側」の力に抗して「踊る」という発想を超えている。真の父、出生の秘密の探求は、地底の暗闇へと続く彼自身の心の暗闇の端緒であることに気づき、彼は恐怖から目を背けない境地へと達したのである。

「タイランド」(一九九九・一一)については既に触れたが、この「石」や地震の設定において連想上の繋がりが認められる。すなわち、さつきは占いの老婆のお告げにより、やはり初めて心の深奥に隠した自らの恐怖の実体と直面することになる。男に対する憎しみ、「そのためには心の底では地震さえをも望んだ。ある意味では、あの地震を引き起こしたのは私だったのだ。あの男が私の心を石に変え、私の身体を石に変えたのだ」。ここで注目すべきことは、さつきの心の闇(それが「石」と呼ばれる)と外界の物理現象である地震とが因果で結ばれる点である。この因果は、もちろん物理的な因果関係ではなく、心理的な連想やレトリックとしてのイメージ論による。いわば「身代わり」の論理、比喩の論理であって、それは、想像力によって恐怖と向き合うことを意味している。

そのように見るならば、「かえるくん、東京を救う」(一九九九・一二)で、信用金庫職員の片桐が身長二mのかえるくんとともに、夢の中でみみずくんと戦い、二月十八日に東京が直下型地震に襲われることを阻止する、という一見荒唐無稽な物語も、無理なくこの流れに位置づけられるだろう。片桐が路上で狙撃され病院に搬入されたのは夢かも知れないという設定になっているが、さらにもしかしたらかえるくんの登場する冒頭以下、この物語はすべてが夢かも知れない。しかし、私たちが現に、夢や杞憂が現実化し、ほとんどあり得ないことなど何もないというような現実の中で生きている以上、問題はもはや片桐の記憶が夢か現かというところにはない。「目に見えるものが本当のものとはかぎりません。ぼくの敵はぼく自身の中のぼくでもあります。ぼく自身の中には非ぼくがいます」（傍点原文）というかえるくんの言葉は、善也やさつきにも通じるものである。

これらのことから、村上が「もし僕が『アンダーグラウンド』を書いていなければ、僕はこの本を書いていなかったような気がする」と述べていたことが理解できるように思われる。『アンダーグラウンド』の後書きである「『目じるしのない悪夢』」において、村上は執拗に、オウム真理教の論理やシステムは一般市民の論理やシステムと「合わせ鏡」のようなものであり、「あちら側」と「こちら側」とを相対峙させて報道するマスメディアの態度では問題の本質は掬い切れないと述べていた。この構図は村上自身の物語構造とも似ており、たとえば五反田君やワタヤノボルのキャラクターを考えれば、村上の発言は小説のスタイルとしても分かりやすい。純粋にオウム以後に作られた『海辺のカフカ』のジョニー・ウォーカーこと田村氏や、『1Q84』におけるさきがけのリーダーを思えばなお分かりよいだろう。そして、先に見た〈地下鉄―「やみくろ」―地震〉のイメジャリーから、地震こそ（オウム真理教のような）邪悪なものとイメージを共有し、さらにそれは物理的外界とともに心理的な観念において存在し、要するに自分自身の内部にもあるのだというアナロジーを結ぶ。「七番目の男」の〈恐怖から目を背ける恐怖〉の課題は、『神の子どもたちはみな踊る』連作においては、外部的な危機を内部的な恐怖とも見なし、最終的には、自分では見たくない、見ようとしてもなかなか見えない自分自身の条件として、危機を凝視することとして展開されたのだとは言えないだろうか。

5 震災から震災へ

さて、私が村上の短編に注目する理由は、何よりもそれらが素晴らしい出来映えを示しているとともに、長編ではストーリーテリングの中に埋もれてはっきりしない重要なポイントを、それらが鮮明に浮かび上がらせてくれるからである。村上はその後、『東京奇譚集』という短編集（新潮社）を二〇〇五年九月に刊行している。『神の子どもたち』から五年ぶり、震災からは十年ぶりである。掉尾を飾る「品川猿」は傑作である。母と姉から愛されていないことに内心気づきつつ、それと向かい合わないままに大人になり、感情を押し殺して防御的にのみ生きてきた結果、誰をも愛せなくなったみずきが、名前を盗んだ猿からそのことを宣告され、我に返る。寓話性やユーモアに彩られてはいるものの、「品川猿」は「七番目の男」の〈恐怖から目を背ける恐怖〉の高度なヴァリエーションにほかならない。あるいはまた「ハナレイ・ベイ」（二〇〇五・四）。これは一人息子をサーフィン中にサメに襲われて亡くしたサチが、ハワイの島で自分だけが息子の幽霊を見ることができないことで悲しむが、すぐに、以前、日系の警官に言われたように「私はここにあるものをそのとおり受け入れなくてはならないのだ」と得心する物語である。この達観・諦観は、〈危機の文学〉としての最終局面なのだろうか。

村上春樹は、二〇一一年六月九日にバルセロナでカタルーニャ国際賞を受賞し、そのスピーチが配信されている[16]。それは、三月一一日の震災と原発事故に触れたものである。前半では、日本文化における「無常」の精神を引き合いに、有史以来、自然と折り合いをつけながらやってきた日本人のあり方からして、震災の被害がいかに甚大なものであっても、時間をかけて立ち直ることができる、それは心配していないと述べる。しかし後半は、「効率」優先の現代社会にあって、自然な核アレルギーを日本人は忘れ、その結果として原子力発電を野放しにし、このような事態を招いたことを批判・自己批判する。そして、「無常」の精神を呼び戻し、「非現実的な夢想家」となることが再生への出発点となるだろうと結んでいる。このスピーチは、前のエルサレム・スピーチがそうであったように、メディアによっては批判も多かったようである。確かに当初は、全体としてのメッセージには共感するものの、「無常」の精神への回帰については違和感もあった。

しかし、これまで見てきたように、第一に、村上のテクストには初期から一貫して〈危機の文学〉としての性格が認められる。その持続的な追求の結果として、バルセロナの発言はあったのである。また第二に、その〈危機の文学〉とは、村上の場合、決して災厄そのものを描き出すルポルタージュとしては成立しなかった。(『アンダーグラウンド』にしても、各々のインタヴューは物語としての位置づけを与えられている。)『神の子どもたち』連作は、迂遠な経路をたどって震災が人の心と繋がる物語的な連鎖を糧としている。それは、「身代わり」の論理、すなわちメタファーとして物理的外界と心理的内面とを繋ぐ契機であった。そして第三に、結局、その〈危機の文学〉は、何かを告発したり、何かを解決したりすることを志向するものではない。それは、災厄や被害と向き合い、特にそれから目を背けている自分自身の精神的な傷を、正面から見つめ直すことに絞られていた。そこにはもはや、外部も内部もない。環境と個人とは、〈危機〉の状態において相互に循環するのである。「ここにあるものをそのとおり受け入れなくてはならないのだ」(「ハナレイ・ベイ」)。これこそが、バルセロナで村上が語った「無常」の内実なのだろう。従って、あのスピーチは、村上文学のコンテクストに厳密に即しているのである。

堀辰雄は、震災の記憶をほとんど作品化しなかった。また、原民喜という作家は、広島で被爆し『夏の花』三部作(一九四九)という記録風の小説を書き、〈原爆作家〉というラベリングを与えられたが、実は原の資質は戦前期から培われた幻想コントの領域にあった。原の最高傑作は「鎮魂歌」(『群像』一九四九・八)であり、そこでは原爆投下という災厄が持ち前の幻想的資性と融合一体化し、反復・吃音的なレトリックとあいまって高度の表現を与えられている。これを含む短編集『原爆以後』（未刊）は、原を単に〈原爆作家〉と呼ぶことのできない芸術性を達成した小説家として再検討するための契機となるはずである。だが、原は今に至るまで、そのラベリングを外して評価されることがない。[17]

私たちは、災害や戦争といった限界的な出来事の衝撃性に気を取られ、それを直截に表現したいわゆるリアリズム風の文学や、その出来事に対する歴史的・社会的・イデオロギー的な批判や批評に重点を置く言説にのみ、目を奪われがちである。そしてまた、主軸をそこに置かないテクストを軽々に否定したり、あるいは強引にそこからイデオロギー的なメッセージを読み込んだりすることに急である。それは、それ自体が危機に対する私たちの反応として、全く理由のないことではない。しかし、当然ながらそれは文芸テクストの受容としては生産的ではない。文芸作品に与えられた虚構の能力を十分に汲み取るべきなのだ。〈危機の文学〉としての村上作品は、村上のテクストを超えて、このような問い直しを投げかけているようにも思われてならない。

第六章　松浦寿輝
――詩のメタフィクション――

1　世界の「マクドナルド化」に抗して

「今、世界全体が均質化、マクドナルド化しているみたいなところがありますね。[…]それはそれで面白いけれども、そういう均質空間のなかでの交流や交通だけでは、やはり面白くないと思うんです。[…]つまり、安易なグローバル化のようなものと別の回路で詩の交通が、また漂流と漂着が、実践されてゆくべきだろうと思うんです」と松浦寿輝は発言している。(1)松浦は、フランス文学・表象文化論の研究者であり、詩人であり、そして小説家でもある。それらのどのジャンルにおいても、松浦の言葉の鋒《きつさき》が、世界の「マクドナルド化」（均質化）を阻止しようとする「詩の交通」「漂流と漂着」のために向けられていることは確かである。同じ座談会で、松浦は詩にかける思いを次のように語っている。「でも、やっぱり届くんですよ。いつか必ず、誰かの手に届くんだと思います。[…]ある時間の厚みをくぐり抜けて、詩はきっと誰かの手に届く。その価値が文学史に認知されるのに現実にどれほど時間がかかるかということとはちょっと違った話なんですね」(2)。必ずしも安易な読解を受けつけない松浦の詩も、このように読者によって読まれることを強く予期していることを念頭に置かなければならない。本章では、代表的な詩編を逐一読解する仕方によって、松浦の詩のテクスト様式に迫ってみよう。

2 『ウサギのダンス』——メタ物語とメタ詩

松浦寿輝の第一詩集である『ウサギのダンス』(一九八二・一一、七月堂)について、「『ウサギのダンス』の廃墟」について——作者の立場から——」(『ちくま現代文』一九九五・二)で、松浦自身は次のように述べている。「『言語派』とでもいうのか、language poems, language poets などと呼ばれる一流派が英米系の詩の世界には存在していますが、言語による言語それ自体の追求とでもいったモチーフによるこうした抽象的な作品は、わが国ではまだあまり試みられていません。[…] わたしの詩集『ウサギのダンス』一巻は、いわばこうした試みの総決算です。そして、この書物の締め括りの位置に置かれているのが、「『ウサギのダンス』の廃墟」という奇妙な題名を持つこの詩篇なのですが、そこでは、書物としての『ウサギのダンス』それ自体がゆるやかに自壊し、いわば『言葉の廃墟』のようなものと化してゆく光景が、ある狂暴な悪意とともに夢見られているように思います」(3)。言葉によって言葉を作り出し、作り出された言葉を、言葉として解体させること。松浦の詩的営為の根本にあるのは、このような「言語派」としての立脚点であった。特に『ウサギのダンス』所収作品のうち、初めの方に配列されているいくつかの詩では、こうした言語の生成と言語の自壊の有り様が、「物語」批判の形で取り上げられ、その残映は、ずっと後の作品にまで尾を引くように感じられる。

また、その「物語」については、「しかし甘い、ぢれったい程こころよく甘い——立原道造『鮎の歌』——」（立原道造『鮎の歌』解説、二〇〇四・三、みすず書房）において、次のように述べられる。「そもそも、本書で語られている幾つもの『物語』は、すべて物語『以前』あるいはそれ『以後』に属していることに注目しておこう。そこでは『現在』が決定的に取り逃がされており、そのことを詩人は決して隠そうとしていない。[…] わたしが二十歳の頃、立原道造の『物語』に胸苦しい思いをするほどに惹きつけられ、しかし結局乏しい小遣いをはたいてあの『全集』の一冊を手に入れるということをせずに終わったのは、たぶんわたしは自分はあくまで『うつし世』にいたいと願ったからなのだ(4)」。ここで表明される物語観は、立原のみならず、松浦の詩作にもつながる部分が大きいだろう。すなわち、「物語以前」または「物語以後」の意味を物語に与えるということは、物語の本来持つ、原初的な影響力を脱色し、いわば構造だけの、あるいは骨格だけの物語、いわば物語についての物語だけを抽出することになる。既に『フィクションの機構』（「立原道造の Nachdichtung」）において論じたように、立原の物語や詩は、そのようなメタ物語やメタ詩にほかならない。また、

「方法論」(一九三六・一二)に表明された立原の建築美学が目指したものが、「廃墟」であったことも想起される。しかし、それに対して松浦は「うつし世」にとどまりたいと願った。それは、メタ物語としての物語、メタ詩としての詩を、さらに本来の物語や詩と再び同居させることを意味する。それは、単純な詩や物語の解体よりも、はるかに射程の長い試みになるだろう。しかし、そのような企ては、いかにして可能となるのか。文字通り、「物語」と題する詩から読んでみよう。

一人称の物語はここで終る　もう手袋のほころびやテーブルの上の焼け焦げをかすめては消えてゆく　曇った眼ざしだけしか残っていない　濡れた壜の口のあたりをたゆたう　倦み疲れた冬の光だけしか残っていない〔…〕寝台の上に降り出す雪の翳った白さに耐えながら　充血した性器を押しひらく　欲望もなく　熱もなく　掃海

作業のようにすすむ　さめた劇
牛乳がしたたる小さな尻　掘り起
こされたばかりの百合の球根　何
ひとつ口にせず　ただひらいた両
手を暗い天候の愛撫にゆだねる
［…］手と足は相殺しあい　髪は
水にそよぎ　失墜や遭遇や別離と
いった熱すぎる文字が削り落とさ
れてゆく　歌ってはならぬ楽譜
投げてはならぬ石　揺れる吊り橋
　視界を埋めつくす水母の死骸
それは物語の終焉ではなくて　終
焉の物語のはじまりにすぎないの
か　愛しています　あなたを愛し
ています　あなたを愛しています
　あなたを愛しています　あなた
を

（「物語」）

「一人称の物語はここで終る」と開幕するこの詩は、いわば物語の否定と、そこから出発する松浦の詩のあり方とを、如実に語ったテクストである。

この詩は、否定の連続と、その否定を補強し保証するイメージによって織りなされる。「消えてゆく」「残っていない」「書かれたものはもう声にはのらないから」「消しつくし」「欲望もなく」「熱もなく」「すべてが無色に溶けてゆく」「削り落とされてゆく」など、〈消える〉〈沈黙〉〈無〉などを意味する語彙が、次々と繋がれる。その合間を埋めるのは、「手袋のほころび」「テーブルの上の焼け焦げ」「倦み疲れた冬の光」「さめた劇」「濁った時間」「つめたい透視図法」「よどんだ室内」「歌ってはならぬ楽譜」「投げてはならぬ石」「水母の死骸」など、〈崩壊〉〈疲弊〉〈無用〉などのイメージを生み出す語彙である。

それ以外のいずれの詩文も、詩の記号内容としては、物語なるもの、詩なるものの存在形態を否定するものとしてとらえられる。たとえば「蒼ざめた女の薫る髪」「唾液に光る山狼の白い牙」などは、ありうべき詩語＝物語の言葉のサンプルであり、それを「裏側からなぞりかえし　消しつくし」とは、詩＝物語として理解し、消費することを示す。「眼前をよぎって無意味に墜ちてゆく濡れた光景から目を逸らすだけだ」は、結局、それらの言葉のサンプルが、描こうとする対象の光景に的中せず、無意味なものに終わることを述べている。

同様の事柄は、この詩に登場する「彼女」「彼」の系列についても言える。「寝台の上に降り出す雪の翳った白さに耐えながら　充血した性器を押しひらく」と、あたかも詩的な儀式のように始まりながら、やはりそれは「欲望」や「熱」を書いた「掃海作業」のようなものに過ぎない。「小さな尻」「百合の球根」「浚渫機」「魚のひれ　藻　息」などのように、身体や身体を暗示する語彙が続くが、やがてそれもまた否定の洗礼を受ける。それらの情景は、「すべてが無色に溶けてゆく」し、身体は「相殺しあい」「水にそよぎ」という仕方で消去され、最後には「失墜や遭遇や別離といった熱すぎる文字が削り落とされてゆく」。機能しない「楽譜」や「石」のように、機能しない物語として葬られようとする。「彼は彼女が彼らの　彼女に彼らを彼と」のように、「修辞」や「構文」が崩壊を始める。そして最終的には、すべての詩＝物語の言葉は、「水母の死骸」のように残骸となって残る。

しかし、翻って考えるならば、いったん表現された詩語＝物語は、それを否定することによっても、その一回的表現性まで否定されることにはならない。「消えてゆく」「残っていない」とは言いながらも、そのような措辞によって、それらの書かれた言葉の表現がすべて実際に「消えて」しまうわけではない。「蒼ざめた女の薫る髪」「唾液に光る山狼の白い牙」もまた、ひとたび書かれ、読まれてしまえば、眼前の「光景」に的中しようがしまいが、それとして詩のテクストに算入される。「彼女と彼」の系列についても同様である。置かれた身体と官能の語彙の意味の響きは、原理的に、否定によって消し去られることはない。強度に満ちた言葉は、その強度を決して失わないのである。表象の強度と、命題論理の意味との間の離反、乖離とも言うことができる。従ってこの詩は、表現することと、表現の不可能性と、その二つの要素を同時に表現する、一種の、表現にまつわるパラドックスとなっているのである。

結末の「それは物語の終焉ではなくて　終焉の物語のはじまりにすぎないのか」は、そのようなパラドクシカルな事態を語っている。詩＝物語を否定する言葉の連なりの果てに現れるのは、いわば、否定する言葉の言葉としての価値の問い直しにほかならない。だからこそ、「愛しています　あなたを愛しています」と繰り返される最後の一節は、まるで、いったんは崩壊した「彼女と彼」の物語の系列を復活させ、この詩の否定の素振りをも否定するかのようであり、さらにそれが「あなたを」と中途で断絶することによって、この再帰的な否定構造は最終的に確証される。

詩を語ることによって、詩＝物語そのものを否定するこの詩は、書くこと（エクリチュール）を否定するエクリチュールであり、書くことについてのエクリチュール、メタ＝エクリチュールである。それは、否定することによって表現し、表現を否定において規定する、表現のための表現にほかならない。

次の「玄関」もまた、詩の構造原理そのものが重要な参照枠となっている、詩についての詩である。

わたしの玄関は　ほのぐらい灯に照らされて　扉をきしませながら優しくわなないている　冷蔵庫の中に広がる凍りついた暗闇　わたしが一歩踏み出すと　その靴の響きに　隣近所の冷感症の妻たちはひそかに目覚め　同衾する夫のぐったりと汗ばんだ手をまさぐる［…］わたしのなまめかしい石畳の玄関から　一日の労働と食事と性交に耐え疲れきって寝しずまったあらゆる他人たちの玄関へ　不安の波紋が広がってゆく　群がり集まる雄の蛾たちの乱舞　鱗翅類収集家の地下室へ降りてゆく怪談は蠕動する［…］わたしは処刑する父であり処刑される母であり

彼らをさばく邪まな裁判官であり
　その裁判官を無邪気に指さすまだ眼の見えぬ幼児の指だ［…］佇立し躊躇している者よ　おまえは歩き出さねばならぬ　……わたしは歩けない　わたしはこんなに脅えている　受胎の日の痛みと出生の日の恐怖を引きずりながら　他人の玄関をつぎつぎに横切って永久に明けない夜のつらい行程を手さぐりで辿ってゆけと言うのか？［…］そして思い起こすがよい　おまえもまた一匹の未熟な獣にすぎぬということを……　玄関の扉をしっかりと閉め　敵意にみちた世界の暗がりに目を凝らしいまこそわたしはゆっくりと足を

あげよう　出発の時だ

（「玄関」）

玄関は、出入り口という意味では、内と外を隔て、内と外を繋ぐことによって機能するコミュニケーションの場である。だが、ただそれだけでなく、玄関は、住居の正面という意味では、外向きにも内向きにも一種の聖なる境界線となる。従って、玄関には、身体的にも言語的にも、自己と他者が相互に他方へと侵入し合う境界侵犯、あるいは交通の観念と、それを象徴化し神話化する供儀の感覚とが同居する。この視点からすると、「玄関」というテクストは、両義性を容認する一方で調和主義を獲得しうる言語の品質と、その展示をしばらく実践し、その後で、一切の調和を許容しない地点に向けて「出発」する決意との、両者の位相を語った詩である。

当初、「わたしの玄関」は禁忌と法の現場と化しており、十分な機能を果たせないでいる。「扉をきしませながら優しくわなないている」のはそのためだ。境界を越えると「隣近所の冷感症の妻たち」と「同衾する夫」との間に接触が始まり、また「彼女らの滑らかな首筋」に「ざらざらした鳥肌がたつ」。その「石畳の玄関」から「他人たちの玄関へ　不安の波紋が広がってゆく」とは、秩序と反秩序とがせめぎあう玄関的な性質が、障壁を失って野放図に伝播する有様を示している。「打ち鳴らされる刑具の輪の不吉な響き」「引き裂かれたシャム双生児の兄姉の熱い傷口」など、禁忌と法に彩られた、官能的で象徴的な語彙が点綴される。「私は処刑する父であり処刑される母であり　かれらをさばく邪まな裁判官であり」「幼児の指だ」と、両義的で曖昧な空間としての玄関においては、主体のあり方もまた両義的で曖昧であるが、ただ、この玄関が、「処刑」や裁きのような権力と法・禁忌の渦巻く空間であることには間違いがない。権力・法・禁忌などは、いずれも、物語や物語を内包した詩の構造原理とされてきたものである。当初の「私の玄関」は、そのような物語・詩のあり方を暗示するものである。「扉の錠は　使われることもなく」「しだいに錆びついてゆく」とは、この物語・詩のあり方に確固とした歯止めをかけず、禁忌と法に満ちた官能的な語彙によって象徴的に紡ぎ出されるような、甘美であると同時に、危険かつ不安でもある世界を示唆した語句と言える。

だが、次いで転調が訪れる。「佇立し躊躇している者よ　おまえは歩き出さねばならぬ」以降は、対話体によって進行し、このような「玄関」的なあり方が告発される。この一人の命令法に対して、もう一人は「わたしは歩けない」と答える。「受胎の日の痛みと出生の日の恐怖」、つまり生の根源的不安を抱えたまま、「他人の玄関をつぎつぎに横切って」と、不可能なコミュニケーションの企てを試みることは困難である。なぜなら、根源的に一致することのない他者との間のコミュニケーションは、常につらいものだから。だが、「それでもおまえは歩き出さねばならぬ」。「玄関の扉をしっかりと閉め」と、両義性に満ちた禁忌と法の場所に封印をし、内と外ではなく、「敵意に満ちた世界の暗がり」と呼ばれる、よるべない外部こそが常住のフィールドとなることが求められる。

考えてみれば、純粋なコミュニケーションなど、どこにも存在しない。「敵意に満ちた世界の暗がり」こそが常態にほかならない。そういえば、どのような子どもも、自家の玄関を出ることによって、大人となるのではなかったか。

3 「とぎれとぎれの午睡を　が浸しにやってくる＊」
――〈虫食い〉の詩

詩集『松浦寿輝詩集』（一九八五・四、思潮社、「叢書　詩・生成」3）は、既刊の『ウサギのダンス』から十八編を撰び、続刊の『冬の本』に、この詩集から十二編が収められる。同詩集の「後記」には、次のように述べられている。「試みに、書かれた年代的順序をばらばらに解きほぐしたうえで、全体を、『ウサギのダンス』と同様五つの部分によって編成してみたが、さして確固たる根拠があるわけでもない。書物とは、結局、その場しのぎの口実にすぎないのだからこんなものでよかろうと思う。それが何を隠蔽するための口実なのかは、まだわたし自身にもわからない。何もかもが必然性を欠いており、ただ一つ確信を持てるのは、わたしにとって世界とはこのようなものだという一事ばかりだ。この書物は、その強さと弱さ、歓びと哀しみ、陰惨さと晴れやかさとをすべて含めて、現在のわたしにとっての世界の全体を封じこめている。あとは、世界そのものがさらなる変容を遂げ、言葉の皮膜を裂いて書物の縁から溢れ出してくる瞬間を夢みることができるだけである。そのために、わたしはぜひ読まれたいと思う。読むこととは、偶然を必然へと転じる大がかりな書き替えの実践以外の何だろう(5)」。必然性を欠いた世界——その中で、読解行為だけが、偶然を必然へと転じうる、とするこのフレーズを、冒頭の次の詩などは、極めて顕著に体現する。全体としても実験に次ぐ実験である松浦の詩的営為においても、この詩集ほど実験的な意味を与えられたものはない。その中でも代表的な詩編が、「とぎれとぎれの午睡を　が浸しにやってくる＊」である。

　　　　　までを消す。ほこ　　て剥が
あの晩夏の日々。水のような夕暮。　　　　かな
部屋のなかで止まったままの地球儀の半球はまだ、昼。そのつややかな曲面に睡っている
地名。
　　　　　　　臥せ
　　　　　　わらずゆ

切る、

［…］

窓に自分の顔をうつす昏い時間　　　　　　　　　　　　　　　間

　真夜中の理科室の人体解剖模型を思い出す。その表面の錯綜する血管。動脈は赤、

静脈は青。だが今はまだ、昼。

［…］

　　　　れとぎ　の午睡を　　　　　にやって

　　　くすんだ光

　　しの

縦のすがたで緊　　　　　　　　乳房が、乳首が不思議な動物のようにふるえ

ていた。牛乳の匂い。思いがけなく強いちからで肩をつかむ指。うるんだ声。

　　　コパーフィールド』を　　　長い、長い午後。夕立。老い　　て眼の見えなくなった犬

が水を飲む音。うたがう

だ、そのあとで。
（「とぎれとぎれの午睡を　が浸しにやってくる＊」）

にむけて

この作品および「風が無数の縫針となってきみの　をぬけてゆく＊」と「十一月。ふかまる冬のまばゆい　さに裸の瞳を＊」の同詩集所収の三編は、同じような〈虫食い〉スタイルの詩である。大岡信はこの詩について、次のように述べている。[6]「この詩が何を言っているのかはほとんどわからない。すなわち、「彼は詩の外側に何か言いたいことがあるわけではない。［…］われわれがある詩を読んで、自分なりにその詩の一つの意味をつかめたと思ったときに、初めてその詩がわかったと思う、それが普通です。ところがこの詩の場合には、意味はそこに書かれていること以外にはない。だから彼の詩から意味を抽出してきて、他のところへ行って、この詩はこういう意味で云々とは説明できない。彼の詩をわかるためには彼の詩を読むしかない。そして読み終えたら、自分はその詩から再び外側へはじき出される感覚を持っても、ある意味では当然だと思っていい」。そして、これが成功か否かは言うことができず、これを続けたら作者も読者も飽きるだろう、とも大岡は論じている。

確かに、この詩が語る情景や情調を明確に再現することはできない。しかし、まずこれが、ある完成されたと推測される詩を、いわゆる〈虫食い〉状態に改変したような作品であるということは感じられる。言語には冗長性があるので、部分的に消去されても完全に無意味になることはない。むしろ、そのような詩的言語の冗長度を利用し、いわばカーテン越しに室内をのぞき込むような窃視的読解を、読者に可能とするための設定とも考えられる。しかも、消去されたのは、そこにこそ、いかにも主体の在処があったと想定される箇所ばかりである。何よりも題名の「とぎれとぎれの午睡を　が浸しにやってくる＊」において、「午睡を　が」の主語が消去されたために、決定的な主体性の欠落が感じられる。中心となるべき要素こそ、ここで消し去られているものなのである。

それはまた、作品全体においても同様である。序盤の「晩夏」―「昼」―「浅い水」―「枯草の匂い」の系列から、戸外の情景が示唆されるが、そこで何が行われたのかは、「臥せ」―「わらずゆ」―「息つか」から推測するほかにない。中盤では、「真夜中の理科室の人体解剖模型」のイメージが強烈であるが、その「真夜中」と、「だが今はまだ、昼」との対比が強調される。終盤、「縦のすがたで緊」から始まる一節で、「乳房」―「乳首」のふるえ、「肩をつかむ指」「うるんだ声」などの語彙により、官能的な場面が示唆される。結末の「コパーフィールド』を」は、ディケンズの作品と「長い、長い午後。夕立。老い」、そして「眼の見えなくなった犬が水を飲む音」とも相俟って、官能のふるえが鎮まり、静かな情景で終幕を迎えたように受け取ることができる。

とはいえ、〈虫食い〉のこの詩は、すべてが示唆と解釈にとどまり、そこから決定的な主体性や出来事を読み取ることは難しい。そしてその示唆や解釈は、いずれも読者の大きな参与によって初めて可能となる。ウンベルト・エーコは、「開かれた作品」のポイントして、「作者とともに作品を作ることへの誘い」、「すでに物理的に完結していながらも、刺激の総体を知覚する行為において享受者が発見し、選択するべき内的諸関係の絶えざる胚胎へと〈開かれて〉いる作品が存在すること」、「あらゆる芸術作品は、［…］実質的には一連の可能な読みの潜在的に無限な系列へと開かれており［…］演奏＝上演に応じて作品を甦らせる、ということ」の三つを挙げている。[7] 多様な解釈を許容する松浦の詩は、もともと「開かれた作品」の要素が強い。この詩は、その性質を極限まで追求した一つの成果と言うことができるだろう。

4　「幼年」——エクリチュールの零度

詩集『冬の本』（一九八七・七、青土社）の「跋」には、「この〈本〉が願っているのは、内に〈冬〉を喚び入れることだけだ。冬の本から本の冬へ。〈の〉の一字を回転扉の軸にして、包むものと包まれるものとが徐々に回転してゆく緩慢な過程の記録」と記される。[8] また、「書物の黄昏」（『音脈』2、二〇〇〇・一）には、次のように述べられている（同様の記述は、「書物——精神の楽器としての」にも見られる。『季刊・本とコンピュータ』一九九九秋号所収）。「実際、改めて振り返ってみれば、『書物』とは長年月にわたってわたしの詩の中に見え隠れしてきた馴染み深い主題だったのである。わたしの第二詩集に当たる『冬の本』は、巻頭にはタイトル・ピースの『冬の本』を置き、巻末の『本の冬』という詩編でで締め括るという構成になっている。『本』と『冬』という二つの漢字の結びつきが書物全体の通奏低音になっており、いわばこの『冬の本』という『本』そのもののうちに『冬』を導き入れたいというのが、作者としての最大の野心だったと言えば言える」[9]。第一詩集『ウサギのダンス』が、概ね、詩＝物語についての詩という性質を呈していたのと同様に、『冬の本』もまた、本という概念によって構造化される本、本の本という色彩を備えている。試みに「幼年」と題する詩を読んでみよう。

ぼくのかなしくふくらんでゆくか
わいたヒヤシンスの球根が風にむ
かってひらかれてねむたい午後が
真冬のさむい紅色のなかでくらや
みに溶けこみかけているのだろう、
もう覚えていないそんなとある夕
暮またべつの夕暮またいつの夕暮

ぼくのかなしくふくらんでゆくかわいたヒヤシンスの球根のなかでぼくはくつがえりうらがえってからだを丸めするどい刃の鈍色の一閃をゆめみながら二組の不幸な双子や魚や欠けた水甕の物語を読んでいるのだろう、［…］ぼくのかなしくふくらんでゆくかわいたヒヤシンスの球根がやがてうっすらいろづいてもぼくの瞳と舌はいつまでも透きとおったままなのだろう

（「幼年」）

「ぼくの……球根」と、被修飾語に遠く離れてかかる「ぼくの」は、必ずしも所有格（ぼくのものである球根）というだけでなく、同格（ぼくという球根）の意味合いを含むようである。以後、「ヒヤシンスの球根」の実体的なイメージと、それが「かなしくふくらんでゆくかわ

いた」ものであるとする内面的なイメージとが交錯し、「ぼく」の外面的行為と内面のあり方とを詩的に示唆してゆく。この詩は句点がなく、読点も少なく、分かち書きもない。数少ない読点で区切られた比較的長い文において、措辞は流動的に連続し、イメージは渾融する。「ヒヤシンスの球根」は、球根自体であるともに「ぼく」でもあり、それが「風に向かってひらかれ」るとは、「ぼく」の心のあり方が環境の側へと委ねられることを意味する。「ねむたい午後」も「球根」も「ぼく」も、すべては「くらやみに溶けこみかけている」。

だが、その「夕暮」は「もう覚えていない」。それはタイトルの「幼年」の響きのうちにあり、「幼年」はその封じ込める支配力によって、いくつもの「夕暮」に「球根」のイメージを転移させ、同じようなイメージを反復させてしまう。「ぼくのかなしくふくらんでゆくかわいたヒヤシンスの球根」は、この短い詩の中で変型されながら四度も繰り返される。今度は「ぼく」は球根の内部に入り、「からだを丸め」て旋転するが、それは羊水の中の夢見る胎児のようだ。そこでも「ぼく」は「物語」を読むのだが、「ぼく」は語るぼくと語られるぼくとに二重化して、ぼくがぼくの様子を「……だろう」と、繰り返し推測している。

そしてその「物語」は、「うしなわれた名」の漂流と堆積の結果の「響きの不在」と、損傷し亀裂した「物語」であり、それに包まれて「ヒヤシンスの球根」は膨らむ。「響きの不在をこだまさせる」の後、文が切れるとも、またそれが「物語につつまれて」に繋がるとも両様に読みとれる。句読法の少ない文体特有の現象である。「浴槽のみずのなかを」「重い風」が吹き過ぎる、という現象の渾融交錯、あるいは共感覚的な発想により、環境と主体とは渾然融合する。その風の起源にあるのは、その香りが由来する「空虚」にほかならない。

「ヒヤシンスの球根」が色づいても「ぼくの瞳と舌はいつまでも透きとおったまま」とは、年齢を欠き、成長と成熟から無縁な状態に留め置かれた、ほとんど「不在」とか「空虚」とでもいうべきほかにない、絶対的「幼年」の様相を示している。たぶんこの絶対的「幼年」は、松浦の詩の家郷、あるいは、エクリチュールの零度の胚胎する場所である。

5　『女中』——関係性の白昼夢

「きみの
ときおりわたしは女中
うつくしくしとやかな
女中とはつねに〈中〉にとどまる
内部のひと
だがきみの
〈中〉の女となったわたしは

あわい光にみたされた人の棲まない居間で
なにも
することがない
［…］
〈中〉の〈中〉
［…］
内の内〈内肉〉としてのきみの
女中をつとめるわたしは
いま
きみが身につける靴紐やシャツの釦のような
無意味な存在へと融けこんで
むしろよろこんで　きみの
奉仕を受けることにしよう
きみの女中は
きみを〈下女〉として
ふたたび雇うことにする」
（「i」）

詩集『女中』(一九八五・七、七月堂)は、アルファベット二十六文字を題名とする詩から成り、全体として連作詩編となっており、あるいはむしろ、全体として物語を構築しているような詩集である。この物語の登場人物は、旦那さま・奥さま・女中の三人である。物語は、女中が家事や旦那さまの世話をする風の挿話を交えて進行するのだが、しかしもちろん、女中稼業そのものに重点はない。「旦那さまの恥ずかしい細部に宿りたもうた/こうごうしい鼠は起こさないように気をつけて」(「b」)とか、「わたしのお乳の尖った先をそっと揺するのは/――やめてちょうだい」(「f」)などの官能的な描写も多く、見る/見られる眼差しの欲望に満ちた関係性が、やや意想外の言葉と言葉の連結によって彩られてゆく。「きみ」「あんた」「おまえ」などの二人称が多用された、語りかけを擬した文体は、松浦詩の中では比較的読みやすい。しかし、明確な意味内容を確実につかむことは、やはり難しい。

この「i」は、「きみ」と「わたし」の立場を逆転させる宣言から出発する。「女中」とは「中」の「女」だとする語彙解釈を延長して、実際に人の内部にある人として女中を定義する。それは、旦那さまや奥さまの内部に入り込み、内部から彼らの欲望の様態を透視する種類の女である。女中である「きみ」のさらに女中として、「わたし」は「〈中〉の〈中〉」という内密な場所を与えられている。その内密な場所とは、「内の内」「〈内肉〉」などとも呼ばれ、そのような場所において、「わたし」は「疎遠なきみ」を「なによりいとおしい」と思うのである。言葉と存在とが絡み合い、次元のレヴェルを侵犯して、相互に相手を籠絡する事態が、ここには見て取れる。

そして、最後には「きみの女中」つまり「わたし」が、再び「きみ」を「〈下女〉」として雇う、ということは、「わたし」と「きみ」が立場的にも無限に循環する関係性に身を置き直したということになる。自己と他者とが、融通無碍にその主体性を交換し合い、そのような憑依する主体性のあり方そのものが、「女中」という設定の重要な帰結にほかならない。その結果、「あたしに／なぜおまえは告げるのか」「みだらな言葉の帯であたしをうつおまえの手」（「j」）のように、「あたし」と「おまえ」の実体は、いわば旦那さまでも女中でもどちらでもよく、同時に両方でもありうるような境地にまで達する。「おまえは　わたしだ」（「r」）。

こうして詩集『女中』は、夫婦と女中がいる家の風景を、いわば白昼夢のように織り上げた、幻覚的な関係性の劇にほかならない。

6　『鳥の計画』――自我と拡散

詩集『鳥の計画』（一九九三・九、青土社）の「跋」には、次のように述べられている。「『冬の本』（一九八七年）以後、折に触れて書き溜めた詩篇を『鳥の計画』と題してここに集成する。六年ほどに及ぶこの時期、わたしと言葉との関係に起きた変容については、表題作となったやや長い詩篇が完璧に語り尽くしていると信じる。水から空気へ。わたしにとって、生とは、いま、浮游し飛散するための『計画』以外のものではない。そのとき、詩もまた、それ以外のものであるはずがない」[10]。この理念を地で行く表題作「鳥の計画」では、親しかった「水」への訣別と、「大気」への飛翔が語られる。そこでは「この机の面　ここがわたしに残された最後の貯水池であるにせよ　もしそれが湛えている水がこんなに無害でこんなに波立たぬものならば　どんな異形のいきものの影も深みにうごめくことがないならばもうわたしは水と睦みあうこともない」「むしろわたしはいよいよ水から離脱しなければ「計画が必要だ　大気のなかに　飛び散るための　乾ききったままのわたしの胞子を飛び散らせるための計画が」と歌われている。ここでいう「水」から「大気」へ、とは何を意味するのか。

守中高明は次のように評する。「松浦寿輝の最新刊『鳥の計画』（思潮社）に綴られているのは、今日われわれの読み得る最も残酷な言葉である。なにも、切り刻まれた肉片だの剥ぎ取られた皮膚や爪だのがそこに描出されているわけではないし、読む者の安寧な心理を逆撫でするような悪意のこもった詩行が溢れているというわけでもない。残酷なのは、言葉と詩人の関係である。ここで問題になっているのはつねに、離散的な拘束とでも言うべき捻れた力の経験であり、言葉は、主体に固有なる環境の墨守を許すこともなく、かと言って全面的な外部への通路を示してくれもしない。そのような力に引き裂かれた自己の像をいかなる留保もなしに露出すること——それがここでの詩人の試みであると見える」[11]。
これを言い換えれば、「水」に象徴される主体と内部との、あるいは主体と外部との予定調和的な一体性を忌避し、「大気」のように拡散したあり方において、自我に関する言葉を散乱させることである。物語―詩の否定から出発した松浦の詩は、もともと、このような「鳥の計画」を内在させていたとも言える。「明るい敗亡の彼方へ——八〇年代の詩」で述べたような批評を踏まえて、松浦はいわば原初の立脚点をむしろ強化し再確認するに至ったのである。その名も「水、八方に散って星となれ」という作品を読んでみる。

横断歩道の上空に浮かんでいる、
昼の星のわたくし、
無関心な死体のようにすっと立つ、裸の木々の、
露にきらめき冬空を細かく分かつ、蜘蛛の巣の、
はてしなく落ちつづける、噴水の水のわたくし、
しかし、なぜここで、
道路を渡りかけて立ち止まり、
またしても死を想わねばならぬのか、
[…]

たぶんこの世界ともう一つの世界との間には、
ほんのわずかな隙間があって、そこでは、
わたくしは何者でもなく、
きみはたんにうつくしい幽霊の形でしかない、
自動車のクラクションにせきたてられて、
また歩き出しながら、かんがえていた、
渡りきって向こう側の舗石に歩をかけてもなお、
かんがえていた、わたくしの、
水の飛沫をかがやかせてくれる夜の闇はいったい、
いつおりてくるのだろうこの地上にと、
きっとまだわたくしは、ぴたりと正しい瞬間に、
その信号を受け取っていないのだ、
撃たれねばならぬ、
そうだふきあげる噴水の水の軌跡の、
抛物線の頂点で、なにものかに撃たれねばならぬ、
飛礫を投げつけられねばならぬ、
そして四方に散るのだ、私の生の水、

八方に散っていよいよあきらかな昼の星となれ！

（「水、八方に散って星となれ」）

横断歩道を渡ろうとする時、「わたくし」という表裏一体の、すなわちオブジェとして秤量される私と、それを秤量する私との間の二重化にまつわるイリュージョンが見える。それが「昼の星の」「裸の木々の」「蜘蛛の巣の」「噴水の水の」によって修飾され、さらに個々の修飾句によっても語られるところの、「わたくし」である。以後、この詩は、この「わたくし」の、一種の不安にも似た、世界と自己との間の距離と「死」の感覚とが交錯するイメージの世界を描いている。

「しかし、なぜここで、」以下の七行は、疑問文が続き、「死」を思い、「不吉な信号」「死のしらせ」について考慮することを余儀なくされる。既に「無関心な死体のように」のところで導入された「死」のイメージは、以後、「わたくし」と「きみ」、そして空間とその内部における事物群を伴う世界とにまとわりつき、彩ることになる。それは、「生」と「死」との戯れる情景である。二回出現する「たとえば」以下の事例では、まず「寒冷」―「昼」―「星」―「霜」という冷徹な環境において、「死」と官能的な「やさしい蔓のような曲線」とが想起される。次に、紙飛行機を放った瞬間の「かすかな空虚の感覚」が置かれる。「たぶん」で推測される、二つの世界の間の「ほんのわずかな隙間」で、「わたくし」と「きみ」

が実体を失っているという感覚は、この詩の中核となる夢想だろう。

横断歩道を渡るというほんの一瞬の間に、実体としてある世界と、そこにおいて生きているという実感との間の齟齬が、こうした夢想を誘発する。やがて「わたくし」は道路を渡りきるが、倒置法の中で、やはり「わたくしの、／水の飛沫をかがやかせてくれる夜の闇」を願望し、その「信号」を受信していないことに想到する。「撃たれねばならぬ」以下の、射撃やつぶてで散乱する「生の水」が、散乱して「昼の星となれ！」という散乱の要請こそ、世界の「隙間」に対する違和感を契機として、逆に世界へと散乱する意志を示してもいる。

最後に、見ることと書くこととの交わりについて、独特の仕方で語った詩「失明」を読み解いてみる。

不意にしたたってきてわたしの背をつたいおちる一滴の水。空が高い。枯木立の梢の先を突き抜けて。足のしたには霜柱。歩いてゆく。おぼつかない足取りで。まるで竹馬に乗ってでもいるような。

［…］

ちぎれた蟬の羽。高層ビルにかかる満月。雹。にじんだ宛名。石楠花。窓の汚れ。雲。片方だけの手袋。いとおしい仮象たち。かつてはそれらすべてをなんてらくらくと愛することができたのだろう。わたしはずいぶんたくさんの人たちに手紙を書いていたものなのに。

もう書くことはない。何も見えないから。もう見えないのだ。暗闇の底からわたしの耳にのぼってくるのはただ、ざっ、ざっ、と霜柱を踏むわたし自身の足音だけ。いやもう一つ、……何かがかすかに響いていないか。高い空に鳴りつづけているものがあるのでは。

［…］

見えないものは名づけられない。たとえば眠りにおちる直前、めしいた眼ににじむほんの少量の涙。わたしのことばはそうしたものでできていなければならぬ。

立ち止まろう。ほんのすこしだけ。冬の林のただなかで。

鼓膜が痛い。それからまた歩き出す。……たぶんそう書き送ることはできるのだが。

（「失明」）

この詩の場合は、「物語」や「幼年」に比べると句読点が多く、特に句点が多い。短文や語句が相互に隔て合い、空隙を作り出すような印象がある。その空隙は、世界の透明性、不可侵性を示唆するように思われる。第一連の「不意にしたたってきてわたしの背をつたいおちる一滴の水」は、垂直に落ちてくる。「空」の高みから、足元の「霜柱」まで、上下の象徴的空間でアクションは進行する。そういえば、「竹馬」も直立して乗る遊びであった。第二連は、視覚に基づく記憶の疑わしさを自問し、それは第三連にも連続する。「蝉の羽」「むなしい影踏み」は、子どもの感覚を思わせ、「ちぎれた蝉の羽」「高層ビルにかかる満月」「にじんだ宛名」「窓の汚れ」「片方だけの手袋」などは、どれも部分が欠けたものとも見られる。いずれにせよ、あえかな物象を「らくらくと愛する」過去の境地は過ぎ去った。同じように、そのことをか、多くの「手紙」に書く行為も、もはや過去のものとなった。

第四連では、「わたし」の思いが急速に表白される。書くこと＝見ることは、一挙に失われた。だが、足元の「霜柱」から、また、「高い空」から、何ものか「鳴りつづけているものがある」。それは第五連に至って、既知の何ものでもない、初めての音と認められる。つまり、「見えるもののためのの」言葉でしかなく、見えないものとなった「わたし」にとっては空疎でしかない。上下また遠近の幅をもって「聞こえてくるつめたい音」に名前はない。第六連は、第四・五連の反復を伴う。すなわち、「見えないものは名づけられない」という視覚＝エクリチュールの確認である。「ほんの少量の涙」としての「ことば」。それは、不可能性に彩られながらも、何らかの意味として響きはする。最終第七連では、あれらの「音」の響く林間の、沈黙の騒がしさを「鼓膜が痛い」と述べ、そして「それからまた歩き出す」などと「書き送ること」の可能性を歌って幕を閉じている。

この詩は、ここまで概観してきた松浦の詩の詩法そのものを、再び凝縮させて結晶させた、いわばメタポエジー（ポエジーについてのポエジー）に溢れている。「失明」とは、可能性と不可能性に彩られた言葉の様態そのものを暗示する。そこには、もはや新たに書くべきことはなく、すべての的確な言葉遣いを自ら否定しつつも、にもかかわらず、一瞬、立ち止まっては再出発する言葉の探求者そのものの道程が点描されている。(12)

第七章　今井正——『また逢う日まで』のメロドラマ原理——

1　反復とヴォイス・オーヴァー

今井正監督の『また逢う日まで』（東宝、一九五〇）[1]は、ロマン・ロランの小説『ピエールとリュース』（*Pierre et Luce*、一九二〇）[2]を原作とする。戦時中の日本を舞台に、男女の恋と死を描いた名作である。脚本は水木洋子・八住利雄で、クレジットにロランの名はないが、今井自身によれば、ロランの未亡人との交渉で、著作権料を取られないよう黙ってやる結果になったということである。[3]原作と映画との差異と同一については、山本喜久男が既に詳細に論じている。[4]ここでは、有名なガラス越しのキスシーンによって伝えられるこの映画のメロドラマ性について論じてみたい。

原作との全般的な比較については、極めて詳細な山本の検証に譲り、ここでは逐一繰り返さない。ごく概略のみ記すと、原作は第一次世界大戦時、一九一八年の一月から三月までのパリを舞台とし、復活祭前の聖週間を重要な時間的要素としている。そのことは、結末の聖金曜日にピエールとリュースがノートルダム寺院で爆発（爆撃）のために命を落とす直前に、リュースが死を暗示する天使とも思われる「栗色の髪をした少女」を見る場面などからも明らかである。戦争によって悲劇的結末を迎える恋人たちの最期を描くのに、ロランの原作は教会を舞台とし、神秘的描写も交えながら、彼・彼女の愛と死を崇高化することによって処遇したと言うことができる。

これに対して映画には、そのような宗教的色彩は全く存在しない。その代わりにメロドラマ的構築を存分に取り込み、その手法によって、二人の死を原作とは異なる方向で結晶化したのである。

この映画の全体に大枠を付与するのは、（1）一種のフラッシュフォワード（flashforward）、すなわちシーン・物語の時間的な先取法であり、（2）それと緊密に連携する、人物田島三郎によるヴォイス・オーヴァー（voice-over）、すなわち内的独白または傍白である。開幕直後、三郎が小野螢子と出征前最後の日の逢瀬に出かけようと家の階段を降りると、予定を早めて今夜入営せよとの電報が配達員によって届けられ、次いで嫂正子が倒れたことが警防団の男によって知らされる。続くシーンでは、近所の岡夫人が医者に電話を掛け、そこに三郎の最初の内的独白で「ああ……俺に翼があったら、このことを知らせに行けるんだが」云々という吐露が重なる。以後、カットが繋がれ、物語は過去の三郎と螢子の防空壕における最初の出会いに遡る。ここから先は、後述のように例外はあるものの、ほぼ三郎の回想と言ってもよいだろう(5)。そしてその後、映画の物語は時間を追って展開し、冒頭のシーンに追いつくことになる。三郎の回想をフラッシュバックと取るか、冒頭の場面をフラッシュフォワードと取るかは相対的な問題であるが、いずれにしてもこの操作が大枠を嵌めていることは確かである。

ところがそれに加えて、終盤において、見ようによっては奇妙なことが起こる。物語が冒頭の時間に追いついた後、三郎は流産した正子の介抱のため自宅に足止めを食い、螢子は駅で三郎を待つうち空襲で死ぬ。三郎は彼女に会えないまま夜汽車で出征し、そして帰らぬ人となる。最後のシークェンスでは、正子、螢子の母すが、そして三郎らの父英作が、三郎・螢子の形見となった、螢子の描いた三郎の肖像画の前で一堂に会している。すがは戦地から届いた生前の三郎の手紙を読んでいるが、そのショットに至るまでに、カメラは田島家の門の外から家の内部に入り込む。それと同時に、「僕は必ず帰ってくる」云々という三郎のヴォイス・オーヴァーが、まさに田島家のたたずまいを実況中継するかのように重なる。つまり、三郎が死んだ後も、三郎の内的独白は続いているのである。

「一般にメロドラマの特徴のひとつは犠牲者の視点に集中するということである」（トマス・エルセサー）[6]。さらに見方を変えれば、鉄道による出征の場面から「昭和二十年秋」のタイトルを挟んで、切れ目なく繋がるヴォイス・オーヴァーのため、言わば、この映画の物語は冒頭からすべて手紙の文面であり、その手紙をすがが読む行為によって、すがの脳裡に構成されたものととらえられなくもない。先述の時間的二重構造は、そのような手紙の物語の構造に由来するものかも知れない。この内的独白の導入は、今井が「お手本にした」[7]と言うデイヴィッド・リーン監督の『逢びき』（*Brief Encounter*、英、一九四五）に影響されている。『逢びき』は、医師アレックと不倫未遂を犯すローラの回想のヴォイス・オーヴァーによって展開する。そのヴォイス・オーヴァーはすべて、ある夜、一緒の居間の眼前でクロスワードパズルに興じている夫に対面している妻ローラの内心の告白である。その出来事は最終的には未遂に終わるのだが、回想はそのまま最後に現在へとなめらかに接続している。駅での二人の最後の別れの日を先取りするフラッシュフォワードから始まって、いったん過去に遡り、次第に現在に追いつく時間的二重構造も、既に『逢びき』にあったものである。『逢びき』では、夫は真相を知らないまま、というより妻の内心を全く窺うこともないままに、彼女を優しく受け入れ、夫婦の危機は未然に回避される。

　ともあれ、このような語り（narration）の手法によって、三郎の心理内容は隈なく表現される。言い換えれば、この映画において、少なくとも三郎に関しては心理上の謎というものがない。むしろ、いささか鼻につくほど説明飽和あるいは説明過多である。しかも、三郎という人物は、キャラクターとしても複雑さや陰影に乏しい。螢子に一途に恋い焦がれ、螢子と知り合うことができれば「鼻歌」を歌うなど喜んではしゃぎ、兄に交際を咎められれば暗く落ち込み、最後の日に会えないとなれば（心の中で）絶叫する。単純で真っ直ぐな三郎の心は、それを描くために必要十分なこの語りによって、ぐんぐんと前へ推し進められていく。この映画は三郎の心理に関しては透明であり、物語の前進に関しては直線的であると言わなければならない。このような透明性と直線性の設定により、むしろクライマックスにおける永遠の切断、別離と死の効果は否応もなく高められることになる。

2 愛と死のパラドックス

「ああ、俺に翼があったら、このことを知らせに行けるんだが……」。出征によって逢うことがかなわなくなり、かなりの確率で戦死がそれを決定的にするという終末の予感の中で、この映画は、必然的に極度の緊張感に彩られている。たとえば召集令状の送達、繰り上げられた出発、義姉の流産による螢子との待ち合わせの失敗[8]、すがとの遭遇の失敗（夜の川辺の道ですれ違った三郎を振り返るのは、すがではなく近所の竹取さんだった）、そして出発時にすがは三郎の乗った列車を目指すが、あと一歩のところで間に合わない、などのすれ違い・行き違い・到着遅れの設定が繰り返し現れる。とにかく彼らは先を急ぐ。「……だが明日の命は短いかもしれない。急げ！　急がなきゃ……今のうちだ！　何もかも……」。だがその焦燥感は空回りし、どれもこれも間に合わず、宿命的な遅延が彼らを支配する。それらの焦燥はすべて、死によって最大限に加重され、こうして遅延は永遠化する。〈間に合わない〉のは現象であり、現実の現象にはすべて理由がある。しかし、虚構的な現象の場合、その理由は、現実の因果関係とは違った次元で設定される。それは映画における物語や映像の水準での理由であり、特に物語行為の水準においては、すべては観客への効果――メロドラマ効果を確保し高めること以外に理由はない。

いわゆる貞節、処女性について考えてみよう（この映画の場合、そう呼ぶのが正しいかどうかは、とりあえず措こう）。螢子は三郎に抱かれたり接吻されそうになるたび、当初はそれに抵抗を示す。長く続いた空襲警報にしびれをきらし、壕から出た二人の前で、馬方が直撃弾を受けて搬送される。その時、三郎に抱きしめられた螢子は「いえ……まだ……まだいや」と言う。「だったら……いつ……いつ君は……僕のものになるの？」「ああ……いつでも……いつでもよ！　でも……もう少し、このままで……ね？　もう少し……」「じゃあ僕が、征くまでにきっと……」「ええ、きっと……きっとその前の日に……」。この〈約束〉をした日が、二人の「婚約の日」と呼ばれることになる。しかし、出征の「前の日」に設定することに、何の必然性があるのだろうか。現実にそのような事例があったか否かにかかわらず、ここには畢竟、劇的な効果を高める以外の意味は必要とされていない。期待と遅延、そして急激な切断。この〈約束〉によって、メロドラマ効果は否応なく高められる。

螢子はなぜ拒絶するのか？　例によって、理由は挙げられるだろう。早くに病気で父を亡くし、苦労した母に育てられた螢子は、駆け落ちして結婚した両親の自由な生き方を自らも念頭に置くと同時に、そのような苦労に裏づけられた母すがの忠告にも耳を傾けざるをえない。前夜に遅く帰り、「何も悪いことしてるんじゃない」と言う螢子に、すがは「女はいちばん始《ママ》めが大切なんだから……最初につまずくと、女は一生泣いて暮さなけれりゃならないんだから……今は、今日明日のことも約束できない時だろう。先方のお父さんにも認めて貰えないような……」と言う。母は自分の苦労を子に繰り返させたくない。その「つまずき」は、いずれにせよ「始《ママ》め」に関わるものだから、物事の始まりに対して慎重になるのも無理はない。このシークェンスはあの「婚約の日」のシーンの後に来るから、螢子の躊躇いを強化するための効果は明確に挙がっている。

実際、三郎の側の葛藤ともこれは通底する。感情において単純な三郎も、内心、家族に関しては重い思いを抱いていた。母を既に失い、判事である父英作は厳しく、長兄一郎は戦死し、残された嫂は身重であり、かつてお互いに心を通わせたこともある次兄二郎は、今では「特攻中尉」と呼ばれるような厳酷な軍人になっている。その次兄には反発しつつも、公園で螢子と二人でいるところを彼に目撃された三郎は、「お前はまだ未完成な人間なんだ」「よく現実を見ろ！　お前の責任は重いんだぞ！　お前が、そんなことに深入りすればするほど、相手も不幸におとしいれることになるんだ！　本当の男なら今のうちにきっぱりと、そういう絆は断ち切るべきだ！」と詰る二郎に対して、何も言い返すことができない。また、「日本人か！　貴様、それでも……」という軍人の言葉と、先の母（すが）の思いとは表面上違っているが、恋愛やその先に予想される事態に対する懸念としては根を等しくする。この兄が鉄道事故で重態となり、死の直前に三郎に後事を託し、「お前は……俺と二人分幸福になってくれよ」と言って親愛の情を取り戻す場面は、彼が死に直面した結果、自らの生地の部分に立ち返ったことを示すものだろう。

「メロドラマとはなにか？　という問いにひとことで答えることは難しい。が、それを過剰なる感情のための過剰なる形式であるととりあえず定義しておくことはできるだろう」（加藤幹郎）[9]。最後にアトリエで三郎が螢子を抱きすくめた際、「螢子！……いいね？」と三郎に問われた螢子は、一度は首を横に振るが、次には縦に振る。だが、すぐその後で三郎は行為を止め、コートを取っていったん戸口から外へ出、戻ってきて「許してね？　約束を守らないで」と謝る。「もう、どうなってもいいのよ！　もうどうなっても……」と言う螢子に対して、三郎は「でも、君を不幸にするような気がして……」と答える。そして、翌日の駅での待ち合わせを決めるのである。この〈約束〉とは、出征の「前の日」に「僕のものになる」という約束だろう。だが、三郎は別れ際、「最後の一日を楽しく送ろうね？　そして二人の……日を記念して写真をうつそうね？」と言う。どうやら、〈約束〉の成就に関しては、少なくとも三郎の側では、既にどうでもよいものになっているらしい[10]。

螢子は朗らかで可愛い女として登場する。マフラーを頭巾にして被り、「やぶにらみ」の真似をし、よく笑う。可愛く描かれるほどに、後で哀れさは募り、また「諾」の決意が重く感じられる。だが、彼女は口では「何でもない」と言いながら、自分の欲求と生活との矛盾に苦しんでいないわけではない。ここには生活と芸術との葛藤という「生れ出づる悩み」(有島武郎)的な要素がある。螢子が生活のための絵描きをすることを三郎は快く思わないが、逆に螢子は三郎を生活の苦労を知らない「のんき」なお坊ちゃんとして見ていた。「生きなきゃ」という意志は〈食べること〉として表象され、もう一つの願望としての「少しの幸福」は、〈愛し愛されること〉として表象される。生活と芸術との葛藤は、結局、愛=生命において合一し結実することだろう。これは一種の生命主義である。[11]その生命主義の具現が、螢子の描く三郎の肖像画である。しかし、いみじくも三郎が予言したように、これは「形見」となる。それも結末のシークェンスから明らかなように、この肖像画は、どちらか一方ではなく、二人両方の「形見」となったのである。愛=生命の結晶が、そのまま永遠の別離=死の結晶ともなる。これもまた、メロドラマ的なパラドックスである。

3 読唇術、またはkissの本質

「メロドラマ的主人公は抑圧されている。しかも、みずからの責任においてというよりは説明しがたい理不尽な外圧によって抑圧されている」(加藤幹郎)[12]。原作でピエールとリュースが初めてkissを交わすのは、生きることと、「ちょっとした幸福」が欲しいという会話の後である。「そして彼らのまなざしがふれるかふれないうちに、小鳥のような素早さで、彼

らの口は合わされた」。そしてピエールは、「このほんの少しの幸福……ね、いまでは、もってるんだね！」と呟く。それに対応する映画の場面では、何もなく、街頭で生活に疲れた夫婦連れを見た後、「ほんのね、少しでいいから、欲しいわ、幸福」という螢子に対して、「ほんの少しなら……今、持ってるじゃないの……僕たち」と三郎が返すだけである。映画では、ガラス越しのキスシーンは、その後、入隊まであと六カ月であることを螢子に知らせ、兄に難詰され、翌日、初めて螢子の家を訪れた時である。さらに下って二人が初めて実際のkissを交わすのは、例の「婚約の日」である。(13) それ以後、キスシーンは四回ほどある。原作にも、次のようにガラス越しのシーンはある。

しかし、彼は扉を閉めて、庭から出ようとするところで、一階の窓の方に振り向くと、黄昏《たそがれ》の銅色の最後の余光が硝子《ガラス》に映ったなかに、ほのかな暗い明かりのなかに、情熱的な顔つきで彼を見送っているリュースの輪郭を見た。そこで彼は窓の方にもどってきて、閉まった窓硝子に唇を押しあてた。彼らの唇は硝子の壁をとおして接吻した。それからリュースは部屋の闇のなかに引こんだ。そしてカーテンが閉まった。

今井が「あれは原作にあるから撮っただけで、なんで大評判になったかわかんないですよ」と述べたことは知られている。(14) しかし、その結果は絶大であった。(15) 原作では淡々とした文章であり前後を含めても数行のこの場面は、原作の全体に照らしても特に目立つことはない。また既に二人は初 kiss を交わした後である。この場面よりは、むしろ大聖堂、ステンドグラス、天使、そして教会堂の倒壊の中で二人一体化して死を甘受する結末の方が、聖金曜日の昇華とも相俟って原作の最高潮と呼ぶにふさわしい。それに対して、映画のガラス越しのキスシーンは、戦後の男女恋愛の自由化とその表現という単なる時代的評価を超えて、かけがえのない表象となったと言わなければならない。(16)

ところで、それ以前に三郎が初めて螢子の家を訪れる約束をした時、螢子は既にバスに乗っていて、「何時?」と聞く三郎に、ドアのガラス越しに（二時）と答えた。声にならない、唇の動きだけが映し出される。読唇術＝ガラス越しのコミュニケーション。それは実は、既にこのショットで先取りされていたのである。愛という名の現象が、唇を読む（触れる）行為によって現象する。先走って言うならば、愛なるものも含めて、あらゆるコミュニケーションは、常に既にガラス越しなのだ。そして、映画はすべて、レンズというガラス越しに投影されたイメージから、間接的解読作業＝読唇術によって意味をくみ取るほかにないジャンルなのである。

ガラス越しの kiss とは、kiss、ひいては愛＝コミュニケー

『また逢う日まで』
（Wikimedia Commons より）

ションの持っているある本質的属性をより顕著にする表象である。それは距離化・分裂・差延であり、二人の間の決して乗り越えられない距離を示す。「僕のものになる」ことの代理であるkissは、ガラスによって距てられることにより、その代理性を顕在化する。だが、「僕のものになる」ことも、既に何かの代理ではないのか。そしてその「何か」とは何だろうか。そのような起源は、永遠に遠ざけられているのではないだろうか。辛うじてkissの帯びる、やわらかな肉体の直接的接触という感覚は、透明ではあるが、透明だからこそ明確に距離を表示し、やわらかさを無化する硬質の物質であるガラス板によって、否定され、その否定によって異化される。この、距離の短縮とその絶対化のパラドックスは、kissが本来持っている属性にほかならない。だが、そのパラドックスは、この映画にあっては、そのテクスト様式と見合う強度を備えている。それは、「まだ」と「もう」とが同居するパラドックスである。

それは、物語の水準においては、いわゆる処女性の通念と、戦時下の極限的状況によってもたらされたパラドックスのようにも見える。戦時下における貞節と倫理の例外として、この行為は行われた。だが、もし禁止を解くことができるとしても、それは厳密に出征の「前の日」である必然性はない。しかも、螢子自身が「もう」と決断したにもかかわらず、映画はその禁止を最後まで持続しようとする。その禁止は、歴史的な実態に基づく以上に、ガラス越しのキスシーンのもつ分裂化の効力と根を等しくするメロドラマ的な要請にほかならない。自ら禁止し、短縮しつつ絶対化する距離を身に帯びるならば、彼らはまさしく、ジャンルとしてのメロドラマの法則に従うキャラクターとなるのである。

従って、実際のkissがその後繰り返されようとも、また、螢子が最後の逢瀬に臨む際、とっておきの下着（シナリオ「螢子、シュミーズの上に、真新しいスリップをかぶっている」）を身につけ、一輪の花で身を飾ることが、川本三郎によれば「出征する恋人のために身体を許そうとする女性」[17]と見えようとも、そのような不可能性は、あの仮想のキスシーンによって決定的に結晶されている。川本はこれに続けて、「恋愛メロドラマのパターンといえばそれまでだが、作り手たちの心に、そうすることで〝女の身体も知らずに死んでいった若者たちを慰藉したい〞というフェミニンな気持があったのではないか。とくに女性の側にはそういう思いがあったのではないか」と述べている。[18] 山本も同じ場面をとらえて、これを「女性的な映画」と評している。[19] だが、所詮、それは典型的に男性の期待する「フェミニンな気持」に過ぎないのではないかということはさておき、ことこの映画においては、そのような身体的「慰藉」は、畢竟、永遠に遠ざけられているのである。

単純で直線的なキャラクターであったはずの三郎は、物語行為の構造によってこのような身体の禁止を自ら引き受ける。そして、人物としての三郎の行き所のなくなった思いは、声だけの亡霊であるかのように、死後の内的独白として「昭和二十年秋」のシークェンスに現れ、すがの読む手紙の文面に吸収されるかのように、「形見」の肖像画に投影される。この映画について、「戦争で引き裂かれた若い恋人たちの甘美な悲劇である」という佐藤忠男の評は、大方の見方と合致したものだろう。[20] ただし、戦争そのものや「悲劇」が問題であるなら、何もこのような七面倒くさい映像物語を構築する必要はない。戦争は専ら、未来を切断し、分裂を確実化するためのメロドラマ的装置として機能している。むしろそのようにして未来を否定するからこそ、メロドラマは、実現しない純粋な夢（そして夢は、誰にも純粋に実現しえない）を、多様な形で語ることができるようになるのである。

注

序説　根元的虚構論と文学理論

（1）ポール・リクール『時間と物語』全3巻（一九八三〜一九八五、久米博訳、一九八七・一一、一九八八・七、一九九〇・三、新曜社）。
（2）中村三春「フィクションとメタフィクション」（『係争中の主体——漱石・太宰・賢治』、二〇〇六・二、翰林書房）、298ページを参照。
（3）ジョン・R・サール「フィクションの論理的身分」（『表現と意味——言語行為論的研究』、一九七九、山田友幸監訳、二〇〇六・九、誠信書房）、108ページ。
（4）ウンベルト・エーコ『開かれた作品』（一九六七、篠原資明・和田忠彦訳、一九八四・一二、青土社）。
（5）鈴木貞美『日本文学の成立』（二〇〇九・一〇、作品社）。
（6）アラン・ソーカル、ジャン・ブリクモン『「知」の欺瞞——ポストモダン思想における科学の濫用』（一九九八、田崎晴明・大野克嗣・堀茂樹訳、二〇一二・二、岩波現代文庫）。
（7）村上陽一郎・野家啓一「対談　サイエンス・ウォーズ——問いとしての」（『現代思想』一九九八・一一）、47ページ最下段。
（8）ジョナサン・カラー『文学と文学理論』（二〇〇七、折島正司訳、二〇一一・九、岩波書店）、5ページ。
（9）同、6ページ。
（10）同、429ページ。

第一部　フィクションの諸相――根元的虚構論から――

第一章　嘘と虚構のあいだ――言語行為と根元的虚構――

(1) ウンベルト・エーコ『記号論』Ⅰ（一九七六、池上嘉彦訳、一九八〇・四、岩波現代選書43）、8ページ。原文は傍点付き。
(2) 野口武彦『小説の日本語』（『日本語の世界』13、一九八〇・一二、中央公論社）、22ページ。
(3) 同、35ページ。
(4) ハラルト・ヴァインリヒ『うその言語学』（一九六七、井口省吾訳、一九七三・一〇、大修館書店）、66ページ。
(5) 村上春樹『1Q84』BOOK1（二〇〇九・五、新潮社）、459～460ページ。
(6) これは、いわゆるタルスキの規約Tの構文である。アルフレッド・タルスキ「真理の意味論的観点と意味論の基礎」（一九四四、飯田隆訳、坂本百大編『現代哲学基本論文集』Ⅱ、一九八七・七、勁草書房）参照。
(7) ウェイン・C・ブース『フィクションの修辞学』（一九六一、米本弘一・服部典之・渡辺克昭訳、一九九一・二、水声社）。
(8) 野口前掲書、35～36ページ。
(9) アリストテレス『詩学』（今道友信訳、『アリストテレス全集』17、一九七二・八、岩波書店）。
(10) ケーテ・ハンブルガー『文学の論理』（一九五七、植和田光晴訳、一九八六・六、松籟社）、ポール・リクール前掲書、ノースロップ・フライ『批評の解剖』（一九五七、海老根宏・中村健二・出淵博・山内久明訳、一九八〇・六、法政大学出版局）。
(11) ハンブルガー前掲書。
(12) リクール前掲書。

(13) 柳田國男「ウソと子供」(原題「ウソツキ不朽」、『文芸倶楽部』一九二九・八)、同「ウソと文学との関係」(『設楽』一九三二・四)、『不幸なる芸術』(一九五三・六、筑摩書房)、引用は『定本 柳田國男集』7(一九六八・一二、筑摩書房)より。
(14) 柳田「ウソと子供」(前掲書)、253ページ。
(15) 同、256ページ。
(16) 同、258ページ。
(17) 柳田「ウソと文学との関係」(前掲書)、261ページ。
(18) 同、264・269ページ。
(19) 同、267ページ。
(20) 萩原朔太郎「嘘と文学」(『自由』一九三七・二、『無からの抗争』、一九三七・九、白水社、『萩原朔太郎全集』10、一九六五・九、筑摩書房)、327~329ページ。
(21) 萩原朔太郎「詩の本質性について一〇 詩術(嘘と真実)」(『四季』一九三六・一、『詩人の使命』、一九三七・三、第一書房、同全集10)。
(22) 亀山佳明『子どもの嘘と秘密』(一九九〇・一、筑摩書房)。
(23) 柳田「ウソと子供」(前掲書)、249ページ。
(24) 亀山佳明前掲書、7~10ページ。
(25) 同、22~26ページ。
(26) 同、7ページ。
(27) サール前掲書、107ページ。
(28) 同、109~110ページ。
(29) 同、101~102ページ。
(30) ルートウィヒ・ウィトゲンシュタイン『哲学探究』(一九五三、藤本隆志訳、『ウィトゲンシュタイン全集』8、一九七六・七、大修館書店)、179ページ。
(31) サール前掲書、110ページ。

(32) 深谷昌弘・田中重範『コトバの〈意味づけ論〉』(一九九六・六、紀伊國屋書店)。
(33) ポール・グライス『論理と会話』(一九八九、清塚邦彦訳、一九九八・八、勁草書房)。なお、"cooperative principle"は、同邦訳では「協調の原理」と訳されている。
(34) 深谷・田中前掲書、244〜246ページ。
(35) 同、267ページ。
(36) 同、269ページ。
(37) 同、269ページ。
(38) 同、271ページ。
(39) 亀山純生『うその倫理学』(一九九七・五、大月書店)、43〜44ページ。
(40) 同、33ページ。
(41) 同、35ページ。
(42) 同、36〜37ページ。
(43) 同、37ページ。
(44) 同、36ページ。
(45) ハラルト・シュテュンプケ『鼻行類——新しく発見された哺乳類の構造と生活』(一九七二、日高敏隆・羽田節子訳、一九八七・四、思索社)、テオドール・サレッツキー編『フロイトのセックス・テニス——性衝動とスポーツ』(一九八五、福原泰平・大川恵理訳、一九九〇・四、青土社)。
(46) スタニスワフ・レム『完全なる真空』(一九七一、沼野充義・工藤幸雄・長谷見晃一訳、一九八九・一一、国書刊行会)。
(47) この件の概要は、『芥川龍之介新辞典』(関口安義編、二〇〇三・一二、翰林書房)の「奉教人の死」の項(下野孝文による)に記載がある(554・555ページ)。
(48) 野矢茂樹『語りえぬものを語る』(二〇一一・七、講談社)。
(49) 同、347ページ。傍点原文、以下同。

(50) 同、350ページ。
(51) 価値肯定的な場合の呼び方は、にわかには思いつかない。その第一候補は、たとえば「芸術」だろうか。
(52) グレゴリー・ベイトソン「遊びと空想の理論」(一九五四、『精神の生態学』上、一九七二、佐伯泰樹・佐藤良明・高橋和久訳、一九八六・一、思索社)、271ページ。
(53) ソール・A・クリプキ『ウィトゲンシュタインのパラドックス――規則・私的言語・他人の心』(一九八二、黒崎宏訳、一九八三・一〇、産業図書)参照。

第二章　虚構論と文体論――近代小説と自由間接表現――

(1) 野口前掲書、22ページ。
(2) サール前掲書、117ページ。訳語を一部改めた。
(3) 浜田秀「小説の言語行為論のために」(西田谷洋・浜田編『認知物語論の臨界領域』、二〇一二・九、ひつじ書房)、3ページ。
(4) 野口前掲書、22ページ。
(5) 同、36ページ。
(6) 小森陽一編『近代文学の成立』(『日本文学研究資料新集』11、一九八六・一二、有精堂出版)所収の諸論文、および小森による「解説」、また、野口武彦『三人称の発見まで』(一九九四・六、筑摩書房)参照。
(7) 工藤真由美『アスペクト・テンス体系とテクスト――現代日本語の時間の表現』(一九九五・一一、ひつじ書房)参照。
(8) ドナルド・デイヴィドソン「コミュニケーションと規約」(金子洋之訳、『真理と解釈』、一九九一・五、勁草書房)、304ページ。
(9) ヴァインリヒ前掲書、120～121ページ。

(10) ヴァインリヒ前掲書、110〜111ページ。
(11) 野村眞木夫『日本語のテクスト――関係・効果・様相』(二〇〇〇・一一、ひつじ書房)、251ページ。
(12) 山口治彦『明晰な引用、しなやかな引用――話法の日英対照研究』(『シリーズ言語対照〈外から見る日本語〉』10、二〇〇九・一二、くろしお出版)、39ページ。
(13) 中川ゆきこ『自由間接話法』(一九八三・一〇、あぽろん社)、202ページ。
(14) Charles Bally, «Le style indirect libre en français moderne», *Germanisch-Romanische Monatsschrift*, IV, 1912.
(15) ミハイル・バフチン『言語と文化の記号論』(『ミハイル・バフチン著作集』4、一九八〇・一〇、新時代社)。
(16) 佐藤和代「漱石とジェイン・オースティン――自由間接話法をめぐって」(『人文科学研究』88、一九九五・七)参照。
(17) 中川前掲書、7ページ。
(18) 野口前掲書、130ページ。
(19) 筑摩書房版『二葉亭四迷全集』1(一九八四・一一)、80ページ。
(20) 野口前掲書、130ページ。エーリッヒ・アウエルバッハ『ミメーシス――ヨーロッパ文学における現実描写』下(一九四六、篠田一士・川村二郎訳、一九六七・三、筑摩書房)の「茶色の靴下」参照。
(21) 野村前掲書、256ページ。
(22) バフチン前掲書、327ページ。
(23) 野口前掲書、130ページ。
(24) 三谷邦明「近代小説の〈語り〉と〈言説〉――三人称と一人称小説の位相あるいは『高野聖』の言説分析」(三谷編『近代小説の〈語り〉と〈言説〉』、『双書〈物語学を拓く〉』2、一九九六・六、有精堂出版)、16〜17ページ。ただし、この説が述べられている章の題名は「『た』、虚構は言説の上に宿る」であるが、「た」は「虚構記号」とはならず（「虚構記号」は存在しないので）、テクストに虚構の指標を求める三谷の論証には賛成しない。虚構は言説の上には宿らない。

（25）『源氏物語』1（『新　日本古典文学大系』19、柳井滋・室伏信助・大朝雄二・鈴木日出男・藤井貞和・今西祐一郎校注、一九九三・一、岩波書店）、157ページ。

（26）山口前掲書、3ページ。

（27）同、48ページ。

（28）同、31ページ。

（29）同、132ページ。

（30）同、140ページ。

（31）同、141ページ。

（32）引用文の「男が苦悶にもだえて死ぬことを求めた」から引用の最後までの英語、フランス語、スペイン語の翻訳は次の通りである。イタリック体は原文のまま、下線は引用者により、引用文と対応させている。

She had hoped that he would die in agony. In order to bring that about, she had gone so far as to wish in the depths of her heart for an earthquake. In a sense, she told herself, I am the one who caused the earthquake. *He* turned my heart into a stone; *he* turned my body to stone. In the distant mountains, the grey monkeys were silently staring at her. *Living and dying are, in a sense, of equal value.*

(*Thailand*, translated by Jay Rubin, *AFTER THE QUAKE*, Vintage Books, 2003, London, pp.77-78)

Elle avait souhaité qu'il meure dans d'atroces souffrances. Ell avait même espéré du fond du cœur

que survienne pour cela un tremblement de terre. En un sens, c'était elle-même qui avait provoqué ce séisme sur Kobe. «Cet homme a changé mon cœur en pierre, mon corps en pierre.» Au loin, dans les montagnes, les singes gris la contemplaient en silence. *Vivre et mourir ont une importance égale en un sens; docteur. . .*
(*Thaïland*, traduit par Corinne Atlan, *Aprés le tremblement de terre*, «Domaine étranger», Éditions 10/18, 2002, Paris, p.94)

Había deseado que muriera en medio de la más atroz de las agonías. Para ello, en su fuero interno, había deseado incluso el terremoto. En cierto sentido, era quien hábia provocado aquel terremoto. «Él convirtió mi corazón en una piedra, convirtió mi cuerpo en una piedra. Allá a lo lejos, en la montaña, los monos grises clavaban sus ojos en mí, en silencio. *Porque, doctora, vivir y saber morir, en cierto sentido, tienen un valor equivalente.*»
(*Tailandia*, traducción de Lourdes Porta Fuentes, *Después del terremoto*, colección andanzas, Tusquets Editores, 2013, México D. F., p.113)

これらを見ると、まず、ニミットの言葉が引用（エコー発話）であることは、三つの翻訳において、同じくイタリック体によって示唆されている。一方、英語訳は、波線部は間接話法、直線部は引用符のない直接話法であって、全体は三人称発話（主語とさつきは別人格）である。それに対して、フランス語訳とスペイン語訳は共通に、波線部と直線部の前半は間接話法、直線部の後半は一人称発話の会話文（さつきの内心の発話）としている。ただし、フランス語訳ではその直後に地の文に戻るのに対し、スペイン語訳ではニミットの言葉のエコー発話までを含めて会話文に入れ、原文の地の文である「遠くの山の中では灰色の猿たちが無言のうちに彼女を見つめていた」の「彼女を」も、「私を」(en mí) となっている。この結果、スペイン語訳では、ニミットの言葉を引用したのは明確にさつき自身であることになる。このように、三つの翻訳において自由間接表現は用いられていない。
(33) 中村桃子『「女ことば」はつくられる』（二〇〇七・七、ひつじ書房）、および同『〈性〉と日本語』（二〇〇七・一〇、NHKブックス）参照。
(34) 中村三春「太宰治の引用とパロディ」（前掲『係争中の主体』）、172～172ページ。
(35) 柳父章『近代日本語の思想――翻訳文体成立事情』（二〇〇四・一一、法政大学出版局）、94ページなど。
(36) 野家啓一「物語の意味論のために」（『物語の哲学』、二〇〇五・二、岩波現代文庫）、204～207ページ。
(37) 同、207ページ。
(38) エーコ前掲書、8ページ。

第三章　物語　第二次テクスト　翻訳――村上春樹の英訳短編小説――

(1)「タイランド」（『新潮』一九九九・一一、『神の子どもたちはみな踊る』、二〇〇〇・二、新潮社、前掲『村上春樹全作品1990～2000』3）。
(2)「緑色の獣」（『文學界』一九九一・四臨時増刊『村上春樹ブック』、『レキシントンの幽霊』、一九九六・一一、文藝春秋、前掲『村上春樹全作品1990～2000』3）。
(3)「村上さんに電子メールで直撃インタビュー」（聴き手・春山陽一、『スメルジャコフ対織田信長家臣団』CD-ROM、二〇〇一・四、朝日新聞社）。
(4)「短編小説はどんな風に書けばいいのか」（聴き手・『考える人』編集部、『考える人』二〇〇七春季号、『夢を見るために毎朝僕は目覚めるのです　村上春樹インタビュー集1997-2009』、二〇一〇・九、文藝春秋）、408ページ。
(5)「メイキング・オブ・『ねじまき鳥クロニクル』」（『新潮』一九九五・一一）。
(6) 中村三春「パラノイアック・ミステリー――村上春樹の迷宮短編」（佐藤泰正編『文学における

迷宮』、二〇〇〇・九、笠間書院)。

(7) 中村三春「〈傷つきやすさ〉の変奏――村上春樹の短編小説におけるヴァルネラビリティ」(『層』4、二〇一一・三)。

(8) 村上春樹・柴田元幸『翻訳夜話』(二〇〇〇・一〇、文春新書)。

(9) 同、19ページ。

(10) 原作現象としての映画については、中村三春「〈原作〉の記号学――『羅生門』『浮雲』『夫婦善哉』」(『季刊 iichiko』111、二〇一一・七)などを参照。

(11) 前掲『翻訳夜話』、111ページ。

(12) ロラン・バルト『S/Z』(沢崎浩平訳、一九七三・九、みすず書房)。

(13) 中村三春「はじめに――ジャンルと〈変異〉」(『〈変異する〉日本現代小説』、二〇一三・二、ひつじ書房)、viページ。

(14) 中村三春「〈傷つきやすさ〉の変奏」(前掲)。

(15)『1973年のピンボール』(一九八〇・六、講談社、『村上春樹全作品 1979~1989』1、講談社、一九九〇・五、新潮社)、158ページ。

(16) 従って今後、仮に文献学的に正しい「獣」の読み方が証明されたとしても、本章の論旨に関わることにはならない。

(17) *THE ELEPHANT VANISHES*, First Vintage International Edition, US, 1993. なお、本書所収作品を日本語で再編集した作品集として、『象の消滅 短篇選集 1980-1991』(二〇〇五・三、新潮社)がある。

(18) 前掲「緑色の獣」、34ページ。

(19) *The Little Green Monster*, translated by Jay Rubin, *THE ELEPHANT VANISHES*, *op. cit.*, p.153.

(20) 原文では前掲「緑色の獣」、37ページ。英訳では *The Little Green Monster*, *op. cit.*, p.156.

(21) 前掲「緑色の獣」、35~36ページ。

(22) *The Little Green Monster*, *op. cit.*, pp.154-155.

(23) ジェイ・ルービン『ハルキ・ムラカミと言葉の音楽』（二〇〇二、畔柳和代訳、二〇〇六・九、新潮社）。
(24) 前掲「緑色の獣」、37ページ。
(25) 「品川猿」（書き下ろし、『東京奇譚集』、二〇〇五・九、新潮社）。
(26) 河合隼雄『昔話と日本人の心』（一九八二・二、岩波書店）。
(27) 風丸良彦「母による子殺し、あるいは村上春樹によるラカン——『緑色の獣』」（『村上春樹　短篇再読』、二〇〇七・四、みすず書房）、198ページ。
(28) 荒木奈美「村上春樹『緑色の獣』論——〈心の闇〉と闘う『私』の物語——青年期教育において文学教材が果たす役割について考える③——」（『札幌大学文化学部紀要　比較文化論叢』27、二〇一一・三）。
(29) リヴィア・モネ「テレビ画像的《テレヴィジュアル》な退行未来と不眠の肉体——村上春樹の短編小説における視覚性と仮想現実《ヴァーチャル・リアリティー》——」（前川裕訳、『國文學臨時増刊　ハイパーテクスト・村上春樹』、一九九八・二、學燈社）。
(30) たとえば原作の「あの男が私の心を石に変え、私の身体を石に変えたのだ」の英訳は、次のようになっている。"*He* turned my heart into a stone; *he* turned my body to stone."（*Thailand, THE ELEPHANT VANISHES, op. cit.*, pp.77-78）
(31) 「『壁と卵』——エルサレム賞・受賞のあいさつ」（二〇〇九・二、『村上春樹雑文集』、二〇一一・一、新潮社）。
(32) 久保田裕子「言葉は〈出来事〉を超えることができるか——村上春樹『タイランド』論」（『日本文学』二〇一二・八）。
(33) 「『目じるしのない悪夢』」（『アンダーグラウンド』、一九九七・三、講談社、『村上春樹全作品1990〜2000』6、二〇〇三・九、講談社）、645・670ページ。
(34) 「『海辺のカフカ』を中心に」（原題「村上春樹ロング・インタビュー『海辺のカフカ』を語る」、『文學界』二〇〇三・四、聴き手＝湯川豊・小山鉄郎、前掲『夢を見るために毎朝僕は目覚めるのです』)、107〜108ページ。
(35)米村みゆき「村上春樹と危機の文学について――アンダーグラウンドと神の子供たち」(Gakken Mook『村上春樹を知りたい。』、二〇一三・四、学研パブリッシング)、52ページ。
(36)柘植光彦『村上春樹の秘密――ゼロからわかる作品と人生』(二〇一〇・四、アスキー新書)、110〜115ページ。
(37)鈴村和成『テレフォン――村上春樹、デリダ、康成、プルースト』(一九八七・九、洋泉社)。

第四章　表象テクストと断片性――カルチュラル・スタディーズとの節合――

(1)ローレンス・グロスバーグ編「ポスト・モダニズムと節合について――ステュアート・ホールとのインタヴュー」(一九九六、甲斐聰訳、総特集「ステュアート・ホール――カルチュラル・スタディーズのフロント」、『現代思想』一九九八・三臨時増刊)。
(2)ジャンフランソワ・リオタール「『ポストモダン』とは何か?」という問いにたいする答え」(一九八六、『ポストモダン通信――こどもたちへの10の手紙』、管啓次郎訳、一九八六・一〇、朝日出版社)、34ページ。
(3)マーティン・ジェイ『マルクス主義と全体性――ルカーチからハーバーマスへの概念の冒険』(一九八六、荒川幾男ほか訳、一九九三・六、国文社)。
(4)ジェルジ・ルカーチ『歴史と階級意識』(一九二三、城戸登・古田光訳、一九八七・四、白水社、『ルカーチ著作集』9)、67ページ。なお、「全体性」は訳原文では「総体性」。
(5)アンナ・ゼーガースのルカーチ宛公開書簡(一九三二年二月付、「ゼーガース＝ルカーチ往復書簡」、佐々木基一・好村冨士彦訳、『ルカーチ著作集』8、一九八七・三、白水社)、448ページ。
(6)ジェイ前掲書、386ページ。
(7)テオドール・W・アドルノ『美の理論』(一九七〇、大久保健治訳、一九八五・一、河出書房新社)、263〜264ページ。

(8) マックス・ホルクハイマー、テオドール・W・アドルノ「啓蒙の概念」(『啓蒙の弁証法』、一九四七、徳永恂訳、一九九〇・二、岩波書店)、30〜31・55ページ。

(9) テリー・イーグルトン「ポリスからポストモダニズムへ」(『美のイデオロギー』、一九九〇、鈴木聡・藤巻明・新井潤美・後藤和彦訳、一九九六・四、紀伊國屋書店)、525・552ページ。

(10) テリー・イーグルトン『ポストモダニズムの幻想』(一九九六、森田典正訳、一九九八・五、大月書店)、23〜24・174〜175ページ。

(11) 大橋洋一「断片と全体」(特集「カルチュラル・スタディーズ」、『現代思想』一九九六・三)。

(12) イーグルトン『ポストモダニズムの幻想』(前掲)において「スターリン主義」の語が現れるのは、同書27・146・175ページ。

(13) ただし、イーグルトンは『美のイデオロギー』(前掲)では、「アウシュヴィッツ以後の芸術」の一章を割いて、アドルノの『啓蒙の弁証法』等について論じている。『ポストモダニズムの幻想』においては、それをポストモダニズム論と結びつけることはしていない。

(14) イーグルトン『ポストモダニズムの幻想』(前掲)、29ページ。

(15) スチュアート・ホール「『新時代』の意味」(一九八九、葛西弘隆訳、前掲『現代思想』臨時増刊、特集「スチュアート・ホール」)。

(16) スチュアート・ホール「文化的アイデンティティとディアスポラ」(一九九〇、小笠原博毅訳、前掲『現代思想』臨時増刊)。

(17) ホール「『新時代』の意味」(前掲)。

(18) スチュアート・ホール「グラムシとわれわれ」(一九八九、野崎孝弘訳、前掲『現代思想』臨時増刊)。

(19) ジェラルド・プリンス『物語論の位相』(一九八二、遠藤健一訳、一九九六・一二、松柏社)。なお、同書の訳語対照表によると、邦訳は「読みの難易」。

第五章　認知文芸学の星座的構想——関連性理論からメンタルスペース理論まで——

（1）P・K・ファイヤアーベント『方法への挑戦』（一九七五、村上陽一郎訳、一九八一・三、新曜社）、313ページ。
（2）綾目広治「翻訳についての原理的考察——異文化論の陥穽」（『倫理的で政治的な批評へ——日本近代文学の批判的研究』、二〇〇四・一、皓星社）。
（3）西田谷洋「認知的推論とレトリック」（『語り　寓意　イデオロギー』、二〇〇〇・三、翰林書房）。
（4）ダン・スペルベル、ダトリー・ウィルソン『関連性理論』（一九八六、内田聖二ほか訳、一九九三・一〇、研究社出版）。
（5）西田谷前掲書、52ページ。
（6）西田谷洋「根元的虚構論と関連性理論」（『認知物語論とは何か？』、二〇〇六・七、ひつじ書房）。
（7）同、95〜96ページ。
（8）小方孝『物語生成』（一九九五・三、東京大学大学院工学系研究科博士論文）。なお、小方・金井明人『物語論の情報学序説——物語生成の思想と技術を巡って』（二〇一〇・一〇、学文社）も参照。
（9）西田谷洋「物語生成」（前掲『認知物語論とは何か？』）、6ページ。
（10）ロラン・バルト「記号学の原理」（一九六四、『零度のエクリチュール』、沢村昂一訳、一九七一・七、みすず書房）。E、R、Cは各々Expression、Relation、Contenuの略。
（11）チャールズ・サンダース・パース『パース著作集2　記号学』（内田種臣編訳、一九八六・九、勁草書房）。
（12）エーコ『記号論』I（前掲）。
（13）ロラン・バルト「作者の死」（一九六八、花輪光訳『物語の構造分析』、一九七九・一一、みすず書房)、86〜87ページ。

(14) ジャック・デリダ『グラマトロジーについて　根源の彼方に』下(一九六七、足立和浩訳、一九七二・一一、現代思潮社)、36ページ。

(15) バルト『S/Z』(前掲)。

(16) 村上春樹『風の歌を聴け』(一九七九・七、講談社、『村上春樹全作品1979〜1989』1、一九九〇・五、講談社)、74〜75ページ。

(17) 柄谷行人「村上春樹の『風景』——『1973年のピンボール』」(『終焉をめぐって』、一九九〇・五、福武書店)、84ページ。

(18) 同、110〜113ページ。

(19) 田中実「数値のなかのアイデンティティ——『風の歌を聴け』」(『日本の文学』7、一九九〇・六、有精堂出版)。ちなみに、ここで田中は、「このとき彼女は確実に二人の〈愛の胎児〉を宿していた」という解釈も披露している。

(20) ヴァルター・ベンヤミン『ドイツ悲劇の根源』(川村二郎・三城満禧訳、一九七五・四、法政大学出版局)、15ページ。

(21) マーティン・ジェイ『マルクス主義と全体性』(前掲)、386ページ。

(22) 中村三春「反啓蒙の弁証法——『宣言一つ』および小林多喜二『党生活者』と表象の可能性」(『新編　言葉の意志——有島武郎と芸術史的転回』、二〇一一・二、ひつじ書房)。

(23) ジャック・デリダ「署名　出来事　コンテクスト」(宮崎祐助訳、『有限責任会社』、二〇〇二・一二、法政大学出版局)、32ページ。

(24) マーク・ドゥ・メイ『認知科学とパラダイム論』(一九八二、村上陽一郎・成定薫・杉山滋郎・小林傳司訳、一九九〇・三、産業図書)。

(25) ロラン・バルト「物語の構造分析序説」(一九六六、花輪光訳、前掲『物語の構造分析』)。

(26) プリンス前掲書。

(27) 前田愛『文学テクスト入門』(一九八八・三、ちくまライブラリー)。

(28) ボリス・トマシェフスキー「テーマ論」(一九二五、小平武訳、水野忠夫編『ロシア・フォルマリズム文学論集』2、一九八二・一一、せりか書房)。
(29) ウラジーミル・プロップ『昔話の形態学』(一九二八、北岡誠司・福田美智代訳、一九八七・七、白馬書房)。
(30) クロード・ブレモン『物語のメッセージ』(一九六四、阪上脩訳、一九七五・一〇、審美社)。
(31) A・J・グレマス『構造意味論――方法の探究』(一九六六、田島宏・鳥居正文訳、一九八八・五、紀伊國屋書店)。
(32) フライ前掲書。
(33) ジャン・ポール・ヴェベール『テーマ批評とはなにか――芸術の心理学』(一九五八、及川馥訳、一九七二・四、審美社)。
(34) ウンベルト・エーコ『物語における読者』(一九七九、篠原資明訳、一九九三・九、青土社)。
(35) ジル・フォコニエ『メンタル・スペース――自然言語理解の認知インターフェイス』(一九九四、坂原茂・水光雅則・田窪行則。三藤博訳、一九九六・一〇、白水社)。
(36) 同、4ページ。
(37) ドゥ・メイ前掲書、301～302ページ。

第六章 〈無限の解釈過程〉から映像の虚構論へ ――記号学と虚構――

(1) 三浦俊彦『虚構世界の存在論』(一九九五・四、勁草書房)。なお、同書以後に、次のような虚構論の研究書・翻訳書が発表された。ジェラール・ジュネット『フィクションとディクション』(一九九一、和泉涼一訳、二〇〇四・一一、水声社)、マリー＝ロール・ライアン『可能世界・人工知能・物語理論』(一九九一、岩松正洋訳、二〇〇六・一、水声社)、蓮實重彦『赤の誘惑――フィクション論序説』(二〇〇七・三、新潮社)、清塚邦彦『フィクションの哲学』(二〇〇九・一二、勁草書房)。

(2) 三浦前掲書、19ページ。
(3) ライアン前掲書。
(4) Kendal L. Walton, *Mimesis as Make-Believe*, Harvard U. P., 1990, p.69.
(5) 前田愛『都市空間のなかの文学』(一九八二・一二、筑摩書房)、6ページ。
(6) 三浦前掲書、326〜331ページ。
(7) 西井元昭『事物と虚構——その哲学的考察』(一九八七・一〇、晃洋書房)。
(8) ネルソン・グッドマン『世界制作の方法』(一九七八、菅野盾樹訳、二〇〇八・二、ちくま学芸文庫)。
(9) 中村『係争中の主体』(前掲)、297ページ。
(10) Thomas G Pavel, *Fictional Worlds*, Harvard U. P., 1986.
(11) アリストテレス『詩学』(前掲)、38ページ。
(12) Pavel, *op. cit.*, p.46.
(13) Pavel, *op. cit.*, p.49.
(14) バートランド・ラッセル「指示について」(一九〇五、清水義夫訳、『現代哲学基本論文集1』、一九八六・一〇、勁草書房)、71ページ。
(15) Pavel, *op. cit.*, p.49.
(16) *Ibid.*
(17) Pavel, *op. cit.*, p.57.
(18) エーコ『物語における読者』(前掲)。
(19) エーコ『開かれた作品』(前掲)。
(20) エーコ『物語における読者』(前掲)、200ページ。
(21) 同、30ページ。
(22) 同、204ページ。
(23) バルト「記号学の原理」(前掲)。

(24) パース前掲書。

(25) エーコ『記号論』I（前掲）、86・88ページ。

(26) 「無限の記号過程が一度始まってしまえば、いつどこで隠喩的解釈が止むのかを言うのは難しい。それは共テクスト次第なのだ」（エーコ『記号論と言語哲学』、一九八四、谷口勇訳、一九九六・一一、国文社、233ページ）。

(27) エーコは連想関係によって複雑に分岐する樹状の意味構造を、M・ロス・クウイリアンを参照して「モデルQ」と名付けた（前掲『記号論』I、298ページ）。また前掲『記号論と言語哲学』では、百科事典モデルを導入して、無限の記号過程を全面的に定式化している。

(28) ライアン前掲書、96ページ。

(29) 清塚前掲書。

(30) Gregory Currie, *The Nature of Fiction*, Cambridge U.P., 1990, pp.94-95.

(31) ルドルフ・アルンハイム『芸術としての映画』（一九五八、志賀信夫訳、一九六〇・六、みすず書房）。

(32) ライアン前掲書、172〜175ページ。

(33) Nelson Goodman, *Languages of Art; An Approach to a Theory of Symbols*, Hackett Pub. Co., Inc., 1976, pp.28-29.

(34) リチャード・ローティ「虚構的言説の問題なんてあるのだろうか?」（一九八一、室井尚訳、『哲学の脱構築——プラグマティズムの帰結』、一九八二、一九八五・七、御茶の水書房）、296〜297ページ。

(35) 「《塩》は/塩化ナトリウム/の解釈項であるが、《塩化ナトリウム》は/塩/の解釈項でもある」（エーコ前掲『記号論』I、115、原文横組み）。

(36) ジル・ドゥルーズ『シネマ』1・2（一九八三・一九八五、財津理・齋藤範訳、宇野邦一・石原陽一郎・江澤健一郎・大原理志・岡村民夫訳、二〇〇八・一〇、二〇〇六・一一、法政大学出版局）。

(37) グッドマン『世界制作の方法』(前掲)、24ページ。

第七章　故郷　異郷　虚構――「故郷を失った文学」の問題――

(1) フライ『批評の解剖』(前掲)。
(2) ユーリー・M・ロトマン「文化のタイポロジー的記述のメタ言語について」(一九六九、『文学と文化記号論』、磯谷孝訳、岩波書店、一九七九・一)、山口昌男「象徴的宇宙と周縁的現実」(『文化と両義性』、岩波書店、一九七五・五)参照。
(3) 伊藤剛「色彩を持たない名古屋の街と、彼らの忘却の土地」(河出書房新社編集部編『村上春樹「色彩を持たない多崎つくると、彼の巡礼の年」をどう読むか』、二〇一三・六、河出書房新社)、158ページ。
(4) 同。
(5) 近代詩と故郷(帰郷)の問題については、菅野昭正『詩学創造』(一九八四・八、集英社)参照。また、本章の論旨全体に互って、十川信介『近代日本文学案内』(二〇〇八・四、岩波文庫)の「I『立身出世』物語――『故郷』と都会の往還」が参考になる。
(6) この近代化と文芸表現の問題について、探偵小説の構造を援用して論じた優れた批評として、絓秀実『探偵のクリティック――昭和文学の臨界』(一九八八・七、思潮社)参照。
(7) 野田高梧・小津安二郎『東京物語』(『日本シナリオ大系』2、一九七三・一二、映人社)、559ページ。
(8) 堀内敬三・井上武士編『小学唱歌集』(一九五八・一二、岩波文庫)、203ページ。「故郷」は『尋常小学唱歌(六)』(一九一四・六)より。
(9) 西谷修「ふるさと、またはソラリスの海」(『戦争論』、一九九二・一〇、岩波書店。引用は一九九八・八、講談社学術文庫より)、145ページ。
(10) 菅野『詩学創造』(前掲)。

（11）『旅愁』は、「第一篇」（一九四〇・六）、「第二篇」（一九四〇・七）、「第三篇」（一九四三・二）、「第四篇」（一九四六・七）として改造社より刊行。詳細は、栗坪良樹「解題」（『定本横光利一全集』9、一九八二・三、河出書房新社）参照。

（12）『旅愁』の再評価については、中村三春「係争する身体――『旅愁』の表象とイデー」（『修辞的モダニズム――テクスト様式論の試み』、二〇〇六・五、ひつじ書房）参照。

（13）『旅愁』における古神道の詳細については、中村三春「幻像のポストモダン――『旅愁』とメタテクストとしての『欧洲紀行』」（『花のフラクタル――20世紀日本前衛小説研究』、二〇一二・一、翰林書房）参照。

（14）「陰翳礼讃」の虚構性については、中村三春「闇と光の虚構学――谷崎潤一郎「陰翳礼讃」」（『物語の論理学――近代文芸論集』、二〇一四・二、翰林書房）参照。

（15）「かくして、産業資本とは、労働者に賃金を支払って協働させ、さらに、彼らが作った商品を彼ら自身に買いもどさせ、そこに生じる差額（剰余価値）によって増殖するものである」（柄谷行人『世界史の構造』、二〇一〇・六、岩波書店、279ページ）。

（16）イマニュエル・ウォーラーステイン『史的システムとしての資本主義』（一九八三、川北稔、一九八五・三、岩波現代選書）、および川北稔『ウォーラーステイン』（二〇〇一・九、講談社選書メチエ）参照。

（17）「文部科学統計要覧」（文部科学省ホームページ）、「地域別最低賃金の全国一覧」（厚生労働省ホームページ）を参照。

（18）トマス・モア『ユートピア』（一五一六、平井正穂訳、一九五七・一〇、岩波文庫）。

第二部　フィクションの展開——詩・小説・映画——

第一章　安西冬衛——『渇ける神』の可能世界——

（1）エーコ『物語における読者』（前掲）。
（2）フライ『批評の解剖』（前掲）。
（3）冨上芳秀「地理的ロマンティシズムの世界」（『安西冬衛——モダニズム詩に隠されたロマンティシズム』、一九八九・一〇、未来社）、75ページ。
（4）新倉俊一『ノンセンスの磁場——近代詩アンソロジー』（一九八〇・一〇、れんが書房新社）、65ページ。

第二章　横光利一——非構築の構築『上海』——

（1）『上海』の初出は次の通りである。①「風呂と銀行」（『改造』昭3・11）、②「足と正義」（同、昭4・3）、③「掃溜の疑問」（同、昭4・6）、④「持病と弾丸」（同昭4・9）、⑤「海港章」（同、昭4・12）、⑥「婦人——海港章」（同、昭6・1）、⑦「春婦——海港章」（同、昭6・11）、8「午前」（『文学クオータリー』2、昭7・6）。
（2）篠田浩一郎『『海に生くる人々』と『上海』』（『小説はいかに書かれたか』——『破戒』から『死霊』まで』（一九八二・五、岩波新書）。
（3）バルト「物語の構造分析序説」（前掲）。
（4）篠田前掲書、137ページ。
（5）小森陽一「文字・身体・象徴交換——流動体としてのテクスト『上海』」（『構造としての語り』、一九八八・四、新曜社）、510・520ページ。

（6）バルト前掲論文、7ページ。
（7）本章が基盤とする「意味生成性」の理論は、ジュリア・クリステヴァ「定式の産出」（『セメイオチケ』1、一九六九、原田邦夫訳、一九八三・一〇、せりか書房）、および『ポリローグ』（一九七七、足立和浩訳、一九八六・五、白水社）に基づいている。また、西川直子『〈白〉の回帰――愛／テクスト／女性』（一九八七・一一、新曜社）所収の一連のクリステヴァ論、特に「音と意味のリズム――世紀末フランスの〈詩の危機〉」を参照した。
（8）絓秀実「もう一つの『自意識』――横光利一における書くこと」（『杼』2、一九八三・一二）。
（9）神谷忠孝「国語との不逞極る血戦時代――理論と実践」（『横光利一論』、一九七八・一〇、双文社出版）、31ページ。
（10）バルト『S／Z』（前掲）、211ページ。
（11）同、211ページ。
（12）保昌正夫「横光利一論前提（はしがきに代えて）」（『横光利一抄』、一九八一・三、笠間選書）、6ページ。
（13）佐々木基一「新感覚派及びそれ以後」（『岩波講座日本文学史』、一九五九・八、岩波書店）、30ページ。
（14）神谷前掲書、30ページ。
（15）杉野正「プロット」（竹内敏雄編『美学事典』、一九七四・六、弘文堂）、381ページ。
（16）岩上順一「ニヒリスムの構成」（『横光利一』、一九四二・九、三笠書房）、65ページ。
（17）二瓶浩明「横光利一『上海』その意図と達成――〈論理〉から〈倫理〉へ」（『山形女子短期大学紀要』16、一九八四・三）。
（18）ヴォルフガング・カイザー『グロテスクなもの――その絵画と文学における表現』（竹内豊治訳、一九六八・三、法政大学出版局）、258～259ページ。
（19）前田愛「SHANGHAI 1925」（『都市空間のなかの文学』、一九八二・一二、筑摩書房）、396ページ。

（20）前田が指摘するように、参木と宮子とがパンの取り合いを演ずるこの第四十四章は書物展望社版に至って全面的に削除された。小森が「かえって横光の方法意識の骨格をあらわにしている」と指摘した、同様に削除された第三十三章の「掲示板」の文章とも併せて、これらの改訂は、改造社版から書物展望社版への改稿が、テクストのアヴァンギャルド性の点から見れば後退であったことを傍証するものと思われる。書物展望社版の「序」に、「今とは違つて」いた時期の「企画の最終に現れたもの」として改造社版を位置付け、「そのままにしておくには捨て切れぬ愛着を感じ、全編を改鼠することにした」とも述べられているように、初版から決定版への改稿は、端的に言えば新感覚派時代から「純粋小説」時代への転換に伴って行われたものと言えるだろう。

（21）林淑美「横光利一とプロレタリア文学」（『国文学解釈と鑑賞』一九八三・一〇）。

（22）前田前掲書、390ページ。

（23）平岡敏夫『「上海」――政治小説の系譜」（『国文学解釈と鑑賞』一九八三・一〇）。

（24）栗坪良樹「『上海』論の構想」（栗坪前掲書）。

（25）林前掲論文。

（26）金井景子「租界人の文学――横光利一『上海』論」（紅野敏郎編『新感覚派の文学世界』、一九八二・一一、名著刊行会）。

（27）二瓶前掲論文。

（28）栗坪前掲「『上海』論の構想」。

（29）エーコ『開かれた作品』（前掲）、178ページ。

（30）同、64ページ。

（31）ペーター・ビュルガー「アヴァンギャルドの芸術作品」（『アヴァンギャルドの理論』、浅井健二郎訳、一九八七・七、ありな書房）、80・102ページ。

（32）ベンヤミン『ドイツ悲劇の根源』（前掲）。

（33）ビュルガー前掲書、118～119ページ。

(34) アドルノ『美の理論』(前掲)、263ページ。
(35) 同、264ページ。
(36) 岩上順一「ニヒリスムの構成」(『横光利一』、一九四二・九、三笠書房)、29〜30ページ。
(37) 由良君美「『蠅』のカメラ・アイ」(由良哲次編『横光利一の文学と生涯』、一九七七・九、桜楓社)、22ページ。
(38) 栗坪良樹『鑑賞日本現代文学・横光利一』(一九八一・九、角川書店)、25ページ。
(39) ビュルガー前掲書。

第三章　太宰治——第二次テクスト『新ハムレット』——

(1) 中村三春「太宰的アレゴリーの可能性——『女の決闘』から『惜別』まで」(前掲『係争中の主体』)、「パラドクシカル・デカダンス——太宰治『父』『桜桃』」(『物語の論理学——近代文芸論集』、二〇一四・二、同)、同「太宰治の異性装文体——『おさん』のために——」(前掲『花のフラクタル』)。
(2) 高橋康也・大場建治・喜志哲雄・村上淑郎編『研究社　シェイクスピア辞典』(二〇〇〇・一一、研究社出版)などを参照。
(3) 福田恆存「解題」、シェイクスピア全集10『ハムレット』、一九五九・一〇、新潮社)、204〜205ページ。
(4) 関曠野『ハムレットの方へ』(増補改訂版、一九九四・一一、北斗出版)、47ページ。
(5) 饗庭孝男『鑑賞日本現代文学21　太宰治』(一九八一・二、角川書店)、85ページ。
(6) 坪内逍遙訳『ハムレット』(新修シェークスピヤ全集27、一九三三・九、中央公論社)、福田恆存訳『ハムレット』(新修シェイクスピア全集10、一九五九・一〇、新潮社)、小田島雄志訳『ハムレット』(シェイクスピア文庫2、一九七七・四、白水社)。他に、太宰の読んだという(「はしがき」)浦口文治『新評註ハムレット』(一九三二・一〇、三省堂)も参照した。原文については、次を参照した。Philip Edwards ed., *HAMLET, PRINCE OF DENMARK*, The New Cambridge Shakespeare, Cambridge University Press, 1985、および G. R. Hibbard ed., *HAMLET*, The Oxford Shakespeare, Clarendon Press, 1987.

（7）『ハムレット』の本文制定については省略する。『ハムレット』の梗概は次の通りである。デンマークの王子ハムレットは父を失い、父の弟クローディヤスが母ガーツルードと再婚して王となっている。ホレーショーは彼の親友である。侍従長のポローニヤスには、倅レーヤーチーズと娘オーフィーリヤがある。舞台はエルシノーア城。死んだ父王とおぼしき亡霊が出て、クローディヤスに毒殺されたことを示唆し、敵を討つように告げられたハムレットは、旅役者を唆して王殺しの劇中劇を演じさせる。これを見たクローディヤスはハムレットをイギリスに追放することを決めるが、ガーツルードがハムレットと会った時に、隠れていたポローニヤスをハムレットはカーテン越しに刺し殺す。父の死を知ったオーフィーリヤは発狂し小川に落ちて死に、クローディヤスは帰還したレーヤーチーズを唆し、奸計を案じてハムレットを剣の試合で殺させようとする。戻ったハムレットはオーフィーリヤの埋葬を見、レーヤーチーズと試合をして、二人は差し違え、ガーツルードはクローディヤスが盛った毒の杯を過って飲み、断末魔のハムレットが刺して毒を飲ませたクローディヤスともども死ぬ。そこへノルウェーの王子フォーチンブラスが到着し、ホレーショーよりハムレットの伝言としてデンマーク王となることを告げられる。

（8）『新ハムレット』の全体は九章に分けられている。オフヰリヤはハムレットの子を宿している。ホレーショーはハムレットに、クローヂヤスがガーツルードに恋慕して父王を殺害し、王に成り上がったという噂のあることを知らせる。中間部は、王と王妃とホレーショー、ハムレットとポローニヤス、王妃とオフヰリヤらの長い言葉の遣り取りが続き、ポローニヤスはハムレットに、あの噂を信ずる理由があると言って、王・王妃らの前で朗読劇「迎へ火」を演じる。なお、この詩は「はしがき」で、「なほまた、作中第七節、朗読劇の台本は、クリスチナ・ロセチの『時と亡霊』を、作者が少しあくどく潤色してつくり上げた。ロセチの霊にも、お詫びしなければならぬ」と言われるものである。ちなみに、宮地弓子がその典拠について、一九四〇年六月刊の岩波文庫、入江直祐訳『クリスチナ・ロセッティ詩集』であることを突き止めている（宮地弓子「『新ハムレット』論――朗読劇『迎へ火』の典拠について」、『太宰治研究』9、二〇〇一・六）。クリスチナはラファエル前派のダンテ・ゲイブリエルの妹で、原典と比較した宮地は、「シェイクスピアの劇中劇は、ハムレットの疑惑をそのままに確かめる直接的な内容であった。それに対し、太宰は亡霊の情念を前面に押し出す、暗喩的な朗読劇に仕立て上げたのである」と述べている。ここで花嫁をポローニヤス、花聟をホレーショー、亡霊をハムレットが演じている。これを見て激怒したクローヂヤスはポローニヤスを短剣で刺し殺し、それをガーツルードに見られる。結末、クローヂヤスはレヤチーズがノルウェー軍と戦って死んだことを知らせ、王に対して疑惑を抱いたハムレットは、自分の左の頬を短剣で切り裂く。そこへホレーショーが、ガーツルードが小川に飛び込んで死んだことを告げて終幕を迎える。

(9) 小田島雄志「新ハムレット――太宰化の過程」（『國文學解釈と教材の研究』一九六七・一一）。
(10) 坪内訳（第一幕第三場）、30ページ。
(11) 小田島訳、37ページ。
(12) 坪内訳（第一幕第三場）、31ページ。
(13) 関前掲書、157ページ。
(14) 斎藤美奈子『妊娠小説』（一九九四・六、筑摩書房）。
(15) 本多秋五『「白樺」派の文学』（一九六〇・九、新潮文庫）、86ページなどを参照。
(16) 中村「パラドクシカル・デカダンス」（前掲）参照。
(17) 福田訳、113～114ページ。
(18) 磯貝英夫「『新ハムレット』論」（『一冊の講座　太宰治』、一九八三・三、有精堂出版）、91ページ。
(19) 山口浩行「『新ハムレット』考」（『稿本近代文学』10、一九八七・一二）。
(20) 坪内訳、161ページ。

(21) 頼雲荘「太宰治『新ハムレット』論」(熊本大学『国語国文学研究』38、二〇〇三・三)。
(22) 渥美孝子「『おふえりや遺文』と『新ハムレット』——メタ言語小説の観点から」(『東北学院大学論集』102、一九九二・九)。
(23) 坪内訳、81ページ。
(24) 福田訳、63ページ。
(25) 浦口新評註、90ページ。
(26) 中村三春「小説のオートポイエーシス——self-referential『創生記』」(前掲『係争中の主体』)。
(27) 詳細は中村三春「他者としての愛『惜みなく愛は奪ふ』」(前掲『新編言葉の意志——有島武郎と芸術史的転回』)参照。
(28) 中村三春「太宰・ヴィヨン・神 太宰治『ヴィヨンの妻』」(前掲『物語の論理学』)。
(29) 山﨑正純「『新ハムレット』論——表現の虚妄を見据える眼」(『近代文学論集』12、一九八六・一一)。
(30) 浦口新評註、163ページ。
(31) 山﨑前掲論文。
(32) 平岡敏夫「『新ハムレット』論」(『作品論太宰治』、一九七四・六、双文社出版)。
(33) 山口前掲論文。
(34) 小泉浩一郎「『新ハムレット』論」(『日本文学研究』11、一九七二・一二)。
(35) 中村「パラドクシカル・デカダンス」(前掲)参照。
(36) 中村三春「ミソジニーの強度——『女人訓戒』と辰野隆『仏蘭西文学の話』」(前掲『花のフラクタル』)。
(37) 関前掲書、9ページ。
(38) 喜志哲雄「シェイクスピア劇の上演と映画化」(日本シェイクスピア協会編『新編シェイクスピア案内』、二〇〇七・七、研究社)、171ページ。
(39) 小澤博「シェイクスピア批評1(十九世紀まで)」(同書)。

(40) 喜志哲雄「『ハムレット』とシェイクスピア的認識」(笹山隆編『ハムレット読本』、一九八八・四、岩波書店)、31ページ。
(41) 関前掲書、90ページ。
(42) 笹山隆「『ハムレット』におけるテクストとサブテクスト――民話的材源とドラマの受容」(前掲『ハムレット読本』)。

第四章　谷川俊太郎――テクストと百科事典――

(1) ノースロップ・フライ『批評の解剖』(前掲)、448～463ページ。
(2) この概観は、次の解説文と重なる部分がある。中村三春「沈黙・言葉・世界――谷川俊太郎解説」(中村三春編『ひつじアンソロジー　詩編』、一九九六・七、ひつじ書房)。
(3) 谷川俊太郎・大岡信『批評の生理』(一九八四・三、思潮社)、46～47ページ。
(4) 三浦雅士「谷川俊太郎と沈黙の神話」(『私という現象』、一九八一・一、冬樹社)、110ページ。
(5) 寺山修司「『旅』についての一万語をテープレコーダーに吹込む」(『現代詩手帖』一九七五・一〇臨増)。
(6) マックス・ピカート『沈黙の世界』(一九四八、佐野利勝訳、一九七四・二、みすず書房)、14ページ。
(7) 今井裕康「コスモスから人間社会へ――谷川俊太郎論」(『國文學解釈と教材の研究』一九八〇・一〇)。
(8) 『批評の生理』(前掲)、50ページ。
(9) 同、54～55ページ。
(10) 同、55ページ。
(11) W・V・O・クワイン「なにがあるのかについて」(一九四八、『論理的観点から――論理と哲

（12）学をめぐる九章』、一九五三、飯田隆訳、一九九二・一〇、勁草書房）、11ページ。
ヴィクトル・シクロフスキー「主題構成の方法と文体の一般的方法との関係」（『散文の理論』、一九二五、水野忠夫訳、一九八二・四、せりか書房）。
（13）『批評の生理』（前掲）、69ページ。
（14）「重畳効果がある水準を超えて加重された場合、それは繰り返されるほどに指示される事態や対象から切り離され、自己呈示のみを前景化する」（中村三春「レトリックは伝達するか――原民喜と不条理への投錨」、前掲『フィクションの機構』、367ページ）。
（15）大塚常樹『宮澤賢治　心象の宇宙論』（一九九三・八、朝文社）。
（16）谷川俊太郎・辻井喬「谷川俊太郎は『世間知らず』か――詩・読者・詩人とは何か」（『現代詩手帖』一九九三・七）。
（17）ジョナサン・カラー『文学と文学理論』（前掲）。
（18）引用した以外に、本章の初出以後に刊行された次の研究書と対談を参照した。北川透『谷川俊太郎の世界』（二〇〇五・四、思潮社）、山田兼士『谷川俊太郎の詩学』（二〇一〇・七、思潮社）、谷川俊太郎・山田馨『ぼくはこうやって詩を書いてきた――谷川俊太郎、詩と人生を語る』（二〇一〇・七、ナナロク社）、四元康祐『谷川俊太郎学　言葉vs沈黙』（二〇一一・一二、思潮社）。

第五章　村上春樹――〈危機〉の作家――

（1）福永武彦「追分日記抄」（『新潮』一九五三・一〇、『福永武彦全集』14、一九八六・一一、新潮社）、31ページ。
（2）谷田昌平「堀辰雄」（佐々木基一・谷田『堀辰雄――その生涯と文学』、一九八三・七、花曜社）、38ページ。
（3）『村上春樹全作品 1990〜2000』6（二〇〇三・九、講談社）、699ページ。

（4）『心をゆさぶる平和へのメッセージ――なぜ、村上春樹はエルサレム賞を受賞したのか？』（二〇〇九・五、ゴマブックス）。なお、受賞スピーチをテクスト解釈の鍵として用いるのは方法論的に不十分であり、ここでは単にキーワードとして引用している。
（5）木股知史「『ノルウェイの森』をめぐる往復書簡」（『イメージの図像学』、一九九二・一一、白地社）、178～179ページ。
（6）中村三春「〈傷つきやすさ〉の変奏――村上春樹の短編小説におけるヴァルネラビリティ」（『層』4、二〇一一・三）。
（7）中村三春「円環の損傷と回復――『風の歌を聴け』『1973年のピンボール』『羊をめぐる冒険』『ダンス・ダンス・ダンス』四部作の世界」（『國文學解釈と教材の研究』一九九五・三）。
（8）中村三春「パラノイアック・ミステリー――村上春樹の迷宮短編」（佐藤泰正編『文学における迷宮』、二〇〇〇・九、笠間書院）。
（9）中村三春「短編小説／代表作を読む」（アエラムック『村上春樹がわかる。』、二〇〇一・一一、朝日新聞社）。
（10）中村三春「行方不明の人物関係――『消滅』と『連環』の物語」（『ハイパーテクスト・村上春樹』、一九九八・二、學燈社）。
（11）中村三春「村上春樹『1Q84』論――歴史の書き換え、物語の毒」（『季刊 iichiko』106、二〇一〇・四）。
（12）（9）と同じ。
（13）『村上春樹全作品1990～2000』3（二〇〇三・三、講談社）、75ページ。
（14）同、268ページ。
（15）同、170～171ページ。
（16）『毎日新聞』二〇一一・六・一一付。
（17）中村三春「レトリックは伝達するか――原民喜と不条理への投錨」（前掲『フィクションの機構』）。

第六章　松浦寿輝――詩のメタフィクション――

（1）松浦寿輝（司会）・吉増剛造・夏石番矢・城戸朱里「座談会　詩の起源、詩の未来」（『岩波講座　文学4詩歌の饗宴』、二〇〇三・一一、岩波書店）、20〜21ページ。同書所収の松浦寿輝「まえがき――火の詩、風の詩」も参照した。
（2）前掲「座談会　詩の起源、詩の未来」、27〜28ページ。
（3）松浦寿輝『青の奇蹟』（二〇〇六・四、みすず書房）、79〜80ページ。
（4）同、59〜60ページ。
（5）『松浦寿輝詩集』（一九八五・四、思潮社、『叢書　詩・生成』3）、180〜181ページ。
（6）大岡信「大岡信が選び語る現代の詩10篇」（『國文學解釈と教材の研究』一九九四・八）。
（7）エーコ『開かれた作品』（前掲）、66ページ。
（8）松浦寿輝『冬の本』（一九八七・七、青土社）、168ページ。
（9）松浦『青の奇蹟』（前掲）、202ページ。
（10）松浦寿輝『鳥の計画』（一九九三・九、青土社）、154ページ。
（11）守中高明「他者の計画――松浦寿輝『鳥の計画』」（『反＝詩的文法――インター・ポエティックス』（一九九五・六、思潮社）、133ページ。同書所収「（反）オイディプスと（しての）言葉――朝吹亮二／松浦寿輝のための断片×2」も参照した。
（12）その他、次の文献を参照した。原崎孝「記号の位相を反転させた詩人　松浦寿輝」（『國文學解釈と教材の研究』一九八七・三）、鈴村和成「『ウサギのダンス』と『冬の本』――松浦寿輝」（同、一九九〇・九）、丹生谷貴志「『松浦寿輝の余白に』」（現代詩文庫101『松浦寿輝』、一九九二・四、思潮社）、蓮實重彦「言葉の権利について」（同）、稲川方人「『松浦寿輝』あるいは『すべすべ』」のキス（同）、富岡多恵子・松浦寿輝「対談　詩と小説の距離」（『群像』二〇〇〇・一一）、松浦寿輝「明るい敗亡の彼方へ――八〇年代の詩」（『物質と記憶』、二〇〇一・

一二、思潮社）。

第七章　今井正――『また逢う日まで』のメロドラマ原理――

（1）撮影＝中尾駿一郎／美術＝河東安英／音楽＝大木正夫／配役＝久我美子（小野螢子）、杉村春子（小野すが）、岡田英次（田島三郎）、滝沢修（田島英作）、河野秋武（田島二郎）、風見章子（田島正子）ほか。脚本は『日本シナリオ文学全集』9『水木洋子集』（一九五六・四、理論社）所収。本論中の科白・ト書きの表記はこれを参照した。

（2）翻訳は数種あるが、初刊一九四六年の宮本正清訳『ピエールとリュース』（新装版二〇〇六・五、みすず書房）を参照した。

（3）今井正「ささやかな捨石『また逢う日まで』」（『日本評論』一九五一・四、『今井正「全仕事」――スクリーンのある人生』、一九九〇・一〇、ACT）ほかによる。

（4）山本喜久男「『また逢う日まで』と『ピエールとリュース』――二作品の窓ガラス越しのキス・シーンの差異の意味」（『比較文学年誌』34、一九九八・三）。この論文は原作との比較のみならず、『逢びき』との対照、音楽の使用方法についても精細に論じ、伝統的美学に通じる「鎮魂」の要素について語っている。

（5）ただし、例外として、最後の日に駅で彼を待つ螢子の内的独白が重ねられる場面がある（「ああ三郎さん、どうしたのよ……」）。このシーンを唯一の例外として、三郎以外のヴォイス・オーヴァーは存在しない。

（6）トマス・エルセサー「響きと怒りの物語――ファミリー・メロドラマへの所見」（一九七二、石田美紀・加藤幹郎訳、『「新」映画理論集成』1、一九九八・二、フィルムアート社）、38ページ。

（7）今井正「独立プロで」（「自作を語る」、『赤旗』日曜版一九八四・九・二～一一・四、『今井正の映画人生』、一九九二・五、新日本出版社）、57ページ。

（8）脚本には駅の爆撃の後、三郎が駅に向かう八つのカットが書かれていたが、予算・日程の制約のため撮られなかった（注（7）の記述による）。
（9）加藤幹郎「不可能なメロドラマ」（『映画のメロドラマ的想像力』、一九九八・一、フィルムアート社）、91ページ。
（10）「二人が肉体的にも結ばれるまでの時間構成」（山本前掲論文）ではない。実際は未遂に終わっている。
（11）山本はロランの生命主義についても触れている（前掲論文）。
（12）加藤幹郎「メロドラマの一般原理――村上春樹の余白に」（『愛と偶然の修辞学』、一九九〇・五、勁草書房）、103ページ。
（13）前掲『ピエールとリュース』、68ページ。
（14）今井正「ガラス越しのキス」（『赤旗』日曜版一九八四・八・五～一〇・七、前掲『今井正の映画人生』）、19ページ。
（15）脚本には、さらに螢子が雪の降りしきる外に飛び出してきて、三郎が彼女を抱きしめる二つのカットが書かれているが、これは撮られなかった。むしろこれにより、このシーンの象徴的効果が強調される結果となった。
（16）碓井みちこは占領期の日本映画におけるキスシーンを分析した「接吻映画の勧め――占領下での模索」（岩本憲児編『占領下の映画――解放と検閲』、日本映画史叢書11、森話社）において、『また逢う日まで』のキスシーンは、「二人の来るべき死」を暗示するものとして分析している（同書86ページ）。
（17）川本三郎「『僕たちの力ではどうしようもない』――今井正監督『また逢う日まで』」（『今ひとたびの戦後日本映画』一九九四・三、岩波書店。引用は岩波現代文庫版、二〇〇七・七より）、101ページ。
（18）同書、101～102ページ。
（19）山本前掲論文。
（20）佐藤忠男『日本映画史』2（一九九五・四、岩波書店）、255ページ。

初出一覧

序説　根元的虚構論と文学理論

「文学理論」2　文学理論の現在

『日本近代文学』第87集（日本近代文学会）　二〇一四年一一月

第一部　フィクションの諸相——根元的虚構論から——

第一章　嘘と虚構のあいだ——言語行為と根元的虚構——

新稿

第二章　虚構論と文体論——近代小説と自由間接表現——

「虚構論と文体論——近代小説における自由間接表現——」

『国語と国文学』第90巻第11号（東京大学国語国文学会）　二〇一三年一一月

第三章　物語　第二次テクスト　翻訳――村上春樹の英訳短編小説――
「Monsterと「獣」のあいだ――英訳を参照した村上春樹短編小説論――」
『季刊 iichiko』120（日本ペリエールアートセンター）　二〇一三年一〇月

第四章　表象テクストと断片性――カルチュラル・スタディーズとの節合――
「表象テクストと断片性――ポストモダニズムとカルチュラル・スタディーズとの「節合」をめぐって――」
『日本近代文学』第62集（日本近代文学会）　二〇〇〇年五月

第五章　認知文芸学の星座的構想――関連性理論からメンタルスペース理論まで――
「〈星座的〉認知文芸学・序説――On Literary Cognition as Constellation――報告書」
日本認知科学会二〇〇二年度大会（石川先端科学技術センター）　二〇〇二年六月

第六章　〈無限の解釈過程〉から映像の虚構論へ――記号学と虚構――
「虚構論と〈無限の解釈項〉――文芸理論の更新のために――」
『季刊 iichiko』109（日本ペリエールアートセンター）　二〇一一年一月

第七章　故郷　異郷　虚構――「故郷を失つた文学」の問題――
「異郷としての現在――小林秀雄「故郷を失つた文学」を起点として――」
『層　映像と表現』7（北海道大学大学院文学研究科映像・表現文化論講座）
二〇一四年三月

第二部　フィクションの展開――詩・小説・映画――

第一章　安西冬衛――『渇ける神』の可能世界――
「清浄なる不潔・安西冬衛『渇ける神』の可能世界」
『山形大学紀要（人文科学）』第13巻第2号
一九九五年一月

第二章　横光利一――非構築の構築『上海』――
「非構築の構築――横光利一『上海』の小説言語――」
『弘前学院大学・弘前学院短期大学紀要』第23号
一九八七年三月

第三章　太宰治――第二次テクスト『新ハムレット』――
「太宰治『新ハムレット』の「愛は言葉だ」――パラドクシカル・デカダンス2――」

『季刊 iichiko』 122（日本ペリエールアートセンター） 二〇一四年四月

第四章 谷川俊太郎——テクストと百科事典——

「テクストと百科事典 ——谷川俊太郎『定義』再読——」

『日本文学』第46巻第4号（日本文学協会） 一九九七年四月

第五章 村上春樹——〈危機〉の作家——

「危機の文学としての村上春樹」

国際シンポジウム「災難・ネーション・映像——東アジアトランスナショナル・モダニティー」予稿集（中華民国・国立政治大学） 二〇一一年一二月

第六章 松浦寿輝——詩のメタフィクション——

「松浦寿輝」

『展望 現代の詩歌』詩5（明治書院） 二〇〇七年一二月

第七章 今井正——『また逢う日まで』のメロドラマ原理——

「永遠の遅延・ガラス越しのkiss——『また逢う日まで』のメロドラマ原理——」

『國文學解釈と教材の研究』第53巻第17号（學燈社）　二〇〇八年一二月

あとがき

本書のような論述の態度には、ある独特の内部的な係争が生じるのを禁じることができない。まず、初めて言葉のかたまり——詩や小説の言葉に出会い、それらに触れた瞬間の、純粋な心のあり方を記述したい、そのように憧れる気持ちが常にあり、それは根元的虚構を追う心性の一角を確実に占めている。ただし、それがある種の理念的なノスタルジアに過ぎず、実はそのような始まりの瞬間は、あったとしても不明瞭な心の動きでしかなく、実際には後から拵えた理想にほかならないことも一方では認識するほかにない。何らかの枠組みがなければ、巧みに構築された詩や小説を、かりそめにもきちんと読むことはできないのであり、そのような純粋の境地があるとしても、それはひどくあえかなものだろう。あまり根元的なものにこだわり過ぎることは、逆にそのような枠組み以後の問題をとらえ損なうことになる。だからこそ、具体的な作品を実際に読む場合には、より技術的で操作的な方法論を援用して読むことを志向せざるをえない。しかしまた、いかに仮構されたものであれ、その始まりの特権的な瞬間を何とか保存し解釈したいという願望も、なおかつ否定することはできない。

また、本書を読まれた方には明白なことだろうが、本書の論述の芯の部分にあるのは、徹底した相対主義の姿勢である。始まりの瞬間にしても、方法論的な枠組みによる読解にしても、それらは自己に固有のものであり、容易に他者と共有できるものではない。そもそも、基盤となる虚構のあり方そのものが、それを構築するフレームに従って多様となり、場合によっては相互に共約不可能となることがある。相対主義的な立脚点に立てば、そのように固有で共有できない解釈を他者もまた行うことは、あらかじめ自明のこととして理解されていなければならない。本書もまた、特に第一部では相対主義的な理論構成を呈示しつつ、特に第二部ではより自由に固有の解釈を呈示する仕方で作られている。これは矛盾だろうか。

優れた哲学者野矢茂樹は、『語りえぬものを語る』(前掲、特に205〜206ページ)において、ウィトゲンシュタインの思想などを基礎に、相対主義の精緻な理論化を試みた。野矢は、ある概念枠によって思考可能な世界を「論理空間」と呼ぶ。それは考えることのできる可能性すべての集合であるが、いわば死んだ可能性であり、私たちの日常からすれば予想することのないような事象が含まれる。それに対して生きた可能性の世界は「行為空間」と呼ばれ、これは実感として相貌をもって現れてくる。概念枠を共有しない「論理空間」の他者の言語は翻訳不可能であるが、そのような言語でも習得することはでき、習得した後で事後的に他者の存在を語ることができる。他方、「行為空間」の他者の言語は翻訳可能だが、ただしその論理を実際に使ったり深く理解することはできない。従っていずれにせよ、共約不可能であっても、他者の理論を認識することはできる。ということは、自分には理解できないが、自分のものとは違う真理の存在を認めることができるということである。

これを文学理論に準用した場合、他者の「行為空間」の存在を前提とし認めるために、相対主義に立脚してテクストを取り扱うことのできる姿勢と、その中で自己の「行為空間」に最も一致した具体的な論述と、その両者を念頭に置きつつ、理論を構築することができるはずであり、またせざるをえない。従って、根元的虚構に基礎を置いたいわば汎用性の高い文学理論と、自己に固有な始まりの瞬間や枠組みによる読解を含む、具体的な分析・評価とを併せ持つ帰結が要請されることになる。だが、もちろん異なる「行為空間」の間には、原理的に見て完全な調和はありえないだろう。従って相対主義的な論述は、自らの内部に必然的に係争を抱えこむ。だがそのことは、論述の根底をなす態度の自然な帰結なのであって、それこそが論述の論理の重要な一角を占めると言わなければならない。

＊

本書の各章は、「初出一覧」に掲げた論文を基にしているが、いずれも少なからず手直しを加えており、中には、本来別々の論文を部分的に組み合わせたものもある。また、ほとんどの論文はそれ以前に学会・研究会で行った口頭発表の原稿を基礎にしている。初出と比べて大幅に書き変えた章、また発表の経緯について特記すべき章について、次に書き留めておきたい。

序説の1「根元的虚構論の構想」は、第一部第六章「〈無限の解釈過程〉から映像の虚構論へ」の初出論文の第一節を置き換えたものである。また、第一部第一章「嘘と虚構のあいだ」は、第一部第二章「虚構論と文体論」の初出論文に含まれていた着想を膨らませた新稿である。

第二部第一章「安西冬衛」の初出論文は、一九九四年七月に宮城学院女子大学において開催された、『亞』研究会第4回研究発表会における口頭発表の草稿を基にしている。『亞』研究会は、当時、澤正宏氏を中心として何度か開かれた。安西冬衛・北川冬彦らの詩誌『亞』は、現在では和田博文監修『コレクション・都市モダニズム詩誌』第1巻（ゆまに書房）に収録されているが、当時は澤氏からコピーで提供を受けて研究したものである。紀要に発表した論文中、可能世界虚構論に関わる部分は、第一部第六章の中に組み変えた。

第二部第二章「横光利一」の初出論文は、一九八六年八月に東北大学において開催された日本文芸研究会第38回研究発表大会で口頭発表した内容を基盤とする。本章は、私の横光利一研究の出発点となった論考であるが、紀要に発表した際には、バルト、クリステヴァの理論を紹介する記述が本文や注の中に大量に含まれており、あまりにも生硬なため著書に収録するのを見送っていた。今回、現時点では必要がなくなったそのような理論紹介を割愛する形で、清書したものである。なお、拙著『修辞的モダニズム』（前掲）の「はしがきに代えて」に、一部を利用している。

第一部第七章、および第二部第五章は、いずれも中華民国で行った講演を基にしたものである。第一部第七章「故郷　異郷　虚構」は、二〇一三年一一月、輔仁大学において開催された国際シンポジウム「文化における異郷」における基調講演を基にしている。

第二部第五章「村上春樹」は、二〇一一年一二月、国立政治大学において開催された国際シンポジウム「災難・ネーション・映像――東アジアトランスナショナル・モダニティー――」の基調講演として発表したものである。この講演は、黄錦容氏によって中国語に翻訳され、「作為『危機作家』的村上春樹」という題名で、国立政治大学の『文山評論　文學與文化』第6巻第2期（二〇一三・六）に収録されている。

これら二つの国際シンポジウムでそれぞれお世話になった輔仁大学の頼振南氏、および国立政治大学の黄錦容氏ほか、スタッフの方々に謝意を表したい。なお、講演という性質上、二つの章の記述には、概説や一般論、あるいはやや大胆な言い回しが含まれている。

その他、どの章の論考についても発表の経緯については思い出があり、また感謝を申し上げるべき人々があるが、ここに逐一紹介することは差し控えたい。

＊

前作『フィクションの機構』の刊行から二十年が過ぎた。版元のひつじ書房房主松本功さんは、当時、同書の広告に「二十年に一冊の書」と謳って、ある論者からは「誇大」と評されたが、私としても、それは誇大だろう、と思ったものである。しかし、実際に二十年経ってみると、少なくとも私自身の理論と実践の展開において、その年月の間、『フィクションの機構』の論理は常に念頭にあり、現在でも特にそれを大きく改めるべき必要性は感じない。ある意味では発展がないのだが、またある意味では、その論理が非常に基本的なものであったために、その間にも（少なくとも個人的には）通用し続けたということだろうかと考えている。そのこともあり、本書は第一部を「諸相」編、第二部を「展開」編としたのだが、前作の論旨を垂直に高めたというよりは、水平に拡充したと言うのが相応しいだろう。次の二十年があるかどうか分からないが、たぶんこの線を踏み外すことは、これからもないように思われる。

ただし、もちろん課題はある。中でも本書第一部第六章においてある程度論じた映像の虚構論の分野については、まだまだ出発点に立ったばかりであり、今後発展させて行かなければならない。特に現在、日本文学を原作とする日本映画を、第二次テクスト生成の理論に基づいて分析する手法を追究しており、そのためにも映像の虚構論の問題は避けて通ることができない。それまでに許される時間は多くはなく、二十年も費やすことはできないだろう。

いかに本業の言語学関係の出版が順調であるとはいえ、刊行する拙著の在庫が決して切れることのない情況に、いつ松本さんの寛容の限界が訪れるかと、この二十年をはらはらし通しで過ごしてきた私にとって、松本さんが重ねて本書の企画を受け入れられたことについて、どれほど感謝してもし尽くすことはできない。本書の企画をプッシュし、また辛抱強く原稿作りを見守ってくださった編集ご担当の海老澤絵莉さん、それに他のひつじ書房のスタッフの皆さんにも、合わせて心より御礼を申し上げたい。

本書の刊行にあたり、北海道大学大学院文学研究科より平成二十六年度一般図書刊行助成を受けた。

二〇一四年九月二十八日

中　村　三　春　しるす

ろ

ローティ　138
ロラン　347, 348

フライ　9, 113, 184, 257, 292
フラグメント　238, 244, 247, 249
プリンス　94, 112
ブルデュー　89
ブレモン　113
フロイト　65
プロップ　113
文学理論　v, vi, 79

へ

ベイトソン　28
変異　5, 67, 224
ベンヤミン　86, 87, 91, 109, 110, 111, 116, 216

ほ

ボードリヤール　91
ホール　xi, 80, 81, 83, 84, 90, 91, 93, 94
保昌正夫　202
堀辰雄　93, 302, 311
ホルクハイマー　87

ま

前田愛　112, 122, 211, 213

み

三浦俊彦　119, 120, 122, 123, 124
三浦雅士　261
三谷邦明　39

め

メイクビリーヴ　ii, 121, 122, 124, 135, 141
メタフィクション　226, 227, 234, 313
メルロポンティ　86
メロドラマ　347, 348, 349, 352, 354, 355, 358, 359, 360
メンタルスペース　xi, 115, 116

も

モダリティ　43
モネ　66
物語生成　101, 97, 102
守中高明　338

や

柳田國男　x, 11, 12, 13, 25, 30, 47
柳父章　46, 49
山口治彦　35, 40, 41, 44, 45, 46, 49
山口浩行　236, 248
山﨑正純　245, 246, 247, 248
山本喜久男　347

ゆ

由良君美　219

ら

ライアン　120, 133, 137
ラカン　65, 77
ラッセル　121, 125

り

リーン　350
リオタール　81, 84, 88, 89, 90, 91, 93
リクール　ii, 9, 10
林淑美　212, 213
リンチ　74, 299

る

ルービン　58, 67, 68, 75
ルカーチ　85, 86

ち

直接話法　35

つ

柘植光彦　74
辻井喬　292
坪内逍遙　228, 229, 230

て

デイヴィドソン　31
寺山修司　262
デリダ　ix, 93, 104, 111
テンス　31

と

ドゥ・マン　ix, 87, 112, 114, 116
ドゥルーズ　89, 141
冨上芳秀　189
ドキュメント形式　180, 181, 188, 189, 190
突出構造　126
トドロフ　113
トマシェフスキー　112

な

内的独白　42
中川ゆきこ　35, 37

に

西井元昭　123
西谷修　152
西田谷洋　97, 100
二瓶浩明　208, 213
認知言語学　97, 100, 101, 102, 108
認知文芸学　97, 99, 117
認知物語論　97

の

野家啓一　47, 48, vii, 24
野口武彦　x, 3, 7, 8, 9, 11, 12, 22, 29, 30, 31, 37, 38, 39, 45, 48
野村眞木夫　34, 43
野矢茂樹　24, 402

は

パース xi, 103, 130, 131, 139
ハーバマス　81, 86, 93
バイイ　36, 38
パヴェル　124, 125, 126, 128
バフチン　36, 38, 46
浜田秀　32, 29
原民喜　311, 312
バリー　vi
バルト　xi, 54, 103, 104, 112, 130, 131, 196, 202
ハンブルガー　9, 10

ひ

ピカート　263
百科事典　127, 128, 129, 182, 183, 184, 185, 188, 189, 190, 257, 258, 267, 268, 269, 272, 274, 276, 291
ビュルガー　87, 216, 221
描出表現　34, 38, 39
描出話法　29, 34, 40
平岡敏夫　213

ふ

ファイヤアーベント　97
フーコー　88
フォコニエ　115, 116, 117
深谷昌弘　18, 19, 26
福田恆存　224, 228, 231
福永武彦　293
フッサール　111

間接話法　34, 35
カント　77
関連性理論　97, 100, 101

き

疑似直接話法　34
喜志哲雄　252, 253
木股知史　296
虚構記号　7, 22, 30, 31, 32, 48
虚構実在論　119, 123, 124
清塚邦彦　134
キング　74

く

グッドマン　xi, 123, 138, 139, 141
久保田裕子　70
グラムシ　86, 89
クリステヴァ　xii
栗坪良樹　213, 219
グレマス　113
クローネンバーグ　300
クワイン　274

こ

小泉浩一郎　249
小林秀雄　xi, 146, 147, 148, 149, 153, 164, 165, 166, 167, 234, 239, 240
小森陽一　196
根元的虚構　iii, iv, x, 49, 126, 129, 136

さ

サール　iv, 14, 16, 17, 18, 29, 32, 47, 137
最小離脱法則　120, 133
斎藤美奈子　231
佐々木基一　204
笹山隆　254
佐藤忠男　360
サルトル　86

し

ジェイ　85, 87, 110
シクロフスキー　275
篠田浩一郎　196
自由間接表現　29, 33, 34, 37, 38, 39, 40, 43, 44, 45, 46, 48, 49
自由間接文体　34
自由間接話法　34, 35, 36, 37, 42, 43, 34, 35, 36, 42

す

絓秀実　199
杉野正　206
鈴木貞美　v
鈴村和成　76
スペルベル　100

せ

ゼーガース　86
関曠野　231, 253
節合　83

そ

ソーカル事件　vi

た

体験話法　34
第二次テクスト　55, 73, 223, 224, 225, 229, 233, 234, 238, 239, 254
田中重範　18, 19, 26
田中実　107
谷田昌平　293

索引

あ

饗庭孝男　226
アウエルバッハ　37
アスペクト　31
渥美孝子　240, 241, 243, 247, 248
アドルノ　86, 87, 88, 90, 110, 111, 216, 217
綾目広治　98
荒木奈美　66
アリストテレス　ii, 9, 10, 125
アルチュセール　86, 89
アルンハイム　135, 137

い

イーグルトン　88, 89, 90, 91
イーザー　120, 124
イェルムスレウ　130
磯貝英夫　236
今井裕康　264
意味生成性　197, 198, 202, 208, 214
異類婚姻譚　73
岩上順一　206, 218
インガルデン　120, 124
引用助詞　41, 46

う

ヴァインリヒ　3, 4, 32
ヴァルネラビリティ　56, 62, 68, 69, 296, 298, 304
ウィトゲンシュタイン　15, 16, 28, 279
ウィルソン　100
ヴェベール　113
ウォーラーステイン　159, 60
ウォルトン　121
ヴォロシーノフ　36, 38, 46
浦口文治　242, 246, 255
頼雲荘　239

え

エーコ　v, xi, 3, 48, 103, 113, 127, 128, 129, 130, 131, 139, 183, 184, 215, 330
エコー発話　40, 41, 45, 47
エルセサー　349

お

大岡信　268, 328
大橋洋一　89
大森荘蔵　24
小方孝　97, 101
小澤博　252
小田島雄志　228, 229, 240

か

カイザー　210
風丸良彦　65
ガタリ　89
加藤幹郎　354, 355
金井景子　213
可能世界　ii, xii, 122, 125, 126, 127, 128, 129, 175, 179, 181, 183, 184, 188, 190, 191, 193, 141
神谷忠孝　201, 204
亀山純生　19, 20, 21
亀山佳明　13, 14, 26
カラー　vii, viii, 292
柄谷行人　106
カリー　135
カルチュラル・スタディーズ　xi, 79, 80, 81, 82, 83, 91, 92, 93, 94, 95
河合隼雄　64
川本三郎　359

【著者紹介】

中村三春（なかむら　みはる）

〈略歴〉1958年、岩手県釜石市に生まれる。東北大学大学院文学研究科博士課程中退。北海道大学大学院文学研究科教授。日本近代文学・比較文学・表象文化論専攻。博士（文学）。著書に、『フィクションの機構』（1994年）、『修辞的モダニズム―テクスト様式論の試み』（2006年）、『新編　言葉の意志―有島武郎と芸術史的転回』（2011年）『〈変異する〉日本現代小説』（2013年、以上ひつじ書房）、『物語の論理学―近代文芸論集』（2014年、翰林書房）など。

未発選書　第23巻

フィクションの機構 2

Mechanism of Fiction 2

Miharu Nakamura

発行　2015年2月27日　初版1刷

定価　4400円＋税

発行者　松本功

装丁　Eber

印刷所　三美印刷株式会社

製本所　小泉製本株式会社

発行所　株式会社 ひつじ書房

〒112-0011 東京都文京区千石 2-1-2 大和ビル 2F

Tel.03-5319-4916　Fax.03-5319-4917

郵便振替 00120-8-142852

toiawase@hituzi.co.jp　http://www.hituzi.co.jp/

ISBN978-4-89476-746-1

未発選書　1

フィクションの機構

中村三春著　定価三、一〇七円＋税

横光利一・太宰治などをテクストとして今までにない虚構理論を展開する。分析哲学や様々な虚構理論を踏まえつつ、それらの超越をめざす。最もラディカルな局面から小説・詩などの局面を捉え直す根元的虚構理論の書。

未発選書　17

新編　言葉の意志
――有島武郎と芸術史的転回

中村三春著　定価四、八〇〇円＋税

印象派から未来派まで、芸術史を駆け抜けた作家・有島武郎の文学と思想を、『或る女』『惜みなく愛は奪ふ』『星座』など代表作を網羅して追究。その転回の様相を読み解く。

未発選書　18

〈変異する〉日本現代小説

中村三春著　定価四、四〇〇円＋税

中上健次・金井美恵子らの作品を中心に、テクスト生成における小説の〈変異〉と、読解の〈変異〉とを連動させた、精緻な現代小説論。多和田葉子らの小説のレヴューも収録。